Über dieses Buch Arnold Zweigs letzter Roman ›Traum ist teuer‹, der 1962 in der DDR erschien, ist zugleich nach ›De Vriendt kehrt heim‹ sein zweiter Palästina-Roman.
Doch in ›Traum ist teuer‹ steht nicht die Problematik des Zionismus im Vordergrund, vielmehr beschäftigt sich Zweig mit dem Schicksal der Emigration und dem Zweiten Weltkrieg; auf ideologischer Ebene stellt der Roman den Versuch da, Freud und Marx im Brennpunkt der Erfahrung des politischen Exils zusammenzudenken.

Zentrale Figur des Romans ist ein österreichischer Nervenarzt, der als Ich-Erzähler fungiert und Rechenschaft über sein Leben abgeben will. In dieser Figur bündeln sich die Einsichten und Erfahrungen Arnold Zweigs, in ihr verarbeitet der Autor die konkreten politischen Erlebnisse seines Exils. Hineingeworfen in den Hexenkessel der politischen und militärischen Ereignisse des Zweiten Weltkriegs, in die aktuellen Probleme der jüdischen Wirklichkeit unter britischem Mandat, läßt Zweig und mit ihm seine Figur Richard Karthaus einen doppelten Traum hinter sich: den Traum einer Rückkehr ins alte Europa und den Traum des Zionisten, in Israel seine geistige Heimat zu finden.

Mag es für Zweig drei geistige Wurzeln seiner Existenz als Mensch und Schriftsteller gegeben haben: den Zionismus, die Freudsche Psychoanalyse und die marxistische Theorie, so läßt sich für den Arnold Zweig des Exils und der letzten Lebensjahre in der DDR feststellen, daß neben der lebenslangen Treue zum hochverehrten »Vater Freud«, vor allem die gläubige Auseinandersetzung mit dem Marxismus seine Anschauungen bestimmte. Freud und Marx sind die geistigen Väter von ›Traum ist teuer‹.
Die Rezeption in der DDR wie in der BRD hat bisher diese Doppelvaterschaft entweder geleugnet oder aber diffamiert.

Der Autor Arnold Zweig, 1887 in Glogau geboren, studierte Germanistik, Philosophie, Geschichte, Psychologie, Kunstgeschichte und Nationalökonomie in Breslau, München, Berlin, Göttingen, Rostock, Tübingen. Nach der Teilnahme am Ersten Weltkrieg in Serbien und Frankreich lebte er 1919 bis 1923 als freier Schriftsteller am Starnberger See, dann in Berlin. 1933 emigrierte er nach Palästina. Neben eigener schriftstellerischer Tätigkeit steht die Mitarbeit an zahlreichen Emigrantenzeitschriften. 1948 kehrt Zweig nach Berlin (DDR) zurück, wo er 1968 gestorben ist.
Im Fischer Taschenbuch Verlag sind außerdem erschienen: ›Der Streit um den Sergeanten Grischa‹ (Bd. 1275), ›Junge Frau von 1914‹ (Bd. 1335), ›Erziehung vor Verdun‹ (Bd. 1523), ›Das Beil von Wandsbek‹ (Bd. 2069), ›De Vriendt kehrt heim‹ (Bd. 5785), ›Westlandsaga‹ (Bd. 5835), ›Die Zeit ist reif‹ (Bd. 5827) sowie ›Sigmund Freud/Arnold Zweig Briefwechsel‹ (Bd. 5629).

Arnold Zweig

Traum ist teuer

Roman

Fischer Taschenbuch Verlag

Ungekürzte Ausgabe
Veröffentlicht im Fischer Taschenbuch Verlag GmbH,
Frankfurt am Main, Juni 1985

Lizenzausgabe mit freundlicher Genehmigung
des Aufbau Verlags, Berlin und Weimar

Erstmals erschienen: 1962 im Aufbau Verlag Berlin und Weimar
Umschlagentwurf: Max Bartholl
Gesamtherstellung: Clausen & Bosse, Leck
Printed in Germany
1280-ISBN-3-596-25876-6

INHALT

ERSTES BUCH: AN DEN PFORTEN DER FREMDE

ZWEITES BUCH: AN DEN PFORTEN DES KRIEGES

DRITTES BUCH: AN DEN PFORTEN DER MACHT

VIERTES BUCH: AN DEN PFORTEN DES SIEGES

FÜNFTES BUCH: AN DEN PFORTEN DES SCHEINS

SECHSTES BUCH: AN DEN PFORTEN DER HÖLLE

ERSTES BUCH

AN DEN PFORTEN DER FREMDE

1933

Sie trieben uns in die Fremde:
Heimat, das seien sie!
Sie zogen uns aus bis aufs Hemde
Und bogen vor Plutus das Knie.

Die Reichen mit Papen und Thyssen
Erkauften den Nazikram,
Das Volk mit den stumpfen Gewissen
Lief mit ganz ohne Scham.

Ein Totenberg hinter der Wolke
Wuchs auf aus »Heil und Sieg«,
Der Trommler vor dem Volke
Pries den Revanchekrieg.

Wir aber vom Horizonte
Sahn, wie das Elend kroch;
Die Zukunft, die besonnte,
Gähnt als ein schwarzes Loch.

ERSTES KAPITEL

Der Autor stellt sich vor

Latrun, Palästina, den 3. September 1945

Wahrhaftig, der Krieg ist vorüber, die überflüssigste und notwendigste, zugleich aber grausigste aller bisherigen Lustbarkeiten dieser Art. Er hat wohl fünfzig Millionen Menschen das Leben gekostet, ebenso viele Frauen und Mädchen vereinsamt und eine Lawine der Zerstörung ausgeschüttet über fast den ganzen Erdball. Aber durch ein Wunder oder vielmehr durch den vom Zufall unterstützten, unbeabsichtigten und sich als weise herausstellenden Idealismus unserer kleinen Gruppe sind wir alle mit dem Leben davongekommen, und das will schon viel sagen für ehemalige Bürger jüdischer Abstammung aus der einstigen österreichischen Monarchie und der großen Handelsstadt Berlin. Um uns herum – wir dürfen nicht hinsehen; einmal werden wir die Verluste wohl zählen, die der mörderische Faschismus uns Städtebewohnern und Bücherlesern, Bücherschreibern zufügte, bevor er wieder in der Müllgrube der Gesellschaft versank, aus der er nie hätte herausklettern dürfen. Aber Frau und Schwester sorgen noch für mich, meine beiden Buben sind da, meine holde Geliebte aus der Welt von einst, die Hannah Renate Treppner mit Mann und Kindern – und sicherlich wirkt auch noch irgendwo auf Cypern der griechische Junge und Freiheitskämpfer, um dessen Schicksal und Rettung sich das ganze hier zu berichtende Ereignis schließlich zuspitzte. Ich habe es von A bis Z durchlebt, es hat auch mich an den Rand des Verzweifelns und wieder zurück gerissen, mich belehrt, Traum könne sehr teuer kommen – der politische einer mittleren Linie wie der private eines Ausgleichs, Ehegefühls zwischen Frau und Freundin.

Und nun sitze ich im weißen Offiziersrock an meiner Schreibmaschine, trage wieder Sterne auf den Achselstücken, jetzt sogar drei, verrichte den gleichen Dienst wie früher, aber nicht mehr unten auf der sozialen Leiter, sondern recht oben oder

vielmehr in der Mitte, wie es sich für mich ziemt, einen durchschnittlichen Nervendoktor und Intellektuellen, geboren in Czernowitz, Bukowina, und sage mir: Etwas ist wichtig an jedem Leben in so außerordentlichen Zeiten wie den unseren. Gelingt es uns, einen einzigen Ablauf klar und mit all seinen Verästelungen aufzuzeichnen, wie ein Lindenblatt ins Licht zu halten und Rippen und Adern deutlich herauszuheben, so schafft man nicht nur sich selber eine feste Basis für morgen und übermorgen, sondern dadurch, daß man auf andere zu wirken und Einfluß auszustrahlen hat, teilt man von der eigenen wiedergewonnenen Ruhe dem ganzen Kraftfeld mit, in welchem man lebt und das sich um jeden von uns bildet wie das Netz um die Spinne. Dann wird es mir auch leichter werden, von Jeanne Abschied zu nehmen oder vielmehr den längst vollzogenen Abschied zu realisieren, wie die Engländer sagen, ihn in Wirklichkeit und Gefühl umzusetzen und dabei die Gestalt dieser Mädchenfrau in ihrer Einmaligkeit festzuhalten, für meine Söhne, die ihren und für jeden, dem diese Blätter vor Augen kommen. Denn die Höhen und Tiefen in die das Gewebe der Ereignisse uns hineinstrickt, leihen der Stimme Widerhall und Wärme, mit der wir von uns berichten – von uns, Samen der Zukunft, Erzeugnisse der Vergangenheit, Früchte strahlender Lebensliebe wie die schwarzen Körner der goldgelben Sonnenblumen hinter unseren Baracken.
Draußen liegt die grelle palästinensische Sommersonne auf den Dächern, ein ungeheures Weiß prallt von den Mauern zurück. Das Etappenspital hat viel zu tun: Typhus, Amöbendysenterie und Malariaformen beschäftigen meine Kollegen. In meinem Nervensektor ging es allgemein aufwärts, seitdem der Krieg nur noch in Japan wütete, und heute, wo auch die japanische Kapitulation Wirklichkeit wird, heute werden selbst einige meiner Deprimiertesten lächeln und glauben, daß der verstorbene Präsident Roosevelt nicht umsonst gelebt hat und daß sein »unconditional surrender« eine gute Parole war, um in der »Schenke zur rollenden Erde« für ein paar Jahre Ruhe zu schaffen. Ja, ich vergaß zu sagen, daß dies ein englisches Spital ist und mein weißer Rock ein britischer Offiziersrock, daß ich aber fast vier Jahre die Khakibluse des Gemeinen getragen habe, als Lazarettgehilfe dienend – und daß damit schon die eigentliche Geschichte anfängt, wie ich nämlich dazu kam.

Wenn ich, Richard Karthaus, M. D., heute daran gehe, den Bericht niederzuschreiben über das, was ich in dieser Epoche des wahnsinnig gewordenen Kapitalismus durchlebt und gesehen habe, so muß ich zunächst einmal erklären: ich schäme mich, daß ich noch lebe. Ich gehöre nicht zu der Legion derer, die imstande waren, die Giftflasche oder die Waffe gegen sich selbst zu kehren – dazu habe ich zuviel innere Klarheit in meine seelischen Verhältnisse gebracht. Aber ich gehöre auch nicht zu denen, die sich mit zusammengebissenen Zähnen von vornherein in den Kampf gegen das Ungeheuer stürzten, komme, was da wolle. Meine Klarsicht, meine Liebe zum Leben und meine skeptische Einschätzung des Gruppenwesens Mensch veranlaßten mich, seit dem Umsturz 1918 eine eher betrachtende Haltung einzunehmen, die aber weder in Czernowitz noch in Wien oder Berlin mißverstanden werden konnte – das nicht. Als Geistiger und Arzt gegen die affektblinde Flucht in den Schatten des Vaters aufzutreten, war mir so selbstverständlich wie die Linien meiner Hand. Als Denkender, Schreibender und Helfender denen beispringen, die in das besitzgierige Chaos unserer Nachkriegswelt etwas wirkliche Ordnung, menschliche Gerechtigkeit und irdische Glückslichter bringen wollten – das mußte ich, so wie ich einen Schatten werfe. Und daß mir sowohl die Herrschenden wie die Beherrschten, die Bekämpften wie die Kämpfer zu menschlich sympathischen Einzelfiguren geraten konnten, lähmte weder meine Sympathie noch meine Tatkraft, denn beide griffen über die einzelnen hinaus nach der Struktur des Schachbretts, auf dem sie Stellung genommen hatten, und da war ich für Weiß und gegen Schwarz, für die Ordnungschaffenden gegen die Inhaber der Gewalt, für die Werktätigen gegen die Schmarotzer, für die Ausgebeuteten gegen die Parasiten. So weit so gut. Daß ich aber heute noch am Leben bin, verdanke ich vielen Zufällen und nicht etwa eigener Vorsicht, denn es sind neben mir Menschen genug getötet worden – ein Lazarettgehilfe konnte in diesem Weltkrieg Nr. 2 ebensowenig lebensversichernde Stellungen beziehen wie im vorigen Kriege der, ach Gott, kaum dreißig zählende k. u. k. Oberarzt Dr. R. Karthaus, Wien, der in Galizien, Mazedonien, am Isonzo und schließlich mit den schweren österreichischen Mörsern vor Verdun Dienst tat. Und dennoch suche ich manchmal nach Rechtfertigungen für diese meine Bewahrung. Warum ich, just ich? Unter all den Millionen, mit denen ich irgend etwas Gemeinsames habe, berufen worden zu sein, am Abräumen dieses Trümmerhaufens Europa, am Wiederherstellen unserer Gesittung mitzuarbeiten, das muß doch Sinn haben! Vielleicht liegt es daran, daß die Mischung von kontemplativem und handelndem Wesen, die ich darstelle, jetzt besonders brauchbar erscheint. Ein Mann findet jederzeit Verwendung, der das Leben in all seinen Formen zu schätzen weiß, der nicht den Kopf verliert, wenn er aus seiner sozialen Stellung ins Erdgeschoß hinunterstürzt, in welchem ganze Stadtbevölkerungen ihr Leben lang aushalten müssen, und der weder sein Ich noch seine Selbstachtung, noch den Humor einbüßt, wenn er, statt Anordnungen zu geben, ein Jahrfünft hindurch solche empfängt, dabei nicht zu selten besser wissend, was zu tun wäre, und unauffällig, ohne Geschrei daran arbeitend, an die Stelle des Irrigen das Richtige zu schmuggeln. Und dazu gehört wohl auch die Erwähnung, daß gewisse Verwechslungen, von telefonischen Meldungen begünstigt, bei diesem meinen Verbleiben als Oberpfleger, Medical orderly, eine lange, verborgene Rolle, aber eine ziemlich entscheidende spielten. Wie sollten Engländer auch unsere mitteleuropäischen Namen auseinanderhalten, wenn diese, von britischen Kehlen gesprochen, sich so ähneln wie Karthaus und Kartusch! – Dick Karthaus und Eric Kartusch! Dieser Starrkopf von Apotheker, den ich erst Jahre nach der Einwanderung auf dem Carmel kennenlernte, konnte ja nur akustisch mit mir verwechselt werden! Ein ziemlich breitschultriger, kurzbeiniger Schwarzkopf mit gebogenen Augenbrauen und ebenso gebogenem Schnurrbart – so traf ich ihn 1936, als er mir für einen erkrankten Patienten Ampullen mit Amylnitrit verkaufte, winzige Gläschen zur Behebung plötzlicher Atemnot, bei einer werdenden Angina pectoris, jener schleichenden Verkalkung der Herzkranzgefäße, einst Herzbräune genannt. »In unseren Zeitungen stand, Sie hätten gegen die Nazis geschrieben, schon damals vor dem Reichstagsbrand, Herr Doktor. Aber schreiben genügt jetzt nicht, der Kampf geht weiter, wir müssen den Faschismus in Spanien treffen, die Internationalen Brigaden brauchen einen Mediziner wie Sie – nicht bloß mich Stettiner Apotheker. Wie wäre es, wenn Sie mitkämen? Noch können wir italienische Schiffe benutzen, die uns in Marseille absetzen; und von dort aus hilft uns die Volksfront weiter. Müssen dem Faschismus auf der Iberischen Halbinsel das Genick brechen, bevor er uns hier erwürgt!« – »Viel Glück zur Reise, Herr Kartusch«, lehnte ich damals ab. »Der Völkerbund und die Nichteinmischung werden der spanischen Republik zu Hilfe kommen, auch ohne Ihre Brigaden.« Und damit verneigte ich mich leicht und verließ seine mit hunderterlei Glaskrausen ausgestattete Apotheke, voll Unwillen seinen spöttischen und zornigen Gesichtsausdruck mit ins Freie nehmend. Wie hätte ich damals auch ahnen sollen, daß dieser Salbenmischer das politische Geflecht unserer Jahre besser durchschaute als ich, der schriftstellernde Analytiker und Schülersschüler des großen Sigmund Freud ... Daß man es schwer hat, versteht sich schließlich von selbst. Daß man sich weder zu den Engländern zählt, deren Rock man trägt, noch zu den palästinensischen Juden, deren Paß man besitzt, das macht natürlich einsam, echolos. Sieht man die Deutschen in deren Mitte man die dreißig bewußten Jahre seines Lebens verbrachte als einer von ihnen, wenn auch einer eigenen Sparte angehörig, nämlich der jüdischen, der geistigen, der europäisch mediterranen – sieht man diese Deutschen in einen Abgrund gleiten, den auszumessen und auszumalen eine kommende Generation von Dantes nötig sein dürfte, so fühlt man allmählich den Pfahl im Fleisch, nicht obgleich, sondern gerade weil man schon über ein Jahrzehnt vor dieser kommenden Katastrophe gewarnt hat, soweit ein Arzt und Analytiker das vermag. Und daß man so töricht war, sich von Frau und Kindern zu trennen, einer Leidenschaft nachzujagen, die unmöglich halten konnte, die man als unmöglich haltbar von allem Anfang an hätte durchschauen müssen, ohne ihr doch widerstehen zu wollen, solches erweckt natürlich Bedenken gegen einen selbst, gegen Richard Karthaus, von seiten dieses gleichen Herrn R. K., innerhalb der Urteilskraft, die ihm schließlich zugehörte. Aber niemand kann über seinen eigenen Schatten springen, kein Vernünftiger auch schaut verliebt oder fasziniert auf denselben – und so schaue auch ich weg von Richard Karthaus, M. D., und beschäftige mich mit jenem Stück Leben, das von George Gordon Noel Kephalides gekreuzt und bestimmt wurde, dem griechischen Jungen. War mir Betrachtsamkeit vom Schicksal vorgeschrieben, so ihm Tat und Schlag. War immer Hintergrund, wo ich mich aufhielt, entstand um ihn stets Vordergrund, helle, elektrische Ladung. Verhinderte mich mein Schicksal, dem verhaßten Widergeist mit der Waffe in der Hand aufs Fell zu rücken, so entführten ihn die Götter mitten ins Kampfgetümmel, auch wenn er eigentlich, an Ort und Stelle gebannt, als Pflegling oder Häftling bei mir hätte bleiben müssen und von mir zurückgefordert wurde von den Mächtigen der Welt. Versteht sich, daß er wiederkam, mich nicht im Stiche ließ, der Staff Sergeant Kephalides, mein Schützling, mein Freund, mein griechischer Junge. Aber als er mir dann aus den Augen kam und in die Verborgenheit ging, unter die Mühseligen und Beladenen seines Volkes, zu den Widerstandskämpfern und Neubildnern dieses mißbrauchten Hellenentums, da verlor mein Leben an Wärme und Licht. Und wenn sie ihn mir, einen namenlos Gewordenen, Untergetauchten, bei irgendwelchen Unruhen erschießen oder erschlagen, in Athen, Patras, Saloniki oder dem cyprischen Nikosia, werden nur wenige Leute wissen, welch ein Funke da zertreten worden ist und welches Licht vom Lichte da erlosch. Und darum verwende ich die Zeit, die niemand mehr beansprucht, zur Niederschrift meines Berichts: der Lazarettgehilfe Cardhouse, Freiwilliger Cardhouse, greift zurück auf abgelegte Kalenderblätter und legt vor jenen Brief, mit dem alles anfing und den ich abschreiben muß, weil er, zerknittert und mit Meerwasser bespritzt, in das Aktenstück gehört, das mir Kairo jüngst zurückschickte.

Irgendwo bei Cypern, um Neujahr 1941/42

Eidesstattliche Aussage

Jedem, der sich mit den Angelegenheiten meines Bruders George Gordon Kephalides zu befassen hat, wird diese verbürgte Schilderung der Umstände wertvoll sein, unter welchen er seinerzeit aus Kreta gerettet wurde. Es ist Monate her, daß ich, einst Rechtsanwalt in Athen und Besitzer der Jacht »Skorpion«, als Kommandeur dieses »Hilfskreuzers« in der Dämmerung eines heißen Junimorgens 41 an jenem Punkte der kretischen Ostküste anlangte, den mir mein Bruder bezeichnet hatte. Wir kannten ihn seit unserer Jugend, eine kleine heimliche Bucht mit Steilwänden, höchst geeignet zu Kopfsprüngen

ins klare, tiefe Wasser. Die Männer, die mein Bruder damals führte, lagen an die Felsen gedrückt, etwa dreißig Meter über dem Meeresspiegel, um von den deutschen Flugzeugen nicht erspäht zu werden, die den Luftraum beherrschten, närrisch genug zu glauben, dies werde immer so bleiben. Zum Glück war alle Aufmerksamkeit auf die kretischen Langküsten gerichtet, von wo die Hauptmacht unserer britischen Verbündeten auf Schiffe gerettet wurde, um die Verteidigung General Wavells und seiner allzu kleinen Armee in Libyen zu verstärken. Damals achtete man wenig auf griechische Segler, die von Insel zu Insel fuhren, viele schon in deutschen Diensten, bürgerliche Handelsleute, manche zähneknirschend, aber man mußte doch leben, wollte von dem wirtschaftlichen Aufschwung durch Heeresmassen profitieren. Mein tapferer Bruder George Gordon und seine Kameraden hatten sich wochenlang in den kretischen Bergen gehalten; da der kretische Bauer genau verstand, wer seine Sache verfocht, hätte die kleine Schar das Auftreten faschistischer Terrorkommandos noch länger verhindert, wenn es möglich gewesen wäre, sie zu verproviantieren. Aber wir hatten nichts, und unsere britischen Freunde durften kleiner Kommandos wegen Flugzeuge nicht aufs Spiel setzen.
So steuerten wir im Morgennebel unsere Springbucht an, wie wir sie nannten, immer gewärtig, daß der Wind, der in der Nähe von Steilküsten unzuverlässig zu sein pflegt, klare Sicht schaffen würde, besonders zu Zeiten des Äquinoktiums. Mein Bruder hatte einen Kern erprobter Kameraden um sich – Männer, mit denen er von den Schluchten und Höhen des Pindus bis in die Winkel und Ecken des Peloponnes und nachher nach Kreta zurückgewichen war. Fechtend, die Zähne zeigend, bildeten sie eine bissige Nachhut, aufrechterhalten von der Gewißheit des Endsieges und dem Haß gegen die Vergewaltiger unserer Heimat.
Jetzt stand er auf der Klippe und leitete durch Zurufe die Bewegungen seiner Kameraden, die, von Vorsprung zu Vorsprung hinunterkletternd, sich auf das Heck meines Schiffes fallen ließen. Dann hörten wir den Propeller eines Flugzeugs, und gleichzeitig fegte der Wind, von der Steilwand abprallend, die Nebelbank weg, die uns bisher wohltätig verhüllt hatte. Ich spähte von meinem Kommandostand empor zu meinem Bruder auf der Klippe. »Ich springe!« schrie er mir zu, wie eine

Katze gewohnt, auf den Füßen zu landen – denn die Messerschmitt oben konnte jederzeit das MG gegen seine Silhouette spielen lassen. Dabei drängten sich alle meine Leute an die Reling, den Männern dort drüben beizustehen; da warf der Wind plötzlich die Rahe des oberen Segels schwenkend herum, ein Tau pfiff durch die Luft und traf meinen Bruder auf Nacken und Hinterkopf, während er gerade ins Wasser sauste. Ich schrie auf, zwei meiner Leute gingen im Hechtsprung über Bord, dem Bewußtlosen nach, und brachten ihn herauf. Wir legten ihn auf Deck, sein Herz schlug noch, wir konnten seinen Atem in Gang setzen durch Armbewegungen, die wir in Rettungskursen lernten. Beim Herausholen hatten sie ihn an Bord gehißt, die Füße nach oben, so daß er das verschluckte Wasser, vermischt mit Blut, wieder los wurde. Er lebte, blieb bewußtlos während des größten Teils unserer Überfahrt, kam nach sechsunddreißig Stunden wieder zu sich, hatte die Gehirnerschütterung verwunden.

Das ist der Vorgang. Die Mannschaft meines Schoners und die Kameraden vom Kommando, Griechen, Briten und Palästinenser, fügen ihre Unterschriften bei.

Alexander Kephalides, Dr. jur.,
Kapt. des Hilfskreuzers »Skorpion«.

ZWEITES KAPITEL

Jemand wird gewarnt

Wäre ich nun ein Schriftsteller, der für die Unterhaltung seiner Mitmenschen schreibt und seine Phantasie Funken sprühen läßt, um ihnen den Alltag, den wahrhaftig grauen und tristen, bunter zu färben, aufzuheitern, ich müßte jetzt in medias res gehen und die Geschichte erzählen, wie Aristoteles es verlangt, nämlich mit dem Anfang anfangend, in der Mitte gipfelnd und mit dem wahren Ende aufhörend. Da ich aber schreibe, halb um mir Rechenschaft zu geben und selber Klarheit zu erlangen, halb um mir zurückzurufen, was ich durchlebte und wie wir einst so glücklich waren, vertiefe ich mich noch einen Augenblick in die große Enttäuschung, die wir alle erlitten, jetzt, da der Krieg vorüber ist. Wir waren nicht wirklichkeitsgerecht genug, wir Erwachsenen von heutzutage, wir glaubten – und auch ich mit fliegenden Fahnen –, daß mit dem Sieg über den offenkundigen Faschismus alles gut werden müsse und daß mit der Niederlage Mussolinis und Hitlers ihr Giftkraut verdorre. Ach nein, so ist es nicht, und Griechenland, Cypern, ja das östliche Mittelmeer – wie vor zehn Jahren Spanien – ist das Sichtglas, an welchem man den Druck ablesen kann, der im Kessel Europa herrscht. Und dabei leugne ich nicht und niemand kann es: vieles ist besser geworden. Die Mühseligen und Beladenen haben zwar nicht weniger als vorher zu schleppen, aber sie tun es aufrechter, mit freierem Kopfe, strafferem Rücken. Und was das beste ist: die Handhabung der Ereignisse, ihrer eigenen Ereignisse, liegt in Griffnähe, sie müssen nur lernen, die Hand auszustrecken und zuzupacken und den Handschuh anzuziehen, den sie den Feudalen entwunden haben wie im einstigen Zarenreich. Aber das ist eben schwer – die Leute auf den britischen Inseln werden von innen her daran gehindert, die Leute auf den griechischen von außen, und die auf vielen anderen Inseln, den japanischen etwa, haben noch gar nicht daran gedacht, wie es scheint, daß man es tun könnte. Oder haben sie

es? Im fernen Indonesien, auf der anderen Halbkugel? Da sieht man's, was für ein schlechter Schriftsteller ich bin – und nun reumütig zurück zu meiner Sache:
Ich heiße also Richard Karthaus, bin fünfundfünfzig Jahre alt, geboren in Czernowitz, im Ersten Weltkrieg Oberarzt in der österreichischen Armee, Verfasser zweier, nicht unbemerkt gebliebener Bücher über Kriegsneurosen, von denen eines mit Abbildungen versehen war. Und damit ging der Salat schon los. Ich merkte es anfangs nur nicht. Es verhielt sich mit mir damals so wie mit der deutschen Republik und der prachtvollen, lebenstrotzenden Hauptstadt Berlin, in der ich mich um 1920 niederließ, weil mich das aus eigener Schuld als Kleinstaat verbliebene Österreich in jedem Sinne beengte, bedrängte. Heute sieht jeder, daß diese deutsche Republik ihr Dasein nur dem Bündnis verdankte, das einige Rüstung verkaufende Industrielle mit schlauen Generälen und treublickenden Gewerkschaftsführern geschlossen hatten, als sich die Niederlage der kaiserlichen Heere für Sachkenner nicht mehr verheimlichen ließ. Eine Atempause von fünfundzwanzig Jahren planten sie, um den »Krieg der versäumten Gelegenheiten« wideraufzunehmen und die verpfuschte Schachpartie mit günstiger gestellten Figuren zu besserem Ende zu führen. Inzwischen aber, um die Welt zu täuschen, sorgten sie für ein Glacis, genannt Weimarer Republik, auf welchem sich die Demokraten tummeln durften, bis man ihnen klarmachte, dies hier sei ein anständiger Kasernenhof, von dem sie sich gefälligst zum Teufel scheren sollten. Da sie die Kraft- und Nervenzentren dieser Republik in den Händen behielten, die Generäle und Junker, Industriellen und Bankiers, konnten sie uns Völkchen der Uneingeweihten beliebigen Spielraum lassen. Und daher merkten wir Narren und Gläubigen nicht, mit wem wir es eigentlich zu tun hatten. Wir rissen alte Schranken nieder, gaben uns expressionistisch in Literatur, Malerei und sogar Plastik, führten sachlich geformte Siedlungen auf mit Häusern für das arbeitende und geistige Volk und hielten das alles für nicht mehr als einen Beginn. Wir glaubten an den Frieden, bauten emsig eine deutsche Kultur auf, genossen beglückt unsere Mannesjahre, freuten uns an dem frischen Geist, welcher Berliner und vor allem Berlinerinnen nach der muffigen wilhelminischen Atmosphäre zu freien Fortschrittlern erlöst hatte, und waren weit

entfernt davon zu vermuten, daß hinter der Szene ein hundertäugiger Argus all unsere Bewegungen beobachtete, unsere Verbindungen überwachte und das, was er unser aller Schuldkonto nannte, wohl im Sinne behielt. Ich zum Beispiel hatte in meiner zweiten Veröffentlichung die Puppen in österreichischen Generalsuniformen abgebildet, die ich zur Heilung meiner Kriegsneurotiker herstellen ließ und an denen sie ihre verdrängten Wutgefühle, Rachewünsche, tollen Ängste abreagieren durften, wie es ihre Gesundung verlangte. Ich hatte damit beachtliche Erfolge und wußte, daß die neue Reichswehr sich durch einen ihrer Nachrichtenoffiziere eingehend unterrichtete. Der betreffende Herr, der mir eines Tages bei der Gräfin N. vorgestellt wurde, war nicht nur ein Mann von Lebensart, sondern auch ein anständiger Mensch, wie nicht gar viele dieser Söhne der herrschenden Schichten – mit warmblikkenden Augen, aufs redlichste überzeugt von der militärischen Mission zur Verbesserung der Welt, der er diente, ganz Soldat, für den am deutschen Wesen die Welt genesen sollte, tat's not, mit Waffengewalt. Ihm verdanken wir es, daß wir alle der künftigen Weltherrscherin rechtzeitig den Rücken kehrten, noch bevor die Rollkommandos anrückten, die meine Wohnung und Wendigkeit erobern und besetzen sollten. Damals nach dem Reichstagsbrand im Frühjahr 1933 saßen wir ja schon jenseits der Grenze und betrachteten lachend und ahnungslos den Unfug und Umweg, mit welchem die Junker und ihre Geldgeber glaubten, die längst zu Bruch gegangene Hohenzollern-Monarchie wiedererrichten zu können.

Als mich fünfzehn Monate vorher der französische Gesandte nach einem Frühstück in der Botschaft in eine Fensternische nahm – unten lagen in Märzlicht und Tauwetter der Pariser Platz und das Brandenburger Tor mittagblitzend und wie von märkischen Impressionisten gemalt, von Liebermann oder Lesser-Ury –, als mich diese kluge Exzellenz davon unterrichten zu müssen glaubte, daß Hitler kommen werde und daß es für mich nicht ratsam sei, dann in erreichbarer Nähe, das heißt innerhalb der deutschen Grenzen zu verweilen, legte ich, Narr, der ich war, dieser Warnung noch nicht das nötige Gewicht bei. »Wenn Hitler kommt, Exzellenz, um so besser! Dann wird Herr Severing auf einen Knopf drücken, die Schutzpolizei wird feuern und der Spuk, wie schon mal in München, zerstieben.

Und diesmal für immer.« Der schlanke Herr, der eher einem Lehrberuf als der Politik anzugehören schien, wehte mit seiner wohlgebildeten langen Hand durch die fensterhelle Luft. »Der Herr Innenminister wird auf keinen Knopf drücken, und niemand wird feuern. Meine Frau und ich wären Ihnen sehr dankbar, Herr Doktor, wenn Sie ein paar Frühlingswochen in St. Tropez verbrächten, an dieser Küste, die Sie in Ihrem Frankreich-Aufsatz so reizvoll zu schildern wußten.« (Er meinte meine Arbeiten über Pasteur, Charcot und den Generalarzt Desgenettes-Dufriche, aber das nur nebenbei.) Ich hätte dem Herrn glauben sollen, der durch seine Gattin mit dem Comité des Forges verschwägert war. Aber wer läßt sich auch von einer einzigen Warnung aus allen Lebensgewohnheiten treiben, wer versteht sich auf die Schmiegsamkeit, leisem Wink gehorchend sein ganzes Leben herumzuwerfen, sich von seiner Praxis zu trennen, dem Kreis von Freunden, den man erworben hat, die Umwelt seiner Kinder und seine bezaubernde Geliebte zu verlassen, mit der man eine Gemeinschaft, einer Nebenehe gleich, aufgebaut hat. Es mußte ganz anders kommen, um mich zur Ausreise zu bewegen. Aber da offenbar ein guter Genius mich, den Dr. Richard Karthaus, in seine Buchführung aufnahm, kam es anders. Um mich nicht klüger zu machen, als ich bin, und für einen durchschnittlichen Mitteleuropäer bin ich klug genug: es dauerte mehrere Tage und es bedurfte der Mitwirkung meiner Freundin Jeanne, bis ich diese zweite Warnung begriff und mich herbeiließ, ihr zu folgen.

Jeanne trug damals ihr blondes Haar kurz geschnitten, überm linken Auge gescheitelt, und eine Bluse mit Stehkragen und Schlips, was ihr reizend und recht englisch zu Gesichte stand. Ich kam von einer Vortragsreise zurück, Mitte Februar 33. Ich hatte in Bratislava und Prag über die Flucht in den Schatten des Vaters gesprochen, nämlich über den militaristischen Nationalismus, den wir später einfach Faschismus nannten, war froh, wieder in Berlin zu sein, Jeanne mir am Schreibtisch gegenüber zu haben, ihre herrlichen grauen Augen, die mir immer ins Zentrum meines Wesens leuchteten. Sie legte mir die Post vor, schien mir merkwürdig ernst.

»Es sind schon Besprechungen über Vorträge da, darunter eine ... beklemmende.«

Ich überflog belustigt die scharfen Angriffe der rechtsradikalen

Blätter gegen meine zersetzende Durchleuchtung des großen Aufschwungs, der durch Deutschland gehe, nahm die verständnisvollen Kurzberichte der linksbürgerlichen Blätter zur Kenntnis, einen scharfen Angriff aus der Feder eines kommunistischen Prager Kollegen. »Aber Jeanne«, sagte ich, »das ist doch alles Dörrgemüse, Futter für den Papierkorb, wie üblich.«
»Das auch?« fragte sie und reichte mir einen Ausschnitt, dessen Schlußsätze offenbar von ihrer Hand rot unterstrichen waren.
Ich stellte damals den gleichen Typ wie heute dar, lang aufgeschossen, mager und – wie Jeannes Vater – glattrasiert. Spöttisch las ich und zuckte die Achseln, mein Vortrag habe bewiesen, daß auch die sogenannten Psychotherapeuten genauestens gesiebt werden müßten, da ihr Einfluß gelegentlich auch entscheidende Personen des erwachten Deutschlands, des Retters der bürgerlichen Gesellschaft vom Fluche des Bolschewismus, schädigen könnte.
»Der israelitische Dr. Karthaus hat sich, wie man weiß, nach dem Weltkrieg einen Namen gemacht, dadurch, daß er nervenkranke Kriegsopfer in der Etappe heilte und später diese Heilung beschrieb. Woraus ersichtlich wird, daß gewisse Heilungen von Einzelfällen, dank ihrer Methode, schwere Erkrankungen der Gemeinschaft bedeuten, in diesem Falle ihres Wehrwillens. ›Heimkehr der Krieger‹, heißt sein letzter Aufsatz zu diesem Thema. Hoffentlich ist er, der aus dem alten Österreich stammt, für immer heimgekehrt.« – »Gott«, sagte ich, »das Übliche, Schreib der Redaktion nachher eine Postkarte, Freundchen, ich sei in der Tat heimgekehrt und hielte meine Sprechstunden wie immer zwischen neun und fünf Uhr, Schlüterstraße 22, zweite Etage.«
»Diese Postkarte werde ich nicht schreiben; der Ausschnitt stammt aus der ›Berliner Börsenzeitung‹ – du hast mir selbst erklärt, dies sei die Stimme der Reichswehr. Der Schlußsatz. ›Hoffentlich ...‹ klingt mir wie eine Warnung, und die Unterschrift rpk ...«
»Repke!« rief ich. »Major Repke von der Nachrichtenabteilung, mit dem ich mich so gut verstand!«
Es läutete, die Uhr zeigte neun, Jeanne ging hinaus, den ersten Patienten einzulassen, dem die Stunde von neun bis zehn

gehörte. Hatte sie recht? Ward ich gewarnt? Jedenfalls bedurfte ich während des nächsten Zeitraums meines Kopfes und meiner Aufnahmebereitschaft für die Träume und Einfälle der Patienten. Ob Jeanne die Karte schrieb oder nicht, das würden wir ja sehen.
Sie schrieb sie nicht und behielt damit recht. Denn knapp eine Woche später flammte der Reichstag auf, und nach noch zwei Wochen verließ ich Berlin, diesmal mit Jeanne. Ob meine Hella diese unsere Ausreise schon als Fingerzeig empfand, die Partnerschaft mit der weit Jüngeren vorübergehend zu lösen, mich mit ihr ins Freie zu schicken und sich selber in einfachere Umstände, seelisch weniger bohrende, umzuschalten? Weder Vermutungen noch Ahnung stiegen damals in mir auf – die Zeit war zu verwirrend, viel schwerere Aufgaben brüteten in uns als die privaten Lebens ... An der Riviera ergoß sich bereits der glorreichste Frühling über die Küsten, man würde bald schwimmen können und die erzwungene Muße zur Beendigung eines neuen Buches nutzen, zu dem eine Fülle von Notizen in Jeannes Stenogrammen stand und von welchem zwei Kapitel bereits zu Vorträgen in der Berliner Vereinigung gedient hatten. Es handelte über Kinderspiele als Traummaterial und wurde später das erste meiner Bücher in englischer Sprache.
Wir fanden bequeme Unterkunft, zunächst in Hyères, dann auf der zauberhaften Insel Porquerolles. Während wir dort auf silbernem Badestrand am lichtgrünen Wasser spazierten und meine Jeanne ein Französisch entwickelte, dessen Grundlagen sie einst in Genf gelegt und das ihr die Herzen unserer Hotelbesitzer im Fluge gewann, verfolgten wir mit immer beengterem Atem, was sich in Deutschland abspielte – weder vom »Temps« noch von der »Times« so eingeschätzt, wie unsereiner es sah. Und dennoch müßte ich mich klüger machen, als ich damals war, wenn ich behaupten wollte, ich hätte die Tragweite dieses Frühlings 33 wirklich richtig ermessen. Erst der Judenboykott vom 1. April und die Bücherverbrennung vom 10. Mai packten mich in innerster Seele. Bis dahin hatte ich das Ausmaß der Ereignisse nur militärpolitisch eingeschätzt – mit Augengläsern, welche die Blickart des 19. Jahrhunderts für ewig und unverrückbar hielten. Nicht erkannte ich, so märchenhaft mir das heute vorkommt, wie unbedingt das Auftürmen von Rüstung Vorbereitung zum Massenmord darstellte und dieser schließ-

lich den Selbstmord der darin Verwickelten. Wiederbewaffnung Deutschlands, endgültige Beseitigung des Versailler Vertrages (dessen Bestimmungen niemals gründlich durchgeführt worden waren), Rückkehr Deutschlands auf den Platz einer Großmacht, das waren Ziele, die erreichbar schienen und berechtigt auch mir. Das einstige Kolonialreich konnte nur wiedererlangt werden, wenn England die Südafrikaner und die Japaner zur Herausgabe ehemaliger Schutzgebiete überredete und Frankreich bereit war, im bewaffneten Deutschland keinen Rivalen mehr zu sehen, sondern eher einen Verbündeten. Waren nicht von führenden Schriftstellern aus der Weimarer Deutsch-Französischen Gesellschaft Vorträge publiziert worden, die in einer Verschmelzung der beiden Reiche, in der Aufhebung des karolingischen Vertrages von Verdun gipfelten? Tausend Jahre europäischer Geschichte sollten revidiert werden. Sogar der neue deutsche Reichskanzler und Führer, diese widerwärtige, aber gerissene Ausgeburt der österreichischen Provinz, mochte das passende Werkzeug sein, wenn sich die französische mit der deutschen Schwerindustrie, deutsche mit englischen Finanzkreisen auf solcher Grundlage zusammenfanden. Dieser Herr Adolf Hitler, mit dem Glanz der Hysterie und der Fähigkeit zur Massensuggestion ausgerüstet, wie sein Aufstieg bewies, konnte sehr wohl, wenn seine Auftraggeber es wollten, den deutsch-französischen Gegensatz in die Luft blasen, Napoleon den Dritten und Bismarck ausradieren und aus den Jahren des Weltkrieges das gemeinsame Erlebnis »Völker in Waffen« herausdestillieren, er, der unbekannte Gefreite, der Mann der Menge. So sah ich Träumer es damals und begnügte mich mit der vordergründigen Feststellung, daß Adolf Hitler aus dem Ressentiment von 1918, aus der Dolchstoßlüge und der Annexionsfeindlichkeit aller Mehrheitsparteien Agitationsmaterial holte, um das deutsche Bürgertum an seine Fahne zu fesseln, die Werktätigen zu spalten und durch Rüstungsarbeit zu entmachten, die Jugend zu faszinieren, die deutschen Juden aber, die den linken Parteien so viel Intelligenz und Organisationskraft gegeben hatten, in eine Pariarolle zurückzuscheuchen. Verdienen würde man sie lassen, aber aus allen Funktionen des geistigen, kaufmännischen und Beamtenwesens ausschalten, die bei dem erreichten Stande der deutschen Wirtschaft ebensogut von den bislang zu kurz gekommenen Söhnen des Kleinbürgertums, all den arbeitslosen Studenten und schwachbezahlten Handlungsgehilfen, wahrgenommen werden konnten. Wer sich in diese Rolle nicht fügte, mußte auswandern; das jüdische Bürgertum würde die Kosten zu zahlen haben, sobald sich herausstellte, daß an die Löwenanteile mit dem »unabänderlichen Parteiprogramm« nicht heranzukommen war. Der deutsche Hochkapitalismus bedient von seiner Militärkaste und dem junkerlichen Großgrundbesitz, spielte seine Karte aus; er hatte vielleicht noch Trümpfe in der Hinterhand. Die antibolschewistische Melodie fand auf der ganzen Erde Resonanz. Aber daß mit diesem Geschrei ernste Absichten laut wurden, ein wirklicher Kreuzzug gegen den Aufbau eines sozialistischen Rußlands – auf eine solche Verrücktenidee konnten einsichtige Europäer doch wohl ebensowenig hereinfallen wie deutsche Industrielle und Militärs. Und dabei hätte man doch aufhorchen müssen, als französische Zeitungen meldeten, in der Hedemannstraße, Berlin, seien Schriftsteller, die Gründer der »Gesellschaft der Freunde des neuen Rußland«, ermordet worden und große Konzentrationslager überall in Deutschland errichtet, aus denen schauerliche Gerüchte über die Grenzen drangen ... Dort sei die Folter, die Österreichs Kaiser Joseph II. abgeschafft, von dem österreichischen Untertan Adolf Hitler wieder eingeführt worden, um Geständnisse zu erzwingen, geheimen Gruppen seiner Feinde nachzuspüren. Dieses neue Deutschland war also auf Erpressungen erbaut worden, und wir wissen: das Wesen der Erpressung wurzelt in der Angst der Erpreßten und in der Feigheit des Erpressers. Ergo: jeder, der aus Ehrgefühl und Freiheitsliebe, aus menschlichem Anstand und einer erwachsenen Seele dem Druck der braunen Müllawine des Tausendjährigen Reiches nicht nachgeben wollte oder als Jude plötzlich einer ungeschützten Minderheit angehörte, der mußte für die nächsten Jahre eine neue Bleibe suchen, eine Unterkunft, einen Shelter, schlimmstenfalls eine neue Heimat. Damals schrieb mir ein Freund und Kollege, links gesonnen wie ich und Nichtjude obendrein: »Ich höre, Sie wollen nach Palästina. Machen Sie keinen Unsinn, Karthaus, bleiben Sie in der Nähe. Wir müssen unsere jeweiligen Pulverfäßchen, auf denen wir sitzen werden, so aufstellen, daß wir einen kurzen Heimweg haben, sobald die braune Pest ausgestunken hat, was in vier Jahren, in fünfen der

Fall sein dürfte. Ich gehe nach Dänemark; soll ich für Sie dort Quartier machen?« – Jetzt sitzt er in Los Angeles, der brave Doktor Eberhard, und die Fahrt rings um die Erdkugel, die ihn dorthin brachte, möchte ich und werde ich ihm nicht nachmachen. Aber damals schien ihm Palästina viel zu weit weg von Deutschland und auch meine Jeanne wäre lieber der Eberhardschen Einladung gefolgt und hätte für uns Quartier machen lassen dort, wo die dänische Ostsee und die dänischen Buchen rauschten. (Hätten die Länder um dieses schöne Binnenmeer – Schweden, Norwegen und Finnland – nur schon damals aus ihrer eigenen Geschichte zu folgern verstanden, daß sie keinen schlimmeren Feind besaßen als die deutsche Eroberungslust!)
Ich aber hatte mir das Mittelmeer in den Kopf gesetzt, in dessen glasklaren Wassern wir später schwammen und die Jeannes geliebte Gestalt najadisch verklärten. Und da ich ein eigensinniger Typ bin, ließ ich mich von diesem Entschluß auch nicht ablenken, als meine Frau mir telefonierte, wir müßten uns dann wohl leider trennen. Ob wir uns nicht in Genf oder in Paris zur Aussprache treffen wollten? Ein paar Augenblicke lang erschwerte sich mir das Atmen. Trennen? Von dieser Frau, die mich gefangen und eingewurzelt hatte, kaum daß ich drei Wochen den Berliner Asphalt hin und her gelaufen, mit ihrem wundervollen rotblonden Haar, den kleinen Goldfünkchen in den braunen Augen, dem spöttischen Freimut in der tiefen Stimme! Auch sie rühmte sich ihres eigensinnigen Kopfes und hatte in den ersten Monaten dieses Jahres 33 Zuflucht erwogen bei ihrem Bruder Theo in Ottawa – für uns alle, da ich ja seit dem Neurologenkongreß daselbst ein Angebot in der Tasche trug, mir dort Praxis zu eröffnen und Dozentenschaft am Trinity College. Jetzt aber, wo aus Schein und Aussicht Wirklichkeit erwuchs, stockte mir das Herz. Aber ich faßte mich: »Ausgezeichnet, Hella, Liebes! Nächste Woche habe ich das Kapitel fertig, an dem wir gerade sitzen, dann treffen wir uns im Hotel ›Galilei‹. Wie geht es den Buben?« – »Ich nahm sie natürlich aus der Waldschule«, antwortete meine Frau mit ihrer ruhigen, tiefen Stimme, »und gab sie in eine modern geleitete jüdische.« – »Übernächsten Montag also«, bestätigte ich, »auf den Champs Élysées. Umarmung und Kuß!«, und ich hängte ein und dachte, daß mein Bündnis mit dieser Frau schon ärgere

Krisen überstanden habe als die, in welcher die Weimarer Republik und der Versailler Vertrag in Trümmer gingen. Aber heute, wenn ich mir verdeutliche, daß sicherlich George Kephalides vom Tode durch Erschießen nicht gerettet worden wäre, hätte ich mich nicht im Herbst 39 sofort bereit erklärt, als Lazarettgehilfe zu dienen, nicht als Arzt und Offizier, so rufe ich mir mit Nietzsche zu: »Wohlan, noch einmal!« Den braunen Barbaren die Brandfackel aus der Hand zu schlagen, mit der sie ihren Revanchekrieg für die Niederlage von 1918 anfachten, dazu war jeder aufrechte Mann verpflichtet. Und erst recht 1940, als Großbritannien fast waffenlos allein gegen die Nazis stand, mit dem Rücken an der Wand, und alles, was rudern oder segeln oder Dampfschiff fahren konnte, die britischen Khakis von Dünkirchen her auf die Insel heimholte – wie schlugen da die Pulse meiner geballten Fäuste: mit Churchill gegen den Feind alles Menschlichen! Auch wenn ich mich über seine Hintergründe im Kampf gegen Hitler bis vorgestern täuschen ließ ... Unsere Lebensläufe und die unserer Freunde führen in Zeiten allgemeiner Umwälzungen, Erschütterungen immer wieder zu Trugschlüssen, musikalisch gesprochen, die doch aufs unerwartetste aufgelöst werden mittels wunderlichster Stimmführungen. Das ist nun einmal so, und ich habe es längst als Lebensregel zur Kenntnis genommen.

DRITTES KAPITEL

Jeanne wird Hannah

An einem der nächsten Nachmittage beschlossen wir, die Sonne ins Meer sinken zu sehen. Für gewöhnlich – wir wohnten an der Ostküste von Porquerolles, dem Festland gegenüber, dieser meerumspülten Südspitze unseres geliebten Frankreichs –, für gewöhnlich begnügten wir uns damit, daß sie über den Dünen und Pinienkämmen verschwand. Heute aber hatten wir eine lange, entscheidungsvolle Unterhaltung vor, und für solche Gespräche ist ein Auslauf gut, der nicht durch die Mauern und Zäune unterbrochen wird, welche unsere französischen Bauern, leidenschaftliche Liebhaber des Privateigentums an Grund und Boden, überall errichten. An jenem Nachmittag mußten wir uns sogar mit leichten Wollsachen bekleiden, so energisch schnob der Wind vom offenen Meere her. Das kleine Schiffchen, »Corail Rouge«, das den Verkehr mit dem Festland besorgte, hatte, hieß es, schwer zu kämpfen gehabt; unsere Postsäcke in der »Roten Koralle« waren gründlich naß geworden, und dieser Wind versprach nicht, sich zu legen. Im Gegenteil, er steigerte sich immer mehr, und an den nächsten Morgen füllten aufregende Nachrichten über Schiffsunglücke im Hafen von St. Nazaire die Zeitungen »Petit Marseillais« und »Gazette de Toulouse«.
»Nicht sehr günstige Aussichten für meine Überfahrt am Donnerstag«, bemerkte ich lächelnd und hob den Finger: es heulte über unseren Köpfen.
»Sag: für unsere«, erwiderte Jeanne und schob ihren Arm unter den meinen. »Ich fahre nach Berlin zurück, eine Anschrift von Papa an Muttis gestrigen Brief gab mir zu denken. ›Wir alle bleiben natürlich zu Hause‹, schrieb er, ›nachdem sich der Trubel doch jetzt gesetzt hat.‹ Das läßt sich kaum halten, keinesfalls für mich. Ich muß es mit ihm bebrüten.« Der tief sachliche und mit Gefühl geladene Eifer, der ihr aus Augen und Stimme sprach, bezauberte mich, als gelte er mir. Ich wußte

wohl, was ich der Anbetung verdankte, mit der Jeanne, das Kind Jeanne, zu ihrem Vater aufsah. Da Herr Bischoff, mein Patient in den Jahren der Inflation, seiner Tochter die Arbeit bei mir verschafft hatte, bestand von Anfang an eine gewisse Verknotung von ihm und mir, dem Arbeitgeber, in Jeannes seelischem Flechtwerk. Oft und manchmal gestand ich mir, welch ein Glück mir dieser »Zufall« geschenkt hatte: eines der schönsten, gescheitesten und umworbensten Mädchen aus Berlins republikanischem Westen. Überhaupt schien alles an dieser Jugend für mich vorbereitet: daß Jeanne in den Jahren der Inflation zu schnell gewachsen war, während des Krieges von vitaminloser Nahrung eine schwache Stelle in ihren Lungen zurückbehalten hatte, daß sie infolgedessen das Lyzeum mit vierzehn Jahren verlassen mußte, um auf dem Lande den »Lungenspitzenkatarrh« auszuheilen, daß sie kein Schlußexamen ablegte und also die Universität meiden mußte, auf der sie so brennend gern ihr Sprachtalent, ihre Leidenschaft für Bücher und schließlich den Drang betätigt hätte, Kinder zu lehren, Lehrerin zu werden. Mein Patient und Logenbruder, der Architekt und Bodenhändler Leopold Bischoff, hatte also umsichtig gehandelt, als er seiner neunzehnjährigen Tochter vorschlug, meine Bibliothek zu ordnen und einen Katalog anzufertigen. Von Genf und London zurückgekommen, suchte sie gegen den häuslichen Leerlauf geistige Betätigung. Frau Lise Bischoff beschäftigte in ihrer großen Wohnung am Olivaer Platz zwei Hausangestellte und waltete selbst als dritte – was sollte die erwachsene Tochter der noch jugendlichen Mutter daheim die Laune verderben ... Ein wohlhabendes, kulturfrohes Bürgertum, solid gebaute Möbel in den großen Zimmern, mittelgute Bilder an den Wänden, die Käufer neuer Bücher, das Publikum der Konzerte und Theater in jener von scheinblütenhaftem Schwung erfüllten Gründungswelt der ersten deutschen Republik: es hatte einen Typ der Berlinerin geschaffen, der sich wieder mit dem fortgeschrittensten Mädchen der Romantikerzeit messen durfte.

»Es pustet nicht schlecht«, sagte ich, als wir zwischen Mauern und Pinien ins Freie der Küste traten. »Heut wirst hoffentlich selbst du dir den Mantel zuknöpfen.«

Das schlanke Mädel, mir mit dem Blondschopf an Ohr und Auge reichend, lachte verständnisvoll, nickte und schloß den

großkarierten, hell- und dunkelgrauen Raglan. Seit unserem ersten Winter vor fast vier Jahren kämpften wir diesen Kampf: Jeanne trug ihn offen, auch bei Kälte, und der Winter 29/30 hatte es an Frost nicht fehlen lassen. Sie wollte damit offenbar beweisen, daß ihre Lunge jetzt ganz in Ordnung sei.
Inzwischen hatten wir die Höhe der Insel überquert und marschierten vergnügt entlang der Deckung einer Mauer, die uns vorläufig noch für eine Viertelstunde vom Strande trennte. Aus den Kronen der Pinien brachen trockene Äste und segelten über unseren Köpfen landeinwärts.
»Du in Berlin – ich in Paris, und wann haben wir uns wieder?«
»Bald«, antwortete sie, »das weißt du doch.«
»Wahrscheinlich wird mir Hella die Scheidung vorschlagen«, bemerkte ich, einen dünnen Pinienzapfen zertretend, »dann könnten wir heiraten.«
Jeanne sah vor sich hin. »Vor zwei Jahren hätte mich solch ein Wort glücklich gemacht, auf das ich gewartet habe. Aber damals wolltest du nicht. Und heute geht es nicht mehr.«
»Ich will es auch heute noch nicht. Man löst ein Bündnis nicht, das in Krieg und Nachkrieg sich wunderbar bewährt hat – und überhaupt gehört ›Scheidung‹ zu Vorsätzen von ähnlichem Gewicht wie ›chirurgischer Eingriff in die Bauchhöhle‹. Aber warum ginge es jetzt nicht mehr zwischen dir und mir?«
»Quäl mich nicht«, bat sie, »das weißt du doch.«
»Ich weiß es wirklich nicht«, beteuerte ich. »Als ich doppelt so alt war wie du, da fanden wir uns als das verstohlen glücklichste Liebespaar Berlins zusammen, und dabei blieb es ja, nicht wahr?«
»Aber jetzt würde ›Versippung‹ mit dir meine Eltern gefährden, und das darf nicht sein.«
Der Wind fegte durch eine Lücke in der Mauer ihr fast die Rede von den Lippen, die kaum je ein unbedachtes Wort gesagt hatten. Ich drückte ihren Arm an mich, und so stapften wir weiter durch weißen Sand, windgeschützt, aber vom wilden Gesang hoch über unseren Köpfen wie berauscht. Scheidung! dachte ich beklommen – dann mußte ich lächeln. Meine beiden Buben! Wie hatte der blonde Rudi mit erstauntesten Kinderaugen zu uns emporgefragt, als wir nach dem Mittagessen mit unseren Zigaretten noch am Eßtisch saßen, indes er schon auf dem

Teppich mit abgespielten Grammophonnadeln und seinem Magneten spielte: »Scheidung – ja, erlaubt denn das die Polizei?« An jenem Januarmorgen des Jahres 30 hatten wir ihm auf seine Fragen, wann denn sein Freund Woldemar wieder auftauchen werde, berichten müssen, dessen Eltern hätten sich getrennt, sich scheiden lassen, und Woldemar sei in einen ganz anderen Stadtteil versetzt worden, zu seinen Großeltern. – Erlaubt denn das die Polizei? Und jetzt hatten sich, drei Jahre später, die Dinge so auf den Kopf gestellt, daß dank der Maßnahmen augenblicklicher Polizei Eheverhältnisse auseinandergerissen wurden und Buben wie er und Bob durch Kontinente und Meere von ihren Vätern getrennt werden konnten. Nein, Hella, Trennung wohl, Scheidung kaum!

»Papa liest den ›Temps‹«, fuhr Jeanne fort, »und hat also eine Ahnung. Als Vater eines kriegsgefallenen Sohnes aus der Sommerschlacht und mit den besten Verbindungen im Baugewerbe hält er sich für vollkommen sicher, und wohl mit Recht. Daß wir jungen Leute nicht in Deutschland bleiben, wird er uns als Schrulle anrechnen und nachsehen. ›Wir mußten uns ja an allerlei gewöhnen von euch jungem Volk‹, hör ich ihn von hier aus. ›Daß unsereiner aber nicht mithopst, wie ihr flötet, könnt ihr uns doch nicht übelnehmen. Bleibe im Lande und nähre dich redlich, heißt es in der Schrift.‹«

Ich hätte mir gern eine Zigarette angezündet, eine von den algerischen, deren naturgewachsenen Tabak ich in Frankreich immer rauchte. Aber der Wind hätte sie mir sofort in die Landschaft geblasen. »Wenn man's ihm nur gestatten wird«, wandte ich ein.

»Meinst du?« entgegnete sie. »Siehst du nicht alles zu schwarz, was dieses marschierende Deutschland tut?«

»Flucht in den Schatten des Vaters«, bemerkte ich.

»Und wenn du auch mir zuliebe mit Schreiben vorsichtig sein wirst und dich zurückhältst, wie die meisten deiner Kollegen – du bist nun doch einmal gezeichnet, ein schwarzes Schaf, und meine Eltern würden bestimmt nicht mehr ruhig schlafen, wenn du ihr Schwiegersohn würdest, ich deinen Namen trüge. Das ist nun aus. Zum Glück ließest du mir niemals Illusionen.«

Ich erinnerte mich wohl: einmal, anläßlich einer Reise nach Rügen, die wir zu viert mit dem Wagen meiner Frau machten, hatte es einen Ausbruch von Eifersucht meiner Schwester Fritzi gegeben, die gerne mitgefahren wäre und die ihrem wütenden Herzen meiner Sekretärin gegenüber Luft machte, Hysterika, die sie war. Daß unsere Ehe längst zerstört sei, daß wir nur der Kinder wegen zusammenblieben, daß meine Frau nur aus Berechnung bei mir aushielte und dergleichen Unsinn mehr. Daß Hella, später davon unterrichtet, der armen Fritzi diesen Ausbruch nicht übelnahm, sondern mir bei dessen Erklärung durchaus folgte (»Schwestern werden Ehefrauen gegenüber niemals vergessen, daß es eigentlich ihr Platz ist, der ihnen da vorenthalten wird ...«), gehörte zu der Überlegenheit, die ich an meiner Frau so liebte. Aber es war kein leichtes Stück Arbeit, auch Jeanne davon zu überzeugen – und doch gelang es uns beiden, ihr und mir, diesen gefährlichen Spalt zu umgehen, der sich im Frühlingsgelände unserer Beziehungen aufgetan.

»Ich verstehe«, sagte ich, nahe an Jeannes kleinem, von der Mütze halbverdecktem Ohr, »aber wie willst du es anfangen, mir dann nach Palästina zu folgen?« Damals sah die Welt noch ganz ungelockert und unzerstört aus; was ein paar Jahre später niemandem aufgefallen wäre, hätte in der bürgerlichen Welt von 33 Anlaß zu Aufsehen und Gerede gegeben.

»Auch darum fahre ich nach Berlin«, antwortete sie.

»Unter den Jungen, die bei uns verkehren, ist einer, der ist mein richtiger Freund, Hermann Treppner. Ich hab ihn von meinem Bruder geerbt, in seinen Armen ist er gestorben, Sommer 1916, auf dem Kirchhof von Pozières. Für euch Österreicher ist das kein Begriff. Also diesen Hermann Treppner haben kurz vor unserer Ausreise zwei Geheimpolizisten aufgesucht. Unter den Waschkörben von Denunziationen, die sie bekommen hatten, befand sich auch eine gegen ihn, er hätte den Reichstag angezündet. Du weißt vielleicht, irgendwann habe ich dir's erzählt, daß der Junge Ende 18 sogar in die Brigade Reinhardt überging, so soldatisch empfand er und so deutschnational. Und hätte er nicht an jenem Tage zufällig Stubendienst gehabt, möglicherweise wäre er zu der Erschießung der neunundzwanzig roten Matrosen in der Französischen Straße kommandiert worden, die dann auf Berlin so lange lastete.«

Wir näherten uns dem Ende der Mauer, würden erst auf dem Rückweg weiterreden können. Ich sagte das zu Jeanne, aber sie schüttelte den Kopf, blieb stehen, faßte mich am Mantelknopf und rief, eine energische Falte zwischen den feingespannten Brauen: »Er hat genug von Deutschland, und er kennt unsere Beziehung, er ist nicht auf den Kopf gefallen und hat ein Herz von heute und morgen. Vielleicht heiraten wir und schaffen uns in Palästina eine neue Existenz, Assistentin bei dir eingeschlossen.«

»Dann müßtest du Hebräisch lernen«, schrie ich in das Brausen, mit dem der Wind sich an der Mauerecke schnitt.

»Eine Sprache mehr«, entgegnete sie und schlug sich den Kragen hoch. »Treppner hat bereits damit begonnen. Und darum: wenn du mir nach Hause schreibst, schreib nicht mehr Jeanne an mich, schreib Hannah.«

Und dann hielten wir uns aneinander fest; in weißschäumenden Reihen warfen sich die Wasser des Mittelmeeres auf den Strand von Porquerolles, donnernd und spritzend. Unsere Lippen waren längst salzig, und als wir einander küßten, lachten wir uns beide deswegen an. Draußen auf der wilden Flut manövrierten zwei graue Stahlschiffe der französischen Kriegsmarine. Wir alle hätten sehr gelacht, wenn jetzt eine Zigeunerin mit flatternden Haaren und Tüchern hinter der Mauer aufgetaucht wäre, um zu prophezeien, hier in Porquerolles würden die Deutschen regieren, diese beiden Zerstörer aber würden auf dem Grunde des Meeres ruhen, noch bevor diese junge Frau ihr zweites Kind geboren hätte. Zum Glück aber für unsere unbeschwerte Gegenwart taumelten nur Möwen weißblitzend durch die Lüfte und versank die Sonne mit dramatischer Röte hinter mächtigen Sturmwolken.

VIERTES KAPITEL

Hella Karthaus

Mit unwahrscheinlicher Deutlichkeit entsinne ich mich jenes windigen und doch strahlenden, vom Regen immer wieder durchsprühten Pariser Frühlings, währenddessen mich all die kleinen Leute im Quartier, die mich von früher her kannten, angstvoll fragten: »Hitler, c'est la guerre, n'est-ce pas, Monsieur?«, indes die reichen, besser situierten Pariser Freunde weit weniger Unruhe zeigten und einer der klügsten von ihnen, freilich ein Bankier, sogar die Wiederkehr einer reichlich spendenden, allgemein auflockernden Zeit liberalen Aufschwungs erwartete wie unter der Königin Viktoria. Wunder der Technik! Wunder unserer mit Räumen und Zeiten spielenden Welt! Da saß ich mit meiner Frau Hella wieder einmal in dem auf die Champs-Élysées vorgeschobenen Straßencafé, das sich nach rückwärts in ein wirkliches verwandelte, wir tranken unseren Apéritif, rauchten unsere Zigaretten und genossen dieses nüchterne, wirklichkeitsfrohe, weniger von den Autos als den Menschen bestimmte Straßenbild in hellem Grau und Himmelblau, das mit soviel Sinn für Maß und Gescheitheit durch die Krise Europas hindurchgesteuert zu werden schien. Wie gut verstand man von hier aus die großen Maler, die man Impressionisten nannte, diese Verklärer und Deuter von Stadtschaften, Menschengewimmel, jungen Frauen!
Meine Frau Hella war hübscher als je, in Rotblond und Braun, die blitzend klugen Augen, dank großer Pupillen fast schwarz, beständig durch eine schräge Falte getrennt, die sich von der Wurzel ihres Näschens nach der Stirn zu einzeichnete, einer niederen, schöngeformten, von tadellosem Haaransatz begrenzten Stirn. Sie wurde rundlich und kämpfte dagegen mit der Entschlossenheit einer Berlinerin und jenem Schuß Humor, der sie von allen mir bekannten Frauen unterschied.
»Ich begreife nicht, warum ich dicker werde, mir ein neues Kostüm anmessen lassen mußte, in meiner eigenen Schneiderei.

Meine männliche Direktrice, schwul gottlob, wie so viele von ihnen, der vortreffliche Hans Lubrich: ›Mehr laufen, gnädige Frau, weniger Auto, weniger Kuchen, keinen Schlagrahm! Zielen doch nicht auf Walküre und Carmen. Die werden dick, hab ich gelesen, bloß vom Singen.‹ Was sagst du dazu? Beeinflussen die Kehlkopf-, Nasen- und Siebbeinnerven wirklich die innere Sekretion und verwandeln alle Soprane in Brunhilden? Viele Tenöre schwabbeln doch nur so von Fett.«
Ich lachte, weil sie das, die geborene Japhet aus der Wallnertheaterstraße, mit einer so berlinerischen Spitzbüberei vorbrachte, gleichsam alle dabei verulkend, die Wissenschaftler, die Sänger und sich selbst. Wir hatten schon mehrere, überaus erfrischende Pariser Aufenthalte miteinander verbracht, denn Hella schwor auf die französische Haute Couture wie ihre ganze Familie auf die wohltätigen Einflüsse von Frankreichs Politik. Ihr Großvater hatte zu den liberalen Bürgerkämpfern der achtundvierziger Zeit gehört, ihr Vater zu den Stützen des Allgemeinen Deutschen Arbeitervereins unter Ferdinand Lassalle. Um so tiefer traf sie die kampflose Selbstaufgabe der großen deutschen Gewerkschaften, dieser Säule der europäischen Arbeiterschaft.
»Mein Teurer«, sagte sie und bewegte ihre Hand, an der mir zum erstenmal die Ringe auffielen, die sie angesteckt – alle, die sie besaß! Hella, am Vormittag mit Brillanten! »Mein Teurer ...« Dann bemerkte sie meinen Blick. »Angelika Balabanoff – du weißt, wer das ist? – hat mir durch unsere zuverlässige Nachbarin dringend anraten lassen, all meinen Schmuck herauszuschaffen, von dem ich ihr vor zwei Jahren, als ich hier zu tun hatte, vorschwatzte. Sie wisse, was Faschismus ist, hatte sie mir immer wieder versichert, und wir in Deutschland würden es auch noch erfahren. Im Frühling 31 durfte man darüber noch lachen. Diesmal tat ich den ganzen Kram in meine Handtasche und werde ihn hier deponieren. Bevor ich aufs Schiff gehe, komme ich noch einmal durch Paris. Übrigens traf ich deinen Freund Leo Schurmann in der hall des Montmorency, der sich ebenso wunderte wie du jetzt, mir aber in seinem Safe ein Eckchen anbot. Leute wie er haben an vielen Stellen der Welt gemietete Geldschrankfächer. Zugleich soll ich dir seine Einladung vermitteln, mit ihm morgen nachmittag Tee zu trinken. Dann bin ich schon auf dem Weg nach Berlin.«

»Es trifft sich wirklich glücklich, daß gewisse Gewerbe in allen Großstädten der Welt Rastplätze brauchen wie unsere Zugvögel, die Schwalben und Störche. Natürlich werde ich mit Schurmann morgen nachmittag im ›Montmorency‹ plaudern und rauchen. Es ist ja ein vortreffliches Hotel, und sein Ausblick auf den Trocadero macht immer Spaß.«
»Zufällig bescherte uns das Hotel Zimmer recht nahe beieinander – den Ausblick aus dem Fenster teile ich also, und die Pariser Zeitungsjungen hört man durch die geschlossenen Scheiben den ›Figaro‹ ausrufen«, lachte sie, »und die ›Humanité‹.«
In friedlicheren Zeiten hätte ich diesen Zufall kaum ohne Verdacht hingenommen – Zimmer in einem Pariser Hotel nahe beieinander! Im Mai 33 aber ward unser Inneres von so viel gewichtigeren Problemen bewegt, daß sich Zufälle ununterbrochen ereigneten, ohne irgend Aufmerksamkeit zu erregen. Und erst zwei Jahre später brach meine Jeanne, jetzt Hannah, das Schweigen von Frau zu Frau: ohne daß ich das geringste hätte merken können, da ich ja jeden Tag ganze Folgen von Stunden außerhalb meiner Wohnung arbeitete ... Ein intimes Gespinst von Liebesbeziehungen hatte sich zwischen Schurmann und meiner Hella gewoben, seit Jahren! Darum hatte mich Schurmann auf den Major Repke aufmerksam gemacht, mich beim Anlegen von Ersparnissen beraten; darum auch fuhren sie mit dem gleichen Ozeanriesen den westlichen Kontinenten zu, sehr zur Freude von Bob und Rudi, die an Bord des Schiffes ein Schwimmbassin genossen, wie sie mir später schrieben. Und unsereiner als Psycholog, vertraut mit den Geständnissen von Patienten, sieht nichts von seiner nächsten Umgebung, hört nichts, wittert nichts, strahlt Zuversicht aus, Lebenskenntnis, Weisheit. Und Jeanne hatte geschwiegen, weil unser beider Beziehung zueinander eben der Schonung bedurfte, die sie ja auch fand.
»Hella«, fragte ich, den Blick in ihre Augen gesenkt, »du willst mich also wirklich ...«
»... nicht nach Palästina begleiten. Wir haben es uns angesehen, noch als Herr Stresemann das Heft in der Hand zu haben schien, wir waren einer Meinung darüber, daß es für die Juden eine Notwendigkeit sei und Absage an das Ghetto, daß wir aber, weder Landarbeiter noch Kleinstädter, dort nicht leben könn-

ten. Diese Erkenntnis kann weder Herr Hitler noch Herr Goebbels umstürzen. Bleibst du also dabei ...«
»Ich habe nie zu den Leuten gehört, die heimlich Wein tranken und öffentlich Wasser predigten. Einmal ein Zionist, immer ein Zionist.«
»Und außerdem«, fuhr Hella unbeeindruckt fort, »lernten wir das Land damals unter der Touristenperspektive kennen – Dame im Abendkleid, Kriegsbemalung, große Aufmachung. Inzwischen hat mich mehrfach Herr Hillelsohn besucht, den wir früher im hebräischen Verlagsleben unseres Berlin unterstützten, und aus seinen Schwärmereien einer schönen nationalistischen Seele fügte ich den Umrissen von damals Farbe hinzu. Alle Nationalisten sind einander gleich, alle Nationalsozialisten auch. Damals sahen wir mit Vergnügen den frischen mitteleuropäischen Geist im jüdischen Schulwerk Palästinas. Heute strebt man, beteuert der einstige Weißrusse Hillelsohn, danach, Platon und Aristoteles durch krausen Rabbinismus zu ersetzen, die griechische Antike und Philosophie durch die jüdische, jene Mittelmeerantike durch ›unsere‹. Das kennen wir – klingt prachtvoll; aber was kommt dabei heraus? Zurück ins Ghetto! Mich könnten sie damit nur belustigen, unsern Jungen aber würden sie die Hölle als tägliche Umwelt bescheren! Und da wir sie ohnehin in ein schwieriges Leben hineingeboren haben, unsere beiden Bürschchen, wollen wir den Blick auf sie nicht außer acht lassen. Ich gehe mit ihnen zu Theo nach Ottawa. Englisch und Französisch zu lernen, bedeutet Gewinn und wenig Schwierigkeit, und das Land da drüben hat soviel Platz und soviel Zukunft ...«
»Auch für jüdische Jungen?« konnte ich micht nicht enhalten einzuwerfen.
»Wird auf sie ankommen«, entgegnete Hella unerbitterlich. »Du weißt ja, mir liegt mehr an der menschlichen Substanz als an der stammestümlichen. So hat es schon mein Großvater gehalten, von Papa gar nicht zu reden. Wie oft einigte er sich mit Paul Singer und Eduard Bernstein darüber, daß es für die Juden nur ein Heil gäbe: im Sozialismus aufzuschmelzen.«
»Wenn man sie läßt«, sagte ich. Es kam schärfer heraus, als ich wollte, aber dieser alte Kohl ging mir gegen den Strich. »Wann eigentlich, kleine Frau, haben wir geheiratet? 1914, als die Angestellten Franz Josephs und Wilhelms die Zeit für gekommen

hielten, auf dem Balkan ›Ordnung zu schaffen‹, zwei Jahre vor der Beendigung der neuen russischen Westbahn Dünaburg–Czernowitz – im großen gesehen. Wußte gar nicht, daß meine liebe Heimatstadt strategisch so wichtig sei. Aber damals, weißt du noch?, als wir aufs Standesamt Königstraße fuhren, ich schon in k. u. k Uniform, Sanitätsleutnant mit Säbel, Käppi und goldenem Stern – und du, Gott, warst du süß! In braunem Tailormade und violettem Schirm, die Krücke aus Malachit, und die Augen so hell wie Goldtopas.«
»Wir waren begeisterte Kinder!« sagte Frau Hella mit tiefer Stimme. »Krieg gegen den Zarismus! Eine Million Freiwillige.

›Wir wollen in den Tagen
der steilsten Lebensfahrt
nicht zaudern und nicht fragen
wie alles ward.‹

Erinnerst du dich? Und die Schlußzeilen:

›Deutschland ist unser Leben
es darf nicht untergehn.‹«

»Wie treu dein Gedächtnis ist. Und jetzt soll ein Nichts, genannt Herr Hitler, dieses Bündnis zerreißen?«
»Ich ziehe vorwärts in die neue Welt. Du ziehst rückwärts ins Land der Väter. Da muß es sich wohl oder übel in Gummistrippe verwandeln.«
Ich schaute meine kluge Frau nachdenklich an, ließ meine Augen rechts hinaufgleiten zum Arc de Triomphe, der gerade im Wolkenschatten mächtig und schwarz drohte. »Flucht in den Schatten des Vaters« – wer hatte den Faschismus so abgestempelt? Und wer konnte meine kluge Frau daran hindern, diesen meinen Stempel jetzt gegen mich selbst zu kehren? Wohl erst brieflich würde ich sie überzeugen können, orakelte ich, der Tor von 1933, daß auch der Neubau eines jüdischen Heims im alten Lande ein vorwärtsgewandtes Unternehmen darstellte – kleiner Vorstoß in die Zukunft gleich dem großen der Sowjets. »Ein eleganter Modesalon hätte auch in Tel Aviv Aussichten«, warf ich nachdenklich hin.
»Bessere als in Ottawa?« fragte sie. »Von Montreal zu schweigen, wo man sich ja auch niederlassen könnte.«

»Die Einwanderung nach Kanada ist nicht einfach. Im Gegensatz zu einem Kapitalistenvisum nach Palästina.«
»Muß ein Wunderland sein, wo tausend Pfund Sterling gleich dreitausend Dollar schon einen Kapitalisten schaffen. Nein, mein Freund, da trennen sich unsere Wege. Mir macht es Spaß, mich noch einmal am Unbekannten zu erproben. Du nimmst die schon vertrauten Ideen und Arme mit. So kommt jeder auf seine Kosten.«
»Du wirst lachen«, ich benutzte eine damals übliche Berliner Redensart, »aber Jeanne Bischoff würde mich jetzt, wenn Scheidung für Trennung stünde, keineswegs heiraten. Als Sekretärin mitkommen, wohl, aber als Frau Hannah Treppner, denn eine Verwandtschaft mit mir möchte sie auf ihre Familie nicht herabbeschwören. Aber wir scheiden uns auch nicht; mehr als drei, vier Jahre konzediere ich der Hitler-Ära kaum – kein Vernünftiger gibt ihr mehr.«
Hella fühlte, daß der Regen, der aufs Zinkdach trommelte, ihr ins Gesicht geweht war, betupfte sich mit dem Taschentuch und schlug vor umzuziehen. »Zum Ballspiel Scheidung hätt' ich ja auch noch mein Wörtchen anzubringen«, meinte sie. »Dieser Hermann Treppner ist doch eigentlich viel zu schade für die Rolle, die ihr ihm da zuerteilt«, schloß sie, indes sie sich vor ihrem Taschenspiegelchen neu puderte.
»Du weißt doch«, verwunderte ich mich, »hier ist von Rolle keine Rede, sondern von offenen Karten und erwachsenen Menschen, vorwärtsgewandten. Wenn dieser Faschismus zusammengekracht sein wird, der ja alles Avantgardistische nachmacht und mißbraucht, werden wir gleichwohl, wir Analytiker und ihr selbständig gewordenen Frauen, unsere heutige Auffassung vom Bündnis zwischen den Geschlechtern neu verteidigen. Was fair ist und was Betrug, was Menschen schöpferisch macht und was sie jung erhält, das haben wir im neunzehnten Jahrhundert nicht umsonst durchdacht und im zwanzigsten erkämpft, und das können uns die Kriegsmacher nicht rauben, wenn sie mir auch jetzt meine klügste und reizendste Gefährtin entführen, die streitbare Glucke meines Kückennestes.«
Hella lachte, drohte mit ihrer kleinen Faust.
»Thanks, Dr. Karthaus; at any rate«, fügte sie ein, »behalte ich die Buben. Sie sind jetzt schon eingeladen, uns zu besuchen.

Ein Touristenvisum nach Kanada, das kriegen Sie zu jeder Stunde. Und jetzt schlage ich vor, ins Musée Jeu de Paume zu pilgern, ins einstige Ballspielhaus. Dieses Vormittagslicht bekommt den ausländischen Expressionisten, die dort versammelt sind. Übringens sprach ich zufällig vorgestern noch Frau Lise Bischoff auf dem Kurfürstendamm zwischen Uhland- und Fasanenstraße. ›In unseren Kreisen‹, sagte sie, ›wird man den Kindern keine Schwierigkeiten machen, die nach Palästina wollen. Aber natürlich auch keine Avancen. Mehr als tausend Pfund kriegt unsere Hannah nicht mit. Und sind die dann verbraucht, und kommen die jungen Leutchen reuig zurück, dann haben wir ihnen inzwischen den Platz gehalten, und alles ist in Butter.‹«
Ja, so dachten sie damals, diese bürgerlichen Menschen und Berliner Juden. Ich erinnere mich noch ganz genau des drolligen Tonfalls, mit dem meine begabte Hella Frau Lise Bischoff nachmachte, Blick und Miene einer Herrin des Lebens, Gattin eines Meisterers jedweder Situation. Wohin alle diese sicheren Leute ohne ihn auswandernden Kinder gekommen wären oder gekommen sind, das brauche ich heute nicht mehr zu erwähnen.
Wir schritten die herrliche Straße hinab, Arm leicht in Arm gelegt wie ein Liebespaar, das sich restlos verstand. Und doch sollte dies für lange das letzte Mal sein, daß wir so gingen. Mich von meinen prächtigen Jungen zu trennen, das hieß eine Aufgabe – gar nicht davon zu reden, daß dies die Geliebte meiner Jugend war, diese Frau hier, die Gefährtin all meiner Anfänge und Kämpfe, die mich verstand wie keine. Allerdings hatte sie immer schon gegen die Rolle aufbegehrt, nichts als Ehefrau zu sein, all ihr Fühlen und Denken um mich und meine Arbeit zu ordnen. Ihren persönlichen Beruf hatte sie stets für ebenso wichtig gehalten, und je mehr ich mich durchsetzte, je weniger ich sie als Stütze brauchte, um so deutlicher. Hella, Hella, dachte ich kopfschüttelnd, wenn die nur gut ausgehen, dein Weg und meiner. Aber als wir auf die Place de la Concorde traten, mußte ich lächeln. »Einen Menschen jedenfalls macht dein Entschluß glücklich«, sagte ich, »die Fritzi. Endlich wird sie mein Haus führen dürfen, eine echte Karthaus, die Schwester ihres Bruders.«

FÜNFTES KAPITEL

Der kluge Herr Schurmann

Sonderbar, wie heftig ich mich heute abend, ja all diese Tage jenes Aufenthaltes in Paris erinnere! Hier in Latrun, an meine Maschine und den Dienst in unseren Baracken geschnallt im beginnenden Herbst oder endenden Sommer, die Pfeife voll englischen Tabaks im Munde, umgibt mich auf magische Weise dieses Paris von 33, von vor zwölf Jahren also, das so gar nicht mehr vorhanden ist ... Jenseits der Syrte feiern gerade die Ägypter, deren Massen immer ums Existenzminimum kämpfen, den Kleinen Bairam, und König Faruk rollt in einem seiner schönen Rolls Royces vom Schloß zur Moschee und wieder zurück. Gleichzeitig, im benachbarten Athen, streiken Bäcker, Weber, Transportarbeiter, wegen Hungers wohlverstanden, und die Nahrungsmittel, von der Preiskontrolle befreit, schnellen sofort um fast die Hälfte empor. Ich weiß kaum noch, wer damals gerade französischer Premier war, wer das Außenamt verwaltete am schönen Quai d'Orsay, aber ich weiß, daß die große Bourgeoisie dort regierte. Und von den Beamten, die ich in den obersten Gängen und Mansarden jenes Kuppelbaus aufsuchte, lebt vielleicht keiner mehr, ausgekämmt vom Krieg, ermordet von faschistischer Polizei, verurteilt als Kollaborateure oder gefallen in der Résistance, die wir Frankreichgläubigen im Verlauf der Jahre so zitternd und beglückt sich durchsetzen sahen. Ja, ich benutzte meine Erfahrungen mit der »Berliner Börsenzeitung«, die Warnung, die sie enthielt, um den Regierenden hier jede Täuschung darüber zu nehmen, daß die Hitlerei irgend etwas anderes sei als militaristische Erpressung, Drohung mit dem Revanchekrieg, und daß man, um einen neuen Weltkrieg zu vermeiden, ihr immer und überall und in geschlossener Front gegenübertreten müsse. Wer im Dritten Reiche wirklich den Ton angab, ob Industrielle, Bankiers, Parteien oder Wählermassen, auf alle Fälle stellte die bewaffnete Macht die Orgelpfeife, den Sechzehnfuß, aus dem der Grund-

ton erscholl. Der kluge Beamte mit dem gelblichen Gesicht, dessen Name nicht verriet, daß er Clemenceaus Sohn sei, schlug mir vor, diese Überzeugung als Denkschrift niederzulegen.
»Niemand will die Meinung Ihrer Schicksalsgenossen auch nur hören, Dr. Karthaus. Ihr ehemaliger Landsmann, der Braunauer Gefreite, musiziert virtuos auf dem Schuldgefühl, welches die Sieger von 1918, die Urheber von Versailles, heute noch bedrückt, und er erfreut sich des Ohrs der Mächtigen in vielen Ländern.«
»Zum Glück weder in der Sowjetunion noch in den Vereinigten Staaten«, warf ich ein.
»Gottlob. Und unseren Freund Winston Churchill wird auch keiner dumm machen oder einschläfern. Aber im allgemeinen: welch ein Optimismus! Welch ein Hang zum Gehenlassen! Zum ersten Male haben die Deutschen geschickte Leute in ihren Botschaften, oder aber es ist der Wille erschlafft, den Faschismus, den deutschen jedenfalls, in seiner ganzen Gefährlichkeit zu durchschauen.«
Und dann erinnere ich mich noch aufs deutlichste, daß er das inzwischen vergilbte Wort Locarno aussprach, als sei es mit selbstverständlicher Bedeutsamkeit geladen, von Benito Mussolini gestützt, diesem Garanten des Friedens, und dem Genfer Völkerbund ... Das Mittelmeer mit seinen Ufern – jeder Mensch sah es sorglos an, in guter Hut schien es in festen Händen. Die englische und die französische Flotte – ruhig lagen sie in den großen Häfen; die italienische gab sich Mühe, sie an Schlagkraft und Prestige zu erreichen. Von den slawischen Völkern am Balkan, die der kluge Alexander von Jugoslawien damals, ein Jahr vor seiner Ermordung, noch zusammenhielt, ging Bürgschaft allgemeiner Sicherheit für ihre Halbinsel aus, auch für deren griechischen Anteil, und kaum jemand verargte es den Italienern, daß sie sich am Roten Meer ausdehnten, bestrebt, die Niederlage von Adua durch die Abessinier 1896 vergessen zu machen. Nein, der Gefahrenherd Europas hatte sich in unser liebes altes Berlin verlagert, und niemand durfte dort erfahren, daß ich drauf und dran war, warnende Blicke auf Welthändel zu lenken, die sich möglicherweise vorbereiteten. Zum Glück besaß ich noch Geld in der Schweiz, außerdem sollte meine politische Denkschrift honoriert werden – so konnte ich mehrmals in der Woche mit diesem Berlin telefonieren, die

Stimmen meiner Jungen hören, Rudis und Bobs, bei meinem einstigen Patienten Bischoff anläuten, um seine Tochter Jeanne am frühen Morgen zu erwischen. Vorsichtigerweise telefonierte ich mit Bischoffs und Jeanne nur unter dem Namen Émile, und so nannte sie mich auch in den Zetteln, die sie der Korrespondenz zwischen Hella und mir beilegte. Bischoffs waren ängstliche Leute, und Jeanne hatte mir ja schon bedeutet, daß ihre Eltern und Tanten ruhig schlafen müßten; zumal der Boykott-Tag des 1. April 1933 von Herrn Bischoffs großem Büro überhaupt nicht bemerkt wurde und zwischen ihm und den neuen Regime Friede und Freundschaft herrschte. Er hatte einen leitenden Angestellten, den Obmann der Betriebszelle, Otto Büsching, zur Überwachung eingesetzt, einen Kameraden aus Dienstjahren im Weltkrieg, und gedachte nicht, von anderen Veränderungen Kenntnis zu nehmen, die sich über Deutschland ausbreiteten. Seine Tochter Jeanne, oder wie sie sich jetzt zu nennen beliebte: Hannah, seit langem ein Mensch für sich, handelte unter eigener Verantwortung, war dem Gesetz gegenüber mündig, wirkte bei mir, dem Arzt in der Schlüterstraße, als Bibliothekarin und Assistentin, halb Empfangsdame, halb Sekretärin. Nein, Herr Architekt Bischoff war mit Herrn Dr. Karthaus weder verwandt noch verschwägert, und wenn der mit seiner Tochter geschäftlich telefonierte, ging es einerseits Herrn Bischoff nichts an, sah er's aber andererseits bei sich daheim nicht gern. Diese Tochter hatte eben im Familienkreise ihre Verlobung mit dem ehemaligen kaiserlichen Vizefeldwebel Ingenieur H. Treppner gefeiert. Die jungen Leute fühlten sich, vom Wind der Zeit angeblasen, im neuen Deutschland nicht erwünscht – nun, in jeder Generation wanderten Deutsche aus, gleichgültig welcher Konfession, um in der weiten Welt ihr Glück zu suchen und dem Vaterland als Pioniere für deutsche Wertarbeit Dienste zu leisten. In gediegenen Geräten würde Herr Bischoff seiner Tochter zusätzlich zur Mitgift Einrichtungsgegenstände schenken, die man zur Niederlassung in Palästina brauchte, und damit der Arbeitsbeschaffung des Reichskanzlers und Führers dienen. Er, Leopold Bischoff, wußte als kühl denkender Geschäftsmann, daß schon viele Besen mit scharfen Borsten begonnen hatten, bloß um nach wenigen Monaten zur bravsten Hausarbeit aufzuweichen. So dachte er, so würde er handeln, mit ihm die überwältigende Mehrheit der

jüdischen Deutschen oder deutschen Juden, die unter den Hohenzollern geboren waren und eigentlich niemals aufgehört hatten, gut hohenzollernsch zu fühlen. War die Weimarer Republik auch für deren Einschätzung nur eine Episode gewesen – um so schlimmer für sie. Sie hatte mit dem verlorenen Krieg ein lästiges Erbteil übernehmen müssen und, obwohl sie sich all der Roten, der Liebknecht, Luxemburg, Eisner und Landauer energisch entledigen ließ, bei den Westmächten doch niemals gut Wetter genossen. Vielleicht blühte dem Dritten Reich der europäische Weizen besser, das nach dem ganz unaufgeklärten Reichstagsbrande die Kommunistische Partei verboten hatte und viele ihrer Mitglieder verhaftete, ja auf der Flucht erschoß. Ohne Zweifel verurteilte ich damals mit vollem Recht den braven Bischoff, seine Logenbrüder und all die Unglücklichen, die von dem kommenden Unheil nichts ahnten. Aber der ich heute hier sitze, verurteile ich auch jenen Dr. Richard Karthaus von damals, der immer noch an einen mittleren Weg bei der Beseitigung des Übels glaubte und seinen tiefen, warmherzigen Wunsch nach möglichst reibungsloser Ordnung der kommenden Dinge in die Welt projizierte, an den Himmel, die Heimat unserer Träume.
Natürlich traf man in Paris Bekannte der verschiedensten politischen Färbung – alle entschlossen, sich das von außen anzusehen, was sie Hitlers Flegeljahre nannten. Ich kam mit Gott und der Welt zusammen, auch mit ernsthaften und empörten Kritikern der braunen Vorgänge, mit Leuten, die Deutschland gleich nach dem Reichstagsbrand verlassen hatten, mit anderen, die mühsam über grüne Grenzen flüchteten, mit dritten, die bei jedem Worte um sich blickten – sie mußten auf Angehörige Rücksicht nehmen, die noch im Griffbereich der Feindesfaust atmeten. Es freute mich, wie einmütig alle diese Emigrierten den Nazisieg der Reichswehr zuschrieben und deren Duldung jener braunen strammhosigen Privatarmee, Parteiarmee, getauft SA und SS. Mochten die Reichslautsprecher immerhin den anständigen Namen Revolution mißbrauchen – hier machte ihn keiner für diesen Raubkrieg mit. Denn als Raubzug stellte sich das braune Glück sehr bald heraus, seitdem nicht nur Wohnungen und Vermögen linker Intellektueller und Politiker geplündert wurden, sondern die unvergleichlich ergiebigeren Kassen der Gewerkschaften und nach und nach aller republikanischen

Parteien. Aufrecht, vom Bürgertum als kommende Sicherung erwartete Potenzen, standen nur noch der Stahlhelm, eine konservative Frontkämpferorganisation, und die Deutschnationalen, die Schildträger der Armee, geführt von dem Geheimrat Hugenberg, der in sich das Bündnis zwischen Schwerindustrie und Agrarkrediten vereinigte und als zukünftiger Reichskanzler gegolten hatte, bis der von Hindenburg eingesetzte »böhmische Gefreite« mit seinen hunderttausend Sturmtrupplern alle schwächeren Gruppen seinem Regime unterwarf.

Nur einer meiner Bekannten lehnte solche Meinung ab, die ich ja überhaupt nicht teilte, nur verzeichnete. Das war Leo Schurmann, und gerade er besaß die besten Verbindungen zu allen, selbst zu Reichswehrkreisen – hatte er mich doch seinerzeit bei der Gräfin N. mit Major Repke mit gutentwickelter Nase und unauffällig unter dem Schnurrbart verschwindendem Mund, in gutem Stande, gepflegt und selbstbeherrscht, geschmackvollen Frauen wohlgefälliger als der durchschnittlich saloppe Berliner Kaufmann. Und da sein Geschäft darin bestand, der Lokomotivenfabrik Grelling beim Verkauf älterer Modelle und noch brauchbarer Wagenbestände behilflich zu sein, war er eine Persönlichkeit, die in allen weniger entwickelten Ländern Europas, des Nahen und Mittleren Ostens und Südamerikas immer gern begrüßt wurde. Denn so unglaublich es heute klingt: damals verkauften sich Lokomotiven und rollendes Material nicht von selber, und es bedurfte geschickten und überzeugenden Auftretens, um Vertrauen zu erwerben und durch prompte Lieferung zu bestätigen.

Herr Schurmann wohnte, wie ich aus Hellas Einladung wußte, in dem schönen, abseits liegenden Hotel »Montmorency«, nicht so bescheiden wie mein »Galilei«, aber auch nicht so pomphaft wie der »Prince de Galles«, und am Fenster seines Zimmers, während die Straßen wieder vollregneten, warnte er mich vor Optimismus.

»Die Leute unten im Vestibül mit ihrem Hugenberg werden sich verrechnen. Was diejenigen losgelassen haben, die der braunen Flut die Schleusen öffneten, schätzen weder Sie, Doktor, noch ich schon heute ab. Vor Explosionen zieht man sich am besten ein ganzes Stück zurück. Ich nach Ekuador als Eingangspforte zu den Vereinigten Staaten – in Berlin beim Generalkonsulat zu warten, bis ich dort mein Visum bekomme, fehlt mir die Geduld. Die deutsche Quote ist auf Monate überzogen, und da jetzt Neider und Konkurrenten freien Spielraum haben, mag ich mich ihren etwaigen Zugriffen nicht aussetzen. Von Quito finde ich dann schon nach Washington – früher oder später, so wie Sie sehr bald nach Palästina. Wissen Sie denn schon, wo Sie einen Schiffsplatz hernehmen? Man reißt sich um die Überfahrten.«

Ich sah betroffen auf. Daß die Schiffe der »Messageries Maritimes« ausverkauft sein könnten, war mir bisher nicht in den Sinn gekommen.

Schurmann lachte, telefonierte mit dem Portier, ließ ihn bei der Agentur anfragen – und siehe da: bis zum Winter konnte man zufallsweise einen Schiffsplatz erwischen, immer wurden ja welche im letzten Augenblick frei. »Der Herr braucht sich dazu nur marschfertig nach Marseille zu setzen.« Herr Schurmann pfiff ein Liedchen durch die Zähne, strich sich das sorgfältig gescheitelte Haar und verlangte dann Verbindung mit einem exotisch klingenden Büro, der »Kiu-shiu Line«, mir bisher ganz unbekannt. Dorthin telefonierte er eine Minute lang englisch, wiederholte mehrmals fragend und bestätigend das Wort Naples und deckte die Sprechöffnung mit der Hand ab. »Wenn Sie wollen, kriegen Sie noch eine Kabine erster Klasse auf dem Japaner, der von Neapel nach dem Suezkanal fährt und gar nicht teuer ist. Moderne Schiffe, Motorschiffe, und wenn das Mittelmeer bewegt ist, was es sehr sein kann, empfehlenswerter als die größten Amerikaner. Da Sie ohnehin, wie Sie mir sagten, sich mit Frau Hella in der Schweiz treffen, läßt sich's doch einrichten. Und die Fahrt mit den höflichen gelben Stewards macht besonderes Vergnügen.«

Ich besah ihn mir durch den Rauch einer dünnen holländischen Zigarre, die er mir angeboten. Dieser weltläufige Mann – ihm machte es nichts aus, daß die Japaner voriges Jahr in China eingefallen waren, um aus dem Riesenleibe der im Umbau begriffenen Republik einen mandschurischen Staat herauszuschneiden, unempfindlich gegen alle Vorstellungen und selbst Drohungen des Völkerbundes und so militaristisch wie das bismarckische Preußen. Es gab deutsche Republikaner, die das faschistische Italien nicht mehr betraten; sie würden auch den Gedanken zurückweisen, eine japanische Reederei zu unterstützen. Aber ich, der ich mich nur auf einen Aktionsradius beschränkte, den ich übersehen konnte und verstand, als überzeugter Empiriker und Naturforscher der menschlichen Seele – ich brauchte mich wahrhaftig, so schien mir, von solchen Bedenken nicht abhalten zu lassen, um ohne Verzögerung ans Ziel meiner Wünsche zu gelangen, besonders da ich in Palästina eine neue Praxis, noch dazu in deutscher Sprache, aufzubauen hatte. Ich dankte Freund Schurmann, bat aber um vierundzwanzig Stunden Bedenkzeit.

»Genehmigt«, er lachte und machte mit der Agentur, die sich unten auf dem Boulevard des Capucines neben anderen Schifffahrtslinien befand, einen Widerruf von vierundzwanzig Stunden aus, belegte aber die Kabine fest für seinen Freund, einen berühmten Berliner Neurologen, den Doktor Karthaus, auf der Hauptagentur Hamburg bestimmt bekannt. »Die ›Jasukuny Maru‹ kommt von dort. Und nun habe ich noch eine Warnung für Sie, lieber Freund! Ihre Bankverbindung mit den Herren Strohflein und Co., von der Sie mir noch in Berlin erzählten, diese Bankverbindung mißfällt mir gründlich. Herr Strohflein hat abstehende Ohren wie ein Dieb, war während des Krieges deutscher Feldpolizist und tat nachher mit dem braven Rüchlin eine Wechselkasse auf. Wie diese Leute groß geworden sind – Gott, zwischen 19 und 23 wuchs mit Schweizer Franken ja jeder Ziegenbock zum Elefanten! Aber als ich dahin kam, vorigen Dezember, setzten sie mir Kaviar vor und was nicht noch für Lekkerbissen. Das bedeutet Butter auf dem Kopf. Schaffen Sie sich in Jerusalem ein Konto bei einer zuverlässigen Bank und nehmen Sie alles, was Sie noch haben, aus dem Franken hinüber ins Pfund. Sie wissen, daß ich nicht ins Blaue rede. Es sollen von Deutschland schon mal Nachbarstaaten überrannt worden sein.«

Ich zog meine Brauen hoch und besah mir erstaunt den schon ergrauenden gescheiten Schurmann. Das klang ja so, als sähe er deutsche Angriffe auf Neutrale vor dem geistigen Auge – 1933! Und ich schüttelte den Kopf. Nun, Palästina lag weit genug von alledem, und ich wollte heute und morgen von solchem Kram nichts mehr sehen und hören. Aber ohne Zweifel würde ich Schurmanns Warnung befolgen. Zu meinen besten Eigenschaften gehört, daß ich mich gern überzeugen lasse, wenn ein anderer von der Sache mehr versteht als ich. Und arbeiteten nicht zwei ehemalige Logenbrüder als leitende Beamte in der Anglo-Bank von Haifa?

SECHSTES KAPITEL

Schweizer Sommer 1933

Die Angelegenheit mit Hella nahmen ihren Lauf, und wir beschlossen, uns nach letzten schweizerischen Ferienfreuden erst einmal zu trennen. In dieser Trennung, vielleicht für Jahre, blieb keine Neige von Bitternis, und die Gelddinge, die sonst unvermeidlich verraten, ob eine Verbindung auf wahrer Freundschaft beruhte oder auf gegenseitiger Ausnutzung – diese Gelddinge regelten sich gleichsam von selbst. Alle Werte, die wir in Deutschland besaßen, würde Hella mit Herrn Schurmanns Hilfe für sich und die Kinder innerhalb der gesetzlichen Verordnungen nach Kanada mitnehmen – transferieren nannte man das damals. Ich selber beanspruchte nur meine Bibliothek und all die Aufzeichnungen, die dazu gehörten. Da Hannah Bischoff ihr Heiratsgut von einem bestimmten Transportfachmann in eine jener hüttengroßen Kisten verpacken lassen würde, die man Lift nannte, konnten meine Bücher ohne Schwierigkeit hinzugefügt werden, die ja ohnehin von niemandem sachverständiger geordnet werden würden als von der Bibliothekarin, die seinerzeit die Kartothek dazu angefertigt. Dabei erzählte mir Hella mit lachenden Augen, daß die Angst des Herrn Bischoff, meines dankbaren Patienten, vor einer Verbindung mit mir grenzenlos gewachsen sei. Das neue Dritte oder Tausendjährige Reich hatte sich eine neue Polizei geschaffen, derengleichen es vorher nur im zaristischen Rußland gegeben, die Geheime Staatspolizei oder Gestapo. Vor ihrer Allwissenheit begann man im bürgerlichen Leben Achtung und Angst zu empfinden. Daher erklärte Herr Bischoff, die Stirne gerunzelt: »Für Herrn Karthaus besitze ich keinen Pfennig«, als Hella ihm telefonisch vorschlug, das Problem der Umzugskosten für meine Bibliothek vorläufig dadurch zu vereinfachen, daß er sie freundlichst auslege. Die kleine Schwierigkeit wurde dann von den beiden Frauen untereinander aufs friedlichste geregelt. Jeanne rechnete dem Vater den Betrag als Umzugskosten mit an, und als ich ihn ihr später nach erfolgter Ausladung in Haifas Hafen zurückzahlte, stellten wir beide fröhlich fest, daß sie auf diese Weise zwölf Pfund mehr nach Palästina transferiert hatte, als Papa ihr zugebilligt. Nein, Herr Bischoff war kein Kirchenlicht, und mein kluger Herr Schurmann behielt auch darin recht, daß er ihn zwischen uns einmal einen Krämer nannte, der eigentlich Bähschaf heißen müßte. »Denn ich weiß nicht, ob Ihnen der Name Bischoff verrät, daß er von beschaffen herkommt. Einer von Herrn Bischoffs Vorfahren muß zur Zeit der Namensgebung unter Joseph II. Beschaffer oder Faktor bei böhmischen Adligen gewesen sein, Kinsky oder Waldstein, die Sie aus Schillers Trauerspielen kennen. Ein paar Gulden genügten dann, um einen Beschaffer zum Bischoff zu weihen.« Und wir zwinkerten einander zu und hoben grüßend unsere Mokkatäßchen, denn dieses Duo spielte sich noch im Montmorency ab, obwohl ich es unordentlicherweise erst hier berichte.

Und dann begann der schmerzliche Teil meines Abschiedes von der ersten Lebenshälfte, der von Bob und Rudolf, meinen beiden prächtigen Jungen. Inzwischen schrieben wir August 1933, einen herrlichen Sommermonat, und die eingefahrenen Bahnen unseres einst so geregelten Lebens kamen zu ihrem Recht, die da wollten, daß Schüler erst reisen, wenn überall Schulferien walten. Wir trafen uns in einem kleinen Ort des Berner Oberlandes, zwanzig Minuten Waldweg entfernt von einem mondänen, mit geheiztem Schwimmbad versehenen Kurort, und waren miteinander glücklich, wir vier. Die beiden Jungen strahlten, wenn sie von ihrer Übersiedlung nach Kanada schwärmten, in ein Land, das von Grislybären, Elchen, Büffeln und Wölfen nur so wimmeln sollte. Ob sie lieber ein Pony oder ein Auto haben wollten, lieber im Hochwald kampieren oder in der Prärie, und ob sie später lieber Arzt bei den Indianern werden würden oder geologische Forscher in den noch unbekannten Gebieten des Nordens – solche Fragen würzten ihre Gespräche, denen ich mit wehmütigem Glück zuhörte. Daß ich nicht mit von der Partie sein sollte, nahmen sie kaum ernst.

»Bilde dir nur nicht ein, du werdest in deinem Palästina einen grauen Bart kriegen, bei den ollen Juden.«

»Olle Juden darfst du nicht sagen«, fuhr Rudolf seinem jünge-

ren Bruder in die Parade, »bist ja selber einer. Und das ist Naziquatsch!«
»Was denn«, wehrte sich der Jüngere, »sind doch unter uns, und das Schweizer Kreuz wird sich nie in die krüpplige Hakenkreuzspinne verwandeln. Aber daß Papa früher oder später wieder zu uns stößt, das darf man wohl noch behaupten!«
»Warum denn nicht«, sagte ich lächelnd und küßte meinen Jüngeren auf den blonden Schopf.
Worauf der Ältere mit der kleinen Faust auf den Tisch schlug: »Abgemacht! Aber ohne Fräulein Bischoff.«
»Behalte deinen Rock an«, mahnte meine Frau ihren Kavalier, und ich zog ihn leicht am Ohr.
Selbstverständlich hatten sich die Kinder klare und falsche Begriffe von unserer gemeinsamen Lebenslinie gemacht, und wenn sie sich jetzt auseinandergabelte, mußte wohl oder übel jemand schuld daran sein. Und wie sollten gutgeratene Buben anders reagieren, als sich schützend und ritterlich vor ihre Mutter zu stellen? Hella und ich blickten einander an. Die beiden legten für uns Zeugnis ab. Wir hatten sie allerdings unter Anwendung aller Kenntnis erzogen, die die neuere Psychologie Eltern und Pädagogen vermittelt. Hatten sie nie beschwindelt, uns nie Auseinandersetzungen vor ihnen gestattet, ihnen Anweisungen und Ratschläge nur in positiver Form gegeben, das Wörtchen »nicht« sorgfältig vermeidend, die Negation, die im Unbewußten von Kindern, Primitiven und Gruppen noch keine Resonanz findet, echolos verklingt. Darum sah ich voll Zuversicht in die beiden Augenpaare, das blaßblaue und das braune, als ich von ihnen Abschied nahm, mich wegwendend später, weil mir Tränen liefen; den beiden Jungen würde nichts Wesentliches schiefgehen. Besinne ich mich heute darauf, daß weder Hella noch mir das Wort »Rückkehr nach Europa, nach Deutschland« in den Sinn kam und daß ich also nicht ahnte, wie schwierig sich das Leben für diese beiden Prachtkerle anlassen würde, als es sich darum handelte, nicht mehr Besatzungssoldaten daselbst zu spielen, so müßte ich über mich selber den Kopf schütteln. Vielschichtig zieht sich das Bewußtsein des Menschen durch sein Wesen. In der obersten waren wir sicher, diese Hitlerei werde keine fünf Jahre Deutschland regieren, in der mittleren dann schauten wir den Krieg voraus, der nötig sein würde, um sie zu stürzen, in der untersten, tiefsten ver-

bargen wir das Wissen um die furchtbaren Veränderungen, die dieses »Faschismus« genannte Ding, diese Unterwerfung aller schöpferischen Kräfte eines Volkes unter Joch und Dienst einer kleinen herrschenden Ausbeuterschicht notwendigerweise zur Folge haben mußte. Ob sich in diesen Völkern selber und mit wessen Hilfe Gegenkräfte frei machen würden, von deren Vorhandensein doch unsere ganze Staatsbürgerfreude gelebt hatte – das alles blieb, wie gesagt, außerhalb unserer Perspektiven, auf alle Fälle außerhalb der meinen. Scheinhaft lebten wir und ahnten es nicht, so wie der Träumende im Träumen das Wirkliche zu genießen glaubt und von dieser Realität so überzeugt bleibt, daß in allen primitiven Menschengruppen der Glaube an ein Fortleben nach dem Tode eingefleischt ist und noch heute spukt. Und doch müssen Rudi und Bob, junge Männer, wieder deutsche Bürger werden, das deutsche Schicksal teilen.

Diesen kleinen Ort mit den Gletscherfirnen im brennenden Blau des Himmels und den dunkelgrünen Hochwäldern ringsum, den Schweizerhäusern voll hölzernen Schnitzwerks und den braunen Tischen in den Veranden – werd ich den je vergessen? Als meine Frau und unsere Kinder in den Autobus stiegen, der sie zur Bahn und weiter befördern sollte, nordwärts, da war mir zum ersten Mal in all diesen Monaten aufgezwungener Entscheidungen das Herz so schwer, wie man's vielleicht die ganze Zeit über voraussetzen sollte, hätte in unserer Natur ratio vorgeherrscht. Aber wirklich – wie soll ich es erklären? – befand ich mich seit Monaten in beschwingter Stimmung, einem Menschen gleich, der freiwillig aus seiner alten Haut schlüpft, eine neue Jugend erwartet ...

Ja, so erwartungsvoll und gleichsam erhoben nahm ich von Europa Abschied. Ich vertauschte ja unseren alten Erdteil, in dem alles stockte und voller Schwierigkeiten lag, mit einer von den beiden Gegenden der Erde, in denen Neubau, Aufbau vor sich ging. Die eine dieser beiden hieß Sowjetrußland, und obwohl mich mit diesem riesenhaften Experiment, dem größten der Menschheitsgeschichte, tiefe Sympathie verband, die ich auch nach Möglichkeit betätigt hatte – für mich kam eine Übersiedlung nach dorthin ja nicht in Frage. Die Russen wollten unsereinen nicht, weder unsere Psychoanalyse noch unsere k. u. k. Liberalität, sie machten ihren neuen Staat auf ihre Weise, russisch, und wir waren keine Russen. Wir waren Juden,

europäische, Sündenböcke für alle möglichen Fehler jeder herrschenden Klasse, und für uns hatte der Völkerbund in Palästina ein Refugium errichtet, einen Naturschutzpark, auch für mich. Und da Juden aus ihren Verfolgungen gelernt haben würden und meine sozialistische Überzeugung religiösem Gedankengut meiner Vorfahren entsprang und nicht der materialistischen Dialektik von Karl Marx, so führte mich ein vorgezeichneter Weg nach Palästina, ins neue Kanaan.
War ich nicht ein Landsmann der edlen Vollbärte Theodor Herzl und Max Nordau? Stand die Wiege dieses Zionismus, wie sich die Neugeburt des jüdischen Menschen nannte, nicht in der alten Habsburger Monarchie? Ward der jüdische Nationalismus – »Wir sind ein *Volk, ein* Volk!« – nicht als Bruder des tschechischen und polnischen im Habsburgerreich geboren? Meine Hella hatte recht: ich kehrte heim ins Reich der Väter. Ich wünschte zu den Wurzeln zurückzufinden, von denen ich durch den Gang welthistorischer Entscheidungen vor fast zwei Jahrtausenden gelöst worden war. Etwas in mir sang und lachte: »Wenn der Herr die Gefangenen Zions zurückführte, werden wir sein wie die Träumenden.«
In dieser Stimmung reiste ich langsam südwärts durch Italien, die herrliche Apenninenhalbinsel, die mir, dem Österreicher, durch den Faschismus innerlich noch ferner gerückt worden war. Davon durfte sie natürlich nichts merken, und das tat sie auch nicht, denn ich reiste ja nicht um ihrer Gegenwart willen. Ich besuchte Leonardo da Vinci in Mailand, Donatello in Florenz, Michelangelo in Rom, ich füllte mich mit Eindrücken aus den Museen und kühlen Kirchen, und der Duft des Weihrauchs tönte in diesen Abklang Europas ebenso wie der Geschmack der Salamiewurst und des Chianti aus kleinen Trattorien. Die Fassaden von Florenz, die Brücken über den Arno und der nackte Bronzekörper des Jünglings David verschmolzen mir mit dem machtvollen Petersplatz und den kleinen Gassen Pompejis, dem wundervollen Mosaikfußboden der Alexanderschlacht aus dem Museo Nazionale in Neapel zu einem musikalischen Brausen, einer europäischen Sinfonie von thematischer Fülle und strömender Einheitlichkeit, wie nur ein Abschiednehmender und zugleich Glücklicher es erlebt. Leb wohl, Europa, hieß das, du bleibst meine Heimat, die ich immer wiederfinden werde, auch wenn ich selber einen anderen Weg ins Ungeformte suchen

muß! Die Grenzen Europas bis an den Euphrat vorrücken, das hatte einmal einer unserer jungen Schriftsteller als Weiterwirkung, Hauptfrucht des Zionismus ausgesprochen. Dabei stand ich jetzt am Kai von Neapel, unten brummte schon die Sirene des Schiffes, auf das mich Herr Schurmann verfrachtet hatte, bevor er selbst gen Südamerika aufbrach. Süße Europa, harmonische Göttin, unserer Beseeltheit, bleib in der Hut deiner mythischen Brüder, »im Nebel, so der Götter Wange feuchtet«! – dachte ich, summte ich mit Mörikes Gedicht die Melodie meines Landsmanns Hugo Wolf, als ich Mitte September mit meinen Koffern an Bord stieg. Die mongolischen Gesichter, freundlich lächelnd, hätten mir in ihrer Fremdartigkeit, Jenseitigkeit so etwas wie Schrecken einflößen sollen, Angst vor dem Unbekannten, Vorgefühle der Zukunft. Aber einen Glücklichen treffen nur beglückende Reize, und wie gesagt: ein Heimkehrender ist ein Träumender. Und so nahm ich in dem tiefen Brummen der Sirene keine Warnung wahr – nur den aufmunternden Rhythmus einer zeitgenössischen Strophe: »Aufgewacht, Klabund, die Tage dämmern!«

Und doch hätte ich in diesem Brummen noch etwas ganz anderes hören sollen, hören können: die Warnung vor dem Teufelsspuk, der sich nicht nur vorbereitete, schon im Anstieg war. Gleich dem Geist, der, in eine Flasche eingesiegelt, auf dem Grunde des Meeres gewartet hatte, bis ein Fischer ihn ans Land zog und das Siegel löste, gleich diesem Dämon stieg bereits schwarzer Rauch am westlichen Horizont empor, hinter mir also, der ich nach Osten schaute. Eine furchtbare Wetterwand hätte ich sehen müssen, wären meine Augen wirklich so geschult gewesen, wie ich sie glaubte als Schülersschüler von Sigmund Freud. Das Gespenst, das aufstieg und den Horizont verfinsterte, hieß Krieg, die Flasche, in der es gewartet: Rüstung. Eine Arbeitsbeschaffung sondergleichen füllte die Werkstätten, Werkhallen an Rhein und Ruhr, die Schiffswerften, Flugplätze. Wie einst die alleinseligmachende katholische Kirche tausend Jahre mit anderen Glaubenslehren gerungen hatte und sich erst nach einem dreißigjährigen Kriege, der die europäische Kultur zu Boden stampfte, innerhalb von anderthalb Jahrhunderten zur Kapitulation durchrang, zur Duldung des Protestantismus und dessen Befreiung der Geister von Index und Inquisition, so schuf sich jetzt das kapitalistische Weltalter Rüstung zum Endkampf mit einer neuen irdischen Lehre, der sozialistischen. Und wieder sollte die Kultur Europas, ja eines großen Teiles auch von Asien, plattgetreten werden, im furchtbaren Zusammenstoß und Widerstand sich wehrender freiheitshungriger Massen, ihr die Leben einsetzten, Millionen von Leben, um die Vernichtung dessen zu verhindern, was menschenwürdig war im zwanzigsten Jahrhundert. Und während ich mich in meiner hübschen Kabine einrichtete und mich in einen herrlichen Speiseraum geleiten ließ, auf dessen Karte für den Lunch ich zwanzig Gerichte studieren konnte, englische, französische, japanische, fraß sich inzwischen in die Gehirne meiner deutschsprechenden Landsleute die Lehre vom Herrenmenschen ein, der blonden Bestie meines einst so angebeteten Verführers Friedrich Nietzsche, und in allen großen deutschen Städten stürzten sich braununiformierte Horden auf geistig geschultere Männer und Frauen und schleppten sie in Keller oder Lager, um durch Folter und Mord den Krieg gegen den Sozialismus zunächst einmal im eigenen Lande zu beginnen, bis über alle Grenzen ausströmen würde. So brachen sie zum Beispiel in die Wohnungen meiner Berliner Nachbarn ein, in Charlottenburg und Wilmersdorf, und wer sich nicht gleich ins Ausland gerettet hatte oder in die Verborgenheit, als man meinen Braunauer Landsmann in die Macht gehißt mit seinem Schnurrbärtchen, seiner Schmachtlocke und seiner scheußlichen Redegurgel, der ward zertrampelt, skalpiert, bestenfalls kurzerhand erschossen. Und das im Deutschland von 1933 nach unserer Weimarer Republik und jenem Weltkrieg, den ich als Bataillonsarzt bei unserer österreichischen Artillerie mitgemacht, erst in Polen, dann in Italien am Isonzo, und dessen Grauen und Massenmord verblassen sollte vor jenem zweiten Weltkrieg, als dessen Teilhaber ich hier sitze und schreibe. Aus den Träumen meiner Patienten hatte ich immer wieder ihr unbewußtes Seelenleben erforscht und ihnen zum Bewußtsein gebracht, aus welcher Kinderwelt, Vergangenheit ihre gegenwärtigen Leiden flossen, quollen, sich über ihren Alltag ausbreiteten, sie unfähig machten, den Anprall der Wirklichkeit zu bestehen, ihn zu verstehen. Wer aber und was mir dazu verhelfen sollte, mit dem eigenen Ich und Lebensproblem fertig zu werden; mir Neunmalklugem ein Licht aufzustecken, das mir die Augen erhellte für die grausige Wetterwolke, die nach gar nicht sehr langer Wartefrist auch meine Welt verfinstern würde, zu verschlingen drohte, davon ahnte ich damals nichts. Und doch glitt meine schöne »Jasukuny Maru« bereits durch die Straße von Messina und auf Kreta zu, wo sich das abspielen würde, was mich aus einem Träumer reifen sollte zum Kämpfer für Gegenwart und Zukunft.

SIEBENTES KAPITEL

Zwischen den Küsten

Gestern abend wurde in unserem Kasino groß gefeiert – unsere Engländer und Schotten, arabische Palästinenser und wir jüdischen, alles trank einander zu, freute sich der Tänze, der Damen. Wie nett unsere A. T. S. und W. A. A. F. s. aussehen können, unser weiblicher Hilfsdienst, wenn sie sich zurechtmachen dürfen – und die Getränke taten ein übriges. Auch ich hielt kräftig mit. Ich besitze die Eigentümlichkeit, mehr zu vertragen als die meisten robuster Wirkenden, behalte einen kühlen Kopf auf den Schultern, der sich genußvoll heller Gedankenreihen erfreut, mochte sie auch mal Alkohol beschwingen. Aber noch selten war ich so mit dem Herzen bei einem Galaabend. Wir feierten, vom blackout, der Verdunkelung, befreit, bei vielen Lichtern, schwirrenden Schmetterlingen und Heuschrecken den fünften Jahrestag der Schlacht um London, da in der zweiten Septemberwoche 1940 niedergerungen wurde jene drohende Hitlerlandung »Seelöwe«, wobei in wenigen Tagen und Nächten eine Minderzahl englischer Flieger und mit MGs ausgerüstete Fesselballons – Abwehrstationen in der Luft – 184 deutsche Maschinen abschossen, die Gefahr eines Einfalls der Hunnen ins Herz Britanniens abwehrten. Dies niederschreibend, gebe ich mir zu, voll jubelnder Gedanken gewesen zu sein, nicht ganz korrekter. Diesmal, schwärmte ich, verfügte die bessere Sache fast zum ersten Mal seit Olims Zeiten auch über die besseren Männer und Waffen, wurde die ärgste schwarze Wolke weggeblasen, die unser Tageslicht und das der Zukunft verfinsterte. Vor fünf Jahren sogen wir die ersten tiefen Atemzüge der Freiheit in unsere bedrängten Lungen, endete der Ansturm der Göringschen Flugzeuge vor unseren Kampffliegern und Abwehrflaks, den Briten in den Fabriken und Unterständen. Und als ich mit der blonden Ruth, die alltags meine Krankenlisten führt, den Langsamen Walzer tanzte, flüsterte ich ihr zu, und zwar deutsch: »Heute muß man tanzen. Ist dir

schon mal eingefallen, Ruth, daß wir heute abend auch Wiederauferstehung unseres deutschen Geistes feiern? Daß ohne diesen Sieg deutsch und sklavisch gleichgeblieben wäre?«
Sie schlug überrascht ihre langen Wimpern auf und antwortete englisch: »Wirklich Captain, Sie haben recht. Heut vor fünf Jahren fing es an.« Ich zog sie fester an mich, und wir schritten und drehten uns auf unsere Plätze, in hohem Lebensgefühl, beschwingt von innen her und wohl auch vom Sekt.
Überlege ich mir aber, warum ich den Gang des Berichtes, des Einschiffens auf der »Jasukuny Maru«, durch diesen Gegenwartsblick unterbreche, so war es eben jene Empfindung, die mein Damals und unser Heute auf die gleiche Stufe hob. Nur daß wir heute in der Wirklichkeit marschieren, auf dürrem und nüchternem Gestein, damals aber auf Wolken wandelten, im Gelände des Wunsches und irreführenden Traumes, aber mir hieß es Wiedergeburt und Realität. Ich hätte stutzen sollen über das Glück, mit dem ich alles aufnahm, was mir von der ersten Nacht an Bord ab begegnete. Aber weder kurze Betten noch das Frühaufstehen am anderen Morgen, noch irgend etwas sonst bereitete mir Unbehagen – was immer mich traf an Bord der »Jasukuny Maru«, später in der Bahn, bei der Zollstation Kantara oder nach meiner Ankunft in Jaffa, alles berauschte mich. Ich kann es nicht anders nennen. Ich fühle mich auf neuer Ebene, verjüngt und wohlgeraten, befreit von Blendungen und Vorhängen. Ich hatte einem Ideal oder Ziel zugestrebt, und nun kam es in Griffnähe, oder, um auf die Zeit an Bord zurückzukommen, ich war auf dem Wege, es zu greifen. Mein Wohlsein hieß: Verwirklichung. Jetzt, im Deckstuhl liegend, die reine Luft einatmend, die Küste Siziliens hinter mir, wo der große und seltsame Hohenstaufe Friedrich versucht hatte, Normannisches, Schwäbisches, Moslemisches und Italienisches zu verschmelzen – jetzt schon trieb der umschäumte Bug in ein Ungeformtes, Zukünftiges hinein, in die Tat von meinen und anderer Gedanken. Dieses Bild stammte von Heinrich Heine, ohne den mein ganzes Gedankengut ebensowenig bestanden hätte wie ohne die Lebensarbeit von Sigmund Freud, und unser gesamtes Weltbild ohne die Albert Einsteins. Die Werke dieser drei Großen des neunzehnten Jahrhunderts waren, wie jedermann in der Zeitung hatte lesen müssen, auf dem Opernplatz Berlins öffentlich verbrannt worden, unter nieder-

trächtig weihevollen Sprüchen der Goebbels-Indianer, in die Flammen geworfen nebst aller fortschrittlichen Geistigkeit deutscher Zunge vor Spalier bildenden Studenten, Arbeitslosen, Hausfrauen, Leuten. Erst dieser Akt der feierlichen, Barbarei und Geistfeindlichkeit riß die Zugbrücke empor, die mich bisher mit allem Deutschen verband. Ich hatte die künstliche Arbeitslosigkeit nicht durchschaut, die Kohle- und Stahlmagnaten an Rhein und Ruhr in die Millionen steigern durften, um dem Chef brauner Bataillone die Möglichkeit einer Arbeitsbeschaffung zu geben, der Kriegsrüstung – Revanche für 1918. Mein Denken blieb auch in anderen Fragen noch rot und weiß gesprenkelt. Aber hier hatte es geschnappt. Wer das geistige Rüstzeug, das heilige, eines großen Volkes verbrannte, wer Goethe und Schiller nur dank des Zufalls unangetastet ließ, daß sie nicht in einem jüdischen Kindbett geboren waren, der stand jetzt an meinem Horizont als Todfeind, ob ich nun lebte oder starb. Und alles das stimmte lückenlos überein mit meiner Hinwendung zur jüdischen Existenz. Ich gab der Tatsache, daß mich der käuflich erworbene Machtantritt Hitlers aus meiner Praxis warf, einen schöpferischen Sinn. Ich strahlte hinter meiner dunklen Brille dem blauen Himmel das froheste Lächeln zu: ich würde an der Genesung, der Wiedergeburt eines jahrhundertelang kranken, aber edlen und tüchtigen Wesens mitarbeiten, des jüdischen Volkes. Einzig jene Marxisten, die nach Rußland einreisen durften, konnten sich ähnlichen Vorzugs rühmen. Ich fuhr nicht in die Fremde, ich würde bei Brüdern landen.

Manchmal fasse ich mich jetzt an die Stirn und wundere mich. Ich selber hatte doch den Satz heraufgeholt: »Wir würden sein wie die Träumenden« – vorausgesetzt, daß wir uns überhaupt mit den Gefangenen Zions in Babylon vergleichen durften. Und wer nun weiß besser, was Traum und Wunscherfüllung bedeuten, wer hat von dem großen alten Mann damals in Wien gelernt, wenn nicht unsereiner, daß man den Traum nicht ohne weiteres an der Wirklichkeit messen kann, daß Traum dann sehr teuer kommt, dadurch, daß er der Ich-Zensur unterliegt, alle Wirklichkeitsvorstellungen schminkt und das Lebensgefühl schwindelhaft erhöht, um es in sich selbst zusammenkrachen zu lassen, wenn dem Traumgeschwellten die Wirklichkeitsprobe auferlegt wird! Wie konnte ich, das frag ich mich nicht erst heute, die tiefe Gemeinsamkeit übersehen, die mich, meinen Zustand beglückter Tatbereitschaft, mit den Menschen innerlich verband, fast gleichsetzte, die mich vertrieben hatten, um ein Tausendjähriges Reich zu starten? Ihr Messias war erschienen mit Stirnlocke, Schnurrbärtchen, brauner Bluse und Ledergamaschen, und er redete mit Zungen und Lungen. Auch der meine sollte erscheinen, unpersönlich und überpersönlich, der Mann der Masse, der neue Volkssozialist, der Prophetensprößling, der jüdische Landarbeiter, Bauarbeiter, Chauffeur. Ihn würden erfrischende Impulse durchströmen aus der Berührung mit der alten Erde. Die Sage von Antäus, dem Sohn des Erdbodens, woher stammte sie, wenn nicht von hier, diesen Inseln, den hesperischen Küsten, die dieses Mittelmeer eher umkränzten als einfaßten! Die Provence und Italien, Griechenland, Palästina – ein Rang vereinte sie, eine Auszeichnung hob sie aus der Vielfalt menschlicher Schauplätze heraus: sie wurden umspült und verbunden durch die gleiche heilige Flut. Von Phönikien bis Spanien regierte der mächtige Poseidon, der Bruder des Zeus, und ihm Hymnen zu schreiben, der die Höhe des Menschengeschlechts eingeleitet und ermöglicht hatte, ihm Gesänge wie die des Homer darzubringen, wäre mir ein Ziel gewesen, aufs innigste zu wünschen, hätte mir der Dämon nicht die Aufgabe zuerteilt, Seelen zu heilen und der Wirklichkeit zuzuwenden. »Erfinder rollenden Gesangs und sprühend gewandter Zwiegespräche« – ach, das galt mir leider nicht. Vielleicht wäre sonst der Verlust aufzuhalten gewesen, der mich im Verlauf der Jahre erwartete, der Verlust der jungen Jeanne und aller meiner Geltung im öffentlichen Wesen des jüdischen Aufbaus. Aber damals: nur in Versen, dachte ich, an meiner Pfeife saugend, nur in Versen hätte man die Begeisterung würdig ausdrücken können, die mir Schwung verlieh und so viel Jugendlichkeit.

Das Unvergeßliche dieser Fahrt aber, das kam vom Meer, vom südlichen Meer. Ich kannte allerlei klare Gewässer schon vorher, aber was ich erlebte, wenn ich mich an die Reling preßte und hinunterspähte in das schmiegsame und mächtige Element, das wir durchschnitten, Bug stets nach Südosten – dazu trug Klarheit des Wassers, seine Durchsichtigkeit, nur einen Baustein bei. Wir waren doch in ihm geschwommen, Jeanne und ich, mehrmals in Porquerolles. Und so liebenswürdig es sich einfangen ließ in jenen Buchten und Inselufern, so kraft-

voll trat es mir hier entgegen, wenn auch immer das gleiche, das Mittelmeer. Jede Bewegung seiner Wellen drückte Form aus, Gehaltenheit zwischen einem großen Binnensee und dem Ozean, mit dem es ja nicht wetteifern wollte. Aber wie diese Bläue in die Tiefe ging, bis zur indigofarbenen Schwärze, wie der Schaum an Weiße mit dem Weißesten wetteiferte, das unsereinem als Vergleich zur Verfügung stand, mit Möwenfedern, Wolken und Gletscherschnee – das riß mich zu immer neuer Dankbarkeit hin. Hier eben weitete sich Poseidons Reich, eines Gottes, dem der Tempel von Pästum in seiner erhabenen Einsamkeit zu Recht dastand wie ein Trankopfer der Nacht. Ein gesetzgebender Großherr aus olympischem Geschlecht, nur durch Opfer beeinflußbar, der die Formen seiner Küsten und Inseln anerkannte – kein flüssig gewordenes Gebirge gleich dem Atlantischen Ozean. Oh, ich fühlte, auch Poseidon konnte zuschlagen, mit dem Mittelmeer war nicht zu spaßen, aber seine Geheimnisse ließen sich ergründen, und im Umgang mit ihm hatte der Sohn der Europa seine heutige Gestalt gewonnen, an diesen Küsten Haus und Stadt gegründet und erarbeitet, sein Maß empfangen, sein Wissen geschult, sein Können in Formen gebracht und für immer abgestempelt – unser Mensch, der Bücherfreund, der Kämpfer.
Ach, dieses Grün und Blau und Blaugrün, dessen Oberfläche wir durchschnitten, diese Klarheit, die immer zum Hineinspringen verlockte, dieser Salzhauch und Morgenwind, den ich in Nase und Lungen einsog und der mich erfrischte und elastisch machte, als wüßte mein Organismus mit dem Jod, das er einatmete, was besonders Kräftigendes anzufangen. Besann ich mich auf von Menschen Erschaffenes, Erfundenes, das mich diesem Element vergleichbar in Tiefen aufwühlte, in Höhen entrückte, so durfte ich es nur mit unserer österreichischen Kammermusik vergleichen, mit dem köstlich Beseeltesten aller Klänge, die mit Franz Schubert in die Welt gekommen waren, seinen Trios, Quartetten, dem C-Dur-Quintett, dem großen Oktett, und die nie aufgehört hatten weiterzusprossen, zu zeugen. Süße Musik Beschwingerin der Seele! Wenn nur mein Plattenschatz und das bescheidene Koffergrammophon im Lift der Hannah und des Hermann Treppner die Reise zu Land und See gut überstanden! Mit Hella nämlich hatte ich mich geeinigt – ihr Bruder Theo besaß einen viel besseren Apparat als dieser

meine war, und die Columbia-Platten füllten einen artigen Schrank, von denen er in Briefen immer wieder schwärmte. Meer, Meer, Mittelmeer! Sicherlich stammte ich, bevor noch an Österreich und die Bukowina zu denken gewesen, von phönikischen Seeräubern und Händlern, die schon vor 4000 Jahren den Weg fuhren, heimwärts, den ich jetzt nahm. Ach, der Rausch dieser Meerfahrt faßte in sich auch die Helle und das Glück unserer Gesittung, die hier erarbeitet worden war, mühselig und beständig, von allen Menschenarten der besiedelten Uferzonen, Hinterländer. Hier war der Schritt getan worden, der in dem landenden Fremdling nicht mehr ein taurisches Götteropfer sah, sondern den willkommenen Gast, der mit Erfahrungen und Künsten den Landungsplatz bereicherte. Hier hatten Völkerschaften die Schulung gespürt und angebetet, die sich im Schatten der Schrift auswirkte, im Aufzeichnen, Lesen und Verehren des von den Vorfahren Vermittelten, durch jahrhundertelange Beobachtung Ergründeten. Hier ward der Dekalog vom Sinai angewendet, das Gesetzbuch, aus dem Nomadenstämme sich zu seßhaften Dorfschaften, Landschaften bekehrten. Hier hatte die menschliche Logik erst den Pythagoräischen Lehrsatz erfunden und dann die Dialektik des Sokrates. Und von hier waren Ritterlichkeit und Schutz der Schwachen, der Unbewaffneten, der Frauen und Kinder den Schwert- und Lanzenträgern in die Hirnrinde eingegraben worden als Engramme, bis sie schließlich gleich einem Automatismus die moderne Seele bedienten, von Arabern und Sarazenen, von Ägyptern und Spaniern, von Italikern und Provençalen und von all den Südslawen, deren Reiche in christlicher Zeit den Byzantinern dienten, den Türken zum Opfer fielen, in Freiheitskämpfen sich wieder und wieder aufrafften. Ich weiß nicht mehr, nachdem so viel Zerstörung diese Gesittungskruste abgeschliffen hat, ob mich damals schon auf der »Jasukuny Maru« ein Vorgefühl bewegte, wie der Aufstand des Kleinbürgertums mit all diesen so schwer gewonnenen Gütern und Werten aufräumen würde. Mit dem Reichstagsbrand und dem Scheiterhaufen der Bücher, der Beschimpfung und Ächtung aller fortschreitenden Geister und Könner hatte es begonnen, und wir wahrhaftig witterten damals schon, was da einstürzte, gekündigt wurde, seine Gültigkeit verlor. Wieweit es gehen würde, ahnte niemand, am wenigsten ich, der ich mich mit Enthusiasmus nach rückwärts verlor, in die Anfänge, die frühe Welt. In die blauen Tiefen statt in mein eigenes Unbewußtes hinunterschauend, während die Maschine, »Jasukunys« liebenswerte Kreiselturbine, zu unseren Füßen surrte und zitterte, verwies ich meinen Geist auf jene Fernen, da hier nicht ein Mittelmeer, sondern drei große salzige Binnenseen gerauscht haben mußten – getrennt durch Landbrücken, über die wir jetzt hinwegsteuerten und die uns das Lot der Navigationsoffiziere kartenmäßig festlegte. Damals, wer weiß wann, ragten Gebirge auf, wo jetzt Inseln vom Meer bespült wurden, kahle Felskuppen, an denen wir hinfuhren, Zakynthos und Leukas, Ithaka und Zypern. Auf diesen Landbrücken hatten sich die Urväter des mittelmeerischen Menschen, die durch ihre Höhlenmalereien und Bogenschützenkünste ausgezeichneten Verwandten der Buschmänner und Pygmäen, nach Norden vorwärtsgetraut, mit den eingeborenen Iberern und Pelasgern, Basken und Etruskern vermischt und eine Kultur gegründet, die dann, viel später, nach dem Austrocknen der Sümpfe zwischen Kaukasus und Schwarzem Meer, die Reiterstämme der asiatischen Hochebene anlockte, die Schwertträger und Arisch-Sprecher, Hellenen und Italiker, Kelten und Germanen. Aber während ich dann nach den vielfältigen, reizvollen Mahlzeiten eine an Bord gekaufte deutsche Zigarre rauchte und das Meer vom Liegestuhl aus ansah, von ferne gleichsam und als Mauer rings um mich errichtet, dachte ich, daß im Grunde genommen dieses Mittelmeer als Repräsentant des feuchten Elements überhaupt die Stunde regiere.

Dem Meer entsprechend aber verwandelte sich auch das Land. Die Enge von Messina entlang war es noch eine moderne, von Zeitgenossen bewohnte, mit Uferstraßen und Bogenlampen gangbar gemachte Landschaft. Und der Ätna leuchtete fesselnd, aber keineswegs ungewöhnlich durch die Nacht, als wir ihn in tiefer Finsternis passierten. Aber dann, am nächsten Tage oder am übernächsten, ich besinne mich nicht mehr deutlich auf Einzelheiten, sahen wir Kreta rechts von uns liegen, und diesen Eindruck werde ich nicht vergessen. Wie eine Steilküste sah es aus, die perlmuttern schimmerte. Selbst mit dem Fernglas, das ich damals noch besaß, meinem mächtigen alten Feldstecher aus den Zeiten des k. u. k. Oberarztes Karthaus, mit achtfacher Vergrößerung und einem Gewicht, als wäre es

aus Stahl – selbst mit diesem treuen Hilfsauge erblickte ich kaum Einzelheiten. Aber das ganze Kreta, diese Märcheninsel, brannte sich mir ein wie kaum ein anderer aus dem Meere steigender Fels. Dort auf dem Berge Ida hatten sich die Göttinnen dem Paris nackt gezeigt und durch ihren Schönheitswettstreit den Trojanischen Krieg entfesselt, dem die größten Epen unserer westlichen Welt entkeimten. Er schimmerte weiß, kreidig, von Wolken betupft, und indem ich meine schottische Decke näher ans Kinn zog, ließ ich mich im Stuhl zurückgleiten und öffnete mich meinen Gedanken. Von Kreta hatten die Hellenen Kultur empfangen, die Badewannen kamen daher, der Palast von Knossos enthielt die erste Wasserspülung, seine Mädchen und Frauen müssen erhaltenen Wandbildern nach die ersten Städterinnen gewesen sein, um Liebe wissend, Anmut, weibliche Schönheit. Jene Helena, von deren Vorbeigehen Homer noch die troischen Greise erschüttert zeigt, war ja nur die Zusammenfassung und Verkörperung aller kretischen Jugend ... Der Goldschmuck von Troja und Mykene wie die Bändigung der menschlichen Seele stammten von ägäisch-kretischen Meistern, die Achäer und Dorer dann erschlugen, bloß um ihre Nachfolge anzutreten. Immerfort zerstörten Menschengruppen die Kulturen ihrer Vorgänger, dachte ich, lassen sich auf den verwüsteten Stätten nieder, erbauen sie neu und werden von dem Geiste geformt, den sie in ihrer barbarischen Unreife erst einmal vernichten wollten. Wie oft ist dies passiert? Immerfort und überall. Eine letzte Völkerwanderung dieser Art vertrieb eben mich, den Republikaner Karthaus, aus der Menschensiedlung Berlin; gerade wieder ist eine Kulturschule von den sich aufbäumenden Kleinbürgern zugeschüttet worden. Aber beruhigt euch, meine Freunde, gegen die Umformung durch den Ortsgeist sträubt ihr euch vergeblich.
Ich weiß nicht einmal mehr, ob ich damals oder bei einer anderen Überfahrt nahe an der Küste von Messenien vorüberfuhr, dem Peleponnes nämlich und gewissen Felseninseln, die mir mein Glas noch näher holte. Wie riesige versteinerte Saurier lagen sie im Wasser: »Same, Dulychion auch und die wälderreiche Zakynthos.« Ach nein, du armes Gerippe, wälderreich darf dich niemand nennen, nicht einmal baumbestanden und von Schatten gefleckt. Haben dich die Römer oder die Türken für ihre Schiffsbauten abgeholzt? Sehen so die Liparischen In-

seln aus, auf denen der abtrünnige Arbeiterführer Mussolini seine Gefangenen hält, Männer wie er, die aber klarer denken und die Zukunft ihrer Klasse und der Menschheit besser gestalten wollen? So jedenfalls entwaldet und kahl kam mir das gegenwärtige Griechenland zum erstenmal entgegen. Wir hatten von ihm kaum je Notiz genommen, wir Leute des zwanzigsten Jahrhunderts. Als ich mit unserem Lazarettzug 1916 nach Cavalla hinunterrollte, war es mir nicht eingefallen, diese Mazedonier mit jenen Makedonen zusammenzubringen, die unter dem Schüler des Aristoteles, dem großen Alexander, europäisches Wesen und westliche Formen bis an die Quellen des Indus vorgetragen, für Jahrhunderte aufgepfropft hatten. Die Griechen von heute waren ein Balkanvolk und hatten für unseren großstädtischen Hochmut mit ihrer großen Vergangenheit ebensowenig zu tun wie Juden oder Ägypter mit der ihrigen. Ja, wir kannten kaum Zeitgenossen aus diesem Griechenland, an dem ich jetzt vorüberfuhr. Der einzige Mensch, der mir persönlich jemals etwas von einem Griechen erzählte, war Jeanne gewesen. Und auch diese Episode ihrer Begegnung mit dem »griechischen Jungen« wäre wohl schon vergessen, wenn die ungeheure Durchmischung und Zerstreuung unserer Zeitgenossen, die wir als Frucht der faschistischen Epoche erleben, mich nicht in die innigste Berührung mit ihm gebracht haben würde. Hätte ich doch ohne diese Verbindung mit seiner Person und seinem Schicksal kaum Anlaß, mein Ergehen während jener Jahre nachzuzeichnen.

Jeanne hatte mir von dem Erlebnis mit einem griechischen Jungen auf ihre zurückhaltende und dennoch vertrauensvolle Art berichtet, als wir beide auf jener Höhe unserer Beziehung angelangt waren, die mehr als ein Jahrdutzend vorgehalten hat, mir aber als lebenslängliche Nebenehe erschien. Damals drängte es sie, mir alles zu beichten, was sie erotisch erlebt hatte seit den Schwärmereien für ihren Bruder und dessen Freunde. Der griechische Junge war nicht der erste, den sie eroberte, aber der eindrucksvollste. »Er sah gut aus zwischen den Säulen des Warmbades, wenn er das Sprungbrett bestieg und ins Schwimmbad hineinschoß wie ein Torpedo. Er hielt mich für eine Engländerin, weißt du, und sprach mich so an. Sein Vater schwärme für Großbritannien, und wenn er das Vergnügen haben dürfte, mir Gesellschaft zu leisten, werde er ihn noch weit besser verstehen als bisher.« Dies spielte sich in einem Kurort des Berner Oberlandes ab, im Hochsommer der Befriedungsepoche, als sich alle Welt entwaffnete und nur Deutschland aufrüsten durfte. Er war der Sohn eines griechischen Artilleriehauptmanns, abkommandiert zu den Manövern der Schweizer Gebirgsbatterien, die in den Diablerettas umherfuhren, als exerzierten sie an den Ufern des Bodensees. Dieser Artillerist schwärmte für Großbritannien wie Schweizer Protestanten für den Schwedenkönig Gustav Adolf. Darum hatte er seinen Ältesten auch mit englischen Vornamen getauft – welchen, vergaß Jeanne zu berichten. Dieser griechische Junge blieb immer gescheit und lustig, er hatte eine Art, die siebzehnjährige Jeanne als erwachsenes Fräulein anzusprechen, anzulächeln, die der munteren Berlinerin, gewöhnt nur an den Umgang mit Jungen aus Berlin W, süß in die Glieder fuhr. Dennoch behielt sie ihren Kopf oben, ihren reizenden, fast auf Knabenart kurzgeschorenen Blondkopf, der mit so hellen Augen in die Welt blickte. Sie sagte sich: Das kann was werden, aber wenn die Ferien vorüber sind, muß es aus sein, ganz aus. Daher behielt sie ihren Familiennamen für sich, und da sich das Ganze in französischer Sprache abspielte, die beiden geläufiger war, übersetzte sie sich ins Französische; sie hieß für ihn Mademoiselle L'Evêque und dann kurz Jeanne, und erst am Wochenende erfuhr er, daß sie nicht aus Grenoble stammte, sondern aus Berlin, wohin ja Hunderte von Hugenottenfamilien ausgewandert waren. Aber er übertrumpfte sie. Als sie sehr vertraut waren, Jeanne in der Mitte der Nacht ihr Hotelzimmerchen neben den Eltern mit dem seinen vertauschte, um sich zu beweisen, daß sie Mut hatte, da zog er sie an sich. »Du wärest wert, eine Griechin zu sein, ich nenne dich Xoanna Episkopoy.« Das war ein Ferienerlebnis gewesen, eine schöne Kinder-Sommerliebe, die im dichten Gebüsch des schweizerischen Berglandes ihre ernsthafte Wendung genommen hatte. »Da roch es so wunderbar nach trockenem Gras, Himbeeren und Tannennadeln, weißt du, und ich wollte ihn ja auch haben. Er war der beste Schwimmer, und er sah so gut aus.« Ich glaube nicht, daß wir von dem griechischen Jungen jemals wieder sprachen; Jeanne nannte ihn nicht einmal beim Vornamen, und als ich ihn wiedererkannte, feststellte, wer er sei, war die Welt längst in Flammenschein getaucht, von China bis Äthiopien!

ACHTES KAPITEL

Prophezeiungen

Ach, das blitzende Meer mit den weißen Schaumkronen! Fürs Mittelmeer nicht schlecht, sagten befahrene Leute, wenn wir, um die Mahlzeiten in den Körper einzuordnen, Tausende von Schritten auf dem Promenadendeck machten, in Mänteln und mit Mützen, vom Westwind in unserem Rücken vorwärtsgejagt. Unsere »Jasukuny Maru« aber entsprach vollkommen dem Lob, das Freund Leo Schurmann ihr vorausgesandt: sie glitt durchs Wasser und schnitt seine Bewegtheit mit der Ruhe eines Bügeleisens, das über ein Tischtuch fährt. Dem Hinterdeck durfte man sich freilich nicht nähern, wollte man nicht klitschnaß gespritzt werden vom Salzwasser, das uns nachjagte. Aber dennoch marschierten wir rund ums Schiff, durchquerten lachend die Duschenzone, schüttelten uns und warteten schon wie Jungen auf die nächste Runde.

Auf einer dieser Märsche erblickte ich ein bekanntes Gesicht – so bekannt, daß ich es eigentlich hätte ansprechen müssen. Aber als Jüngerer mußte ich warten, bis mir der Kollege – ein wirklicher Kollege – seinerseits ein Zeichen gab, er werde sich freuen. Es handelte sich um Dr. Jacobs, Manfred Jacobs, und wer etwas von der Geschichte unserer Wissenschaft in Deutschland weiß, bedarf weiter keiner Erläuterung. Dr. Jacobs war das Haupt der strengen, traditionstreuen Psychoanalyse Freudscher Richtung in Berlin, von Anbeginn ihr norddeutscher Repräsentant. Er hatte sein ganzes Wesen, seine Person und seinen Besitz in ihren Dienst gestellt, und jetzt mußte er, und nicht er allein, das Feld nichtjüdischen Kollegen überlassen, die, von ihm geschult und erzogen, alle Einrichtungen der Berliner Vereinigung beschlagnahmten. Das Bild des »Professors« – nur so sprach man von Freud in unseren Kreisen – entfernten sie aus dem Sitzungsraum und richteten sich auf arische Psychoanalyse ein.

Ich selbst hatte der Vereinigung sechs Jahre angehört. Anläß-

lich einer der Spaltungen, in denen sich das Reifen solcher Schulen ausdrückt, hatte auch mein Stündlein geschlagen. Als mein Lehrer und Arzt, Dr. Otto Fekete, Budapest, aus der Wiener Vereinigung ausgeschlossen wurde, blieb auch mir innerhalb der Berliner keine Wahl. Jener Ausschluß erfolgte aber, weil auf der einen Seite Fekete seinem bisherigen Meister und Freund nicht in die Gefilde des Todestriebes folgen wollte, die der Professor mittlerweile erschlossen, außerdem aber bei der Niederschrift von Krankengeschichten sich gewisser Freiheiten bediente – der literarischen Psychologie –, die ihm der strenge Empiriker Freud und sein Anhang nicht einräumten. Das stellte durchaus keine Haarspalterei dar – wissenschaftliche Grundfragen machten hiermit ihre Rechte geltend. Damals bestand eben noch eine geistige Kultur in Mitteleuropa, und die Frage, ob sich der Arzt in der Krankengeschichte nur auf seine Beobachtung stützen dürfe, ebenso schwer für einen Wiener oder Berliner Intellektuellen wie Zustimmung oder Ablehnung der kühnen Vision, daß mit dem Werden des Individuums auch schon sein Ende gesetzt sei, sein Tod, auf den, als Seelenkraft gleichsam, ein Trieb in ihm hindränge. Niemand freilich hätte, als wir, Dr. Jacobs und ich, uns auf dem Verdeck der »Jasukuny« nach einer Pause von sechs Jahren wiedertrafen, die Fallen der kommenden Kriegsläufte vorausgeahnt, die auf uns warteten, obgleich sie schon in der Vorfrucht des Kommenden keimhaft wirkten.
Dies bildete den Anfang unseres Gesprächs, als mich Jacobs quer übers Deck heranwinkte. Er stellte einen älteren Herrn mit Glatze und Bärtchen dar, kleiner als ich langer Lulatsch, breitschultrig, und mit jener lockeren Eleganz gekleidet, die gewisse Hamburger Familien von altem Reichtum dem smarteren Berliner Schnitt vorzogen, auch nach der Übersiedlung in den Grunewald. Seine braungelben Augen blickten aus tieferen Höhlen als üblich mit dem Ausdruck steter Aufmerksamkeit, der Neugierige abwehrte, vor seinen Patienten aber sich in teilnahmsvolles Zuhören verwandelte. Seit eine Schrapnellkugel im ersten Weltkrieg dem auf einem Sanitätswagen sitzenden Stabsarzt Jacobs den Oberschenkel durchschlug, Fleischwunde, bediente er sich eines Stocks mit lautloser Gummizwinge; auf den, Ebenholz und Elfenbein, stützte er sich auch jetzt, und da er auf dem linken Ohr nicht gut hörte, bat er

jeden Unterredner auf seine rechte Seite. Freunde scherzten, nur um solcher Höflichkeit willen habe sich Jacobs die Schwerhörigkeit zugelegt.
Wir freuten uns beide, daß wir uns trafen. Wir hatten zum ersten Mal alle Stunden des Tages zur Unterredung frei. Analytiker, wenn sie etwas taugen, sitzen zehn Stunden in ihrem Sessel hinter dem Kopfe des Patienten, folgen seinen Berichten und Einfällen, ordnen sie, stellen ihre Durchsichtigkeit fest, ihren Sinn, sagen sehr wenig und legen sich des Abends schlafen, ausgelaugt vom Anprall menschlicher Störungen.
»Eigentlich müßten wir beide Herrn Hitler hier vor Kreta einen Hahn schlachten; er schenkte uns das Glück erzwungener Ferien und eines Neuanfangs, den wir uns selber nie gegönnt hätten«, spaßte Dr. Jacobs, auf dem glatten Deck ausschreitend und seine Beine spreizend wie echte Hamburger Seeleute. Auf die Frage nach seiner Gattin antwortete er, sie vertrage leider nicht einmal diesen Seegang und liege unter der Obhut einer Nurse in der Kabine, bis der Westwind sich entschlossen habe nachzulassen. Ich verneigte mich bedauernd. Es war bekannt unter den Kollegen, daß Frau Jacobs, von Geburt Pariserin, die Analyse haßte, die ihr den Gatten für den ganzen Tag entführte.
»Stellen Sie sich vor, Kollege, was ich für einen unverzeihlichen und unbegreiflichen Fehler gemacht habe«, erzählte Jacobs, als wir wieder einmal die spritzende Heckpassage durcheilt hatten. »Die Agentur der Nippon Yusen Kaisha im Chilehaus erfuhr von meinem Bruder, wer der Jacobs sei, der in Berlin für die ›Jasukuny Maru‹ gebucht habe. Das Londoner Haupthaus schickte dem Schiff eine Radiobotschaft nach Neapel: ›Most famous German Doctor on board, please take care.‹ Worauf mich der Purser in seine Kabine bittet, mir Sherry vorsetzt, Zigaretten, und ein Gespräch beginnt, in welchem ich ihm meine aufrichtige Freundschaft für das japanische Volk versichere und mich veranlaßt sehe, ihn, einflußlosen Zahlmeister auf einem 8000-Tonner, vor den Folgen der japanischen Aggression gegen China zu warnen. Ich weiß, sage ich, ihr Japaner habt im Weltkrieg für dreitausend Tote und tausend Verwundete recht viel Land und Einfluß eingehandelt. Natürlich verführt so was zu Wagnissen – ich unterließ gerade noch, von erfolgstrunkenen Kriegsspekulanten zu sprechen. Statt dessen schloß ich un-

wahrscheinlicherweise mit dem Satze: Wenn sich Japan, dieses fleißige und so liebenswürdige Reich, in einen Krieg mit modernen Großmächten einlasse, der aus seinen mandschurischen Verwicklungen leicht entstehen könne, werde es als Republik aus ihm hervorgehen. – Dies, Herr Kollege, sprach ich zu einem Japaner, der in seinem Kaiser einen Sohn des Himmels sieht, einen Gott und Enkel von Göttern. Und nichts warnte mich vor solcher Ausschreitung, keine innere Stimme, kein Zucken in meinem einst verwundeten Bein! Daß der Purser fortfuhr, freundlich zu lächeln, gehört ja zum Ritus; ebenso aber auch, daß er mich nicht mehr sah, noch ich ihn, seitdem ich derart unter die Propheten gegangen.«

Wir lachten einander zu, wohl wissend, welche Streiche das Ich auch so klugen Köpfen spielen kann wie den unseren. Er schüttelte die Feuchtigkeit von der Mütze, wischte seine Brille trokken und sagte: »Das war eine Fehlleistung, nicht wahr? Haben Sie schon mal bedacht, Kollege, daß dergleichen im Weltmaßstab losgelassen wurde nicht erst Anno 32, sondern schon 1914? Werden wir solche Kurzschlüsse wieder ausbessern können, durch die vier Jahre lang der reinste Zerstörungstrieb, der Granatfeuertrieb, als Heldentum und Kriegerfreude in den Dienst der Weltpolitik gestellt wurde?«

Ich stützte seinen Arm, wir überschritten nasse Planken. »In meinem Büchlein ›Kriegsneurosen‹ glaube ich die Antwort schon gegeben zu haben. Eine neue Zielsetzung für Aggression tut not: Kampf gegen Wüsten, Gebirge, Ozeane, Elemente.«

»Und jetzt schlag ich Ihnen vor«, schloß Jacobs unseren Rundgang mit dankbarem Blick für meine Hilfe, »im windgeschützten Bug unsere Liegestühle aufzustellen oder in der Bar einen Schwarzen zu trinken. Denn ich glaube, wir haben noch manches zu snaken – wenn es stimmt, daß Sie auch nach Palästina übersiedeln.«

»Wohin denn sonst? Ich alter Zioniste!«

Die Verbindung mit Manfred Jacobs ward von diesem ersten Plausch nur eingeleitet. Wir freuten uns aneinander, wie ich froh genug feststellte. Die Trennung von ihm hatte mir das Ausscheiden aus der Berliner Vereinigung, das der Lauf der Dinge nun einmal erzwang, schwergemacht, seine mitteltiefe, in der Brust widerhallende Stimme mich von jeher eingefangen – ich hänge von diesen Dingen leider ab. Die Trennung von

Jeanne wäre mir wohl leichter geworden, hätte ich nicht beständig ihre leise, aber silbern unterlegte Sprechart im Ohr behalten, Professor Jacobs, wie man ihn später in Palästina nannte, mußte sich viel um seine Gattin kümmern, die erst hinter Alexandria ans Tageslicht kam, und zog es daher vor, sich mit mir in der Bar oder im Eßsaal zusammenzusetzen, wenn die von Passagieren leer waren und durch die stillen olivfarbenen Stewards aufgeräumt. Von den Gesprächen, die wir führten, haften mir zwei besonders in der Erinnerung, das eine, weil es überhaupt erst in diesem Jahr, unserem heutigen Jahr des Heils und Friedens 1945, seinen Sinn enthüllt, das andere, weil ich mich in ihm gar zu kindlich und illusionsfroh benahm, was auch erst später kenntlich wurde.

»Da sprechen wir die ganze Zeit über Herrn Hitler«, meinte Jacobs, an einer Hamburger Zigarre nippend, »dem wir diese Ferien zum Ich verdanken und der uns die Welt auf den Kopf gestellt zu haben scheint. Deutschland in den Kasernenhof Friedrich Wilhelms I. zurückverwandelnd, und nun stellen Sie sich vor, mit welchen Gefühlen ich diesen Sommer einen Mann, einen Schicksalsgenossen, auf einer Hotelterrasse der Provence sagen hörte: ›Immer dieser Hitler! Wenn Sie wüßten, wie langweilig und sinnlos all das klingt, was der Hampelmann anstellt! Wichtig und aufregend ist, was in unseren Laboratorien vorgeht, wo wir unter Albert Einstein Ägide bemüht sind, Atomkerne zu spalten. Waren ein gutes Team im Kaiser-Wilhelm-Institut, aber das haben diese Affen jetzt zerrissen, und England und Amerika nehmen uns mit offenen Armen auf. Wissen schon, warum, sind ja auch nicht von gestern, die Landsleute von Rutherford und William Smith.‹ Und wissen Sie, wer das war? Mein Nachbar aus der Fontanestraße, Professor Meno Gumbel vom Kaiser-Wilhelm-Institut, der Physiker. In Berlin sprachen wir uns keine dreimal jährlich, obwohl wir ziemlich oft mit der 76 zum Wittenbergplatz zu fahren hatten. Auf einmal erscheint Herr Hitler, und da geht es plötzlich – zwei beschäftigte Wissenschaftler haben wochenlang Zeit füreinander auf der Terrasse des ›Hotels de la Plage‹ an der Côte des Maures.«

Hier fiel ich ein mit meiner Begeisterung für diese alte Seeräuberküste, und wir holten Prospekte heraus und Karten und erzählten uns lachend, wie sich die Autobuslinien von Marseille nach Toulon gegenseitig zu Tode konkurrierten und wir Fahrgäste dadurch die Strecke für einen Franc zurücklegten.

»Und sehen Sie«, meinte Kollege Jacobs, »dieselben großen Augen, die ich machte, als er mir von seiner Atomphysik erzählte, der ungeheuren Naturkraft, welcher sie auf der Spur seien – die gleichen großen Augen machte Professor Gumbel, als ich ihm darlegte, wie auch wir Analytiker mit einer ähnlichen gigantischen Kraft umgehen, einer Seelenkraft nämlich, der menschlichen Phantasie. Dank ihrer war die einstige Ordonnanz im bayrischen Regiment List imstande, als unbekannter Gefreiter des Weltkriegs aufzustehen, sich selbst das EK I anzuheften und mit seiner Schwätzerzunge gegen den Versailler Vertrag zu donnern. Daß es ihm glückte, nicht nur die Weimarer Republik fallreif zu machen, sondern für die rheinische Schwerindustrie die Rüstungstore aufzustoßen, bestaunt jetzt Europa und vergißt nur zu leicht, wieviel unbewaffnete Fortschrittliche der talentvolle Parteiführer der NSDAP dafür beseitigt. Hunderttausend friedfertig erzogene Jungen verwandelte er in Bürgerkriegskohorten, aus anständigen Mitteleuropäern, die durchaus nicht miserabler waren als ihre Altersgenossen aus den Nachbarländern, züchtete er Mordbuben, Bücherverbrenner, Wohnungsräuber. Ohne die Vorstellungen vom Tausendjährigen Reich, die er ihnen vorgaukelte, ohne den Resonanzboden von Neid und Karrierismus, auf dem er zu musizieren vermochte – und vor allem ohne Thyssens Geldschränke wäre sein ganzer Feldzug zur Eroberung der Macht in Deutschland ebenso zerplatzt wie seinerzeit der des Generals Boulanger in Frankreich, der es nur bis zum Dreyfus-Handel brachte und dann scheiterte an der französischen Vernunft. Unsere Deutschen aber sind Märchenleser, gläubige Zuhörer, und deswegen ja beliebt in der ganzen Welt, besonders der angelsächsischen. Und nun offenbart sich ihre Kehrseite, und weder die Lords noch die Arbeiter möchten sie wahrhaben. Aber sie werden nicht gefragt werden. Es kann sich allerlei ereignen in Deutschland und mit ihm, und wer die menschliche Phantasie einigermaßen kennt, tut wohl daran, ein paar tausend Kilometer zwischen sich und seine einstige Heimat zu legen. Und darum sehen Sie mich auf der Fahrt nach Jerusalem, wo ich bleiben werde, bis man mich aus meinem Arbeitszim-

mer hinausträgt, die Füße voran, denn wir Hamburger sind eigensinnige Leute.«
Ich betrachtete ihn voller Sympathie, diesen reichen, verwöhnten Bürger, dessen Vermögen schon vom Großvater her stammte und allen Inflationen entrissen worden war und der jetzt von seinem Tode sprach wie ein ans Denken gewöhnter Römer. Ich erinnerte mich an den klugen Herrn Schurmann, der die gleichen Überlegungen angestellt, und sog an meiner Pfeife, die mit ihrem Tabac gris die Luft des Restaurants färbte. Unter unseren Füßen vibrierte leise der Körper des Schiffes, den die wohltätige Kreiselturbine lautlos vorwärtstrieb. Eigentlich hatte ich vergessen, daß es in meinem Beruf überlegenere Männer gab, als ich selber war; die Maßstäbe verlieren sich, wenn man täglich mit Menschen umgeht, die unsereinen zum Leben notwendig haben, denen wir helfen müssen, mit den Störungen ihrer Seelen zu Rande zu kommen. Darum verwirrte es mich beinahe, als eines ferneren Tages Dr. Jacobs mich fragte, ob ich denn wirklich in Haifa eine Praxis eröffnen wollte. »Ich gedenke unser Institut drüben neu aufzubauen, und obwohl Sie unsere Vereinigung verlassen haben, würde ich mich freuen, Kollege Karthaus, Ihnen helfen zu können.«
»Danke schön, Dr. Jacobs«, erwiderte ich, »aber ich hoffe, die Arbeiterschaft wird mich beschäftigen. Schließlich kommen wir ja nicht zu Fremden, sondern zu Mitjuden, Schicksalsgenossen, zu unserem eigenen Volk.«
Dr. Jacobs musterte mich aus der Tiefe seiner Augen hinter Brillengläsern in goldener Fassung. »Aber habe ich nicht«, sagte er, »ein Interview gelesen, das Sie im Juli unserem Pariser Tageblatt gegeben haben, der weitverbreiteten Emigrantenzeitung, als in Tel Aviv der arme Dr. Arlosoroff niedergeschossen wurde? Gaben Sie da nicht Ihrer Überzeugung Ausdruck, daß diese Tat ebensowenig von arabischen Nationalisten begangen worden ist wie seinerzeit die Ermordung des unseligen Dr. de Haan?«
»Selbstverständlich«, sagte ich und richtete mich unwillkürlich in meinem Stuhl steif auf. »Das ist derselbe Geist des individuellen Terrors, den die Leute östlich der Weichsel im 19. Jahrhundert ausbrüteten und den die russische Sozialdemokratie mit allen Mitteln ausgerottet hat. Aber in der jüdischen Gasse in Polen sprach sich das noch nicht herum.«

»Und Sie fürchten nicht«, fuhr Dr. Jacobs zögernd fort, »man werde Ihnen diese Aussagen in Palästina sehr verübeln, gerade von seiten der Arbeiterschaft? Ich bin ein bürgerlicher Mensch, wie Sie wissen, ein Liberaler alten Stils, aber soweit ich mich auf jene Kreise verstehe, herrscht in ihnen der Nationalismus mindestens so stark wie der Sozialismus, den sie betätigen. Und was sozialistische Nationalisten glauben und bewahrheiten, haben wir doch seit dem vorigen Kriege ausgiebig wahrgenommen, nicht wahr?«
Ich nickte vor mich hin. Dieser nächtliche Schuß am Strande von Tel Aviv hatte mich, ich gestand es Dr. Jacobs, tief verschreckt. Hätte ich nicht schon Gruppen befreundeter Menschen, auch aus meiner Patientenschaft, zur Übersiedlung dorthin angestiftet, ich wäre möglicherweise dazu gelangt, meinen Kurs anderswohin zu richten. Aber das ging nun nicht mehr. Ich rechnete auf den gesunden Instinkt und die Empörung unserer Leute, vor allem auf die englische Rechtspflege im Mandatsgebiet. »Ich kannte Arlosoroff, wir stimmten in vielen Dingen überein, ich setzte große Hoffnungen auf ihn für Palästina und die Renaissance unseres Lebens dort. Daß er nun wegfällt, vertilgt vielleicht eine unersetzliche Kraft. Das erzählte ich damals dem Mitarbeiter vom Tageblatt, und ich fand es nötig, daß man es öffentlich sage.«
Dr. Jacobs umfaßte sein Kinn mit einer kleinen, ausdrucksvoll gegliederten Männerhand. »Lassen Sie mich einen Ausspruch Ihres ausgezeichneten Landsmanns ein wenig abwandeln, Arthur Schnitzlers: ›Wir alle träumen, wer es weiß, ist klug.«
Ich blickte ihn überrascht an. »›Wir spielen alle‹, heißt es bei ihm, wenn ich nicht irre. Wollen Sie mir, verehrter Herr Kollege, mangelnde Realitätsprüfung unterschieben? Gebe ich mich Ihrer Meinung nach Illusionen hin? Wer lebt, wird sehen, sagt der Franzose. Das Glück jedenfalls, noch einmal anfangen zu dürfen, stellt keine Illusion dar, nicht wahr?«
Durch den Speisesaal, der begonnen hatte sich zu füllen, ging Bewegung, die Gäste drängten zu den Fenstern. »Egypt«, flüsterte deutlich hörbar ein Groom.
»Werfen wir noch schnell einen Blick vom Deck hinüber«, rief ich, und Jacobs folgte mir hinaus. Eine dünne Strandlinie begrenzte den Horizont, die feinen Wipfel ferner Palmen zeigten sich im Feldstecher. Wie hätte ich ahnen sollen, hier werde sich

der nächste, der Hauptteil meines Lebens abspielen! »Ägypten«, wiederholte ich bewegt, »das lebende Denkmal unserer Vorzeit. Uns Jungen brannte sich an jedem Pessachfest ein: ›Knechte waren wir dem Pharao in Ägypten‹ – in unserem damaligen Hebräisch lautete das: ›Avudim hojinu ...‹« – »›... le Parao be Mizrajim‹«, ergänzte Jacobs zu meiner Überraschung, zu einer wohltuenden – ich konnte es nicht leugnen. »Nun«, fuhr Jacobs fort und zog mich zur Treppenluke, »der neue Pharao ist auch nicht aus Pappmaché, schickte uns aber dafür in die Freiheit.« – »Ins Exil«, echote ich und half ihm die Stufen hinunter.

»Da rundet sich nach zwei Jahrtausenden, wie es scheint, ein Kreis. Wir träumen alle, wer es weiß, ist klug.«

»Aber Traum ist teuer, nicht wahr?« entfuhr es mir, ich weiß nicht, warum.

Jacobs sah mich an – ich glaube nicht zu irren, es lag Wärme in seinem Blick. »Allerdings. Denn er ist das Leben, künden Grillparzer oder Calderon. Und da wir das bißchen davon, das uns geschenkt ist, unweigerlich mit dem Tode bezahlen, und zwar ein jeder, von Anbeginn, bis unsere Erde wieder in die Sonne zurücksaust – ›nach Flammentod sich sehnend‹, um noch einen nichtnazistischen Dichter zu zitieren ...«

Harmonisches Gongspiel rief alle Welt zu Tisch.

ZWEITES BUCH

AN DEN PFORTEN DES KRIEGES

Faschisten-Song

1942

O Wüstensand, o Eis und Schnee,
Wie habt ihr uns betrogen!
Wie gläubig sind wir, ach und weh,
Dem Trommler nachgezogen!

Wer nicht im Geldsack eingenist't,
Nahm Knarre, Gurt und Messer.
Brauchst du 'nen Führer, armer Christ?
Du läufst alleine besser!

Weg Goebbels, Heß und Chamberlain,
Weg Himmler oder Höller!
Wo groß die Pyramiden stehn,
Läßt euch der Sphinx nicht weitergehn
Und spuckt auf eueren Teller.

ERSTES KAPITEL

Wolken über uns

Die Geschichte, um derentwillen ich mir die Freude und die Arbeit des Niederschreibens mache, diese Geschichte, unser aller Lebenslauf und Lebenskampf, biegt jetzt fürs erste und zweite ins Dunkel. Alle meine klugen Warner behielten recht: die schon früher nach Palästina eingewanderten Kleinstädter und Kleinbürger hatten uns mit Kälte und der Entschlossenheit empfangen, es uns jetzt entgelten zu lassen, daß wir sie früher günstigenfalls von Deutschland nach Amerika weiterschoben. Ich durfte mir in Haifa eine Praxis eröffnen, in deutscher Sprache heilen, aber nur unter hebräischem Schilde, und alle meine Ersparnisse waren nötig, um Schwester Fritzi und mir dasjenige zu ergänzen, was sich aus dem Arbeitseinkommen nicht aufbringen ließ. Zum Glück fuhr Fritzi unbekümmert zweimal in der Woche vom Carmel hinab in den arabischen Shuk, der sich, billige Kaufgegend, malerisch an der Peripherie der ehemaligen Kreuzfahrersiedlung nach der Bucht hin erstreckte, von dem Hafen aus, den die Mandatarmacht aufs energischste für ihre Ölpumpen erweiterte. Das Öl aber nahmen sie mit Hilfe einer riesigen Rohrschlange aus den Quellen des türkischen Mossul unter den Füßen weg den kümmerlich ernährten Bewohnern Mesopotamiens, des Irak. In diesen Bazaren kaufte sie ein, von jüdischen Hausfrauen rund um uns nachträglich verlästert, was in mittelalterlich engen Straßen feilgeboten wurde: Kamelfleisch und Scheiben großer Fische, Krabben und Aale aus der Fuara, dem Flüßchen, das bei Haifa mündet, Gemüse, Salate, Hülsenfrüchte, Reis – dabei oft hineingebeten ins Innere der Häuser mit ihren zur Abwehr des bösen Blicks hellblau getünchten Stuben. Und sackweise bekam man die herrlichen Orangen, Pampelmusen und Mandarinen.

Meine teure Jeanne, im Frühling 34 mit ihrem Hermann Treppner gelandet, bezog eine Wohnung halbwegs zwischen der unteren Stadt und dem Berge Carmel – auf diesem hauste ich. Sie packte meine Bibliothek aus und richtete sich mit hebräischer Schreibmaschine auf Korrespondenz mit Institutionen ein, die mir Patienten zuweisen sollten – was aber gar wenige Stellen taten. Hätte mir der neueingerichtete Rundfunk nicht Vorträge in englischer Sprache über die Tiefenpsychologie und deren Seelenlehre – Freud, Jung, Adler – in Auftrag gegeben, Vorträge, welche nachher, englisch und hebräisch gedruckt, als Büchlein guten Absatz fanden und meine Klientenschar wesentlich vergrößerten, so wäre mir wahrscheinlich nichts übriggeblieben, als, Hellas Briefen folgend, bei ihr und den Kindern in Ottawa zu versuchen, was mir in meinem zionistischen Traumland so schwer vonstatten ging: Aufbau einer neuen Existenz. Aber gerade in Haifa, auf dem Carmelberg und unterhalb seiner, hatten sich ganze Gruppen von Emigranten angesiedelt, Großstädter aus Berlin, München, Hamburg, Leipzig und Wien, und schufen mit ihren Familien und Freunden alsbald eine Atmosphäre voll Wärme, gegenseitiger Hilfe. Und Jeanne hielt treu und entzückend zu mir; ihr prachtvoller Mann, mit einem Königsberger Kollegen assoziiert, gründete in der Hafengegend einen Laden für elektrische Geräte und Elektroinstallationen und sah nach anderthalb Jahren, daß man als unabhängiger Ingenieur deutscher Herkunft selbst in Haifa nicht vorwärtskam, wo doch das angenehmste Wohnviertel von jeher Deutsche Kolonie hieß. Zum Glück bedurften die aus Rußland eingewanderten Unternehmer deutscher Hilfskräfte, um Palästina immer dichter zu elektrifizieren; Hermann trat in den Dienst der Palestine Electric Company und wurde bald durch Sachkenntnis, seine menschlich umgängliche Art und seine Beherrschung des Englischen der unentbehrliche Verbindungsmann zwischen der PEC und der Mandatarmacht, deren Behörden die Stadt Jerusalem auf gewisse Weise anglifizierten. In Jerusalem mit seiner starken zionistischen Beamtenschaft entwickelten deren meist aus Osteuropa stammende Damen ein englisches Gesellschaftsleben mit Cocktail-Parties, English Tea, Dinners und jugendlichem Nachwuchs in englisch sprechenden Schulen. Treppners siedelten nicht dorthin über, sondern in ein billigeres Viertel von Tel Aviv, der beständig wachsenden Einwandererstadt. Aber auch brieflich blieb meine Verbindung mit Jeanne der Nerv meines Lebens, und die daselbst gegründete Ärztegesellschaft mit ihren monatlichen

Sitzungen gab mir Anlaß zu regelmäßigen Besuchen. Von Tel Aviv unten am Meeresstrand fuhr ich immer wieder nach Jerusalem hinauf, das neunhundert Meter hoch im Gebirge Juda thronte, auch um Manfred Jacobs und seinen psychoanalytischen Bücherschätzen nahe zu bleiben ... Immer, wenn man diese Stadt besuchte, stand man fasziniert vor dem jahrtausendealten Mauerring, seinen Zinnen und Türmen, den orientalischen Bauwerken, die die Innenstadt erfüllten, dem herrlichen Felsendom, der Moschee El Aksa, den Bazaren der Altstadt, den Bauten der orthodoxen und europäisch-katholischen Kirchen und Klöster, umzirkt von den klassischen Befestigungen aus den verschiedensten Epochen der Weltgeschichte, Mittelmeergeschichte. Daran schmiegten sich seit den letzten Jahrzehnten die ausgedehnten Bezirke eines neuen zionistischen Jerusalem, zu welchem all die Gelder verwendet wurden, die aus ganz Europa und Amerika erst für diesen Zweck einflossen, dann aber auch uns Vertriebenen zugute kommen sollten und nicht kamen. Denn alles, was aus diesen Mitteln eingerichtet wurde, kostete uns monatliche hohe Mieten: die Wohnungen, die Wasserversorgung, der elektrische Strom, das Schul- und Verkehrswesen, das neben der bedauerlich eingleisigen Eisenbahn von Corporativen bestritten wurde, welche Autobusse und Personenwagen durchs Land schickten. Hinzukam, daß die Abneigung gegen die Araber, die eigentlichen Bewohner des Landes, die man uns verschwiegen hatte, beinahe übertroffen wurde von der Abneigung gegen uns, die wir uns der deutschen Sprache bedienten, um das tägliche Leben zu bewältigen. Unser Deutsch wurde als Hitlers Sprache abgestempelt, wir unserer Kleidung wegen als Jeckes – von Jacken, im Gegensatz zu den Kaftanen oder Schubezes, welche die ehemaligen Einwanderer aus Osteuropa daheim getragen hatten, Kaftanjuden, wie man sie in Berlin und Wien abschätzig nannte. Und diese Feindschaft wurde nur übertroffen von der palästinensischen Hebraisten oder Iwrithniks gegen die jüdische Sprache, das Jiddisch, das aus Osteuropa immer wieder einströmte. Was ich in früheren Zeiten den Differenzaffekt genannt hatte, das tobte sich in diesen engen Bezirken leidenschaftlich aus, als sei noch nichts geschehen seit der Konferenz von San Remo 1922 und der Einsetzung Großbritanniens als Mandatarmacht des Völkerbunds.
Dies alles läßt meine Geschichte ganz und gar im Dunkel. Als

sie wieder ins Tageslicht tritt, nach einem Gebirge von Ereignissen, und wie aus nachtschwarzem Engpaß in die Ebene der Gegenwart mündet, haben wir alle jene spukhaften neun Jahre hinter uns, die lauter Triumphe des angreifenden Faschismus aneinanderketteten wie eben ein Gebirge, Gipfel neben Gipfel. König Alexander von Jugoslawien und Außenminister Barthou, das erfahrene Auge Frankreichs, werden in Marseille ermordet, das sozialdemokratische Österreich fällt an die Vaterländische Front, die Saar wird wieder deutsch, das Rheinland militärisch besetzt und befestigt. In Deutschland verschwinden hunderttausend Linke in mörderischen Konzentrationslagern, ohne daß ein Nichteinmischungs-Hahn danach kräht; in Spanien wehren sich demokratische Freiwillige gegen den Ansturm marokkanischer Söldner unter einem General Franco, Caudillo betitelt, hinter dem ein Duce und ein Führer auf den Völkerbund spucken. Die Wiederwahl des Präsidenten Frank D. Roosevelt gegen den Unterstrom einflußreicher Kreise und das Rüsten der Sowjetvölker unter Stalin – diese beiden Tatsachen leuchten zwar wie Planeten durch unseren wolkengepeitschten Himmel, sonst aber ermutigt alles die von sich selber trunkenen Totengräber unserer bürgerlichen Kultur. Eine wilde Fremdenfeindschaft verkündet die Angst vor ausgestreuten Keimen unabhängigen Denkens; in Spanien, in Frankreich zerbröckeln Volksfronten unter den Sturmböcken kampflustigen Kapitals; und britische Diplomaten verharren immer noch, weil sie jede kriegerische Gewaltkur scheuen, als betrogene Betrüger im Gefolge der Hitlerei und ihres Antikommunismus. All ihre Wunschträume vernichtet »Hörr Hitler« durch seine Freßgier: Österreich und das Memelgebiet werden verschlungen, die Tschechoslowakei in München halbiert, und als er seine Zähne an den Hals Polens setzt, platzt die letzte Papierwand zwischen dem Westen und der Wahrheit. Die Schlachten unseres ersten Weltkriegs waren also vergeblich gewonnen und verloren, zehn Millionen Männer umsonst umgebracht; der deutsche Militarismus springt, moderner gerüstet denn je, über Weichsel und Rhein, um Revanche zu nehmen, gleichzeitig aber auch seinen »im Felde unbesiegten« Wirtschaftskraken jene Reichweite zu verschaffen, die sie seit hundert Jahren anstrebten. Jetzt sollten ihre Vorgänger erleben, daß man auch Europäer behandeln könne, wie sie mit Malaien und Chinesen,

Negern und Indern umgesprungen waren, als ihre Manneskraft noch in Blüte stand. Das eigentliche Herrenvolk, die letzte Frucht feudalen Denkens und schneidigster Technik, war gelandet, hatte die Verteidiger der sogenannten »Kultur« hinters Licht geführt und warf sie jetzt nach Belieben in die Rumpelkammer. Völkerrecht und Völkerbund, feierliche Versprechungen und beschworene Verträge, Rechtsgefühl und Christentum – alles Fetzen Papiers, die der siegreiche Faschist seinen Gegnern um die Ohren schlug. Rußland aber, vorsichtig zurückweichend vor den kriegerischen Absichten seines Feindes, hat sein Aufmarschgebiet bis an die Curzon-Linie vorgeschoben, gegen Finnland Sicherung von Leningrad erkämpft, sein politisches Leben unter Kriegsrecht gestellt und verhandelt und rüstet. Und dann wird mit deutscher Tüchtigkeit und Gefolgschaftstreue Dänemark überrannt, Norwegen besetzt, Holland und Belgien; Frankreich schon vorher von einheimischen Quislings nazistisch ausgehöhlt. Frankreich stürzt – tolle Überraschung für unsereinen! – Mai 1940 in die Knie, Ungarn und Rumänien schließen sich der Hitlerei an. Der Duce hält seine Zeit für gekommen, als Frankreich das Mittelmeer preisgeben muß. Albanien hatte er schon eingesteckt, jetzt wendet er sich gegen Griechenland – und da schließt sich der galvanische Strom des Krieges auch im Mittleren Osten. Aber Griechenland leistet wilden Widerstand, das jugoslawische Volk läßt sich nicht verkaufen, die Türkei hat seit 1912 Menschen und Länder genug eingebüßt – noch einmal entsteht am Suezkanal ein Kraftfeld, elektrisch geladen mit dem Geiste des britischen Empire, seinem Magnetismus, und zum Zeichen dafür breiten sich Barackenzeltstädte aus, Flugplätze, Werkstätten, Warenlager, Übungsfelder, Verwaltungen und Lazarette. Überall weht die bunte britische Kriegsflagge, der Hafen von Alexandria strahlt Schiffe und Flugzeuge aus; in Baracken und Zelten, im Küstenland und in der Wüste finden auch wir Hilfsvölker unseren Platz als einzelne wie als Gruppen zwischen den immer kriegsgeübter auftretenden Einheiten aus England, Südafrika, Neuseeland.

Und nun zwingt mich mein Herz, mein Selbstgefühl, meine mir selbst gegenüber nicht schweigende kritische Intelligenz, doch noch die näheren Umstände darzustellen, niederzuschreiben, aufzudröseln, die mich in den Lazarettgehilfen Cardhouse verwandelten. Als im Herbst 39 der Machtgeladene von Berchtesgaden mit dem Friedensgemüse endlich Schluß machte, fast sicher, England werde die Polen ebenso opfern wie vorher die Tschechen – als die Lautsprecher und Telegrafen Kriegserklärungen verkündeten und der Selbstmord des stahlfäustigen Faschismus in seine akute Phase trat: da litt es mich nicht mehr in meiner Haut. Gleich vielen anderen aus Deutschland, Österreich und der ĈSR nach Palästina geretteten Juden und Antifaschisten wartete ich noch gerade bis zu dem Tage, an welchem öffentlich geworben wurde, Amtsstellen errichtet, bei denen man sich melden konnte. Ende Oktober 39, nach den jüdischen Feiertagen, erschien ich bei dem amtierenden Büroleiter, um mich zum Dienst in einem englischen Lazarett zur Verfügung zu stellen. Ich hatte inzwischen die Fünfzig überschritten, das bedingte Einschränkung bei der Wahl meiner Verwendung. Aber schließlich, da ich es wollte, wirklich wollte, kam der Tag, an dem man mich vereidigte. Ich hatte leider Wert darauf gelegt, meine akademischen Papiere, meine militärischen Entlassungsscheine und ein Verzeichnis meiner Arbeiten zum Thema der Kriegsneurosen gleich bei der Meldung miteinzureichen; ich hätte mir denken sollen, aber ich war nicht darauf gekommen, daß sie im Dschungel von Aktenschränken verschwinden würden, mit der Maßgabe, man werde sie im geeigneten Augenblick schon wieder vorholen. Und so begann innerhalb des antifaschistischen Krieges mein kleiner Privatkrieg mit der Wirklichkeit. Nicht daß mich unsere militärische, die körperliche Ausbildung belastet hätte; es machte mir Spaß, mich wieder zu verjüngen durch Turnen, Märsche, Schwimmen, militärischen Drill, aufzuatmen unter Nichtpatienten, Unkomplizierten; machte mir Spaß festzustellen, daß auch in der britischen Armee Kommandos von Uneingeweihten nicht verstanden wurden, ebensowenig wie das Kauderwelsch eines k. u. k. Feldwebels verstanden worden war. Ich teilte gern die Quartiere meiner neuen Kameraden in Zelten und Baracken, lernte die Unterschiede zwischen dem Kohlenarbeiter aus Wales und dem Clerk aus Manchester, traf später unter dem Stabspersonal meines Bataillons wie unter engeren Kompaniekameraden so viel warmherzige tüchtige Burschen mit so solider bürgerlicher Gesittung und soldatischer Frische, daß ich mich am

Abend, ermüdet, aber vom Tage reich beschenkt, auf die Matratze streckte, derentgleichen keiner habsburgischen Mannschaft je geliefert worden. All das spielte sich noch in Palästina ab. Wir hatten damals eine besonders angenehme Gegend bezogen, lagen in den Hügeln nördlich von Akko, wo rechts und links der neuen Straße in die obergaliläischen Berge alte Olivenhaine unser Barackenlager verdeckten. Es waren jene jetzt vergessenen Tage des Frühlings 40, da an der Ostküste des Mittelmeers eine bewaffnete Idylle herrschte. Als unsereiner vor dreißig Jahren Waffenübung beim Czernowitzer Armeekorps machte, nahe der russischen und rumänischen Grenze, aber in vollem Frieden, war meinen Kameraden und mir kaum anders zumute.

Ja, aber dann brach der Sommer 40 über uns herein mit seiner lastenden Hitze, und die ganze gesittete Welt bröckelte unter unseren Füßen ab. Niemand verstand, was auf dem europäischen Kriegsschauplatz vor sich ging, aber Frankreich fiel zusammen, die französische Armee gab überall nach, Hitler zog in Paris ein, ein neuer Waffenstillstand wurde im gleichen Speisewagen und gleichen Walde von Compiègne geschlossen, Mussolini, der kleine Cäsar, reckte sich auf die Zehen und trat an die Seite Deutschlands, und das britische Feldheer mußte in Nordfrankreich seine ganze Ausrüstung bis zum letzten Geschütz, fast bis zu allen Gewehren, an der Kanalküste stehen- und liegenlassen, damit Englands Mannschaft gerettet werden konnte vor deutscher Gefangenschaft. Niederlage rundum! Freilich stimmten wir einander zu: Dünkirchen war ein verdammt geglückter Rückzug, Old England hatte sich wieder einmal am eigenen Schopf aus dem Sumpf gezogen, sein neuer Ministerpräsident Winston Churchill, der sein Amt mit einer so großartig dunkelgetönten Rede begonnen, konnte dem Unterhaus sachlich berichten, daß wir die Hauptmasse unserer Kampftruppen über den Kanal hatten heimbringen können. Nun würde England Männer, Frauen und Kinder an die Arbeit schicken, um die Ernte hereinzuschaffen, eine neue Rüstung zu improvisieren, bessere Tanks, bessere Geschütze, und bis dahin schickten uns die Vereinigten Staaten Waffen aus dem vorigen Kriege, und wir würden auch Großbritanniens schwärzeste Stunde durchstehen und, den Rücken an der Mauer, durchkämpfen, gestützt auf unsere Flotte und die Flugwaffe – Großbritannien und sein Empire ganz allein.

Das wärmte den Magen, es war besser als Whisky, aber davon abgesehen befanden wir uns plötzlich nicht mehr in behaglichem Kaisermanöver, sondern auf Vorposten in feindlicher Welt. Von der türkischen Grenze – die türkischen Füchse blieben freundlich neutral, die kannten uns besser als der mutige Mussolini – bis tief ins Innere Äthiopiens hinein regten sich plötzlich eingeborene Grundherren, die wir mit Unbehagen ansahen; außer uns selbst war niemandem zu trauen. Durch den Wegfall der französischen Flotte und ihrer Flugzeuge sahen wir uns nun jener modernen italienischen Macht zu Wasser und in der Luft gegenüber, die unsere Großspurigkeit herangepäppelt hatte. Um Nordafrika mußte gekämpft werden. Die Italiener nahmen unsere Stellung am Suezkanal in die Zange, vom Süden de Bono und den äthiopischen Vizekönig Herzog von Aosta, vom Westen, aus Libyen, Graziani und Balbo gegen uns vorschickend. Da sahen wir im Hafen von Alexandria unseren einzigen Trost, die Mittelmeerflotte (und niemand wußte, wie schwach sie manchmal war), um uns mit Kriegsmaterial zu versorgen. Bekümmert überdachten wir den langen Weg an den Küsten hin und um die spanische Ecke durchs Mittelmeer, nur von Gibraltar und Malta gesichert, von dem wir gänzlich abhingen. Hätten sie damals, 1936, nur auf den Tisch gehauen, statt Spanien dem Franco auszuliefern, wir wären vor deutschen und italienischen U-Booten sicher gewesen. Plötzlich bekam das Abblenden aller Lichter im ganzen Lande seinen bedrohlichen Sinn: unsere Siegesaussichten verdunkelten sich, die Sache der Freiheit, der Selbstbestimmung, der Erwachsenheit mußte erkennen, daß ihr wirklich jemand an die Gurgel wollte – Donnerwetter! Wir packten unsere Gewehre fester: würde der wildgewordene Teutone den Angriff auf England wagen, über den schützenden Kanal? Nun, Gott befohlen! Dann würden seine Barken gerammt oder verbrannt werden, seine Flugzeuge in Stücken vom Himmel fallen, seine Bomber ihre schurkische Last vergeblich auf die Bevölkerung loslassen. Diesmal traf er auf ein zähes Volk, das keinen Führer brauchte, um auszuschreiten! England würde nicht einknicken wie das rätselhafte Frankreich, von Kanada aus weiterkämpfen, auf die Vereinigten Staaten gestützt, und dem neuen Attila zeigen, was eine Harke war – ihm und seinem Schakal, dem Signor Mussolini, dem England so lange Hilfestellung geleistet.

Ich wundere mich selbst darüber, daß ich noch imstande bin, heute, nach vier, nach fünf Jahren, wieder heraufzubringen, wie ich die Welt damals fühlte. Aber so sah und empfand ich sie, fühlten wir sie, die Masse der Kriegsleute in Khaki, Beine und Arme nackt, spärliches Kriegsmaterial in den Magazinen, unzuverlässige Bevölkerungen hinter uns und einen Feind vor uns, vor dessen Schlagkraft wir nicht gerade Besorgnis trugen, der uns aber zahlenmäßig fünffach überlegen war. Aber wir waren die hunderttausend Sandkörner, welche die faschistische Kanone verstopfen und zum Platzen bringen würden, lauter Leute, die nur atmen konnten, wo wirkliche Erwachsenheit regierte, auch wir Palästinenser, wir früheren Vorkämpfer der europäischen Linken. Wir waren die Zielscheibe gewesen, wir deutschen Juden, mittels welcher der spätere Brandstifter und Mörder Europas sich und seine Scharen ausgebildet, eingeschossen hatte, ohne gestört zu werden. Wir spürten wenig Haß gegen die Italiener. Aber auch das war nicht das richtige Wort, Mitleid entsprach noch am meisten unserer Empfindung, ein gewisses, nicht sehr ehrenvolles Bedauern des italienischen Volkes, das so früh an den Faschismus verkauft worden war und seinen Namen in Spanien wie in Afrika mit Blut befleckte. Ich war eingeschmolzen in eine Gefühlseinheit mit allem, was als Brite, Schotte oder Ulstermann den Nazis die Zähne zeigte, mit Winston Churchill tiefer verbunden als ein gläubiger Kirchenchrist mit dem Priester, der, während das Glöckchen der Wandlung erklingt, die Hostie über den Altar hebt und das Mysterium der Fleischwerdung Christi wiederholt. Ich glaubte. Ich blickte empor. Ich war kein Ich mehr, das Sonderwünsche hegte, so schwierig es für mich ja war, als Fünfzigjähriger in die Haut des Zwanzigers zurückzuschlüpfen. Natürlich hoffte ich, endlich als Arzt verwendet zu werden. Wohl war ich am Abend viel müder als die meisten meiner Kameraden, ich, der ich schon zwei Jungen drüben in Kanada hatte. Aber dieses Wir machte mich glücklich. Aufzugehen in Ströme einer großen Übereinstimmung, zu gutem Ziel – nichts Besseres vermag sich der Mensch zu wünschen. Und nichts ist so unbehaglich und so schwer, wie Tag für Tag mit diesem Ganzen im Widerspruch stehen zu müssen, sich mit ihm auseinanderzusetzen, sich gegen den Strom zu behaupten. Auch ein langsamer Strom macht den Schwimmer schließlich müde.

ZWEITES KAPITEL

Westliche Wüste

Und nun setze ich mich gleichsam in ein Flugzeug, eine unserer kleinen zweimotorigen Libellen, und brause über das blaue Meer, die Syrte, hinüber in die Gegend jener Palmen, die wir von der »Jasukuni Maru« aus so aufgeregt begrüßten. In der westlichen Wüste setzt es sich nieder, das fliegende Insekt, und wenn ich hinausklettere, stehe ich statt auf festem Boden auf dem heißen Sand, der seit 1940 uns umweht, umsaust, fast erstickt, falls wir uns nicht in Windschatten oder Gebäude von El Imayid retten. In dessen Sichtkreis liegt der von den Eingeborenen Faradhije genannte, durch eine schmale Quelle bewässerte Punkt, auf den unser General Hospital 26 hingebaut wurde. Unsere Spähtrupps pirschten sich auf der Küstenstraße vor, manchmal bis El Alamein, ohne zu vermuten, daß diese Ansammlung von Lehmhütten und Steinhäusern einmal in die Weltgeschichte eingehen würde. Zwar nicht an allen Tagen regiert der Samum unter diesem blauen Himmel, aber etwa 340 von den 365 manchen Jahres machten seine schwachen Abarten uns schon zu schaffen, diese Chamsine oder Schirokkos. Dann breitet sich dieser hellbraune, steingefleckte Kriegsschauplatz aus, Libyen oder Cyrenaika geheißen, von der ägyptischen Grenze bis nach Tunis, fast doppelt so groß an Quadratkilometern wie jener Rest meines heimatlichen Österreich, das der Friede von St. Germain hinterlassen hat ... Nein, ich habe ihn leider nie anders als mit der Phantasie durchmessen dürfen, jene fernen Ruinenhaufen kenne ich nicht, die Sidi Barani heißen, Marsa Matruk, Bardia oder Benghasi. Und sooft sie auch in den Berichten vorkamen, die unsere Eingelieferten aussagten oder unser Radio Abend für Abend von sich gab – nicht realer sind sie für mich als das Troja Hektors oder das Ithaka des Odysseus. Aber furchtbar real waren sie und sind sie heute für all die Männer, die dort ihr Leben in die Schanze schlugen, um den wölfischen Faschismus aus Afrika zu vertreiben, wo er ja ebensowenig zu suchen hatte wie irgendwo sonst in der Welt. Um die Jahreswende von 1940 zu 41 erhebt sich diese Landschaft wieder einmal ins Historische, gibt den Boden ab für jenen merkwürdigen Seekrieg zu Lande, der vorwärts und rückwärts wogt wie kaum ein Ereignis unserer Kriegsgeschichte, und wo die Ortsnamen Sollum, Benghasi, Bardia und Tobruk gleichsam nur Ruhepunkte für unseren sich erinnernden Geist darstellen, während sie in Wirklichkeit von Trümmern und Gräbern gekennzeichnet sind, zerbrochenen Panzern, Flugzeugen, Moscheen, kleinen Ortschaften, Hafenanlagen. Mein Gott, wenn ich mich heute der Gefangenenziffern erinnere, die damals von unseren und den feindlichen Heeresberichten in den Äther posaunt wurden! Ganze Bevölkerungen mittlerer Städte wurden abtransportiert, in Khaki gekleidet, erst Italiener, gemischt mit Deutschen, dann wieder Briten, Australier, Neuseeländer, gemischt mit Palästinensern, Tschechen und Polen! Und wenn der Vorstoß von Archibald Wavell erwidert wird von den Vorstößen Balbos und Grazianis oder Erwin Rommels, die Schlacht von Osten nach Westen abgelöst wird von der, die im Westen beginnt und bis Sollum vordringt, das große Drahtverhau, so habe ich damit nur insofern zu tun, als in unseren Armen landeten die mehr oder weniger beschädigten Männerwesen, auf deren Krankenkarten jene einst unbekannten Ortsnamen verzeichnet waren wie Hellfire Pass, Ritterbrücke oder El Aghaila. Hinter uns aber erstreckt sich das grüne Niltal mit seinen großen unbeschädigten Städten und den wenigen schlechten Verbindungswegen zu uns an die Grenze, und niemals hätte ich geglaubt, ich Sohn der Bukowina, daß mir einmal die Gegend Schicksal bedeuten würde, die nur in der biblischen Geschichte für mich eine Rolle spielte: die Pyramiden, die Vorratsstädte Pitom und Ramses, der alles befruchtende Nil.

Zwischen unserem Lazarettgelände weit westlich von Alexandria und dem großen Zeltlager der A. T. S. traf ich eines Sonntagsmorgens Lydia Boccanera auf einer Kiste sitzend im Schatten eines Charub-Strauches, blendende Sonne rundum, die der Sand zurückwarf. An den Zuckungen ihrer Schultern sah ich, daß sie weinte; ein Briefumschlag, vom Winde übern Sand getrieben, deutete auf Zusammenhänge, wie sie jetzt zu Tausenden sich schlossen und lösten, nicht nur bei uns. Ich kannte die

Familie dieser Halbjüdin aus Wien, der stolzen Enkelin eines österreichischen Obersten, der im Sechsundsechziger Krieg gegen die Preußen gefallen war. Sie hatte Österreich bereits nach dem Dollfuß-Putsch 1932 verlassen, in Triest als Handarbeitslehrerin gewirkt und auch Mussolinis Reich den Rücken gekehrt, als der im Zug der Ereignisse die von ihm selbst verachteten Ausschreitungen der Antisemiten erst dulden mußte und dann übernehmen. Um anzudeuten, daß sich jemand nähere, der von Wien, dem alten, wußte, ohne just ein Engländer zu sein, pfiff ich die ersten zehn Takte der »Donauwellen« vor mich hin – Straußsche Walzer gehörten ja während des ganzen Krieges zum britischen Kulturgut –, und dann hockte ich in den Schatten nieder des hartblättrigen Strauches und fragte die Soldatin, ob der Zuspruch einer menschlichen Stimme ihr helfen könne.
»Wir sind ja so verlassen in dieser Sandwüste und unter diesem Himmel, wir Mitteleuropäer, daß sich zwischen uns schon gleichen Rhythmusses halber Zufahrtswege öffnen.«
Lydia, eine unserer besten Fahrerinnen, lächelte mit feuchten Wimpern, tupfte sie trocken, puderte die Nase und sagte: »Um in Ihrem Bilde zu bleiben, Kamerad Karthaus, fürchte ich, mit meinem Fünf-Tonner in einen Hohlweg geraten zu sein. Kein Raum zum Wenden, und der Rückwärtsgang streikt, wie das in Träumen manchmal vorkommt.«
»Ach«, sagte ich und bot ihr eine Zigarette, nahm auch selber eine heraus und setzte sie mit der kleinen Lupe in Brand, die mir Jeanne vor zehn Jahren geschenkt, »den Rückwärtsgang finden wir schon, und mit Träumen zu arbeiten bin ich ja gewohnt.« Es war mir bekannt, daß Lydias englische Vorgesetzte in den letzten Monaten ihre Leistungen des öfteren tadelte, wodurch selbst ihre Beförderung zum Korporal in Frage gestellt zu werden drohte. Die Männergeschichte, die dahinter steckte, bezog sich auf einen besonders netten Kapitän der Artillerie, dessen Gattin mit vielen anderen Offiziersfrauen nach Durban, Südafrika, verschickt worden war.
Es würde hier zu weit führen, wenn ich mehr sagte, als daß es mir gelang, unsere tüchtige junge Lydia im Verlauf von fünf Sitzungen oder Besprechungen zu befreien von ihrer hoffnungslosen Leidenschaft, wobei sich ihr auch erklärte, warum sie mit so unbedingter Sicherheit zu den Soldaten gegangen

war, obwohl Mussolinis Faschismus sie während ihrer Triester Jahre in Ruhe gelassen hatte. Zum Glück brachte gleich unsere zweite Unterhaltung die Erinnerung an ein Offiziersbild herauf, »Herr im weißen Waffenrock«, das im elterlichen Wohnzimmer überm Sofa gehangen. Lydias innere Gesundheit nahm den Liebesverlust auf sich, den das Leben ihr zumutete, und kündigte den Traum auf, der an den jungen Artillerie-Captain anknüpfte; ihre Dankbarkeit gegen mich drückte sich mehr in ihren Blicken als in ihren Worten aus; ein Kuß war das ganze Honorar, das ich unter Kameraden beanspruchte und erhielt.

Diese Freundschaft nun brachte Lydia Monate nach ihrem Tränenausbruch dazu, mich eines Abends vom Radio wegzuwinken, das gerade in hebräischer Sprache die Sprengungen und Zerstörungen des Frühlings 1942 meldete, mit denen unsere russischen Verbündeten die Hoffnungen der Deutschen auf die Ausbeutung des Industriegebietes von Charkow vereitelten. Unter den flammenden Sternen des Wüstenhimmels – ihr Glanz erhöhte sich noch durch einen Ostwind von der Sinaiwüste her, jenen elektrisch geladenen Schirokko oder Chamsin – fragte sie mich: »Wie steht Ihr Chefarzt zu Ihnen, Karthaus?«

»Oberst Dughleen?« fragte ich zurück. »Gut, wenn ich mich nicht täusche.«

»Und Ihr Oberarzt?«

»Ach Gott«, antwortete ich nachlässig, »unter Freunden darf ich sagen, er will sich bei mir belernen, ohne es natürlich merken zu lassen, und ist im allgemeinen fair und sogar rücksichtsvoll dem erniedrigten Kollegen gegenüber.«

»Gut«, nickte sie befriedigt, »dann habe ich mich geirrt. Ich fürchtete schon, man wolle Sie hineinlegen.« Der Wind blies uns kräftig in den Rücken, ich legte meinen Arm um ihre Schulter, eine sanfte, freundliche Frauenschulter, und erfuhr im Schlendern, daß in dem Griechenlager, zehn Kilometer landeinwärts – aber was waren für Lydia zehn Kilometer! –, ein Fall auf mich wartete, ein Fall, mit dem die Ärzte nicht Zeit und Lust hatten, sich zu beschäftigen. Wir befanden uns in den Wochen schwerster Kämpfe zwischen Bardia und Tobruk, unsere Stärke ruhte lediglich auf unserer überlegenen, schon zur Herrin des Raums über den Schlachtfeldern gewordenen Flugwaffe und der verbissenen Wut der Besatzungen unserer Tanks, die wie kleine Schlachtschiffe in den Weiten der westlichen Wüste den viel zahlreicheren Gegner stellten, angriffen, überraschten. Unsere Infanterie- und Artillerieverbände und die unentbehrlichen, selten richtig eingeschätzten Pioniere und Minenleger litten an Abnutzung durch das feindliche MG-Feuer aus der Luft und an den kümmerlichen, vom Feind mit Erfolg gefährdeten Zufahrtsstraßen, den überlangen Wegen zu Wasser wie zu Lande, auf denen uns Verstärkungen erreichen sollten. Griechische und polnische Kontingente lagen zwischen unseren Briten vorn. Sie hatten ihre Etappe in Ägypten, Ersatzlager dicht bei uns, und in diesem befand sich jetzt jener Fall, den mein Oberarzt mir zuschieben würde. Da gab es also, erfuhr ich von Lydia, einen degradierten Feldwebel, der sich seine Litzen verscherzt hatte dadurch, daß er einen Offizier vor versammelter Mannschaft ohrfeigte. Er sollte vors Kriegsgericht, behauptete aber, sich an keinen Vorgang dieser Art erinnern zu können. Da er ein fast zu Ende studierter Ingenieur war und aus athenischer Offiziersfamilie stammte, weigerte man sich, dies zu glauben. Kameraden aber, die mit ihm zusammen auf einem Segelschiff nach Ägypten gebracht worden waren, berichteten Tatsachen, die ein solches Leugnen in anderem Licht erscheinen ließen, als die beleidigte Ehre einer herrschenden Schicht es wollte. Der Staff Sergeant sei von einer Klippe auf der Ostseite Kretas aufs Verdeck des Schoners hinuntergesprungen; unglücklicherweise habe der Wind die obere Rahe in dem Augenblick herumgeworfen, als er daran vorübersprang; ein Tau habe ihn wuchtig an den Schädel getroffen, so daß er ins Wasser gestürzt sei; darauf habe er mehrere Tage erst ohne Bewußtsein, dann im Dämmerzustand gelegen, bis er am Ende der Reise wieder fähig gewesen zu gehen, zu essen und zu sprechen. Auf alle Fälle hatte die Ohrfeige, deren Opfer der Leutnant Patinios wurde, zur sofortigen Degradation des Staff Sergeant Kephalides, so hieß der Mann, geführt. Sie sollte noch ein kriegsgerichtliches Verfahren nach sich ziehen, sobald feststand, daß der Schuldige seinem Geisteszustand nach zur Verantwortung gezogen werden konnte und seine Gedächtnislücke und wilde Erregbarkeit auf revolutionäre Hintergründe deutete, nicht auf traumatische.

»Lydia«, lachte ich, »soviel steht doch in jedem Lehrbuch der

Psychiatrie. Keine Gehirnerschütterung ohne Gedächtnislükken, die vorwärts und rückwärts ausstrahlen. Hat man nicht Berichte, daß der Verunglückte auch noch Sprachbrocken produzierte, die er als Gesunder nicht beherrschte?«
Schwyzerdütsch, erinnerte sich Lydia, erfuhr man von seinen Schlafkameraden, und daraus hätten er und andere Hoffnung geschöpft, ihn durchzubringen; denn in den ersten Stunden sah es nicht hübsch um den Kephalides aus, der so lange den Faschistenkugeln getrotzt hatte, vom Epirus bis zu den Schneefeldern des Ida.
»Gut und schön«, sagte ich, »er soll nur kommen, dieser dein Schützling. Werden ihm schon das rechte Horoskop stellen und seinen Verfolgern das Zubeißen hoffentlich in Maulsperre verwandeln.«
»Wenn die aber auch britische Namen tragen?« fragte Lydia zurück, die schönen braunen Augen ausdrucksvoll nach oben richtend.

Ich erinnere mich kaum noch an den Tag, an dem mir jener Kephalides zur Beobachtung übergeben wurde; aber ich sehe deutlich vor mir den blaßblauen Himmel des frühen Morgens von ägyptischer Durchsichtigkeit, die grünen wilden Gewächse unserer künstlichen Anpflanzung, die flammendroten Hibiskusblüten und die braune vibrierende Linie, mit welcher unsere westliche Wüste den Horizont trägt, jenen Horizont, von dem her das Brodeln der schweren Artillerie herüberschallt. Jenseits dieser Grenze der Cyrenaika wehrt unsere Achte Armee den Anlauf italienischer Divisionen und deutscher Verstärkungen ab. Mit motorisierten Sturmgeschützen auf Ketten und Rädern, Panzer genannt, töten die Europäer einander – Blut, Benzin und Kühlwasser trinkt der heiße Sand. Gellende Schreie locken Geier an und vertreiben Schakale, Hyänen.
Ich stand im Barackenraum Nr. 4a, dem kleinen abgetrennten Privatsprechzimmer unseres Chefarztes, des Colonel Dughleen, der sein rotes Gesicht und seine hellen Augen auf mich richtete, mich nicht zum Sitzen aufforderte, sondern mir kurz sagte: »Unter den Neueingängen, Cardhouse, uns vom Kriegsgericht übergeben: degradierter Staff Sergeant Kephalides, George Gordon mit Vornamen. Man schickt uns sein

Aktenstück herüber, ich warte darauf. Sobald ich es durchgesehen habe, erhalten Sie Näheres.«
»Warum degradiert?« fragte ich. »Haben Herr Oberst das wenigstens erfahren?«
Er hob die Armbanduhr an seine kurzsichtigen Augen. »Soll sich an einem Vorgesetzten vergriffen haben. – Ist schon irgendein Bericht eingelaufen, wie unsere Jungen die Nacht durchstanden?« Dughleen hatte einen Sohn bei den Wüstenratten, Captain für Erste Hilfe, und die Division schlug sich mit schottischer Erbitterung gegen Rommels vorstoßende Kampfwagen. Es ging um Marsa Matruk. Hinter unseren Rükken tuschelten Ägypter, unsere teuren, vielgeliebten Bundesgenossen, die wir bisher vor den Faschisten bewahrten, den ersehnten Freunden ihrer regierenden Familien und des ganzen Clans, der daran hing.
Wir waren als echtes Etappenlazarett eingerichtet worden, westlich von Alexandria, jener Palmenlinie, die ich vom Schiff aus erblickt, von unserer sagenhaften »Jasukuny Maru«. Aber jetzt rückte uns die Schlachtfront auf den Pelz, und möglicherweise vor Monatswechsel kam der Befehl, der uns aus dieser ganzen, dem Meer benachbarten Grenzzone zurückwerfen würde – nach der Gegend des Suezkanals? Nach Palästina?
Ich nahm Haltung an und verließ meinen Colonel (in unserer Sprache ein Generalarzt). Er blätterte die Meldungen durch, die ihm eine Ordonnanzin gebracht, wortlos auftretend und verschwindend wie ein dienstbarer Geist. Kannte ich sie? Ich folgte ihr, aber sie war gleich weg.
Schon lag die Morgenhitze auf den Baracken. Ich eilte den Gang entlang, wo am untersten Ende eine Art Kantine gekühlte Milch aus amerikanischen Büchsen und Sandwiches ausgab. Das tat mir wohl – wem? Dem Gefreiten Richard Cardhouse, Orderly, das heißt rangältester Krankenpfleger im General Hospital 26, einem der größten der britischen Armee im Mittleren Osten. Ehe ich mich in diese Rolle fügte, hatte es, wie schon berichtet, Mühe gekostet, viel Wut war verschluckt worden, eine gehörige Dosis guten Willens mußte jeden Tag aufgebracht werden, lange Reihen von Kämpfen mit mir selbst und äußeren Umständen verdämmerten hinter mir. Von unseren nervenkranken, schockbeschädigten Kriegspsychotikern verstand ich mehr als meine Vorgesetzten. Sie waren brauchbare

Mediziner, sorgfältig ausgebildete Praktiker, Herren, die sich in Edinburgh, Birmingham und London Achtung und Einkommen gesichert hatten. Aber hier war eben ich der Spezialist, Vertreter der vorwärtsgewandtesten unserer Wissenschaft von Wien und Berlin, und ich hatte dennoch nicht das Recht, unbefragt den Mund aufzutun, solange die Captains und Leutnants an den »Fällen« herumfragten, Brompillen oder dergleichen verordneten. Ich hatte mich eben als echter Don Quichote und Träumer teurer Träume in das unübersehbare Abenteuer gestürzt, mich freiwillig zu melden.

DRITTES KAPITEL

Kephalides

Unsere niedrigen Baracken bildeten einen weiten, nach Osten offenen Hof; auf das braunblasse, graugefleckte Land mit den grünen Streifen am Rand unserer Lazarettsiedlung prallte die Morgensonne. Mehrere Rotkreuzwagen luden an jenem Tage ihre Last aus, Verwundete mit fest geschlossenen Lippen, starr blickenden oder schlafenden Augen. Sie wurden von zwei Ärzten, der Oberschwester und unseren Krankenträgern empfangen und weitergeleitet. Unser Chefchirurg und seine Assistenten würden zu tun haben. Er erinnerte mich, kurzbeinig und gedrungen, wie er war, an unseren alten Virchow, der ja auch keine Seele unter dem Seziermesser gefunden hatte. Leichtverwundete kletterten von den Lastwagen, die eben einbogen; die Erste Hilfe in diesem Kriege geschah offenbar mit weit besseren Mitteln, als wir sie, wir Neunzehnhundertvierzehner, zur Verfügung gehabt. Sie dufteten nach dem Tabak der englischen Zigaretten, die sehr viele zwischen den Lippen hielten. Unsere einstigen Fälle rochen immer nach Karbol und Lysoform. Aufgeregt berichteten sie, Flugzeuge hätten sie mit MG-Feuer verfolgt, als sie von Marsa Matruk hierher steuerten, obwohl das Rote Kreuz deutlich sichtbar gewesen. »Kommt noch viel auf Völkerrecht an in diesem Kriege!« brummte der Unterarzt, der einige frische Einschüsse und Streifer begutachtete und den Krankenwärtern, meinen Kameraden, winkte. Ein Toter wurde weggetragen. »Hat sich der Aubrin auch nicht gedacht, daß er an einem weggeschossenen Ohr mit Nazi-Nachguß abkratzen würde«, sagte ein Artillerist, der den unterwegs Getöteten, einen Kameraden aus seiner Batterie, vom Wagen heben half.

Ich sah mich nach meinem Manne um. »Der M. P. wartet offenbar auf Sie, Cardhouse«, damit wies mich eine Hilfsschwester zurecht, die mit Registraturkarten nach Flügel I eilte. Von drüben aus einer schattigen Ecke leuchtete die rote Schildmütze eines Militärpolizisten; einige Schritte von ihm weg, in voller Sonne, stand ein Mann. »Du bleibst da stehen«, sagte der Polizist, »bis sie dich einsammeln, obwohl du nicht wert bist, daß dich die Sonne bescheint, nicht mal diese ägyptische.« Und er spie aus und steckte die Pfeife wieder in den Mund.

Der Häftling, oder wie auch immer man ihn nennen wollte, stand mit geschlossenen Augen ein paar Schritte von ihm entfernt, einen solchen Ausdruck von Verachtung im Gesicht, wie ich ihn bei durchschnittlichen Erdenbürgern noch nie wahrgenommen. Er war ein ganzes Stück größer als sein Aufseher, und mir schien, er wäre auch, unbewaffnet wie er war, mit diesem Burschen fertig geworden – wenn er gewollt hätte. Deutlich sah man an seiner Bluse die unverschossenen Streifen, wo früher sein Rangabzeichen gesessen hatte.

»Hallo«, sagte ich, »da sind wir ja. Komm mal mit hinein, sicher gibt es was zu unterschreiben.«

»Nur, daß du jetzt verantwortlich bist für diese Tulpe«, sagte der Polizist, »wünsch dir viel Vergnügen dazu.«

»Kommen Sie nur mit, Kephalides«, damit wandte ich mich zu dem Eingelieferten. »Hier sind Sie Kranker, nicht in Gewahrsam.« Wir standen in dem kühleren Eingangsraum zu Flügel I, und ich unterschrieb auf dem schmalen Tisch einen Revers, getippt und gestempelt, den mir der Rotbemützte vorlegte. »Wanderst jetzt noch in die Registratur, Eckeingang, Flügel II, Kamerad, und läßt ihn beglaubigen. Nebenan ist die Kantine.«

»Viel Spaß«, antwortete der Verabschiedete, »alle Griechen sind Engel, und der hier besonders. Mindestens ein Kommunist, sagten seine Vorgesetzten. – Gibt's was Neues?«

»Aushang in der Kantine«, damit winkte ich ihm zum Abschied mit der Linken, zog mit der Rechten eine Zigarettenschachtel aus der Hosentasche, bot sie dem Griechen an. »In den Gängen ist Rauchen noch erlaubt.«

»Darf ich mich erst mal setzen?« fragte er, rückte sich das Tischchen an die Wand, lehnte sich mit dem Rücken an, ließ die Beine herunterhängen und atmete den Rauch ein.

Ich beobachtete wie ein Naturschauspiel die Entspannung, die diese schönen brünetten Züge bei geschlossenen Augen lokkerte. Dieser Mann sah wirklich gut aus. Ein feiner Mund, waagerechte Augenbrauen, ein Haaransatz, ebenso waagerecht und dicht, und zwischen Nase und Kinn jenes ebenmäßige Verhältnis, das nebst enganliegenden Ohren einen Kopf zum Vorbild für Plastiken macht. Linien und Schatten furchten dies Gesicht, ließen es älter erscheinen, als es war. Dieser degradierte Sergeant Kephalides wäre in vielen Gesellschaften aufgefallen, deren ich mich aus meinem früheren Leben erinnerte.

»Kommunist«, kam es von den Lippen meines rauchenden, mit zurückgelegtem Kopfe steil an der Wand ausruhenden Pfleglings. »Schlimmeres kann man einem Menschen heute wohl nicht nachsagen.«

»Ich würde eine Limonade nehmen«, schlug ich vor, »und den ganzen Müll wegspülen.«

»Großartiger Vorschlag«, freute sich mein Grieche und glitt vom Tisch.

Ich hatte durchgesetzt, daß man mir für Behandlungen, die meine Vorgesetzten Diskussionen nannten, einen abgesonderten Raum zur Verfügung stellte – bei unseren beschränkten Baulichkeiten ein Luxus, der nur schwer verstanden wurde. Ich teilte ihn mit unserem Photographen – ich arbeitete, kurz gesagt, in seiner Dunkelkammer und hatte mich mit ihm über die Zeit zu einigen. Heute gehörte mir der Vormittag. Der blasse, umgängliche Mann, Korporal Potter, war ein nicht fronttauglicher, sehr fähiger und versonnen musikalischer Londoner, der erst so recht auftaute, seit London mit dem Blitz und den Nachtangriffen fertig geworden war. Als Diwan, auf den ich meine Patienten legen konnte, benutzte ich sein Bett, einen bequemen Stuhl aus Holz und Gurten »besaßen« wir beide. Ich erinnere mich noch, daß ich meinem Griechen diese Dunkelkammer zeigte, damit er sich darin ausschlafe. Ein Bett für ihn mußte ich mir erst besorgen, bei der Beschaffenheit der Sachlage war der Ort, wo ich es aufstellte, ein noch zu lösendes Problem. Ich sah schon vor dem geistigen Auge die Veränderung, die ich in meiner Ordonnanzkammer vornehmen würde, um dort für ihn Platz zu schaffen.

»Sie werden müde sein, Kephalides«, sagte ich.

»Weiß Gott«, bestätigte er und setzte sich auf die Matratze.

»Vielleicht aber haben Sie mir etwas Dringliches mitzuteilen, irgend etwas, das Sie preßt – außerdem ein paar Angaben über Ihr früheres Leben, und was Sie mit den Vorgesetzten in Konflikt brachte.«

Er schnippte mit dem Feuerzeug und atmete eine neue Zigarette ein. »Das Wichtigste ist, die Verbindung mit meinem Bruder aufzunehmen. Er war Anwalt in Athen und dient jetzt als Kapitän des ›Skorpion‹, seiner eigenen Jacht, in unserer Front. Kann nicht weit weg sein, der Junge. Wir stehen gut miteinander; er und seine ganze Mannschaft fühlen mit der EAM; wenn sie hören, daß ich im Kittchen sitze oder gar vor die Gewehrläufe kommen soll, holen sie mich heraus. Nicht daß ich Angst hätte vor dem Sterben, ich habe mein Leben seit dem dreizehnten Jahr richtig gelebt, ausgetrunken, ich brauche mich nicht daran zu klammern, und meine verwitwete Mutter steht noch voller Kraft im Leben, sie würde mit meinem Fall schon fertig werden, wahrscheinlich unsere Sache auch noch an diese Stelle ihres Herzens setzen. Aber ich lasse mich nicht von diesen Eupatriden umlegen. Dazu habe ich mein Gewehr nicht aufgenommen, als uns Mussolinis Schurkenbande überfiel, am 27. Oktober 1940. Am Tage danach meldete ich mich bei meinem Vater und dann auf seinen Wunsch bei meinem alten Truppenteil, den Haubitzen, die inzwischen motorisiert worden waren. Nein, meine Herren Metaxisten! Daß wir es euch versalzten, als ihr am liebsten mit den Deutschen getechtelmechtelt hättet, damit sie den Italienern zuvorkämen und Griechenland eine Hitler-Satrapie würde wie die andern alle – daß sie uns das nicht verzeihen würden, war klar. Aber auch davor hatte niemand Furcht. Wer kam denn auch auf die Idee, daß die Engländer – die Engländer! Hatten Sie einen Begriff, Doktor, daß sich unter dem Zuckerguß der englischen Torte gleich eine solche Cremeschicht vorfindet, die keiner anderen Cremeschicht der Welt etwas nachgibt?«
Ich mußte lachen. Das Bild, das dieser schlafreife Mann so vor sich hingeplaudert, traf auf einen Nerv, ins Komische. Es stimmte. »Die englische Torte weist viele Schichten auf«, entgegnete ich. »Das Backmaterial ist prima, es wurde weder an Mehl gespart noch an Butter, als man sie einrührte, und ihre Rosinen kennen Sie ja selbst – obenauf der kandierte Pfirsich Winston Churchill –, aber ich gebe zu, sie weist auch sonderbare Einsprengsel auf, sitzengebliebene Schichten, und die Creme obenauf schmeckte schon manchmal ranzig. Doktor dürfen Sie übrigens nicht zu mir sagen. Ich war es zwar mal in Wien und Berlin und werd's wieder sein, Gott weiß wo, aber

jetzt bin ich medical orderly Cardhouse, mit dem Vornamen Richard, und wenn Sie wollen, können Sie mich Dick nennen.«

»Und ich heiße George, und um meine Biographie zu vollenden: Sohn von Major Kephalides, Athen. Als ich die Schule überstanden hatte, wollte ich Radioingenieur werden. Schaffte es auch, trotz all der Mathematik in den Kollegs und der Musik in mir und vielem Widerspruch gegen meinen Vater und die ganze Creme, aus der ich stamme. Zur Erholung half ich Mama im Garten buddeln, pflanzte Stauden, pflegte unsere Pflaumenbäume, brachte aus dem Pyräus immer neue Rosen. Unser Stadtgarten besaß Humus genug. Aber draußen im Freien? Zu arge Armut in Griechenland, verkarsteter Boden, zu wenig Getreide – und kein Echo dafür, daß wir mit anderen Balkanleuten ein prosperierendes Mazedonien schaffen könnten! Wenn wir mehr aufs Volk hörten und sähen und weniger auf den Kram der Advokaten – und der Professoren, nicht zu vergessen! Nachts sang ich und tanzte ich in den großen Cafés und lachte, als die Fremden ausblieben, weil es bei uns politisch ungemütlich wurde. Und als man, radioreif, den Sender aufstellte bei Athen, bewarb ich mich um einen Posten als Sprecher für Französisch und Englisch – und Serbisch außerdem. Dank der Nachhilfe meiner Mutter und eines Telefonats meines Vaters mit dem Postminister erhielt ich ihn auch. Seit dem 28. Oktober vertritt sie mich, Berufsname Jokaste, und da sie sehr klug ist, begriffen unsere Patrioten, daß sie auch unter den Deutschen arbeiten müsse. Sie ist Kroatin, spricht glänzend deutsch, ich hörte jeden Abend ihre Stimme, wo ein Radio in der Nähe war. Und wissen Sie, Richard, an ihr begriff ich: keine wirklich kluge Frau sieht unanziehend aus, und keine wirklich gut aussehende Frau ist töricht. Natürlich photographierte Fräuleins ausgenommen, die sich die Jungens jetzt aus den Zeitschriften schneiden und an die Wände picken. Möchte einen unserer Freien Franzosen in Bir-es-Hakim oder am Tschadsee über diese Knabensitten lachen hören.«

Er gähnte, und ich fing seine Zigarette in einer hingeschobenen Blechschachtel auf – eigentlich durfte man in diesem Raum nicht rauchen, wo immer Filmstreifen herumliegen konnten. Ich antwortete nicht sofort, ich hatte die Sicherheit zu bewundern, mit der er, dieser männliche Mensch, die verwundbare

Stelle so vieler unserer Leute berührte, die meine Patienten wurden, nachdem sie nervöser Störungen wegen endlich in unserer Abteilung landeten. Der Krieg machte sie infantil, diese braven Jungen, er riß überwundene und vernarbte Hemmungen der Kinderzeit wieder auf, Kot und Urin machten ihnen zu schaffen, Phantasie und Wunschwelt ersetzten die Wirklichkeit – gemeinsam essen, hauptsächlich mit dem Löffel, gemeinsam schlafen, unbedingt gehorchen, angebrüllt werden, über vieles nicht selbständig denken dürfen, keinen ökonomischen Kampf mehr führen, sondern Taschengeld vom Vater Staat beziehen – das alles bekam den wenigsten. Die an die Wand gepickten Photos halb ausgezogener Fräuleins mit besonders süßen Gesichtern gehörten zu diesem Komplex. Und ich wollte meinen Griechen gerade fragen, wie er darauf gekommen sei, diese modische Epidemie richtig zu deuten, da sah ich, daß er schlief. Nun, wir waren ja heute gerade zum ersten Mal beisammen, und wenn ich nicht sehr irrte, hatte mir das Schicksal einen psychisch recht gesunden Patienten zugeschoben und einen so famosen Kerl, wie der Krieg nur je in ein Lazarett mit Massenzu- und -abgang schwemmte. Na, schlaf nur, George, werden dir schon durchhelfen, auch ohne deinen Bruder und die Mannschaft seines Schoners.

Ich schlich mich hinaus und schloß die Tür. In der chirurgischen Abteilung, an der ich entlangging, brannten die Bogenlampen der Operationstische. Es roch nicht mehr nach Chloroform – auch darin waren wir unserem vorigen Kriege ein gutes Stück voraus.

VIERTES KAPITEL

Grünes Licht

Wir verstanden nicht, was in den turbulenten Tagen und Nächten geschah, die nun folgten – damals nicht. Heute weiß die Welt, daß unser General mit dem seltsamen keltischen Namen und dem besonders ausdrucksvollen schwarzäugigen Gesicht die Auffangstellung vorbereitete für die Schlacht an der ägyptischen Grenze, die kommen mußte und ja auch kam. Straßenbautrupps, die unscheinbaren Helden jedes modernen Krieges, zogen vorüber, schwitzten, erhielten Wasser; Pioniere und Fuhrparkkolonnen schafften Mengen von Minen vor, von Stacheldraht und Fußangeln. Unsere Artillerie erhielt Verstärkungen. Mein neuer griechischer Patient runzelte die Stirn über seiner kurzen Nase und äußerte die Hoffnung, daß es von Kairo aus noch andere brauchbare Zufahrtsstraßen für den Transport von Kanonen geben möge als die hier entlang der Küste – denn das, was man in unserer Nähe vorschaffte, sah kärglich aus. (Es wurde uns auch nie klar, wie in den späteren Monaten unsere Batterien auf jene Stärke gebracht wurden, die sie in den entscheidenden Tagen besaßen, denn da lagen wir schon anderswo.) Nur immer neue Großflugzeuge durchschwirrten das Firmament, verschwanden in der Goldluft des Westens: Fliegende Festungen hatten die Amerikaner sie getauft in ihrer Freude an malerischen Ausdrücken, Kittyhawks, Tomahawks. Mit den vertrauten Spitfires, Hurricanes und Beaufighters waren es schon sechs auf unserer Seite; fügte man dazu die deutschen Heinckel, Messerschmitt und Junkers und die italienischen Kampf- und Bombertypen, so kann man sich vorstellen, welch lebhaftes Erraten und Streiten während der kühleren Abendstunden in Höfen und Schattengängen herrschte, wenn die Leichtkranken, die Gesundenden, die Fieberfreien unter den Operierten in Stühlen und Klappbetten draußen saßen, lagen, umhergingen und der Himmel ihnen all diese rasant geformten Raubvögel vorführte.

Mein Grieche in seinem Khaki nahm sich merkwürdig aus, wenn er auf dem Rande eines Bettes saß oder am Holzstuhl lehnte. Zwischen all den weißblau gestreiften Lazarettpyjamas wirkte er wie eine dunkle Krähe, die Zigarette als Schnabel im Munde, angezündet oder nicht, je nach den Anordnungen. So stolzierend berichtete er von den Flugplätzen, die durch Amerikaner in dem schmalen Nillande angelegt worden waren und noch immer wurden. Aufgefallen war ihm stets die Geschicklichkeit, mit welcher sich Dutzende von Fellachenjungen zu Hilfsmonteuren an den Motoren ausbilden ließen. In ein paar Wochen begriffen diese Afrikaner, was europäische Kinder gleichen Alters in ebenso vielen Monaten kaum als Denk- und Handfertigkeit sich erarbeiteten. Wie glücklich sie dabei waren, unermüdlich lachend, schwatzend, sich tummelnd, und wie stolz auf die erworbenen Silberstücke. »Armes Volk ist überall gleich, rund ums Mittelmeer, und wie viele dieser Köpfe und Hände haben feiern müssen seit gut tausend Jahren!«
Ich hatte Kephalides in meinem Zimmerchen untergebracht, um ihn bei all den Beschäftigungen zu beobachten, die für meine Nervenpatienten Arbeitstherapie hießen. Bei dem allgemeinen Mangel an Hilfskräften bedurfte es zur Aufrechterhaltung einer so weitläufigen Anlage wie unseres Lazarettes, das nicht von einer nahen Stadt versorgt wurde, immer wieder guter Einfälle, Zugriffe. Die ungeheuren Ausdehnungen unseres Kriegsraumes – gerade wurde Persien vom Norden her bedroht, nachdem uns im vorigen Jahre auch die Sicherung Syriens und Mesopotamiens aufgehalst worden war und die russische Wolgafront durch eine Bahn gestützt, die vom Persischen Golf bis hinauf zum Schwarzen Meer führte –, diese Ausdehnung unseres Kriegsraumes umfaßte jetzt die ganze antike Welt und brauchte organisierende Knotenpunkte und Etappentruppen in einem Maße, welches unserem vorigen Kriege erspart geblieben war. Menschen aus allen Punkten Europas und der Mittelmeerzone waren in diesem wiederaufgefrischten Großreich Alexanders von Makedonien ausgestreut – da konnte es keinen nervisch Gestörten kränken, wenn man ihn zum Waschen der Wäsche heranzog, zum Aufhängen, Abnehmen, Sortieren, Zählen. Die Lagerverwaltung wußte in jenen Wochen kaum, wie sie Kleider, Schuhe, Nahrungsmittel vor den Mäusen schützen sollte, die aus dem Hinterland heran-

schlüpften; auch Heuschrecken machten uns zu schaffen, weil wir für unsern Bedarf an Gemüse und Salat ausgedehnte Beete, beträchtliche Felder anlegten – in jedes ein rotes Kreuz auf weißem Grunde durch schnellwachsende Blumen einzubetten, hatten unsere fellachischen Gärtner vom vorigen Kriege übernommen. Mein Grieche fügte sich mit Humor in all die Aufträge, zumal er sie als Freiheit genoß.
»Wenn Sie wüßten, Richard, was man in solch einer britischen Stacheldrahtvilla mit Untersuchungsgefangenen anstellt, schon bloß durch das Tempo, mit dem man sie hetzt, sich in Minuten zu waschen, zu rasieren, anzuziehen, würden Sie begreifen, wie gut es mir hier geht, und daß Sie sich vor niemandem zu entschuldigen brauchen.«
Ich hatte ihm nach kurzer Überlegung freimütig gesagt, weswegen er hier sei, daß ich seine Glaubwürdigkeit feststellen sollte und seine Art, sich an Vorgänge zu erinnern und sie darzustellen. Die Behauptungen gewisser griechischer Offiziere über seine Rolle bei dunklen Vorfällen innerhalb der Militärlager nach der Evakuierung Griechenlands unterschieden sich von seinen eigenen Angaben so unversöhnlich, daß man bei britischen Stäben dem Vorschlag eines griechischen Obersten zugestimmt hatte, ein medizinisches Gutachten über seinen Geisteszustand einzuholen. »Sagen Sie nicht griechischer, sagen Sie faschistischer Offiziere, Richard«, hatte er eingeworfen und dann ruhig hinzugesetzt: »Dieser Oberst ist offenbar Theodor Promulgis, Duzfreund meiner Mutter und Kamerad meines Vaters. Sobald es Ihnen paßt, Richard, erzähle ich Ihnen unsere Geschichte. Verglichen mit all dem, was sich jetzt auf diesem Globus abspielt, innerhalb unseres schandbaren Zeitalters, bedeutet diese Geschichte ja einen Quark – nicht die Weile wert, die wir damit verbringen. Aber da Sie meinen Fall dienstlich durchzukauen haben, sind wir entschuldigt und treiben kein Geschwätz.« Ich konnte ihm natürlich nicht verraten, wie willkommen mir dies Angebot war. Als freiwilliger Berichterstatter befand er sich in der vertrauten Rolle eines Kranken, der den Arzt aufsucht, weil ihm Beschwerden keine Ruhe lassen. Da uns die Dunkelkammer an jenen Nachmittagen nicht zur Verfügung stand, verlegten wir unser Gespräch ins Quartier. Nach kurzer Verständigung meines Oberarztes, der sich bemühte, die neuen Methoden vorurteilslos anwenden zu

lassen, brachte ich an der Tür ein Schildchen an: »Nicht stören!« Unser Fenster ging ohnehin nach der Außenseite des ganzen Lagers, und die Lüftungsöffnung zum Gang wurde für diese Stunden geschlossen. Mochten wir schwitzen, wenn wir nur frei redeten.

»Als uns Griechen im Herbst 40 Ritter Mussolini überfiel«, begann George, »nachdem der sich in Albanien das Sprungbrett dafür geschaffen, fungierte ich im Senderaum unseres Rundfunks Athen. Ich weiß nicht, Richard, ob Sie sich vorstellen können, daß durch ein ganzes Volk, durch alle seine Schichten, kleine Cliquen allenthalben ausgenommen, ein elektrischer Schlag zuckte. Wir waren seit langem Gefangene in einem Polizeistaat gewesen. Herr Metaxas unterschied sich von seinen Kollegen an anderen Ufern unseres Meeres dadurch, daß er auf Verfassungsweise ins Amt gestiegen war, ein General unter Generälen, berufen von einem König unter Königen. Aber sonst stimmte alles mit allem zu herrlicher Harmonie. Als der fremde Diktator sich auf uns stürzte, noch dazu die verhaßte Wölfin im Wappen, schrie ganz Griechenland auf und riß jederlei Waffen aus allen Verstecken, allen Arsenalen, jedem Schiffsbauch. Freiheit! Jetzt konnte nur Freiheit die einzige Losung sein, aber auch die einzige Frucht unseres Kampfes. Die Arbeiter voran, Lastträger vom Piräus, Hafenvolk, Weber, Eisenbahner und Chauffeure, Tabakschneider – und dann die Bauern und Pächter, die Hirten von den Bergen und all die kleinen Händler aus den Städten, dazu die Handwerker, Christen und Juden, von Saloniki bis Kalámai, und unsere Fischer von den Inseln, auch vom Dodekanes, den man uns geraubt hatte – alles, im Nerv berührt, fand, das sei die Stunde! Jetzt habe sie geschlagen, um uns Freiheit zu bringen und Demokratie, die wir Griechen doch schließlich erfunden hatten. Und es war unser aller Überzeugung, diese Demokratie dürfe nicht und werde nicht jenem Spielzeug der reichen Leute gleichen, das überall mehr oder weniger zu Bruch gegangen war, sich im Wahlzettel erschöpfte und im übrigen den Abgeordneten einen guten Mann sein ließ, der seine Diäten einsteckte und Gott diente, welcher seinerseits den Kapitalismus erschaffen. Nein, mein Freund, so sah es nicht aus, wir wollten auf den Grundzustand zurück, den uns schon das kaiserliche Rom gestohlen hatte mit seinem Großgrundbesitz, seinen Handels-

und Schiffahrtsmonopolen, seiner Ausquetschung der menschlichen Arbeitskraft, seinem Ausrauben und Aushungern der Provinzen und Bundesgenossen. Das, was der Deutsche jetzt mit schönen neuen Schlagworten betrieb, dagegen hatten griechische Pächter- und Sklavenscharen schon unter Spartakus aufbegehrt und waren geschlagen worden, an Wäldern von Kreuzen umgekommen. Sehen Sie, Richard, das war das erste Aufatmen unserer alten Europa, es mußte vorhalten bis zur Französischen Revolution und hat auch. Und da wir Griechen von den Türken verschlungen waren und im Bauche dieses Leviathan ein schauerliches, aber ein Dasein führten, hieß unsere Antwort auf die Französische Revolution: Aufstand gegen die Paschas und gegen den Sultan, gegen die Fremdherrschaft und gegen den Großgrundbesitz, den sie verkörperten. Heut steht das Signal auf freie Fahrt, grünes Licht! Der Faschist muß hinaus, nicht nur aus unserem Lande – vom ganzen Balkan, aus ganz Europa. Freiheit, Gleichheit, Brüderlichkeit heißt die Parole für alle, die mit Waffen oder Leiden gekämpft haben, Entbehrungen ertragen, den Mordkolonnen ins Auge geblickt, Freunde und Verwandte um sich haben fallen sehen und nicht verzichteten, sich nicht aufgaben. Widerstand leisteten bei der Arbeit, beim Einkaufen, beim Essen und Trinken, beim Hungern, überall – unsere Frauen, die jungen wie die alten, unsere Greise, unsere Kinder! Sie wissen ja, wie heute die Tuberkulose an ihnen nagt. Wie die Hitlerdeutschen das ganze Land in ihren Fäusten handhaben als Zitrone, die man ausquetscht, unser schönes Land, wo die Oliven die Hügel emporsteigen und jeder Grasfleck das ganze Jahr hindurch zum Sitzen einlädt! Lieber arm, mit einem Ziegenkäse und einer Flasche Wein, nach Arbeit suchend über alle Straßen schweifen, als vor der fremden Macht kuschen! Begreifen meine Ankläger nicht, daß wir Griechen gegen den Faschismus kämpfen, auch gegen den eigenen? Daß wir die Vorherrschaft der geschmeidigen Lumpen nicht mehr ertragen, die sich bald einem fremden General anschmeißen und bald einem eigenen? Ja, ich habe dem Leutnant Patinios die Faust in die Fresse geschlagen, als er mir zumutete, eine Petition zu unterschreiben, die unsere einstigen Metaxas-Leute ausschwitzten. Ja, ich bin ihm an die Gurgel gefahren, diesem Typ, der mir zumutete, alte Kameradschaft mit unseren Partisanenbrüdern zu verleugnen, weil ich doch der Sohn eines Obersten sei, eines gefallenen Helden. Ich bin aber der Sohn unserer mageren, sonnenüberblitzten Erde, der Sohn unseres armen, durchtriebenen, singenden Volkes, der Bruder jedes Fischers, der fühlt, wie man einer jungen Frau den Arm um die Hüften legt, der Vorkämpfer und Mitkämpfer jedes Heizers oder Straßenbahners, der sich weigert, für die Wiederherstellung des Unrechts seine Tüchtigkeit einzusetzen, und der weiß, daß er unserem ganzen ausgepowerten Griechenland dient, wenn er jene Einschüchterung und Abhängigkeit verhindert, die sich Ruhe und Ordnung nennt. Und glauben Sie mir, ich bin kein einzelner, Richard, in mir pocht nur bewußter und unvorsichtiger das Herz und Blut all unserer Burschen und Mädel. Wir wollen nicht, daß am Ende dieser fürchterlichen Leiden, die unserem Hellas jetzt verpaßt werden, nur wieder die alte Tretmühle sich aufrichtet, vielleicht etwas farbenfroher angestrichen. Wir wollen wirkliche Demokratie, Aufstieg für jeden Tüchtigen, Dienst aller Werktätigen für eine Gesellschaft, in der niemand befugt ist, den Rahm abzuschöpfen und einen Neffen oder Enkel, das, was ihr in Österreich ein Schlieferl oder einen Tachinierer nanntet, in ein Amt hineinzuschieben oder hinter einen Schreibtisch zu pflanzen, wo er den Zuschnitt des öffentlichen Lebens und Erwerbs für tausend Brauchbarere verdirbt. Wir Griechen werden eigene Wege gehen, unsere Halbinsel, unser Balkan greift nicht umsonst dem stalinschen Koloß in die Flanke oder schmiegt sich ihm an. Und, Richard, wer gegen die kleinen Pinscher mit den goldenen Knöpfen und Sternen dieses Beispiel verteidigt, diese Wiedereinsetzung der Freiheit, diesen Sinn des Sinnes, dieses Kreuz über allen Gräbern, der hat recht, der dient den britischen Inseln ebenso wie seinen eigenen! Der öffnet eine Tür in die Zukunft und ist ein Bote der Wahrheit und des Lebens, und wenn er ein dutzendmal betrügt und hundert Vorgesetzte hinters Licht führt und tausendmal behauptet, er habe sein Gedächtnis verloren und könne sich nicht mehr erinnern. Und damit basta, Dick, und mach die Luftklappe auf und stell eine menschenwürdige Atmung her, damit ich nicht aus den Pantinen kippe.« Damit sprang er von seinem Bett hoch, auf dem er gelegen, sich gewälzt, gesessen und auf das er sich wieder hingestreckt hatte, nachdem er in unserem kleinen Käfig auf und ab gelaufen, und stapfte hinaus.

Ich saß da, hellwach und gleichzeitig wie betäubt. Das gibt es. Solch ein Kind, dachte ich, solch ein Kämpfer und Rebell! Und kann denken und sich ausdrücken – und schaut aus dem Grund seiner Seele mit gläubigen Augen auf die Briten. Auf unsere Zeitgenossen! Mitten hinein in diese kalte, vernünftige Erwachsenenwelt stellt dieser Mann, ach was, dieser Junge, seinen Enthusiasmus, ein winziges Stückchen Luzifer, das gar nicht anders kann als phosphoreszieren. So wie das unscheinbare Stückchen Uranpechblende der unermüdlichen und genialen Marie Curie leuchtende Emanation aussandte, Gammastrahlen, die für gefährlich gelten und vor denen die Leute Angst haben! Weiß der Teufel, auf den wird man aufpassen müssen, damit er nicht zu Schaden kommt im Innern unseres Labyrinths, das kämpfender Kapitalismus heißt, militärische Disziplin oder sonstwie. Während ich ihm vorhin zuhörte, hatte mir meine Unschlüssigkeit Pein gemacht: sollte ich ihm berichten, daß in dem Aktenstück, welches Oberst Dughleen verlangt und empfangen hatte, der Zettel lag, zerknittert und seewasserbefleckt, jenes Schriftstück, das mir und jedem anderen schwarz auf weiß bewies, wie er im Herabspringen vom Felsen den Schlag des pfeifenden Taus empfangen hatte, der seine Gehirnerschütterung hervorbrachte, den Bewußtseinsverlust, die Gedächtnislücke? Nein, dachte ich, noch nicht. Laß ihn immer weiter aus dem Stegreif sprechen! Je weniger er sich auf Unterschriften seiner Mitfahrer berufen kann, um so klarer wird später seine Schuldlosigkeit für Dughleen und das Kriegsgericht, falls es dazu kommt. Die Ärzte ja, nicht ich, der Lazarettgefreite, fällen den Juristen gegenüber das Sachverständigenurteil; treibt aber die Angst vor Verantwortung den Fall bis in die Entscheidung der obersten Spitze der Etappe, sei es unserer Achten oder des Kairoer Foreign Office, so wirkt jenes Blatt Papier des Alexander Kephalides um so stärker, wenn ich ihm einen Zettel anhefte: »Vorhandensein dieser Aussage war dem Angeklagten G. G. Kephalides in keiner Weise bekannt. Cardhouse, Medical orderly.« Je weniger von seinen Kameraden dabei die Rede war, desto gründlicher zerfiel der Verdacht politischer Rädelsführerschaft, den man ihm so gerne angehängt hätte. Geheimnis blieb zwischen mir und ihm, was er mir eben alles über seine Leidenschaft offenbarte, ein besseres Griechenland an die Stelle der heutigen trü-

ben Aussichten für Hellas zu setzen – besser in seinem Sinne und sicherlich auch in dem meinigen. Aber erst ich, der heute Schreibende, durch die Schule jener Monate Hindurchgegangene, vom Apotheker Kartusch Aufgeklärte, vermag völlig zu ermessen, wie gefährlich man alle jene Überzeugungen zuspitzen konnte, die er hier bei mir geoffenbart. Was ich nachher meinem Notizbuch anvertrauen würde, mußte geheimer bleiben als die Fluglinien unserer angreifenden und abwehrenden R. A. F. Ich würde es in Debattenschrift und auf deutsch abfassen, solange es noch frisch in mir haftete. Hab ja leider wie wir alle über Fünfzig ein von Tag zu Tag sich minderndes Gedächtnis und keine Jeanne mehr, der ich alles diktieren konnte. Hatten griechische Patrioten noch eine Schutzgöttin Pallas Athene – hier saß ihr Beauftragter, den sie einen Skythen genannt haben würden von jenseits der Donau, der Ister ... Aber jetzt mußte ich mal nachsehen, wo mein Grieche blieb, für den ich ja schließlich die Verantwortung trug. Ah, da kam er ja schon.
In der Tat, George trat ein, zwei Gläser eiskalten Wassers in der Hand, das er in der Küche erbeutet. Er hatte dort bereits Freundschaften angeknüpft; die Fräuleins vom Hilfsdienst, unsere braven A. T. S., hatten lange nicht mehr einen so gewinnend blickenden und sprechenden Kunden gesehen, und manche noch nie in ihrem Leben.

FÜNFTES KAPITEL

Beim Chefarzt

Zwischen dem Chefarzt und mir bestand die ungeschriebene Verabredung, daß er mich zweimal in der Woche zur Berichterstattung empfing – zu sich befahl, wie es nach außen hieß. Oberst Dughleen litt auf schweigsame Weise unter dem gesellschaftlichen Betrieb, wie er sich herausgebildet hatte; er war von Natur Eigenbrötler, ihm fehlte der bienendurchschwärmte Obstgarten seines Landhauses an der Peripherie des riesigen London, der Umgang mit seinen Pflanzen, ihren Staubgefäßen und Stempeln, dem Mikroskop. Er als Chirurg hatte auf unsere Nervenabteilung ziemlich lange hochmütig herabgesehen, bis sich plötzlich herausstellte, daß der Wüstenkrieg seine besonderen Tücken und Schrecken besaß und daß motorisierte Kriegführung mit Tanks und Minenfeldern von den Nerven der Leute mehr verlangte als der Graben- und Gaskrieg seit Pascendale, in welchem sich Dughleen 1915 seine Auszeichnungen geholt hatte, wohlverdiente notabene. Aber Gas kam diesmal zu all den anderen Liebenswürdigkeiten der neuesten Kriegführung kaum hinzu, höchstens von der psychischen Seite, da man auf seine Verwendung jederzeit gefaßt sein mußte bei diesen Faschisten und Nazis, die geschärfte Handgranaten so unter Verwundeten verbargen, daß sie aufflogen, wenn die Krankenträger ihrer Pflicht nachkamen ... Ulkfallen, nannten es unsere Leute und die Berichterstatter, Boobytraps – eine harmlose Bezeichnung für die Quelle beständiger, meist tödlicher Verluste. Wir hatten Patienten, die sich weigerten, mit eigener Hand ein Glas Wasser vom Tablett zu nehmen, weil darunter eine Sprengladung warten konnte. Wasser und Glas waren durchsichtig, das Tablett glatt und weiß gestrichen, aber der tapferste Kanonier aus Northumberland zeigte Angst, es zu berühren, er bekam die Hände nicht hoch dazu. Solche Fälle hatten auf den Chefarzt Eindruck gemacht. Ganz zu mir herübergewonnen hatte ich ihn, als einer der tapfersten, mit meh-

reren Auszeichnungen versehenen ostafrikanischen Infanteristen, ein Staff Sergeant aus altem Häuptlingsblut, eingeliefert wurde, weil er nicht mehr im gleichen Zelt wie seine Kameraden schlafen wollte, da sie danach trachteten, ihn zu vergiften. Ich hatte den Fall in drei Wochen so weit, daß Staff Sergeant Mananga bereit war, zu seiner Einheit zurückzugehen und abzuwarten, ob er als Gegengift die weiße Tablette werde schlucken müssen, die ich ihm in Silberpapier einwikkelte; ich wußte etwas von den Schwarzen dank der ausführlichen Psychoanalyse eines Negerkellners, die ein Wiener Kollege, übersiedelt nach Johannisburg, in englischer Sprache kurz vor dem Kriege hatte drucken lassen.
Als ich jetzt eintrat, sah ich Dughleen an einer Wandkarte stehen, die vor dem japanischen Überfall auf Pearl Harbor vorigen Dezember die ganze vom Krieg in Mitleidenschaft gezogene Erdoberfläche abbildete – von den Britischen Inseln bis nach Archangelsk und von Casablanca bis zum Nedschd, dem Hochland der arabischen Wahabiten. Mit einem Bleistift, so schien mir, zog er eine Linie, er stand dabei auf einem Hocker, hoch oben in den nördlichen Eismeeren. Seine Schwester, das wußte man, besaß zwei Söhne, die er liebte wie seinen eigenen, einer Leutnant auf einem Torpedoboot, der andere Ingenieur-Offizier auf einem Handelsdampfer, beide im Convoydienst, der von den britischen Häfen nach den nordisch-russischen das unentbehrliche Kriegsmaterial verschiffte, mit welchem die Rote Armee um Leningrad und in Finnland ihren Widerstand hartnäckig fortsetzte, in den hellen Polarnächten jetzt den deutschen Angriff auf die Murmanbahn abwehrend. »Sind Sie's, Cardhouse?« fragte er zunächst, ohne sich umzudrehen. »Bei diesem Wetter in das eiskalte Wasser! Sie sind doch Schwimmer, wie ich weiß, würde es Ihnen Spaß machen?«
War etwas mit seinen Neffen passiert? »Man erstarrt schnell, es dauert nicht sehr lange.«
»Ja«, sagte er und stieg herab, schob mir eine flache Zigarrenschachtel hin und wies auf den Stuhl, indes er sich selbst auf jenen Hocker setzte. »Zuviel der Zerstörung, Cardhouse, in diesem Krieg. Am Ende des vorigen war Deutschland unverletzt und industriell stärker denn je; deshalb hat es sich auch so leichtfertig in die Revanche gestürzt. Der Mensch lernt nur aus Erfahrung, die er selber macht, darum haben wir jetzt den Sa-

lat. Und diesmal wird es ganz anders ausgehen, sage ich Ihnen.«

»Niemand zweifelt daran, Herr Oberst«, entgegnete ich, »aber lernt der Mensch aus Erfahrungen?«

Er saß da, den Ellbogen aufs Knie gestützt und das Kinn in der Hand, mit der Linken nahm er eine der indischen Cheroots aus der Schachtel, damit ich mich ebenfalls bediene. Ich gab ihm Feuer. Würziger Duft erfüllte das Zimmer und wehte aus dem Fenster. »Wie steht es nun mit Ihrem Griechen?« fragte er, zur Sache kommend, ohne seine nachdenkliche Versunkenheit aufzugeben.

Ich berichtete, daß der Neue ein linker Antifaschist sei, von Grund auf überzeugt, nervisch recht gesund, von hoher Intelligenz, und daß der hingeworfene Name Stalins in keiner Weise auf ihn wirkte, ohne Verstellung und ohne Pause habe er seine Einfälle weitergesponnen. »Und Herr Oberst wissen ja, daß der Mensch sich nicht ohne Stocken, ohne noch so kurzes Überlegen aufsteigender Assoziationen erwehren kann und sich dadurch verrät. Es scheint, die Verhältnisse innerhalb unserer griechischen Formationen entsprechen dem Bilde nicht, das sich manche unserer Kreise davon machen.« Es war schwierig für mich, nicht deutlicher zu werden und politische Probleme zu berühren. Er nickte vor sich hin, als erriete er das.

»Die Dienststelle in Kairo will das Aktenstück G. G. K. baldigst sehen. Sonst müsse sie uns in den nächsten Tagen mit Fragen beehren. Gleichzeitig aber kommt von höchstem Ort die Anweisung, alles zur Räumung unseres Lazaretts vorzubereiten. Wir sind nicht mehr Hinterland, haben uns nach Wavells Siegen über Graziani schon zu sicher geglaubt. Wir kommen fort, Cardhouse – wenn wir Glück haben, in Ihre neue Heimat, irgendwohin nach Nordpalästina, wo unsere Kranken in Ruhe genesen können. Man muß dem leidenden Fleisch ja Zeit lassen auszuheilen. Vielleicht fällt die Entscheidung schon heute nacht, vielleicht morgen früh. Was machen wir dann mit Ihrem Griechen?«

»Stellt eine brauchbare Hilfsordonnanz dar, Herr Oberst, greift überall zu, immer einen Spaß als Würze zwischen den Lippen.«

»Und wenn er ausrückt?« Dughleen, aus seinen halbgeschlossenen Augen, sah mich prüfend an.

»Der?« Ich schüttelte den Kopf. »Höchstens nach vorn, an den Feind. Es kämpfen doch auch griechische Einheiten diesseits von Tobruk.«

»Es riecht auch nicht erfreulich zwischen uns und dem Nil. Unsere Ägypter – auch sie hatten seit Napoleon kaum mehr Krieg im Land und wären unsere ›Freundherrschaft‹ lieber heute los als morgen. Gleichwohl werd ich Ihnen eine Dienstreise nach Kairo zumuten müssen, wenn unsere geruhige Etappe hier auffliegt, ohne den Fragebogen Major Stones abzuwarten. Ein Gespräch mit ihm schafft uns diesen ganzen Kram vom Halse. Sie lernen dann einen erprobten Mann kennen, Cardhouse. Könnte wohl sein, daß er auch für Ihre Wiedereinsetzung ein förderndes Wort fallenließe, wenn Sie die berühren. Ich glaube, der gehört zu den Exemplaren, die so viel mit betipptem Papier zu tun haben, daß sie davon satt sind. Hungern nach persönlichen Eindrücken, solche Leute wie Philipp Stone. Nach Tagen wie diesen hier, Cardhouse, könnte ich mir allerdings Männer denken, die das Fluid der persönlichen Eindrücke, zerbrochener Knochen und zerfetzter Bindegewebe gern mit dem bedruckten Papiers vertauschen würden, für einige Zeit.«

Ich vermerkte die Müdigkeit meines Chefs heute abend – es war Zeit, mich zu empfehlen. Aber ich mußte ihm noch sagen, daß mich die Aussicht auf ein paar Tage Kairo elektrisierte. Der erprobte Mann, mit dem ich dann zu tun haben würde, füllte wahrscheinlich einen jener Posten aus, die weit mehr beeinflussen, als ihr Rang verrät. Major Stone, Diplomatic Service Middle East, brauchte im Verwaltungswesen oder in der Rechtspflege keinen sehr sichtbaren Herrn darzustellen und konnte doch in der heimlichen Rangordnung einen Kraftpol verkörpern. Ich hatte mich natürlich vor der Romantik zu hüten, mit der Ausländer gleich mir – und in dieser Beziehung waren auch viele Briten Ausländer – solche Nervenpunkte einer Reichsverwaltung ausstatteten, die von London bis nach Kapstadt, Kalkutta oder Kanada wirkt.

»Kairo hat schöne Museen«, damit erhob ich mich.

»Alle geschlossen«, antwortete der Oberst.

»Aber Moscheen und Pyramiden«, entgegnete ich, indem ich Haltung annahm.

»Und den Sphinx von Gizeh«, damit stand er auf, »wenn Sie

den sehen, grüßen Sie ihn und legen Sie ihm die Frage vor, warum das Leben sich von sich selber nährt. Leider mangelt um die Pyramiden jeder Abgrund, in den er sich wie seine griechische Kollegin im Ödipus des Sophokles daraufhin stürzen könnte.«
Beim Hinausgehen fiel mir wieder das heutige Zusammentreffen mit Lydia ein. Schon vorgestern war das Zeltlager der A. T. S. abgebrochen, eingerollt worden – nur Gott wußte, in welcher einigermaßen erträglichen Gegend man es wieder aufstellen werde. Lydia hatte mir mittags während ihrer Hinundherfahrerei eine kurze Stippvisite gemacht; das Kühlwasser ihres Motors mußte erneuert werden. »Dick«, hatte sie gesagt und mir ein Buch und einen Degen übergeben, »das heb mir bitte auf. Der Säbel stammt von einem französischen Offizier, 1799, Expedition des Generals Bonaparte. Hat eine schön ziselierte Klinge, und der Griff war mal vergoldet – nur Allah weiß, wie er in fremde Hände kam. Und das Buch ist der ›Parnasso Italiano‹ von Petrarca bis Ariost, noch dazu in Leipzig gedruckt und 1830 der Exzellenz Goethe gewidmet. Muß ein italienischer Soldat mit sich geschleppt haben, bis ihn bei Benghasi eine Kugel umbrachte. Ich habe darin wieder mal mein Italienisch aufgefrischt. Wozu sonst ließ ich mir vor fünf Jahren den Namen Boccanera beilegen!«
»Schwarzmäulchen«, damit faßte ich ihre beiden Hände. »Wird in Verwahrung genommen und pünktlich wieder zurückerstattet gegen Lippenwährung.«
Ein herzlicher Blick aus braunen Augen, und dann erscholl die Hupe ihres Wagens, und der Rückzug setzte sich fort.
Du liebes Herrgöttle von Nußdorf, dachte ich, wie oft wird sich dieser Krieg noch vorwärts und rückwärts wälzen, von der ägyptischen bis zur tunesischen Grenze und zurück! Vorläufig sind wir die Gummiwand, gegen die in altmodischen Irrenanstalten Tobsüchtige anrannten. Aber mit Geduld und Spucke, wie der Berliner sagt, verwandeln wir uns allmählich in eine Stahlwand und Stahlwalze und machen mit den Einbrechern Schluß.
Aber heute und morgen war's noch nicht soweit!

SECHSTES KAPITEL

Nachtgespräche

Wie eindrucksvoll, daß es lautlos auf unsere Dächer fallendes Licht gibt, Mondlicht! Leiser Wind von Westen her brachte Kühlung, aber gleichzeitig auch Sandstaub, der von unseren Vorhängen aufgefangen wurde. Dann fielen helle Pistolenschüsse, auch ihren Schall trug der West heran. Ich stand – drei Tage später – mitten im Zimmerchen, holte Aktenmappen von der Bordwand oben.
»Schakale«, bemerkte aus dem Dunkeln die Stimme meines Griechen. »Die armen hungrigen Biester! Hinter allen Lastwagen laufen sie her – Abfälle, Kotelettknochen, die trockenen Stullen unserer Fahrerinnen. Mit den Nachtpatrouillen haben sie nicht gerechnet. ›Ein Abendbrot, geerntet an der Strecke, wird nicht zu teuer mit dem Tod gebüßt.‹«
»Welcher Dichter hat das verbrochen?« fragte ich und knöpfte die Ledertasche meiner Pistole wieder zu, die ich vorsichtshalber aus dem Schub genommen. (Erst viel später entdeckte ich den verballhornten Friedrich Schiller.)
»Ein Captain – vermutlich Dichter im Nebenberuf, vielleicht auch ich selber. Hab doch früher Couplets genug zur Laute gesungen. Und da ich ein Häftling unter so guten Bedingungen bin ...« Er lachte. »Dick, du bist mein Schutzpatron, siehst du wohl, das kommt davon.« Und er kniete nieder, breitete eine Zeltbahn auf dem Fußboden auf, half mir Mappe um Mappe aufeinanderschichten.
Im Grunde war uns keineswegs spaßhaft zumute. Die ernste Lage türmte sich wie eine schwarze Wolke vor uns auf. Wer zwang uns zum Einpacken? Die vorstoßenden faschistischen Divisionen, sieben bis zehn italienische, verstärkt von zwei oder drei deutschen. Unser ganzes Lazarett verschob sich. Ambulanzen mit dem Roten Kreuz fuhren die schweren Fälle zur Eisenbahn, die sie ostwärts weiterführte. Wir hatten die Nacht hindurch gearbeitet wie die Wilden, unsere braven A. T. S.-

Mädel ebenso zugefaßt wie wir – alles, was auf gesunden Beinen stand. Ein riesiger Zug von Lorries, jeder von Frauenhand gesteuert, mochte schon in Alexandria angekommen sein, der größte Teil unserer Ärzteschaft mit ihnen – wer wußte denn, wie wir die Baracken am neuen Standort antreffen würden! Eine Fahrerin kam eben an unserem Fenster vorüber, die Zigarette zwischen den Lippen, den leicht gefärbten. Im Mondlicht erkannte ich ihr vertrautes Profil.
»Wißt ihr jetzt, wohin es geht, Lydia?« fragte ich durchs Fenster. Der Mond ersparte uns die stickige Luft hinter Verdunkelungsvorhängen.
»Guten Abend, Richard«, antwortete sie englisch, »wen hast du noch im Zimmer?« Sie ließ ihre Augen kurz in die unerhellten Winkel schweifen. Dort saß mein Kephalides und ordnete die Kartothek – diese Riesenarbeit mußte auch noch heute nacht bewältigt werden; vom Fenster sah man nur seine Hände Blatt nach Blatt aufnehmen und verteilen, und seine Zigarette.
»Vollkommen zuverlässig – unser Grieche«, erwiderte ich.
Aber Lydia war eine kluge und geschulte Soldatin. »Dein Ohr her, Dick«, flüsterte sie deutsch, »Latrun wahrscheinlich«, und verschwand. Das Brausen unserer eigenen Flugzeuge übertönte für ein paar Sekunden jeden Versuch einer Unterhaltung.
»Tadelloses Mädchen«, meinte mein Gehilfe. Für solch mitteltiefe Stimmen habe er eine angeborene Vorliebe. »Was für eine Landsmännin?«
»In Wien geboren«, erwiderte ich, »Halbjüdin. Ihren moslemischen Schwestern hier, all den Töchtern Afrikas und Asiens, Kindern der Hagar, der Unterdrückten und Ausgebeuteten, hilft der Krieg noch mehr gewinnen als uns eine Schlacht. Die Zugereisten können zeigen, was schon in ihnen steckt, und außerdem erwerben sie neue Eigenschaften. Für die im Middle East Geborenen aber bricht ein Äon an, nicht für alle, aber für viele.«
»Kann man A bis B schon bündeln?« fragte George.
»Mach doch Gummis 'rum«, erwiderte ich.
»In diesem Klima, das sie zersetzt?« entgegnete er.
»Um sicher zu gehen: in der Ecke liegt Bindfaden.«
»Spagat nanntet ihr das im alten Österreich, nicht wahr?« sagte

Kephalides lächelnd. Er wußte einiges von mir, half mir schon tagelang als eine Art Adjutant, wenn ich ein so kühnes Wort wagen durfte.
Von der See her rollte dumpfer Donner an.
»Was Cunningham draußen zu schießen hat, möchte ich wissen.«
Ich zuckte die Achseln. »Diese Dinge werden wir nie erfahren. Die Flotte hält nicht nur ihre Stellungen, sondern auch die Schnauze. Wie sie damals den Italienern im Hafen von Tarent ihre besten Schiffe zusammenschlugen, alle Achtung. Taten's ja nicht aus Übermut, sondern aus ... bei anderen Leuten hieße das Verzweiflung, aber bei den Briten kommt es gar nicht soweit. Nicht so hoch, möchte ich sagen. Du erinnerst dich, George, was wir jüngst über Verdrängung feststellten. Nun, die Briten sind große Verdränger. Ihr Bewußtsein halten sie gern clean-shaven. Aber während andere Leute von ihren Verdrängungen gelähmt werden, setzt bei den Engländern im letzten Augenblick als Abfuhr eine rettende Tat ein. Ein Boxhieb aus dem Unterbewußtsein, der den andern meist knockout schlägt. Wahrscheinlich beaasen sie Rommels rückwärtige Verbindungen.«
»Ah«, sagte mein Gehilfe, »da ist meine Karte. Wir könnten sie jetzt ergänzen, wenn dir daran liegt. Ich gab damals nur einen meiner Vornamen an, mein Vater gab mir aber drei. Er verehrte Lord Byron so, weißt du, der für ihn das Symbol Englands schlechthin darstellte. Er nannte seinen Ältesten, nämlich mich, George Noel Gordon. Du kannst dir ja denken, wie das auf einer Schule wirkte, wo Deutsch Trumpf war. Erst verdünnte ich diese Namen zu einem N. G., dann, auf der Technischen Hochschule, ließ ich sie meist weg. Allerdings gab es nach dem vorigen Kriege auch bei uns den Amerikanismus, es war schick, ein paar Buchstaben im Namen zu tragen.«
»Also schreiben wir auf diese Karte, wenn du so heißt, noch Noel Gordon und fügen es durch Klammer an den richtigen Platz.«
»Im Mondschein«, lachte er.
Gut, daß ich mich in den Schatten zurückgezogen hatte. Meine gespannte, ganz veränderte Seelenlage hätte sich wahrscheinlich in meinem Gesicht ausgedrückt und wäre ihm aufgefallen.

Irgend etwas in mir bewirkte eine Art Nachhall. War das möglich? Hatte Jeanne nicht damals berichtet, ihr griechischer Junge habe etwas von Lord Byron im Namen gehabt? Söhne von griechischen Offizieren kamen viele vor. Ein gewisser Prozentsatz von Söhnen aller Offiziere in der Welt gerieten in Widerspruch zu ihren Vätern und Kreisen und wurden Tunichtgute, Künstler, Schriftsteller, Kabarettisten. Sollte mir der Zufall aus tausend griechischen Evakuierten der Armee just denjenigen zur Beobachtung gesandt haben, mit dem mich, ihm unbekannt, die Beziehung zum gleichen Mädchen verband? Ohne alle Frage, das mußte ich herausbekommen. Möglich war alles in einer Welt, die wie eine Virtuosin auf dem Kopfe stand, auf ihren Händen ging, mit den Füßen Kunststücke machte, die man innere Politik nannte.

»Was mir auffällt, George«, sagte ich, »du rauchst ja nicht mehr. Geschieht es nur aus Mangel an Stoff – bediene dich! Aber du weißt, wie ich über das Rauchen denke, die Manie von heutzutage, meine ich. Und das zum Zeichen: wirf mir doch meinen Tabaksbeutel herüber.«

Kephalides saß im Mondschein, sah aus schmalgedrückten schwarzen Augen lächelnd zu mir hinüber. Eine gewisse humoristische, verhohlen spöttische Überlegenheit regierte im allgemeinen seine ebenmäßigen Züge, gab ihnen jene Männlichkeit und Reife, die man vielfach als Überheblichkeit empfand. Mir gegenüber aber hatte er sehr bald aufs Freundliche und Kameradschaftliche umgeschaltet; und mit dieser inneren Heiterkeit sagte er jetzt, er habe mich beobachtet beim Pfeifestopfen. Für einen Österreicher verstünde ich das ja recht gut, aber wenn ich gestattete, werde er mir mal zeigen, wie man eine Pfeife mit englischem Tabak lädt, damit sie schmeckt. »Es kommt natürlich auf die Fingerspitzen an, und die bekommt man richtig nur an Bord eines Schiffes, wo man manchmal halbe Stunden Zeit hat, die Pfeife in Ordnung zu bringen. Unten im Pfeifenkopf bewahre eine gewisse Lockerheit; je weiter oben, desto fester hineindrücken. Ist er feucht, mit dem Stopfer einen Luftkanal senkrecht durchstoßen. Oh«, freute er sich und reinigte das Rohr mit einem Stückchen Draht, »hab's nicht erst auf Kreta gelernt. Dort saßen wir in den Schluchten des Ida, nicht Schafe hütend und Göttinnen erwartend, sondern Kesselrings Flugzeuge und Banditen. Wir, eine Handvoll Griechen, zwei Australier, zwei Polen und drei Palästinenser. Die Deutschen waren mit Fallschirmtruppen gekommen, wie du weißt, mißbrauchte Jungen, die wir abschossen, solange unsere Patronen reichten. Ich hatte dort von den Ferien her einen alten Freund, einen Schäfer und Bauern – Diogenes war ein Schwätzer gegen ihn. Seine Hütte war vor eine Höhle gebaut, und als die Deutschen das heraus hatten, warfen sie ihn über den Felsen und ließen ihn unten krepieren, meinen klugen, Bienen züchtenden, Zwiebeln und Knoblauch futternden und manchmal einen Spruch von sich gebenden Papalos. Wenn ich nicht irre, gaben sie ihm nachher mit Zielfernrohren den Rest. Von ihm stammt mein Wahlspruch: ›Zuletzt kommt alles, selbst was man sich wünscht.‹« Dann entzündete er die Pfeife und reichte sie mir hinüber; ich verspürte kein Bedenken, sie von seinem in meinen Mund zu übernehmen. Sein Gesicht hatte beim Sprechen vorübergehend den Ausdruck unversöhnlicher Feindseligkeit angenommen; und auch mir selbst kam erst angesichts meiner noch aus Deutschland stammenden Pfeife zum Bewußtsein, daß unter den Ausgelöschten sich sehr gut Söhne meiner Patienten befinden konnten, einer der drei jungen Repkes beispielsweise, auf die der Major damals so stolz gewesen. Mit derselben Ruhe hätte mein Freund Kephalides den Bericht über den Tod seiner Landsleute angehört, wenn die im faschistischen Lager gefochten hätten, von Quislingen, wie man sie später nannte. Der Schnitt lief längst quer durch die Völker und Staaten, dieser Krieg spielte sich auf allen Schauplätzen und in allen Sprachen ab, zwischen Anhängern menschlicher Selbstbestimmung und Erwachsenheit und deren Gegnern. Wir schrieben das Jahr 42 – wozu leugnen, daß die Nutznießer der Vergewaltigung und Ausbeutung augenblicklich immer noch im Vorteil waren?

Auf der Straße zwischen uns und dem fernen Meer brodelte das Geräusch der Motore – reger Verkehr, das durfte man sagen. Vor einem Jahre wäre es nicht ohne feindliche Flugzeuge abgegangen, jetzt aber war die R.A.F. mit ihren Unterabteilungen dem Gegner längst gewachsen, die Kämpfe der Nachtjäger spielten sich dauernd im Rücken der feindlichen Front ab, über Tobruk und im Aufmarschgebiet von Bir Hakim.

Wir waren inzwischen mit unserer Kartothek so gut wie fertig, sie stand in ihren Kästen auf dem Tisch, wir mußten sie noch in eine Zeltbahn einwickeln, verschnüren und demjenigen Lastwagen mitgeben, mit dem wir selber abtrudeln sollten.

»Unangenehm bleibt's doch«, sagte ich, »daß wir hier wieder wegmüssen. Rommel will partout nach Alexandria hinein, und Auchinleck braucht auch unseren Standort für seine Abwehr. Glaubst du, daß Gefahr besteht?«

Mein Grieche wiegte den Kopf hin und her. »Gefahr besteht im Kriege immer. Und Keile haben wir ja, wir Antifaschisten, genug bezogen. Aber da es heute um die Wurst geht, um die wirkliche götterernährende Wurst der Weltherrschaft, wird den Engländern im letzten Augenblick schon wieder etwas einfallen. Wie bei Dünkirchen, verlaß dich drauf. Damals war Churchill gerade Premier geworden, und die Königliche Flotte bestand plötzlich aus allem, was in England einen Kiel unter den Füßen zu haben gewöhnt war, Ruder- oder Fischerboot, Sportjacht oder Stranddampfer. Jetzt ist Churchill Diktator im antiken Sinn, der Mann, der ein Reich durch die schwierigste Krise seiner Geschichte steuern und einen zu allem entschlossenen Neukommer, den Herrn Hitler, niederschlagen muß. Da Winston die Generäle vom vorigen Krieg her genau kennt – ich glaube, seiner wesentlichsten Begabung nach ist er selbst Stratege –, wird er alles daran setzen, um eine Wiederholung von Dünkirchen zu verhindern. Heute spielt der Suezkanal dieselbe Rolle wie 1915 die Dardanellen. Seit ich etwas Zeit zum Nachdenken habe, finde ich überhaupt die Anlage des Feldzugs seit Mussolinis Eintritt glänzend. Daß man vor allen Dingen das Rote Meer gesichert und ganz Afrika bis hier hinauf von den Heuschrecken gereinigt hat, legt ein Fundament für alles andere und wirkt sich auch quer hinüber aus im Persischen Golf, wo die Russen neue Ausladekais kriegen – Ersatz für das Schwarze Meer, ein neues Odessa. Entschuldige, daß ich dir mal mit meinen Ideen komme. Seit ich nicht mehr die Nase am Feinde habe, gehe ich auf der Landkarte spazieren wie der Bleistift eines Stabsoffiziers.«

»Und was ist dir lieber?« fragte ich, beeindruckt von dem Blick für strategische Zusammenhänge, den mein Schützling, Patient oder Häftling hier kundgab. Ich wollte gerade bedauern, daß das Mondlicht trotz allen Glanzes doch nicht imstande war, eine Kriegskarte richtig zu beleuchten, da verdunkelte eine menschliche Gestalt das Fenster, ein Kopf mit Stahlhelm schaute herein, und eine ruhige Stimme fragte: »Ist, zur Hölle, hier wenigstens jemand wach? Euer Tabak sei gepriesen!«

SIEBENTES KAPITEL

Ein Leutnant der Wüstenratten

Ein junger Mann, schmal und mager, eine Falte zwischen den Brauen, setzte sich auf das Fensterbrett. »Ihr baut wohl ab?« fragte er. »Ich muß euch aber einen Kranken übergeben. Bin mit meinem Panzer übrigens aufgeschmissen, wenn ihr mir nicht auch einen Ersatzmann stellt, der uns nach vorn weiterführt. Wer kann meinen Kranken untersuchen?«

»Werde mein Bestes tun«, sagte ich. »Wo ist der Mann?«

Der Leutnant, ich sah den Stern auf der Achsel, wandte sich nach draußen und rief nach Patrick. Wir stiegen aus dem Fenster und sahen eine in sich zusammengekrümmte Gestalt heranschleichen, die Hände auf dem Leib.

»Bauchschuß?« fragte ich erschrocken.

»Keine Rede«, meinte der Leutnant. »Gift oder Infektion. Wir kommen vom Innern und wollen erst dorthin, wo Bauchschüsse blühn. Wollte mit meinen Rädern nicht eure Anlagen zerfahren, aber vielleicht war das falsch.«

Der Zusammengekrümmte schleppte sich heran, rote Haare, ein schneeweißes Gesicht, Sommersprossen. Er hatte die Lippen fest aufeinandergepreßt, Schweißtropfen auf der Stirn, setzte sich auf die kleine Böschung in unser künstlich gezüchtetes Gras. Ich legte ihn rücklings um, befühlte seinen Unterleib, er konnte die Beine kaum ausstrecken, ein Krampf zerrte an seinen Muskeln. Was er getrunken habe, fragte ich.

»Tee«, antwortete er zwischen den Zähnen, »Baldriantee. Eine alte Dame in Kairo gab ihn mir aus Freundlichkeit, gegen die Nachtkälte, wenn wir in die Wüste gingen. Am Bahnhof in Alexandria, als wir vorüberfuhren, holte ich mir heißes Wasser aus der Lokomotive, Leutnant Ruthby ist Zeuge. Bald danach fing's an. Schurkisches Gift oder sonst eine Schweinerei.«

Sein Leib war nicht geschwollen, aber stark verkrampft. »Hast du noch von dem Tee?« fragte Kephalides, zu Häupten des Kranken kauernd.

Der schlug mit der Hand auf eine Tasche seines Mantels. Mein Freund schnüffelte in die Tüte hinein, sah überrascht auf, zerrieb ein bißchen Tee zwischen seinen Fingern. »Das ist nicht Baldrian, so riecht Salbei. Die alte Dame hat ihre Tüten verwechselt. Wie denkst du, Cardhouse?« Seine Hand roch schon von weitem nach Salbei, diesem würzigen Kraut, dessen Tee ein wichtiges Hausmittel zum Gurgeln ist, der aber getrunken die Magenschleimhaut mit einer Ölschicht überzieht und schmerzhafte Krämpfe hervorruft.
»Alles in Ordnung«, sagte ich, nachdem ich geschnuppert hatte. »Wir legen dich ins Bett, Pat, und du kriegst eine Wärmflasche oder zwei, und morgen früh bist du wieder auf den Beinen.«
»Und wer fährt uns nach Alamein?« fragte der Leutnant, die Augen, zornig, aber sehr beherrscht, zwischen dem Leichtkranken und mir. »Sie glauben doch nicht, daß General Rommel warten wird, bis die Wärmflaschen gewirkt haben. Wir haben keinen Überfluß vorn, Mann, weder an Tanks noch an Fahrern, und ich mag nicht in Teufels Küche kommen.«
»Unsere Leichtkranken sind bereits abtransportiert«, sagte ich betreten. »Sie haben selbst gesehen, Herr Leutnant, wie leer diese Baracken daliegen. Wir beide hier überwachen die letzte Räumung.« Der Kranke stöhnte, zog die Beine an sich, rollte auf die Seite.
»Diese Räumung«, sagte mein Freund mit metallisch klingender Stimme, aber halblaut wie vorher, »diese Räumung heute nacht überwachen wir beide ganz allein, Cardhouse ... Ich stelle den Ersatzmann, Sergeant George Kephalides von der ersten griechischen Gebirgsbrigade, ausgebildeter Fahrer und ganz gesund. Müssen nur ein paar Zeilen hinterlassen, Herr Leutnant, um meinen Freund Cardhouse zu decken. In fünf Minuten abmarschbereit. – Komm, Pat, legst dich auf mein Bett, kriegst was zum Schlafen.« Er nickte mir zu, hob den Kranken mit den Beinen voran aufs Fensterbrett und folgte.
Ich stand aus meiner Kauerstellung auf und sah nachdenklich, fast ängstlich dem kleinen Leutnant ins Gesicht. Der holte schon einen Füllhalter aus der Innentasche seiner Bluse. »Geben Sie mir Papier«, sagte er. »Der Ersatzmann macht gar keinen schlechten Eindruck. Es liegen Griechen genug vorn, die ihn übernehmen können.«

Mit gemächlichem Brummen kam ein Flieger vom Westen her zurück, einer von den neuen Amerikanern, der feindliche Flugplätze beaast hatte. »Aber, Herr Leutnant«, wandte ich ein, »der Mann ist zur Beobachtung hier. Ich trage Verantwortung für seinen Verbleib.«

Der Leutnant holte sich eine der leeren Karten vom Tisch, die später einmal zur Kartothek gehören sollten. »Tragen Sie nur«, warf er hin, während er sich über den Tisch legte und schon zu schreiben begann, »ich trage mit.« – Das alles spielte sich außerhalb des Zimmers ab, es machte im Grunde genommen den Eindruck einer grotesken Szene auf einer jener modernen Bühnen, die wir früher so geliebt hatten. »General Auchinleck verlangt jeden kampffähigen Mann für die Feuerlinie. Das wird genügen.« Und er reichte mir die beschriebene Karte hin, auf welcher Leutnant Ruthby (I. III. Royal Riding) bescheinigte, Sergeant George Kephalides als Ersatzfahrer für seinen Panzer beordert zu haben. Statt eines Stempels befeuchtete er seinen Daumen mit Speichel und drückte ihn auf die Karte, auf der selbstverständlich kein dauerndes Zeichen hinterblieb. Seine Nummer fügte er aber noch hinzu, und dann rief er: »Aufbruch!«

In vollem Lauf bog der Grieche ums Haus, er war frontgerecht gekleidet, im Khaki-Battledress, hatte seinen kleinen Rucksack im Arm, ein Seitengewehr um, die Mütze vorschriftsmäßig auf der linken Seite. »Auf Wiedersehen, Dick«, sagte er und gab mir die Hand. »Ich tauche bestimmt wieder auf in G.H. 26, und dann beenden wir unser Gespräch. Ein großer Vorzug, dich so nahe erwischt zu haben, alter Junge.« Dann schlug er mir auf die Schulter, nahm militärische Haltung an und wiederholte: »Marschbereit, Herr Leutnant.« – »Rolls Royce wird sich freuen«, antwortete der und wies hügelabwärts zur Straße hinüber.

Am nächsten Morgen – lautlos ruhten die verlassenen Barackenbauten rundum – erwachte ich mit leisem Schreck, meines Griechen wegen, meines Freundes. Hatte sich ruckartig verwandelt, der Mann, beinahe wie mein Vorgesetzter verabschiedet! Mein Ersatzpatient hatte die Schlafecke von Kephalides bezogen, die von meinem Räumchen nur durch eine halbe Wand getrennt war. Er sah mich hin und her gehen, bloßfüßig und leise.

»Du willst dich rasieren?« fragte er. »Das Wasser in meiner Flasche ist noch heiß.« Seine Stimme klang munterer als gestern, seine Augen blickten mit ganz anderem Ausdruck.
»Dir geht's schon wieder besser?«, damit fühlte ich ihm den Puls. »Hast du den Salbei eigentlich mit Absicht getrunken, Kamerad?«
Er sah mich prüfend an. »Nee«, sagte er, »soweit bin ich noch nicht. Natürlich hätte ich es tun sollen, für Irland gegen London – aber helf er sich, all die einzelnen sind doch Anständige. Man klebt mit jeder Mannschaft zusammen, mit der man ein Vierteljahr geschnickt wurde.«
Ich entnahm seiner Wärmflasche heißes Wasser – sie hatte es brav gehalten –, rieb mein Gesicht mit dem Seifenstück und pinselte. Die Sonne mochte sich gerade vom Horizont gelöst haben, der Schatten unserer Baracken fiel tief nach Westen. Leiser Ostwind heulte, aber ein fernes Brodeln schien durch die glasklare Luft herüberzukommen, gegen den Wind.
»Du bist kein Engländer«, stellte der Nachtgast fest, »kommst aus Palästina, he?«
»Hm«, bestätigte ich, den Mund von Seifenschaum frei wischend. »Ich bin, was es gar nicht mehr gibt: ein Zeitgenosse Kaiser Franz Josephs. Und da du das nicht verstehst: von Eduard dem Siebenten.«
Er lachte, richtete sich im Bett auf. »Gib mir mal 'n warmes Frühstück«, sagte er und machte die Gebärde des Ansteckens einer Zigarette. Ich warf ihm eine hinüber, ließ ein Heftchen papierener Streichhölzer auf sein Bett fliegen, sah nach der Uhr und pinselte weiter. »Altes Österreich«, sagte er. »Ich weiß. War mit Landsleuten von dir zusammen in Spanien, bei den Internationalen Brigaden. Mensch, das war eine gute Zeit. Man wußte doch, wofür man seinen Kopf hinhielt, saubere Scheidung, schwarz und rot, blutschwarz und morgenrot.«
Ich sah ihm überrascht auf die Lippen, musterte sein rotes kurzes Haar, die Sommersprossen in der schwachgebräunten Haut, die wie vergilbtes Pergament wirkte und in der die schmalgeschnittenen Augen hell standen, fast grün.
Blutschwarz und morgenrot, wiederholte ich stumm. »Echt Ire, Pat«, sagte ich in den kleinen Spiegel, den ich am Fensterriegel aufgehängt hatte.
»Ire?« fragte er. »Meinetwegen. Ich bin Proletarier, verstehst

du, Belfaster Wollkämmer, und wenn du wissen willst, wo ich das geworden bin: in den Lackierhallen von General Motors. Alle Leute aus Irland haben Verwandte drüben. Neben mir spritzte einer, hieß Rubinstein, der Mann, und der hat mehr an mir getan als mein leibhaftiger Vater, hat mir meinen Verstand geschärft, wenn wir zusammen zur Subway gingen. Übrigens, wenn du immer eine neue Klinge nimmst, wirst du bald bankrott sein. Man schärft sie im Innern eines Glases, mit einem bißchen Wasser oder auf der nassen Handfläche. So, das hat geschmeckt«, sagte er und warf den Stummel in eine mit Wasser halbgefüllte Konservenbüchse, die mein Freund Kephalides zu diesem Zweck am Fuß seines Bettes angebunden hatte. »Übrigens fällt mir ein«, fuhr Pat fort, die Augenbraue hochgeschoben, »die alte Dame mit dem verfluchten Salbeitee oder dem gesegneten, wie du willst, hat in Statur und im Aussehen was von meiner Tante in Chikago und meiner ältesten Schwester, die bei ihr Hausmädchen spielte. Ist schon als junges Ding rübergegangen. Weiß der Teufel, ob's die Augen waren, die mir Vertrauen gaben, oder die Art, mit den Armen zu schlenkern! Tante ist wahrscheinlich tot, und von meiner Schwester Gilda hörte ich bloß vor meiner spanischen Zeit, sie hätte sich um eine Stellung als Tippse bei einer Radiostation beworben – alles in dieser verdammten Fleischpackerstadt.«
Ich goß Wasser ins Waschbecken, um mir das Gesicht zu spülen – schon bei uns machte sich die Kostbarkeit dieses Elements bemerkbar. Was für Fäden diese Erde umspinnen, dachte ich, von Belfast nach Chikago zieht sich dieser hier, dann nach Madrid oder Guadalajara, dann nach England hinüber und schließlich hierher, westlich von Alexandria, wo er sich mit einem andern kreuzt, der irgendwo in Athen beginnt, den meinigen zum ersten Mal in der Schweiz berührt – nicht direkt, sondern vermittels einer Jugendfee – und sich hier bei Bourdj el Arab mit den beiden anderen kreuzt.
»Ihr habt wohl lange hier gelegen«, fragte ich, »in Alexandria oder in Kairo? Hier hat's ja ein Soldatenparlament gegeben, in dem unsereiner ein Wort riskieren konnte.«
Er meckerte, sein Lachen klang wirklich sehr ziegenähnlich. »Ja«, sagte er, »reden lassen sie dich, die Herren. Lernen dann deine Absichten kennen, wissen, vor wem sie sich hüten sollen. Aber, alles was wahr ist, die Jungens von der Royal Air Force

riskieren eine Lippe. Wahre Freude! Unsereiner wartet lieber ab. Aber dir hab ich's angesehen, daß du zu uns gehörst, schon gestern abend, so scheußlich mir zumute war. Du wirst sie ja noch kennenlernen, unsere Herren.«

»Woher weißt du, daß ich sie nicht schon kenne?« fragte ich zurück.

»Mein Lieber«, sagte er. »Du bist doch an die Fünfzig. Wenn du sie kenntest, hocktest du nicht hier.«

»Mensch«, sagte ich, »wo sollte ich gegen das Hitlerschwein fechten, das mir meine Eltern nach Theresienstadt verschleppt haben würde.«

Er wiegte den Kopf. »In Jugoslawien«, sagte er, »irgendwo auf dem Balkan, dort, wo die Partisanen mit der zweiten Front ernst machten, von sich aus, ohne auf Einladungen zu warten.«

»Wer hätte das alles wissen sollen«, entgegnete ich. »Da hätte man schon 39 hinübergehen müssen. Ich war nämlich mal Arzt«, fügte ich hinzu, »und hoffe, es wieder zu werden.«

»Schneid dir man nich in den Finger«, meinte er, »einmal Gemeiner, immer Gemeiner, und wenn dein Grieche nicht zurückkommt, rutschst du in Teufels Küche. Ist doch auch so ein Herrensohn, mein Ersatz.«

»Aber ein degradierter«, entgegnete ich. »Du hast im Mondlicht nicht gesehen, daß sie ihm seine Streifen genommen haben, weil er mit den Metaxas-Leuten nichts zu tun haben wollte, und überhaupt: der kommt zurück. Was machen wir aber mit dir?« besann ich mich. »Um sechs kommen die Lorries und holen die Reste.«

»Nehmt mich mit bis zur Eisenbahn. Zu meinem Standort im Delta find ich mich dann schon selbst zurecht. Falls du mein Zeugnis brauchst«, damit drehte er sich zu mir, »begleite ich euch auch erst bis zu euerm Stab. Wie ich die Herren kenne, wär's nicht schlecht für dich, wenn sie mich vor Augen sähen. Aber versteh mich recht«, unterstrich er, »nicht meinetwegen schlag ich das vor. Ich bin hier hinten sicher und warte mein Schicksal ab. Ich hab nämlich gar kein Zutrauen zu den Herren, kann ich dir sagen. Wären es Russen, unsere Generäle und Obersten, Mensch, da hätten mich nicht zehn Pferde von meinem Fahrsitz wegbekommen, aber unsere erinnern mich immer verflucht an die Visagen vom Non-Intervention-Commit-

tee unseligen Angedenkens, je älter, desto schlimmer. Leutnant Ruthby, mit dem hatte ich ja Glück, ein patenter Junge und versteht sein Handwerk. Aber noch voriges Jahr, Mensch, da kriegten wir, frisch motorisiert, einen sachverständigen Leutnant, der uns das Manövrieren in Kolonnen beibringen sollte – überhaupt die neue Taktik mit den Panzern. Soll früher Polizist gewesen sein. Na, da zogen unsere Herrchen die Nasen krumm; ein Bobby in unserer Messe, sagten sie so, daß es der Neue hörte. Aber der war auch ein Gentleman, verließ sofort das Lokal und meldete sich weg. Und unser Bataillon ging in die Schlacht ohne das Training von dem Bobby, und das Ergebnis war: fünfzig Prozent Verluste, eine ganze Menge unseresgleichen gingen hops. Von wegen dem Ehrgefühl auf beiden Seiten. Weißt du, was bei der Ritterbrücke vorgekommen ist? Mit dreihundert Tanks zogen wir aus, und mit siebzig oder achtzig kamen wir zurück. Mein Bataillon fährt jetzt neue Wagen. Nee, Alter, dann gehe ich lieber mit Timoschenko immerfort zurück und gebe Boden preis, der mir lieb und teuer ist, als mit Ritchie von Tobruk bis Marsa Matruk. Zweihundert Divisionen, hab ich gehört, sollen die braunen Hunde gegen Moskau losgelassen haben – zweihundert! Und wir hier haben es höchstens mit zwanzig zu tun.«
Ich hörte Geräusch von Wagen, die in unseren Wirtschaftshof einzubiegen schienen, und außerdem hoffte ich, irgendwelche braven A.T.S. seien in der Küche schon auf ihren Sportschuhen. Was der Junge im Bett da auspackte, traf auf empfindliche Stellen. Die Erinnerung an das grausige Spiel der Nichteinmischung in Spanien hatte mich sehr wach gerüttelt – ich hätte schon früher daran denken sollen, aber mein pro-britischer Optimismus war von meinem Freunde Kephalides nur noch bestärkt worden. Der unbestechliche Blick dieses Schülers eines Herrn Rubinstein hatte mir gerade noch gefehlt. Und die Erinnerung an die ungeheuren Taten und Opfer, mit denen die Russen den wüsten Vorstoß des neuen Attila und seiner Panzer ertrugen und parierten, hätte eigentlich niemals aus dem Gedächtnis eines Emigranten und Palästinensers weichen dürfen, eines Soldaten der britischen Armee Middle East, die nur darum bloß das Afrikakorps sich gegenübersah, weil Hitlers Hauptmacht auf die Wolga und den Kaukasus eindrang.

»Ja, die Russen«, sagte ich, »wir werden ihnen nie genug danken können, diesen großartigen Kerlen.«
»Den klassenlosen Sowjetvölkern«, erwiderte mein Ire und streckte die nackten Beine aus dem Bett auf den Fußboden, stand auf, reckte seine Arme. »Während du zusiehst, wer gekommen ist und ob wir was zu futtern kriegen, zieh ich mich an.«
Ich nickte und eilte hinaus.
Es würde wieder sehr heiß werden, ein Mann in meinen Jahren verlangte nach starkem Kaffee fürs Herz. Vielleicht wußte auch niemand in der Küche, daß diese hallenden Baracken nicht ganz leer lagen. Nein, es gab Frühstück, wir mußten nur kommen und es holen, am besten gleich an Ort und Stelle verzehren. Ich lief zu meinem Iren zurück, auch er rasierte sich gerade.
»Siehst du«, sagte er, indem er seine Backe strammzog, »unsere Sache gegen Hitler sieht aus wie der Neumond: eine schmale, helle Sichel, fadendünn, aber daran hängt die ganze runde dunkle Scheibe, wie du sie nach Sonnenuntergang erwischen kannst. Und diese runde dunkle Scheibe, mein Lieber, das ist Rußland. Und wenn sie hell und strahlend am Himmel steht, ist's Vollmond, und wir haben gesiegt. Und dazu brauchen wir die zweite Front. Und jetzt habe ich Hunger, Hunger, Hunger.«
Im Fenster erschien die Fahrerin Lydia von gestern abend, blank, gekämmt und gepudert. »Fertigmachen, meine Herren, in einer Viertelstunde brechen wir auf.«
»Frühstückszeit abgerechnet, Lydia«, beschwor ich sie.
»Halten zu Gnaden!« Sie salutierte, lachte.
Innerhalb dieser Viertelstunde traf Lorry nach Lorry ein, die Wache an unserer Umzäunung, dem Stacheldraht, der uns in Kilometerumkreis einfriedete, hatte viel zu salutieren und machte große Augen. Sterne, Kronen und goldene Litzen auf den Uniformen unserer sonst so unauffällig in ihrem Khaki dahergehenden Offiziere verrieten den hohen Stab, möglicherweise das AOK der ganzen Armee, das, vorübergehend, wie wir hofften, bei uns einkehrte. Männer und Frauen vom Camouflagedienst kletterten mit bemalter Leinwand auf unsere Dächer, um das Rote Kreuz zum Verschwinden zu bringen, das sie bisher einigermaßen geschützt. Ein Mechanikerwagen der Royal Engineers setzte auf unsere ehemalige Hauptschreibstube eine Antenne, auf den großen Operationssaal eine zweite, sie spannten

Drähte quer über die Luft, hier sollte ein Senderaum entstehen. Daß es überall noch nach Krankheit roch, kümmerte niemanden. Ich sah keine Nase sich rümpfen. Als wir auf unseren Lorry kletterten, gutes Weißbrot und palästinensische Zitrusmarmelade im Leibe, und ich meine Pfeife in Brand setzte, kam ein Schreiber unseres Stabes mit einem Zettel angelaufen; ein Kommando unserer Leute blieb zurück, um die Verbindung aufrechtzuerhalten, bis wir am neuen Standort erreichbar sein würden.

»Cardhouse«, sagte er und gab mir den Zettel, »der Alte hat telefoniert. Du gehst nach Kairo auf Dienstreise, holst dir in Alexandria von unserem Feldwebel den Einlieferungsbericht Kephalides, das Aktenzeichen steht hier drauf, fährst dann allein mit der Bahn nach Kairo, wirst uns hoffentlich nicht verlorengehen, Alter, von einem wilden Kamel gefressen werden. In Alexandria geben sie dir auch Anweisung mit auf Verpflegungsgeld, Legitimation für die Naafi und was du sonst noch brauchst. Die Lydia fährt dich bis zum Stab, und wie du weiterkommst – 's ist noch kein britischer Soldat verlorengegangen im Reiche Faruks I., cheerio.« Und dann lief er, ohne merklich zu salutieren, an einem Generalmajor vorüber, dessen Gesicht ich aus illustrierten Zeitschriften kannte, ohne auf seinen Namen kommen zu können. Stab der R.A.F.? Der Artillerie, der ganzen Armee? Es bereitete sich etwas vor in dieser Gegend, das wußte schließlich jeder.

»Also gut, Patrick, vielleicht brauch ich dich in Kairo«, damit setzte ich mich auf unsere Kartotheksäcke, Rücken an Rücken mit Lydia.

Sie fragte über ihre Achsel, wo denn der andere bleibe, der immer mit mir zusammen war, der Sergeant ohne Streifen, der so gern französisch sprach.

Mädchen, Mädchen, dachte ich, wozu die vielen Umschreibungen! »Unser griechischer Schützling, Freund Kephalides, bis auf weiteres weg. Ab zur Front.«

Mein Rotkopf an der Längsseite des Wagens verstand sofort und lachte behaglich. »Hat meinen Fahrsitz eingenommen«, sagte er, »wünschte, ich könnt ihn anderswo ersetzen.«

Lydia sah geradeaus, drückte auf den Starter, gab Gas. Wir rollten an, die Nase nach Osten.

Hinter uns jagten Stöße eines heißen Windes, trüb und trokken. Ob sie uns im Rücken faßten oder von der Seite trafen, vermochten wir nicht festzustellen: der Wetterdienst der Radiostationen hatte dem Krieg geopfert werden müssen, feindlichen Fliegern ihre Angriffe nicht zu erleichtern. In der westlichen Wüste herrschte vielleicht einer jener Sandstürme, die das Leben zur Hölle machen – Sand in den Augen, zwischen den Zähnen, im Gewehrschloß; die Tanks, von der Sonne und ihrer Maschine geheizt, in Sandwolken vorstoßend, mein armer Grieche mit den Augen auf einer ihm unbekannten Fahrbahn.

Ohne sich zu mir umzudrehen, murmelte Lydia: »Kein Vergnügen, jetzt nach Westen zu fahren, hoffentlich sehen wir ihn noch mal.«

»Der Nil steigt jedes Jahr«, erwiderte ich gelassen. »Vorherbestimmte Bahnen kreuzen sich immer wieder. Gib Obacht, schöne Soldatin.«

ACHTES KAPITEL

RPK

Ich stand bei Lydia in besonderer Gunst, ich wußte es. Da auf unserem Wagen noch Platz für raumverschlingende, leichtwiegende Ladung blieb, hatte sie Anweisung, vom Hauptdepot für Lazarettbedarf Verbandstoffe und Watte abzuholen – in Palästina würden wir auf Zufuhr aus Ägypten angewiesen sein. Alexandria wimmelte von militärischem und Zivilverkehr, von der Hafenseite her kreuzte ihn das Hin und Her von und zu den Schiffen, die draußen, von Flak und Fliegern beschützt, ihre grauen Stahlleiber vom Sandwind pudern ließen. Lydia fragte sich von einem Militärpolizisten zum anderen durch, die auf der Straße standen und den Verkehr regelten. Im Hauptlazarett erfuhr sie, daß auch unsere beiden Ärzte, der gesuchte Stabsarzt und mein Oberarzt, zum Depot hinausgefahren seien, um selber festzustellen, was an Drogen von Alexandria aus geliefert werden konnte und was fehlte. Seit einiger Zeit mußten wir ja auch die Freien Franzosen zu Land und Wasser und unsere polnischen Bundesgenossen mitversorgen – von einer Basis aus, den britischen Inseln, die unter beständigem Luftangriff von der Normandie her produzierten. Dann blühte für die Handelsmarine der mühselige Treck rund um Afrika mit all dem Kriegsbedarf, soweit er U-Booten und Luftpiraten entwischte. An den Transporten aber unserer Amerikaner fraß die Atlantikschlacht. Die deutsche Flotten- und Heeresleitung wußte, wo sich unsere Hauptschlagadern kreuzten. Von der provençalischen Küste und den Azoren aus versuchten sie, unsere Geleitzüge zu packen, wenn sie zwischen den Säulen des Herkules hindurchschlichen. Da uns ganz Nordafrika durch Vichy-Frankreich verlorengegangen war, standen wir wie ein Riese mit gespreizten Beinen auf den kleinen Felssockeln von Gibraltar und Malta und verteidigten uns gegen Raubvögel und Haifische.

Der Stabsfeldwebel mit dem kurzen englischen Bärtchen und

der Brille eines ehemaligen Studenten hatte sich in dem Pförtnerhäuschen der weitläufigen Anlage unterbringen müssen, die jetzt vorübergehend auch von der einstigen Besatzung unseres G. H. 26 wimmelte. Seine A. T. S-Ordonnanzinnen liefen hin und her, nur ein Telefon stand auf seinem Arbeitstisch, ehemals der rohhölzerne Eßtisch des Pförtners – und was um ihn herum auf dem Boden sich türmte, aus Zwiebacksäckchen, Konservenbüchsen, Aktenstößen und seinem Ausgehkhaki, hätte jeden anderen zur Verzweiflung gebracht als diesen kaltblütigen, arabisch sprechenden Cambridger. Wir standen seit Anbeginn meiner Dienstzeit auf gut kameradschaftlichem Fuß, uns verband eine Leidenschaft für die Werke William Shakespeares, auch jener Stücke, die für unecht galten, wie »Perikles« und »Thomas Lord Cromwell«.

»Cardhouse«, rief er, »nicht einmal Zeit hat man, das Feld dieser ehemaligen Fischerstadt Rakotis abzustiefeln. Kaum die paar Minuten haben wir füreinander, die Sie brauchen werden, sich aus dem Stoß dort die Aktenmappe herauszusuchen, die Sie hier abholen sollen, dem Stone übergeben. Ein großes versiegeltes Kuvert, zufällig aus rötlichem Papier, und durch das Rötliche finden Sie es leichter, als wenn es in unser ehemaliges eingeschlagen worden wäre, das gelbliche oder graue.«

Ich hatte ihm schon die Hand geschüttelt, mich dann auf die Knie niedergelassen, und vorsichtig abhebend, was auf dem Rotschimmernden lastete, fand ich meine Beute. »G. H. 26, Häftling K.« hatte jemand breit mit schwarzer Tinte draufgeschrieben. »Das ist's«, sagte ich und stand auf. »Brauchen Sie einen Empfangsschein von mir, Smith?« – »Gott bewahre!« rief der, indes das Telefon schon für ihn schnarrte. »Sie kenn ich, Cardhouse, und fürs Ganze bürgt Dughleen. – »Ja, hier Feldwebel Smith«, rief er ins Telefon, »eine Ladung Aspirin? Im Depot abgegeben, der Fahrer weiß wo.« Und er warf den Hörer in die Gabel, winkte mir, »bye – bye«, und schob mich aus dem Häuschen.

Meine beiden Vorgesetzten, unter der feuchten Hitze ächzend, hörten unwillig, was ich ihnen zu berichten hatte.

»Mensch«, fuhr mich der Stabsarzt an, »daß Sie den Griechen haben entkommen lassen, wird Ihnen noch eklig aufstoßen.«

Ich protestierte und rief meinen Iren in die Vorhalle herein, in

der wir sprachen und schwitzten. Eine Ordonnanz unterbrach uns und fragte, ob wir auch Chinin in größeren Quanten mitnehmen müßten. Der Stabsarzt bejahte, dieses Jahr war auch in Palästina Malaria munter am Werke.
Mein Oberarzt und unmittelbarer Vorgesetzter hörte sich inzwischen Patricks Bericht an, blätterte in seinem Soldbuch, hielt dann Leutnant Ruthbys Bestätigung an die kurzsichtigen Augen, drehte das Blatt hin und her und fand keinen Stempel.
»Da war mal ein Daumenabdruck«, grinste Patrick, »aber alles Irdische vergeht, sagt unser Kaplan.«
»Ich zweifle nicht an Ihren Worten«, meinte der Stabsarzt dann, »aber geben Sie selber zu, Cardhouse, daß Sie höchst unbedacht und gegen die Dienstvorschriften gehandelt haben.«
»Der Leutnant zitierte General Auchinlecks Tagesbefehl: Jeden kampffähigen Mann an die Front. Sie muß auf alle Fälle gehalten werden.«
»Gut und schön«, meinte der Stabsarzt, »hoffentlich gibt sich Kairo mit dieser Erklärung zufrieden.«
»Major Stone?« fragte ich zurück, mit solcher Betonung, als sagte ich: Was wiegt ein Major gegen unseren Oberbefehlshaber?
Der Stabsarzt blickte mich aus seinen vorgewölbten Augen an wie ein warnender Oberlehrer. »Hier ist Politik im Spiele«, meinte er schließlich. »Wer weiß, ob ein allgemeiner Tagesbefehl Sie, Cardhouse, in diesem besonderen Falle deckt.«
Aus meiner militärischen Vergangenheit während des vorigen Krieges durchblitzte mich ein Einfall. »Ich wäre gedeckt, wenn Herr Stabsarzt bei der Etappeninspektion anriefen und sich bestätigen ließen, daß es einen Leutnant Ruthby bei den Wüstenratten gibt und daß er vorgestern mit neuen Panzern in Marsch gesetzt worden ist, Richtung Marsa Matruk, so daß er uns passieren mußte.«
Der Stabsarzt kraute sich das Haar. »Nötigenfalls nehmen Sie diesen O'Deefy mit nach Kairo, sein Soldbuch deckt gewissermaßen auch Sie. Ich habe hier einen Freund, drüben in der chirurgischen Abteilung, Studienkollege vom St. Thomas Hospital, seine Schreibstube kann uns Erkundigungen besorgen. Unser Alexandria wimmelt ja jetzt wie ein aufgestörter Ameisenhaufen – wer weiß, ob die Inspektion noch hier liegt.«
Nebenan gab es einen Raum mit Telefonisten. Der Stabsarzt

machte sich selbst auf, um seinem Freund guten Tag zu sagen. »Wir sollen hinüberkommen«, damit kehrte er zurück. »Er will mich unbedingt sehen, kommt aber selber nicht ab, braucht eine Blutgruppe AB für eine dringende Transfusion. Hat einer von uns die zufällig?«
»Ich zufällig«, sagte ich, und O'Deefy: »Donnerwetter, ich auch.«
Unser Leutnant kam mit einer Liste zurück, auf der die uns übergebenen Drogen quittiert werden mußten. Der Stabsarzt unterschrieb und bat ihn, das Verladen zu überwachen, wir müßten zu dritt in die Chirurgie hinüber.
Wir warteten ein paar Minuten in dem langen Gang des Lazaretts, auf den viele Türen führten; der Weg durch die Sonne hatte uns angestrengt. Wir saßen in Korbstühlen und überdachten, von mir zu urteilen, die Umstände, in die uns der Durchbruch meines Griechen zur Front verwickelte.
Der Freund meines Stabsarztes kam im weißen Kittel, die goldene Brille auf die Stirn hochgeschoben, ein breiter, schwitzender Mann mit Glatze, die Hände noch in Gummihandschuhen. »Hallo«, rief er, »endlich sehe ich dich mal, Edward; kannst du heute abend mit mir essen?« »Was gibt's da drin?« fragte mein Stabsarzt zurück. »Dein eiliger Fall? Hier wären durch Zufall gleich zwei Blutspender AB.«
»Großartig!« rief der Chirurg. »Ich habe da drin einen deutschen Generalstäbler, vor ein paar Wochen gefangen, linker Unterarm amputiert. Er braucht einen halben Liter. General Repke vom Afrikakorps, aus Rommels engerer Suite.«
Ich trat einen Schritt vor. »Repke?« wiederholte ich fragend. »Vor zwölf Jahren oder so leistete mir ein Major dieses Namens in Berlin einen Dienst. Ich war damals Arzt, lebte in Berlin. Kann man ihn sprechen, ist er bei Besinnung?«
Der Stabsarzt streifte seine Gummihandschuhe ab. »Dann, schätze ich, wird er Ihr Blut nicht mögen, falls Sie Israelit sind, wie ich vermute. Ist ein stolzer Nazi, der Herr; tragen alle ihre Nasen noch sehr hoch.«
»Ich auch«, antwortete ich und zuckte die Achseln. »Aber in ärztlichen Fällen kenne ich keine Vorurteile, ohne mich aufdrängen zu wollen«, fügte ich hinzu.
»Für Erörterungen dürfte die Zeit nicht langen. Du sprachst von zwei Blutspendern, Edward?«

Ich rief O'Deefy herein, der im Schatten des Vordaches seine Zigarette geraucht hatte.

»Christenpflicht«, meinte er, »auch wenn's ein verrotteter Nazi ist.«

»Kommen Sie mit hinein«, sagte der Chirurg. »Ihr Kamerad kann Sie im Soldatenheim II gegenüber dem Stadtgarten erwarten. Denn Zeit zu vertrödeln habt ihr ja nicht. Dich, Edward, treffe ich zum Lunch in unserer Messe, draußen am Strand. Wo kann unser Wagen dich abholen?«

»Vom Hauptbahnhof«, erwiderte mein Stabsarzt. »Ich muß mich ohnehin nach den Zügen erkundigen.«

»Auf bald also«, winkte der Chirurg, mit seinen Handschuhen durch die Luft klatschend.

Bevor ich mich von meinem Chef trennte, sagte ich: »Würde mir gerne den alten Repke mal besehen. Könnten Sie das bei Ihrem Kollegen vermitteln, Captain?«

Er blies Luft durch seinen dicken graublonden Schnurrbart, es atmete sich nicht leicht heute, der Wind tat uns allen keinen Gefallen. »Verstehe schon«, erwiderte er. Dann umriß sein Blick meine abgeschabte Ordonnanzerscheinung. »Hätten Sie längst wenigstens zum Korporal machen müssen – keine Ehre für die Armee Seiner Majestät. In diesem Aufzug werden Sie ihn nicht demütigen.«

»Wüßte nichts, was mir gleichgültiger wäre«, entgegnete ich, »›Die Rache ist mein‹, spricht der Herr. Ich möchte bloß wissen – einen kleinen Test am lebenden Körper der Herrenklasse, wie die sich unter Hitler fortgebildet hat.«

»O'Deefy wird Ihnen Bescheid sagen. Werde Evans vorschlagen, Sie seine Fiebertabelle kopieren zu lassen.«

Auf der ganzen Erde wird gegen fünf p. m. die Körperwärme der Kranken festgestellt, nachdem die menschliche Gesellschaftsstruktur alles getan hat, um sie erst einmal aus dem gesunden Gleichgewicht der Natur zu bringen. Das dachte ich, als ich mit einem Unterarzt den Krankensaal betrat, in dessen langer Bettreihe auch das des Generalmajors Repke stehen sollte. Dank der um zwei Stunden vorgerückten Sommerzeit herrschte trotz der Milchglasscheiben die bestmögliche Beleuchtung – und dennoch erkannte ich meinen Mann erst, als mich der Unterarzt auf seine Bettstatt aufmerksam machte. Zehn Jahre waren es her, daß wir uns in Berlin bei vergnüglich mundenden Schnäpsen über die Basis der Kriegsneurosen unterhalten hatten, und ich erinnerte mich wieder, mit welchem Verständnis dieser Major von der Nachrichtenabteilung der Reichswehr mir folgte, als ich wie eine Artischocke das Problem abblätterte, warum von fünf Leuten, die zehn Tage die gleichen Erlebnisse und Schrecken in der gleichen Umgebung und unter denselben Vorgesetzten durchleben, einer eine schwere Neurose davonträgt, die vier anderen aber nicht. Wenn ich auch so viel gealtert war, konnte er mich unmöglich wiedererkennen. Ich war aber nicht der Meinung, daß ich mich ebensosehr verändert hatte. Der Aufsatz fiel mir ein, den ich 1936 in Prag hatte drucken lassen, um zu beweisen, daß der Faschismus, statt Kraft zu geben, den einzelnen aushöhle und daß, sowie sie der Erfolg verlasse, eine faschistische Truppe, groß oder klein, nicht mehr zum Halten zu bringen sei. Sie könne nur noch am Platze sterben, dank ihrer Ausrichtung auf den Tod.

Ich zückte meinen Füllhalter, meinen alten Berliner Montblanc mit dem unverkennbaren weißen Stern auf der Kappe, nahm meine Brille ab und rückte mir einen Schemel ans Fußende, dicht an der Tabelle.

»Haben Herr Generalmajor Schmerzen?« fragte ich deutsch.

In dem hageren, graubraunen Gesicht bewegten sich die Augen in ihren tiefen Höhlen zu mir hinüber. »Deutscher?« fragte er.

»Gewesen«, entgegnete ich, »wegen jüdischer Abstammung ausgebürgert.«

Er deutete ein Nicken an. »War ein Fehler«, sagte er, »der einzige. Wären begeistert mitgegangen, die Juden.«

»Richtig«, bestätigte ich. »Aber der einzige?« Ich ließ meine Stimme schweben und wiederholte notierend die Temperaturen der ersten drei Tage.

Er streckte den verbandfreien Arm auf der Decke aus, hob den Zeigefinger. »Wo noch einer?« fragte er zurück.

Wir sprachen halblaut, um die Nachbarschaft auf unser deutsches Gespräch nicht aufmerksam zu machen. Im übrigen hätte kaum jemand Anstoß daran genommen. Unsere aus Deutschland stammenden Mannschaften und Hilfsärzte vermieden striktest, ihre Kenntnis der deutschen Sprache zu verraten, und hatten damit schon manchen wertvollen Hinweis ergattert.

»War 1918 nicht Lehre genug?« fragte ich. »Mußtet ihr's noch mal machen?«
»Diesmal siegen wir«, sagte er, »alle Fehlerquellen ausgeschlossen.«
»Nebbich«, entfuhr es mir.
Er zuckte mit den Augendeckeln. »Woher kenn ich Ihre Stimme, österreichische Sprechweise? Vertrauter Klang seit vier, fünf Jahren.«
»Weiter rückwärts, Herr Major, Schlüterstraße, Charlottenburg.«
»Ach nee!« rief er aus. »Doktor ... wie hießen Sie doch? Mit dem Buch über die Kriegsneurosen. Dr. Karthaus, nicht wahr?«
»Getroffen«, sagte ich, »aber nomina odiosa sunt – hier warnt nur eine Stimme aus der Weimarer Republik, vox ex sepulcra clamat. Aus der Geschichte nichts gelernt, Herr Generalmajor? Daß die Demokratie über Kraftreserven verfügt, die Deutschland 1918 fehlten. Daß jeder Rüstungsvorsprung von jedem Industriestaat aufgeholt wird in längstens zwölf Monaten. Und daß Revolutionsheere aus dem vollen und vollsten schöpfen – Lektion seit 1792.«
»Lassen wir olle Kamellen«, erwiderte er, jetzt aufmerksamer als vorher. »1914 bis 18, wo vergleichen Sie Weltkrieg I mit II?«
Ich wußte, daß ich nicht mehr lange bleiben konnte, meine Tabelle war schon fast abgeschrieben. »1914 die Marne – 1940 die Schlacht um England, 1915 Skagerrak – 1941 der Rückzug von Moskau, 1916 Verdun – 1942 die Westliche Wüste. Weiter geht's noch nicht, aber besser als damals kommt's diesmal auch nicht. Verdun hielt durch; an den Suezkanal kommt ihr nicht ran. Dann folgt 1917 Amerikas Eintritt in den Krieg, und dann 1918 – wer wollte prophezeien, wo und wie! Aber damals hattet ihr einen Ludendorff an der Spitze, der die Sache verstand und rechtzeitig abbrach – den neuen Ludendorff, den seh ich nicht.«
Von den Nasenflügeln zum Kinn – welch hochmütige Veränderung! »Habt eben niemals das Genie zu erkennen vermocht, ihr Weimarer und Juden. Vom Nordkap bis zur Sahara und vom Atlantik bis zum Kaukasus ein Heer, ein Volk, ein Führer. Morgen wird Moskau vom Ural abgeschnitten sein, wir werden das Öl von Baku haben, und für Amerika wird diesmal Japan

sorgen. Wer von euren Köpfen hätte solche Weltstrategie je ausgeheckt?«
»Keiner«, erwiderte ich ernst, »unsere Führer rechnen mit Wirklichkeiten. Die euren haben schon 1918 nicht verstanden, rechtzeitig für Auffangstellungen zu sorgen. Ich kam nur her, Herr Generalmajor, um diesen Gedanken in Sie einzupflanzen. Diesmal geht's um die Wurst. Ihr könnt nicht früh genug einen neuen Gröner vorbereiten. Mit einem neuen Erzberger läßt sich diesmal niemand ein. Ich wünsche weitere gute Genesung, Herr Generalmajor.«
»Ich sehe schon«, antwortete er, »Gemeiner Karthaus, Sie trösten sich mit Wunschbildern. Malen unsere Niederlage in den blauen Dunst. Möchten wieder in Charlottenburg praktizieren, den Kurfürstendamm runterfahren. Trösten Sie sich, das wird nicht sein, euch Emigranten läßt niemand wieder rein.«
Ich lächelte, hob die Schultern. »Vielleicht doch, Herr Generalmajor«, entgegnete ich, »in Khaki, als Besatzungsarmee. Denn diesmal hilft kein Mundspitzen, diesmal muß gepfiffen werden – und wenn selbst auf dem letzten Loch.«
Er schob hochmütig das Kinn vor, schloß die Augen, legte sich im Bett auf die linke Seite, wies mir den Rücken. Ich nickte ihm zu, nahm mein Papier vom Schemel und ging.
Draußen erwartete mich mein munterer Patrick. »Ich kriege Zaster für mein Blut«, grinste er. »Hab ich gar nicht geahnt. Na, wie war's mit deinem Nazi?«
Ich rückte meine Mütze zurecht, dieses kleine umgekehrte Schiffchen, lächerlich wie alle Feldmützen, und schob meinen Arm unter den Patricks. »Zeig mir, wo's was zu trinken gibt, Pat«, sagte ich. »Gott sei Dank, daß wir diesmal auf der gleichen Seite fechten, wir Antifaschisten und linken Leute. Der Bursche drinnen wittert noch gar nichts; vom Nordkap bis zur Sahara, verstehst du? Voriges Mal hieß es vom Ärmel- bis zum Suezkanal, und dann mußten sie ihren Generalstab als Kriegsgräberfürsorge tarnen. Deutschland über alles – lauter Kriegsgräber. Verstehst du, daß man dennoch nichts lernt?«
»Aber Junge«, antwortete Patrick, »die Erfahrungen machen doch bloß wir. Die Herren bleiben immer oben, immer draußen, immer kühl. Wirst ja sehen, was wir für einen in Kairo treffen werden. Sobald das Aktenstück fertig ist, sagt euer Feldwebel, hauen wir ab. Und heute nacht, Junge, da gibt's eine

Kneipe nahe am Hafen mit Bauchtänzerinnen, echt orientalisch. Höchst anständig, für Truppen freigegeben – und was du machst, ist deine Sache.«
»Schlafen«, erwiderte ich, »und du auch, mein Junge. Salbeitee, Blutabgabe und morgen Eisenbahn nach Kairo – Programm genug für gesetzte Leute.«
»Ach«, seufzte Patrick, »wenn 's Vernünftigsein bloß nicht so langweilig wäre.«
»Langweilig?« fragte ich erstaunt. »Gibt's etwas Langweiligeres als dies Gequäke und die armen Mädels ansehen, wie die sich abarbeiten müssen für das bißchen Geld?« Und ich hielt einen vorüberfahrenden Lastwagen an, damit er uns nach der Stadt zurückbringe.
»Richtig«, sagte Pat, indem er mir voranklettterte, »diese drekkigen Piaster. Und in Kairo gibt's noch viel mehr davon. Schlafen wir uns aus. War ja allerlei los diese Tage, und wo mein Ersatzmann stecken mag, in diesem Sandsturm – danke schön, Leutnant Ruthby, und viel Vergnügen.«
Ich sah im Geiste, während wir losfuhren, meinen Freund Kephalides am Fahrsitz eines der neuen Tanks, die wir noch nicht genauer kannten. Sandsturm schnob an die Beobachtungsluken, eine wilde Hitze herrschte im Innern des Tanks, der wie auf den Wellen eines leichtbewegten Meeres aus blaßbraunem Sand und weißem Stein das Wüstengelände durchsteuerte, während Granaten heranheulten, den Boden aufwarfen und das eigene Geschütz, die eigenen Maschinengewehre die stählerne Landkorvette dröhnen, klirren, fast platzen ließen. Landschlacht gleich Seeschlacht. Er hatte seinen Bruder, den Rechtsanwalt, immer beneidet, der mit dem »Skorpion« zwischen Inseln kreuzte, die Faschisten belästigte, ihre Verbindungen störte. Jetzt ging er selber wieder mit der Nase gegen den Feind – diesmal mit einer stählernen, einer Drachennase, aus der Feuer und Zerstörung schnob. Gleichzeitig aber bewegte ich mich in seiner Angelegenheit auf geglättetem Boden, wenn nicht auf Teppichen, und würde mir Mühe geben, ihn vor Schaden zu bewahren. Wir waren gut verteilt, wir kämpfenden Feinde der Eroberer und Sklavenhalter. Einer die Faust, einer das Gehirn, und der dritte, dieser Patrick, was war der? Das Herz auf dem rechten Fleck. Und er sah mich verwundert an, weil ich ihm plötzlich auf die Schulter schlug.

DRITTES BUCH

AN DEN PFORTEN DER MACHT

Stabslied, Kairo

1943

Macht ist fromm, Macht ist süß,
Macht läßt sich nicht kaufen,
Muß sie auch mit nackten Füß
Über Steine laufen.

Ist sie aber mal verblüht,
Kannst du sie nicht wecken,
Ihren Stengel neigt sie müd,
Drauf die Läuse hecken.

Nur die harte Arbeit gießt
Wasser ihren Wurzeln,
Blume bunt den Himmel grüßt,
Frecher Käfer sucht, was sprießt –
Muß doch runterpurzeln.

ERSTES KAPITEL

Segen des Nils

Die grauen, langen Wagen der Linie Alexandria–Kairo waren schon anständig besetzt, als wir abfuhren; auf einem Bahnhof, der aussah wie in die Wüste hineingestellt, wurden frischlakkierte angehängt, die von Nordpalästina herkamen, und andere ausgeleert, die nur bis zu dieser Grenzstation mitliefen, alle voll von Soldaten. Urlauber wurden zurückberufen, Stäbe von Truppen, die bisher nahe der syrischen Grenze in Bereitschaft gestanden und jetzt bei uns eingesetzt werden sollten, auch sie wanderten nach Kairo. Es gab kaum Wasser genug, uns durstige Männer zu tränken – blonde, schwarzhaarige, Grauköpfe, Briten, Schotten, Australier, Neuseeländer; in unserem Wagen mit seinen hölzernen Abteilen wurden Bündel, Rucksäcke, Taschen, Gewehre über und unter den Sitzen verstaut, mischten sich alle Aussprachen des Englischen, alle Arten von Tabakrauch auf der Grundlage jenes süßen Virginia, der die englische Zigarette zum Siege führte. Über Zigaretten ging auch die Unterhaltung, welche Hinzusteigende in unsere überfüllten Kupees mitbrachten. Von den Ägyptern ließen sie nur dies Rauchzeug gelten, im übrigen: drei Schritt vom Leibe, Kamerad. »Unserm Stabswachtmeister stahlen sie die Uhr vom Handgelenk, als er in der Tram fuhr und die Pfote heraushängen ließ, und unserm Captain –« Die Aussies lachten. »Er hatte seine Kamera vorn beim Driver, steigt aus, muß was besorgen. Mahnt Jeffries aufzupassen, daß ihm auch der Reservereifen hinten nicht abmontiert werde. Treiben diese Burschen zwei kleine Kinder dazu an, unter den Wagen zu kriechen, erheben ein höllisches Geschrei, als Jeffries Gas gibt, und wie der Kerl rausspringt, um seinen Reservereifen kämpfend, und der Captain mit seinem Einkauf aus der Ladentür tritt, ist der Reservereifen zwar noch dran, aber der Kodak fehlt. Zum Glück kennt der Captain den Salat und macht Jeffries nicht verantwortlich.«

»Sind halt alles reiche Leute, diese Ägypter mit ihren vielen Kindern«, bemerkte Pat trocken. »Bestehlen die Fremden nicht etwa, weil sie Hunger haben.«
»Und Fremde laufen ja hier herum seit zweitausend Jahren und schöpfen den Rahm der Fellachenarbeit ab«, warf ich hin. »Anfangs mit den Persern unter Kambyses; immer Besatzungsmächte, von den Römern bis zu uns – Türken und Franzosen nicht zu vergessen.«
»Weiß man doch«, brummte der Aussie, »das unterbezahlteste Volk, das unsereiner je gesehen hat. Waren sie schon, als mein Vater, Gott schenke ihm ein langes Leben, unter Allenby hier oben Gaza stürmte. Hat sich nichts geändert in den letzten fünfundzwanzig Jahren.«
»Doch«, widersprach einer, »die Reichen sind noch reicher geworden und die Armen noch ärmer.«
»Wenn sie nicht an der Malaria eingingen«, damit beteiligte ich mich weiterhin am Gespräch und bat um Feuer für meine Pfeife.
Mein Platz erlaubte mir den Blick auf das flache Land, das unser Zug durcheilte, seine grünumrandeten Kanäle, die geordneten Vierecke wassergefüllter Reisfelder, die hohen grünen Mauern der Maisstauden, die langen, rechteckigen Streifen der Erbsen und Bohnen, der Zwiebeln, Gemüse, Salate. Die schwarzen, glänzenden Furchen, die ein Pflug aufwarf, grüßten meine Augen wie ein tiefer, kühler Schatten. Auf der ganzen Erde stapften solche Bauern hinter solchen Kühen, nur daß hier ein hochbeiniges Kamel den Pflug zog. Dieser uralte Boden, das Geschenk des Nils, unerschöpflich an Fruchtbarkeit, war der gleiche geblieben seit den Tagen, da unsere Vorväter als Ziegel- und Bauarbeiter in den Magazinstädten von Pithom und Ramses schufteten. Wenn mich nicht seit früher Kindheit die Bilder im österlichen Textbuch für die Zeremonien der Familienfeier, der »Hagada schel Pessach«, alljährlich mit dem Gedächtnis an den Auszug aus Ägypten gefesselt hätten, diesem Ägypten hier, wenn ich nicht die geschwungenen Peitschen der Fronvögte und die schlagbereit erhobene Faust des Jünglings Mose in altertümlichen Holzschnitten vor Augen gehabt hätte, ich wäre vielleicht nicht so entschieden, von den Stürmen der Pubertät an, auf die Seite der Unterdrückten und Geknechteten getreten – ich, der Sohn des Getreidehändlers Karthaus, aufge-

wachsen im breiten, gemütlichen Czernowitz der habsburgischen Monarchie. »Knechte waren wir dem Pharao in Ägypten!«
Dieser Pharao hatte die Gestalt gewechselt, aber ich erkannte ihn in all seinen Masken wieder, während meiner Gymnasialzeit und meiner Studiensemester, und so wurde ich, der ich heute war – der Gegenspieler aller Repkes der Welt und ihrer Auftraggeber. Und jetzt hatten sie die scheußlichste Form angenommen, die es je gegeben, indem sie nämlich nicht mehr einem Keilschriftgotte dienten, sondern den Genius der Wissenschaft selber mißbrauchten, unseren Genius, ihren ewigen Antagonisten.
Und in so niederträchtige Sklavenhalterschaft waren sie zurückgestürzt, wenn man Berichten der Russen, Tschechen und Polen glauben konnte, und der Juden, immer wieder der Juden, daß einer wie ich ebensogut vor dreitausend, viertausend Jahren auf diese ägyptischen Felder hätte blicken können. Statt als Zeitgenosse des Timur Lenk oder Dschingis Khan aber saß ich hier als ein Verjagter aus dem Machtbereich des so lange als »Hörr Hitler« bezeichneten schweren Neurotikers aus Braunau, dem man im internationalen Verkehr allen Respekt entgegengebracht, dessen sich ein rechtmäßiges Staatsoberhaupt je erfreute. Dieser »Hörr Hitler«, Sohn des Alois Schicklgruber, eines Zollbeamten in Linz, Untertan des Kaisers Franz Joseph gleich meinem Vater, zeigte sich emsig damit beschäftigt, in der Tarnung als nationaler Sozialist das Kapital zu schützen, hinaufgehißt in den Kanzlerstuhl und jetzt breitspurig oben sitzend, Reden schwingend; die Schlagkraft der ganzen Welt war heute nötig, den Ansturm seiner Heere aufzuhalten – wieder einmal am Ostrand Europas und am Südrand unserer Mittelmeerwelt ...
»Davon muß dein Kamerad doch auch gehört haben, wenn er dort oben ausgebildet wurde« – damit wandte sich der australische Korporal halb an Pat und halb an mich. »Die ganze Gegend war voll von der Geschichte. Unser Captain war noch Leutnant, aber Jeffries fuhr ihn schon, und von dem weiß ich's.«
»Mensch, natürlich, damals waren wir ja noch alle grün und die Franzosen in den Bergen alte Soldaten. Na, jetzt sind sie Freie Franzosen und zeigen dem Rommel, was 'ne Harke ist.«
Ich erkundigte mich, wovon die Rede gewesen, und Pat berich-

tete kurz, daß die Aussies damals bei der Rückeroberung Syriens von Galiläa aus mit Führern aus den jüdischen Formationen vorgeschickt wurden. »War da einer, als es nächtete, der der Truppe vorschlug, das Rauchen sein zu lassen, die Zigaretten und Pfeifen gäben den Senegalesen und Elsässern da oben erstklassige Zielpunkte. Der Captain von damals fand das Quatsch, wollte es den Leuten nicht verbieten, steckte sich selbst die Pipe an, worauf der jüdische Scout die Achseln zuckte und im Eiltempo an die Spitze lief. Drei Minuten später war der Captain tot, Kopfschuß, nicht wahr?, und zwei Verwundete und ein Toter lagen am Wege. Stellte unser Stab den Juden vors Kriegsgericht. Hätte ja mit den Franzosen unter einer Decke stecken können. Sagte der ihnen aber Bescheid, preußischer Unteroffizier aus dem ersten Weltkrieg, und sie mußten ihn gehen lassen. Na, heute wissen wir alle alles von selber. Aber damals«, und der Australier spuckte aus.
»Hatten eben was Besseres zu tun, als Soldat zu spielen«, murrte Pat. »Lackierten Wagen, schoren Schafe, bauten Häuser. Hätten die Burschen da oben für ihre Gehälter die Augen offengehalten, all diese Bürohengste und Federfuchser, Diplomaten und Politiker, wie man das nennt, es hätte zu der Schweinerei nicht zu kommen brauchen. Konnten den Hitler abwürgen, als der noch ganz klein war. Haben aber den Emigranten nichts geglaubt – abgerüstet und gespart.«
»Bis auf die Russen«, ergänzte ich. »Die wußten, wer die Wahrheit sagte und wer Märchen verbreitete. Aber Nazis aßen so piekfein mit Messer und Gabel und wußten, welches Weinglas für roten und welches für weißen allein erlaubt war, am Stiel anzufassen oder am Kelch. Und da hießen die Emigranten eben Greuellügner und unser Winston Kriegshetzer, den man am besten nicht zu Worte kommen ließ. Na, aber er kam zu Worte, und wie!«
»Wünschte, er käme hierher und säh sich bei uns mal selber um«, meinte ein schottischer Lance-Corporal mit Brille, der aufmerksam zuhörend im Türrahmen stand, jünger als wir andern alle, vielleicht Student von Edinburgh oder Aberdeen.
Später wurde alles schläfrig, wir wären gern bald in Kairo gewesen. Durch die schmalen Schlitze meiner Lider, wenn ich den Zug über stählerne Brücken rollen hörte, gewahrte ich unter uns das grüne Schilf, das hier Papyrusstaude hieß, und die

hochaufschießenden Bambuslanzen mit den langen, schmalen Blätterklingen, und ihr Grün leuchtete herauf neben dem gelben Lichtreflex des Wassers. Wollte, ich führe hier zur Zeit jenes Adoptivprinzen, den wir nur unter der Abkürzung Moses kennen, und wo es noch keine Griechen in Alexandria gab, die ja später diese Stadt erst gründeten, groß machten. Und dann, wieder einschlafend, sah ich den Präsidenten Roosevelt an seinem Schreibtisch sitzen, im Weißen Haus zu Washington, wie er, gesundheitlich gerade schlecht im Stande, uns Besucher des Neurologen-Kongresses im Jahre 1938 empfangen hatte, spürte den Druck seiner Hand, sah in seine aufmerksamen, durchdringenden Augen und fragte ihn – im Traum wohlverstanden schon: »Ja, Herr Präsident, was tut man nun mit solch einem griechischen Staff Sergeant, Sohn aus guter Familie, der behauptet, sein Gedächtnis verloren zu haben?«

Ohne Patrick hätte ich es in Kairo schwer gehabt. In der Riesenstadt sich ohne genauere Anweisungen zurechtzufinden und einen Major Stone zu suchen, von dem unsere Schreibstube mir im Wirbel ihres Aufbrechens nichts Näheres mitteilte – das alles hätte Hundemühe bedeutet. Mein Pat aber fischte in dem überfüllten Zuge denjenigen Kameraden heraus, der uns zur richtigen Unterkunft brachte, einem Soldatenheim, das uns verpflegte, Betten anwies, duschen ließ. Daselbst prangte ein großer Stadtplan von Kairo an der Wand und arbeiteten parterre neben der Eingangstreppe zwei A.T.S.-Mädchen an Telefonapparaten, die mir ohne weiteres die Verbindung mit der Nummer herstellten, die ich ihnen angab.
»Wirtschaftsabteilung – Gesundheitswesen«, erläuterte mir die blasse Soldatin das Ziel meiner Wünsche, und als ich sie überrascht ansah: »Keine Geheimnummern«, lächelte sie, »leiten nur mit leisen Fingern alles Politische.« Dann schob sie mir den Apparat hin, und ich sagte in ihn hinein, wer ich sei und daß ich im Auftrag vom Chefarzt des G. H. 26 bei Major Stone ein Aktenstück abgeben sollte. »Morgen früh, halb neun, in unseren Diensträumen, früher Deutsches Generalkonsulat, Zimmer 16. Die Posten werden benachrichtigt«, gab mir eine durchaus angenehme Frauenstimme Bescheid, nach-

dem sie offenbar auf anderer Leitung eine halbe Minute verhandelt hatte. Wir würden schon eine Fahrgelegenheit finden, die uns an Ort und Stelle brächte.

Wir verschliefen den größeren Teil des Nachmittages, fuhren dann hinaus zum Kairoer Zoo, der besonders schöne wilde Tiere auf besonders altmodische Art in Käfigen gefangenhielt. Pat sah hier zum ersten Mal richtige Löwen, schwarze Panther und den sonderbaren Vogel, den man Schuhschnabel nennt – Abu Markub hieß er hier und stand auf seinen dünnen Beinen erstaunlich da, den schwarzen Schnabel und die kleinen glitzernden Augen nachdenklich vor sich hin gerichtet. Die Marabus in der Nachbarschaft machten Pat mehr Spaß. »Vernünftige Biester«, sagte er, »jedem baumelt sein Tabaksbeutel oder seine Sparbörse unter der Kehle. Nicht mal ein Kairoer kann ihm stehlen, was er da drinnen trägt, und wenn's Edelsteine oder goldene Mokkatäßchen wären.« Und er schüttete sich aus vor Lachen, denn das letztere bezog sich auf eine durchaus unverbürgte Anekdote, die ihm im Waggon erzählt worden war und in welcher die Frau eines Goldschmieds und ein hoher ägyptischer Würdenträger ihre Rollen spielten.

Am Abend dann, ziemlich spät noch, empfing ich einen Stoß, der mir meine Rückendeckung für die morgige Unterhaltung in Stücke schlug. Unser Soldatenheim hatte im allgemeinen Gesellschaftsraum den Lautsprecher in Gang, und da die Kairoer Hauptsender von arabischer Musik überflossen, drehten wir sie ab. Die Stimmung im Raum, in dem Mannschaftsgruppen auf der Durchreise oder aus benachbarten Quartieren rauchten, Zeitung lasen, Schach spielten, war bedrückt. Die Nachrichten hatten uns allen zu denken gegeben. Ich sage: uns, obwohl wir, ja immer näher der Front als diese Garnisonshengste hier, diese an Kairo gewöhnten Kommandierten, mit weit größerer Widerstandskraft der Nerven ausgerüstet waren. Aber wenn die Luft von Gerüchten geschwängert ist und ein Raum voll Menschen Besorgnis ausstrahlt, so behauptet sich der einzelne nur mit Mühe dagegen, und auch seine Stimmung wird vom Allgemeinen mit gedrückt. Gut, Rommel griff unsere Stellung bei Marsa Matruk mit überlegenen Kräften an. Der Fall von Tobruk war durchaus noch nicht verdaut, niemand wußte, wie er sich ereignet hatte, jeder konnte Kameraden unter den Gefangenen haben. Die deutschen Flugplätze rückten uns näher, vielleicht sammelten sie dahinter schon Transporter und Gleiter, um Luftlandetruppen ins Delta zu werfen. So waren sie nach Kreta gesprungen, und dort saßen sie jetzt, und was mir mein Freund Kephalides von den bitteren Kämpfen, dem Scheibenschießen nach den Fallschirmen auch berichtet hatte – jetzt hielten sie es und waren ein Schaden Tag und Nacht. Nun war damals unsere Luftwaffe schwach im Verhältnis zu dem, was sie jetzt darstellte, die Herrin des Mittelmeers, aber jeden Augenblick konnte Rommel einen Schlag dieser Art führen, sich im Delta einen Stützpunkt zu schaffen versuchen, vielleicht quer übers Mittelmeer auf Al Arisch springen und unsere Verbindung mit den nördlichen Depots und Mannschaftsreserven aufs ernsteste gefährden. Und die Russen mußten immer weiter zurück, und die Deutschen behaupteten, ihre verdammte Hakenkreuzfahne durch Alpentruppen auf dem Gipfel des Elbrus gehißt zu haben. Und wer unseren hochmögenden Verbündeten und Freunden in Bagdad und Teheran traute, wenn wir noch größere Rückschläge besahen ... ! Ja, die Zeiten waren vorüber, da wir unter General Wavell bis nach Tripolis vorgestoßen waren; tausend Meilen hin, das machte Spaß, aber tausend Meilen zurück, das fraß am Herzen. Ob die Russen die Wolgalinie halten würden? Ob die Türken nicht doch noch den Bestechungen und Schönfärbereien dieses Herrn von Papen nachgaben? Alexandria und der Suezkanal hielten als Nagel unsern ganzen Kunstbau zusammen, diese Front des Mittleren Ostens, von der es jetzt hieß, sie stütze den Waagebalken zwischen dem Atlantischen und dem Stillen Ozean, so wie die Wolgalinie den Verbindungsweg sperre zwischen den Deutschen und den Japanern in der Mandschurei. Nun, Pat und ich wußten, daß für Alexandria kaum ernsthafte Gefahr bestand, solange hier in Ägypten, hier in Kairo solche Mengen kampffähiger Leute steckten, Khaki aus dem ganzen Empire. War Not am Mann, so würde das alles in die Frontzone geworfen werden, in die Minenfelder vor El Alamein, und sie würden mit dem Gewehr, der Handgranate, dem Messer den Angreifer festhalten, ihm eins zwischen die Rippen geben, auch wenn die eigenen Panzer über uns wegfahren müßten oder die MGs unserer eigenen Spitfires uns nicht schonen konnten. Wenn wir nur diesen gierigen Länderfressern dabei ein für allemal das Maul stopften, sie mit der gleichen Kost

bezahlten, die so viele Völkerschaften hatten schlucken müssen! Keiner von all den Leuten hier würde sich besinnen, unserm ollen Winston mit der Zigarre die volle Stoßkraft zur Verfügung zu stellen, wenn's um die Wurst ging.
Nun, jetzt wollten wir Jerusalem andrehen, noch ein bißchen tschechische Musik hören, sie spielten da Smetana und Dvořák, und dann, nach den Nachrichten und der letzten Pfeife, uns im sauberen Gastbett ausstrecken, um morgen früh gut ausgeschlafen zum Ringkampf anzutreten mit Herrn Major Stone. Aber während wir in dem nach außen abgedichteten Raum die letzten Takte der Sinfonie aus der Neuen Welt hörten und dann dem Beifall lauschten, den die Jerusalemer ihrem Orchester mit Recht spendeten, und man da drüben in den Judäischen Bergen umschaltete und Abendnachrichten ankündete, da tat das Schicksal einen Zug und raubte meiner klug aufgebauten Partie von morgen den entscheidenden Turm. Der Ansager nämlich mit seiner unentstellten und dennoch geübten Menschenstimme, dieser unsichtbare, sechshundert Kilometer entfernte Unbekannte bedauerte, die Nachricht vom Tode des Professors Manfred Jacobs, Jerusalem, mitteilen zu müssen, des bekannten Psychologen und Psychoanalytikers, der heute mittag seinem Herzleiden erlegen sei und morgen vormittag auf dem Ölberg zur letzten Ruhe gebracht werde. Mir blieb der Mund offen, die Pfeife fiel mir in den Schoß – Manfred Jacobs! Ich wußte, daß er kränkelte – drei, vier Jahre schon machten ihm die Herzkranzgefäße zu schaffen und der Umstand, daß er als Hamburger nicht bereit war, auf seine Zigarre zu verzichten. Zweimal während meiner Soldatenzeit hatte ich ihn besucht, nach seinem ersten leichten Schlaganfall bekam ich gerade Urlaub und Lust, das alte Bergnest aufzusuchen, wo sich zufällig auch Freunde von mir aufhielten, das Ehepaar Treppner, Hermann und Hannah. Damals empfing er mich in seiner berühmten Bibliothek, zwischen Wänden aus erlesen gebundenen Buchrücken. Er lehnte im daunengepolsterten Ledersessel halb liegend, die Zigarre in der langen, knochigen Linken, und sprach in unverminderter Frische von den Kriegsneurosen, die ich würde bearbeiten können, wenn unser Sieg erst erfochten – dieser Sieg, an dem er nicht zweifelte, auf dessen Gestalt und Aussehen er aber in keiner Weise gespannt war. »Nein, ich bin nicht neugierig auf diesen turmhohen Trümmerhaufen,

den der enthemmte Zerstörungstrieb diesmal hinterlassen wird ...« Er war über Frankreichs Fall damals bis zur Fassungslosigkeit bestürzt, erschlagen wie wir alle von dem Niederbruch einer Armee, die er, als wir 33 auf der »Jasukuny Maru« hinspazierten, das Rückgrat der europäischen Demokratie genannt hatte. La dorsale. Mich aber bewunderte er meiner Frische wegen, er billigte alles, was ich seit Kriegsausbruch getan, und stellte sich mir bei jeder Schwierigkeit zur Verfügung, in und außer Dienst. Auf ihn hatte ich jetzt zurückgreifen wollen. Obwohl die Universität Jerusalem noch keinen psychologischen Lehrstuhl besaß, konnte Manfred Jacobs im ganzen Mittleren Osten die volle Autorität bewahren, deren er sich in der Vorhitlerzeit von Berlin aus erfreute. Von Istanbul und Athen, von Ankara und Alexandria sandte man in komplizierten Fällen Briefe, Boten oder Kranke zu ihm, wie zu einer letzten Instanz. Morgen wollte ich meinem Major Stone seinen Namen als Trumpf auf den Tisch hauen, falls ich als simpler Krankenpfleger nicht durchdrang. Nichts wäre leichter gewesen, jetzt, wo wir ohnehin zurückverlegt wurden, als meinen Chefarzt zu veranlassen, ein Gutachten von Professor Jacobs über unseren Fall Kephalides entscheiden zu lassen. Und nun lag dieser einmalige Mensch ausgestreckt auf seinem letzten Lager, und morgen würden sie ihn aus der Tür tragen, wie er es damals beschrieben hatte: die Füße voran. Dieser Krieg wusch nach allen Richtungen die große Kulturepoche weg, die er abschloß, auch die der Seelenärzte. Ein paar Wochen nach seinem Ausbruch war der Meister hinübergegangen, der uns alle auf den Weg gestellt. Heute folgte sein treuester Siegelbewahrer hier im Osten, der die einzige Bastion modernen Heilens in Angelegenheiten der menschlichen Seele vertrat, mit deren Vertretern außerhalb Großbritanniens wir noch Verbindung hatten. Geschulte Güte, durch Einsicht und eigenes Leid zur Nachsicht erzogen, und ein warmschlagendes Herz, das jetzt erkaltete, schwieg ... Mensch, dachte ich, Karthaus, was fängst du nun an? Auf alle Fälle gehst du jetzt, du schluckst eine Tablette heute abend, die dir unbedingt Schlaf verschafft, und morgen früh eine andere, die dich wieder wach macht und gedankenfrisch. Wozu besitzen wir eine hochentwickelte Pharmazie! Schicksalsschläge sind dazu da, um pariert zu werden, und damit basta.

ZWEITES KAPITEL

Ein Machthaber

Zum Glück erwachte ich sehr früh. Mittel, wie man sie braucht, um die verdumpfende Nachwirkung meiner Schlaftablette aufzuheben, benötigen längere Anlaufszeit, um voll zur Wirkung zu kommen. Ich schluckte also das weiße, leicht bittere Zeug mit etwas Sodawasser, legte mich wieder hin und schloß die Augen. Nichts Organisches hinderte mich, nochmals einzuschlafen – und das tat ich denn auch. Ich hatte meinen Körper und seinen komplizierten Chemismus immerhin so weit erforscht und durch Lockerung aller Verkrampfungen in der Gewalt, daß ich autosuggestive Wirkungen einigermaßen auszuschalten vermochte. Wichtig war heute vormittag, in guter Form mit einem Herrn und Beamten um einen befreundeten Menschen kämpfen zu können – mit Worten, Gründen, überzeugenden Einsichten. Mochte sich vom Verschlucken weißer Körnchen wach halten lassen, wer da wollte. Sie, Freiwilliger Cardhouse, haben im Interesse des Dienstes und noch einiger anderer dahinter aufdämmernder Horizonte durchaus noch zwei Stunden Zeit, strecken Sie sich aus, atmen Sie leicht und gleichmäßig, verschließen Sie sich die Ohren mit den Wachskugeln, die ein Potsdamer Apotheker dafür erfand, und wenden Sie sich weder dem ungewohnten Schlafraum zu noch Ihren Mitschläfern und Kameraden, noch der unbekannt rauschenden Stadt Kairo, die vom feinen Pfeifen zahlloser Falken und Bussarde überweht wird – schlafen Sie, schlafen Sie. Irgendwo kriegen Sie nachher dann schon einen echten Kaffee. Und was tut Pat, mein braver Ire, der so begabt ist, geistige Dinge in Bildern zu sehen, und keine Ahnung davon hat? Das leidende, verheerte Rußland als die unbeleuchtete Scheibe, dunkel und mächtig, an der schmalen Sichel unseres Neumonds! Autolackierer aus Detroit – ja, der wird schon schlafen. Ein Blinzeln meines rechten Auges zeigte mir den Umriß seiner Schulter, seines Rückens, er lag mir abgekehrt, zusammen-

gekrümmt. Der wird seinen Mann schon stellen! Wenn die verdammten Hähne hier in der Nähe nur nicht so laut tobten! Dagegen hilft kein Antiphon. Aber ich gähnte, horchte auf das wilde Orgeln der neuen Bomber, die von der Front zurückkehrten, sah die grauen Wellen des Atlantischen Ozeans, wie ich sie vor vier Jahren auf der Rückreise von Ottawa durchquert hatte und in welchen jetzt die wirkliche Entscheidungsschlacht gegen die deutschen U-Boote ausgefochten wurde. Deutlich sah ich die blauen Jungen vor mir in den niederen Gängen, nur durch dünne Stahlplatten geschützt vor den Explosionen aus der Luft oder unter Wasser. Abkömmlinge nordalpiner Rassen auf beiden Seiten des Ozeans und der Front, die einen für die Freiheit fechtend, die anderen gegen sie und für einen Vater und Tyrannen, verschiedene Sprachen sprechend – aber unterschieden sich Plattdeutsch, Englisch, Skandinavisch so sehr voneinander? Konnte nicht jeder von ihnen Holm heißen, mit dem Vor- oder Zunamen? Und dann das eisige, beißend graue Wasser, nicht ganz so salzig wie das unseres Mittelmeers ... Da mochte ich eingeschlafen sein, und Pat war nötig, mich zur rechten Zeit zu wecken. – »Na, alter Junge, nu man ran an 'n Kaffeepott!«
Die Ordonnanz im Toreingang sagte uns Bescheid. »Mensch«, raunte mir Pat zu, »im Buckingham Palace kann's nicht feiner zugehen«, und er deutete auf den weinroten samtartigen Läufer mit schwarz und weißen Randstreifen, der Treppen und Gänge auslegte. Im Vorzimmer dann hatte wieder ich zu staunen. Den Fenstern gegenüber, an einer Wand, die früher ohne Zweifel Hakenkreuzadler und Hitlerbild geschmückt, hing eine große photographische Wiedergabe des Parthenons und der Propyläen von Athens Akropolis. Die riesigen Quadern und Säulenfronten kamen in den Abschattungen von Weiß bis Schwarzgrau besonders gut zur Wirkung, und ein dunkler Himmel mit jenen hellen Wolkenbergen, die wir so genau kannten, faßte die schwarzen Schatten des Vordergrundes zum Ganzen vortrefflich zusammen. Pat fragte leise, was das sei, und wiegte dann bedauernd seinen Kopf von Schulter zu Schulter, weil es offenbar schon damals Fliegerbomben gesetzt habe. »Bomben – ja«, antwortete ich, »Flieger – nein, damals genügte die Artillerie.«
Wir hatten erfahren, Major Stone sei besonders für griechische Angelegenheiten zuständig, Verbindungsoffizier zwischen den

hellenischen Hilfstruppen und unserer Achten, vor dem Kriege aber im britischen Teil der Sudan-Verwaltung tätig. Ein Schönheitsschwärmer, dachte ich, ein Griechenfreund aus der Schule von Keats bis Shelley. Ich hatte gestern ein Bild von ihm in einer Illustrierten gefunden, die in Kairo für die Truppen herauskam, aber nicht nur für sie – ein Vierziger, durchaus gescheit, mit schmalem Mund und kurzer Nase, das Lächeln um den Schnurrbart fast gewinnend, eine gute Stirn unter der Mütze, aber eines merkwürdig: die Augenhöhlen bedrängten den Nasenrücken, die Augen selbst aber saßen weit auseinander, tief drinnen, und verliehen dem Gesicht einen Blick, dem man standhalten mußte. Schau, die Eule, dachte ich, als ich es gestern entdeckte; nun, die muß man nicht nach Athen tragen. – Die Ordonnanz führte mich hinein; den Pat, der nicht angemeldet war, ließ sie im Vorzimmer.

Mein rötliches Aktenbündel unter den Arm geklemmt, trat ich in strammer Haltung an den Schreibtisch des Herrn Major und legte ihm mein Paket auf das Papierwesen, welches er vor sich ausgebreitet hatte.

»Die Akte Kephalides«, sagte ich, »von Oberstabsarzt Dughleen.«

Um seine Papiere nicht in Unordnung zu bringen, hob Stone das so leichtfertig Hingelegte mit spitzen Fingern auf, brachte es am Rande des Schreibtisches auf anderen Akten unter oder, besser gesagt: über. An dieser meiner im stillen gemachten Spaßbemerkung stellte ich fest: meine Pille wirkte, ich fühlte mich so gut wie unbefangen.

»Sie haben sich keinen besonderen Dienst erwiesen, Freiwilliger Cardhouse«, sagte der Politiker im Majorsrang, seine Tippskripte zusammenschiebend, »dadurch, daß Sie diesen Menschen entkommen ließen. Er war Ihnen zur Bewachung anvertraut.«

Ich nahm mich sehr zusammen. Der ruhige Ton des Majors half mir dabei. »Entkommen?« fragte ich gelassen. »Leutnant Ruthby führte einen neuen Panzer seiner Formation zu, die vorn zum Angriff eingesetzt wurde, bei Marsa Matruk, El Alamein – wer weiß, wo sich die Wüstenratten gerade schlagen.«

»Und wie ging das im ganzen vor sich? Kannten Sie den Leutnant oder er Sie oder diesen Kephalides?«

»Ich habe meinen Zeugen mitgebracht, den Panzerfahrer Patrick O'Deefy, der mit einem Anfall von Kolik nicht weiterkam und den Kephalides zum Glück ersetzte – sonst hätte der Panzer vor unserem Lazarett parken müssen.«
Stone ließ seine Eulenaugen auf mir ruhen, sagte dann etwas ins Telefon, und als Patrick in seiner lockeren Haltung hereinkam und sich dienstlich vor ihm aufpflanzte, fragte er ihn: »Nun sag mal, mein Sohn, wo du diesen Griechen kennenlerntest und wann ihr diesen Trick verabredet habt?«
Pat bewegte seine Ohren, er verstand das meisterhaft. »Auf der Himmelswiese, Herr Major«, entgegnete er, »im Kinderteich, wenn Sie's lieber hören. Vor unserer Geburt, meine ich.«
»Mach, daß du wieder rauskommst«, sagte der Major und wies zur Tür. Er ärgerte sich offenbar, mir aber war es schwer, mit dem Lachen fertig zu werden, das mir Pats dreister Einfall auf- oder abzwang. Was stellte Stone sich vor, sah er ein Komplott am Werke, um Kephalides aus der Reichweite seiner Ankläger zu entfernen?
»Leutnant Ruthby hat eine tadellose Conduite, aber ihn hinters Licht zu führen, ein so junges Hähnchen ...«, brummte er vor sich hin, ließ den Satz in der Luft hängen und maß mich mit einem Blick, der ungefähr fortfuhr: ... braucht es weniger Geriebenheit, als ihr zur Verfügung hattet, ihr Emigranten, Iren, Kommunisten! Ich weiß nicht, warum mir in diesem Augenblick der Riccaut aus Lessings »Minna« einfiel, der als Falschspieler von sich rühmt: »Je suis des Grecs, von die Ausgelernt.« Offenbar sah er Komplotte, der gute Stone, die bei der politischen Verruchtheit gewisser Griechen ja wohl in der Luft liegen mußten. Ich merkte, daß ich ärgerlich wurde, vor allem auch, weil er saß und ich stand. Um mich zu sammeln, blickte ich ein paar Sekunden auf meine Stiefelspitzen, die blank unter dem leichten Straßenstaub auf dem buntpersischen Teppich standen, und hatte mich wieder.
Zum Glück gefiel mir seine Schädelform, die auf dem Bild von gestern durch die Mütze völlig verdeckt gewesen, eine Schädelkapsel, nur an den Seiten behaart, rund und ebenmäßig mit glatter breiter Stirn und breiten Schläfen. Ein hartnäckiger Herr, dieser Major Stone, dachte ich, nicht intellektuell, aber praktisch, gescheit wie ein Kaufmann oder Seefahrer, tadelloser Diener der herrschenden Klasse und selbst ein Stück davon.

Nur schade für sie, daß es jetzt diesmal auf anderes ankommt als auf das Handhaben der Macht von gestern.
»Oberst Dughleen war so freundlich, mir alle Auskünfte zur Verfügung zu stellen, die Sie über den Degradierten zu liefern vermögen. Die ruhen jetzt also vorläufig hier.« Und er berührte mit dem Ellbogen mein Überbrachtes. »Es liegt doch nahe, daß dieser Gedächtnisverlust fingiert ist, uns allen vorspielt, um der Kugel zu entgehen, die sonst auf ihn warten könnte. Meine geringen juristischen Kenntnisse sagen mir, daß es hier nur auf die Auslegung ankommt, ob er den Leutnant Patinios noch vor versammelter Mannschaft tätlich beleidigt hat oder außer Dienst. Das Kommando ›Weggetreten‹ – darauf kommt es an. War es schon gefallen, dann ist sein Leben gerettet, war es noch in Kraft, wie einige Herren behaupten, so verurteilt ihn das Kriegsgericht zum Tode.«
Mir wurde das zu dumm. Man hatte bei den Truppen ja viel Spaß mit der Ahnungslosigkeit all der verkleideten Zivilisten, die in Kairo Krieg spielten, aber daß dieser Major nicht wissen sollte, auf wie schwachen Füßen diese griechische Herrenklasse umherging, die da von Todesurteilen sprach, als ob das ihre nicht schon längst gefällt worden sei, das zwickte mich. Gespenster wirken auf unsereinen doch zumeist erheiternd, daher stellte ich mich harmlos und fragte: »Ein griechisches Militärgericht oder ein britisches, Herr Major? Das britische würde ja so genau in die Sache eindringen, daß alle Zeugen zu Worte kämen, wahrscheinlich auch die Nurse, die Kephalides nach seiner Ausbootung gepflegt hat und die zum Glück im Lande geblieben ist, ebenso die Ärzte und seine Kameraden. Da ich Ihnen das medizinische Bild der Sache geben darf: eine schwere Gehirnerschütterung mit der dazugehörigen Amnesie, völliger Gedächtnisverlust über alles, was dem Sturz oder Sprung vorherging und folgte, ausstrahlend vorwärts und rückwärts, über Monate, Herr Major. Dazu gesteigerte Erregbarkeit, Enthemmtheit. Realitätsverlust, würden wir sagen, der Sinn für die Wirklichkeit und ihr Gewicht geht verloren, wird ersetzt durch Erregungen aus dem Ich. All das auf der Basis uns unbekannter Veränderungen innerhalb der Physiologie des Gehirns. Daß längst nicht mehr benutzte Tiefenschichten der Hirnrinde wieder in den Vordergrund geschwemmt werden oder an die Oberfläche, wenn Sie so wollen, erhellt aus dem

immer wieder beobachteten Faktum, daß diese Patienten in der Bewußtlosigkeit über Kenntnisse verfügen, zum Beispiel Sprachen sprechen, die sie beiläufig aufgenommen haben und im Wachzustande nicht besitzen. So unterhielt sich Kephalides mit der Nurse auf schwyzerdütsch, während er im allgemeinen das Deutsche nicht beherrscht.«

Major Stone hatte mich mit seinen runden, zupackenden Augen, weit auseinanderstehend in ihren keilförmigen Höhlen, durchdringend beobachtet, dann machte er sich Notizen, ließ mich dabei immer vor seinem großen Schreibtisch stehen.

»Sie sagen aus, daß diese Gehirnerschütterung heftig war. Haben Sie auch dafür Zeugen?«

»Alles ausführlich in jener Mappe, der roteingepackten«, betonte ich ruhig, »Herr Major brauchen nur das Siegel zu brechen. Kephalides fiel bewußtlos ins Wasser. Wäre wohl ertrunken, aber zwei seiner Kameraden, Mitkämpfer aus Kreta, sprangen über Bord des Schoners, holten ihn heraus. Einen Bewußtlosen rettet man leichter, er vermag sich nicht anzuklammern, den Retter zu gefährden.«

»Richtig«, nickte der Major, »das haben wir in der Themse zweimal erlebt, der Retter wäre beinahe ersoffen. Mußte dem zu Rettenden mit einem Kinnhaken Vernunft beibringen. Einer von beiden war ich selbst.« Er schmunzelte finster, wenn man so sagen darf, weil der Ausdruck seiner Lippen heiter wurde, seine Augen aber unbewegt in den meinen hafteten. »Sie sind ein Sachverständiger, Cardhouse«, sagte er, »dieser Räuber hat Glück.«

Mir riß die Geduld. »Heißt das in Kairo so?« fragte ich dann. »Bislang hieß es in der Presse und im Radio: Freiheitskämpfer, Retter der griechischen Ehre, Morgenrot unseres Sieges, auch auf europäischem Boden.«

»Ja«, meinte er bedächtig, »wenn diese Partisanen sich begnügten, die Eindringlinge zu bekämpfen, die Angreifer, Italiener oder Deutsche. Ihre Übergriffe aber machen alles wieder zuschanden. Löschen das Gute aus, das sie leisten. Wollen auf bolschewistische Art die Regierungsform ihres Vaterlandes mit Waffengewalt umstürzen, der Demokratie ins Gesicht schlagen, für die wir alle doch einstehen.«

»Ist es nicht vielmehr so, daß sie die Demokratie auch auf das Essen und Trinken ausdehnen wollen, diese Freiheitskämpfer,

auf Schlafstelle und Wohnung, Hygiene und Bildung? So verstand ich das Programm dieser Elas-Leute oder EAM oder wie sie sich nennen. Schließlich behaupten sie, die Gegenpartei sei es, die Waffengewalt anwendet, um die alte Wirrnis zu verewigen, das Unrecht, das in der griechischen Armut liegt, wie sie sagen. Darum wird Kephalides ein Gericht der gekränkten Offiziere nicht anerkennen, fürchte ich, und noch weniger wird er ihm ausweichen, sobald er zurückkommt.«
»Was sehr in Frage steht.«
Ich nickte. »Da vorn ist dicke Luft, General Rommel versteht sein Geschäft, das Afrikakorps möchte uns den Suezkanal verstopfen. Täglicher Zuwachs füllt unsere Lazarette, spricht eine beredte Sprache.«
Major Stone runzelte die Stirn und blickte auf seine Akten. »Werden sich irren«, sagte er kurz.
»Auch meine Meinung, Herr Major. Es kommen täglich Transporte von der Front, Kampfunfähige.«
»Leute mit wackligem Gedächtnis darunter, vergessen wohl auch ihren Namen, die Einheit, zu der sie gehören, das Lazarett, bei dem sie versprochen haben, sich zurückzumelden, um einem etwas zu leichtgläubigen, mit seiner Pflicht zu leichtsinnig umspringenden Lazarettgehilfen Wort zu halten. Mit der Militärpolizei hoffen sie fertig zu werden, wohl auch durchzuschlüpfen, wenn es bei uns große Truppenbewegungen gibt, unvermeidliches Durcheinander. Leute, die gegen Gesetz und Ordnung verstoßen, geben sich möglicherweise dem Feind gefangen, oder sie verschwinden im arabischen Hinterland. Die Sinaiwüste, El Arisch, das Jordantal bieten Schlupfwinkel genug auf längere oder kürzere Sicht. Würde mich nicht wundern, wenn wir von Ihrem Kephalides Monate hindurch nichts mehr hörten.«
Aha, dachte ich, das möchtet ihr gern. Ehrgefühl habt ihr Volk mit den Krönchen und Sternchen gepachtet. Ich hatte genug von dieser Unterredung, wünschte, ich könnte sie abbrechen, außerdem hätte ich mich gern endlich gesetzt. »Mit weiteren Auskünften vermag ich Herrn Major leider nicht zu dienen. Meiner Überzeugung nach kehrt Kephalides zurück, sobald ihn Leutnant Ruthby nicht mehr braucht oder eine der griechischen Einheiten, die bei Sidi Barani oder Bardia gekämpft haben.«

»Wollen es hoffen«, meinte der Major. »Aber wenn er es tut, geben Sie ihm einen Rat. Lassen Sie ihn ein Gesuch aufsetzen, sich vor versammelter Mannschaft bei Leutnant – wie hieß er doch – Patinios zu entschuldigen, um Verzeihung zu bitten für das, was er sich in einem Anfall von geistiger Verwirrtheit zuschulden kommen ließ. Die Regierung König Georgs II. ist weitherzig, sucht eine Einheit im Volke herzustellen, die Zukunft Griechenlands vorzubereiten, sie hat dabei die Verbündeten auf ihrer Seite. Wir lieben dieses wunderbare Land, das soviel für die menschliche Kultur geleistet hat, wollen es nicht dem Chaos überlassen, das den Balkan zu zerfressen droht, wie es Spanien zerfraß. Gesetz und Ordnung sind die Voraussetzungen der Demokratie und unsere wichtigsten Kriegsziele, wenn der Faschismus erst zerschmettert ist. Lassen Sie mir ja gleich melden, wenn sich dieser Filou wieder herzufindet. Oberst Dughleen werde ich selbst danken. Er bleibt ja wohl noch in Ägypten, heute und morgen. Sie begeben sich schnellstens an Ihren neuen Standort, nicht wahr?«
Ich nahm Haltung an. »Palästina?« fragte ich.
»Latrun«, erwiderte er und stand auf.
Ich schritt auf die Tür zu, Augen geradeaus. Mir war wohl, daß der Major das Grinsen nicht zu sehen vermochte, welches ich unmöglich unterdrücken konnte. Kephalides sich entschuldigen! Sich vor einem der noblen Anbeter des Faschismus prostituieren – er, der am liebsten ihnen allen die Köpfe zerschmettert hätte, nicht bloß jenem kümmerlichen Leutnant die Zähne! Natürlich hatte ich Herrn Stone nur einen Teil meiner Kenntnisse aufgedeckt. Brauchte er zu wissen, daß die Affekthandlungen, die der Amnesie verfallen, Ausdrücke tiefster Seelenschichten sind, die wirklich beherrschenden Motive der Persönlichkeit? Ach, keineswegs! Aber während ich so loszog, fiel mein Blick auf Goldbuchstaben über dem Türrahmen. Da stand die lateinische Mahnung: »Carpe diem!« – »Nütze den Tag!« Ob der deutsche Beamte, der einst in diesem Raum das Reich vertrat, klassische Bildung anbetete, oder ob er seinerseits dieses von gelehrten Neigungen zeugende Arbeitszimmer geerbt? Daß ich aber den Tag nutzen mußte, auch um meine eigenen Angelegenheiten wahrzunehmen, das leuchtete mir von der Inschrift her ein. Ich wandte mich an der Tür um, spähte hinüber und fragte stramm quer durch das ganze Zim-

mer: »Darf ich Herrn Major zum Schluß an ein eigenes Anliegen erinnern: daß ich, in S.M. Diensten seit Kriegsbeginn, als Ordonnanz meine Fähigkeiten kaum richtig anwende, daß ich schließlich schon einmal Oberarzt in einem vorbildlichen Heere gewesen bin und seit meiner Entlassung 1918 einige Beweise davon gegeben habe ...«
Major Stone stand noch, hatte aber schon die Lesebrille auf, konvexe Linsen, die seine Augen vergrößerten, ihren Eulenausdruck vielleicht auch durch die Hornränder noch verstärkend. »Ich weiß Bescheid«, sagte er, »Ihre Veröffentlichungen sind uns bekannt, ohne uns sehr zu gefallen. Disziplin tut in gewissen Fällen dringlicher not als Gesundung. Ihr Gesuch wurde uns noch nicht vorgelegt.«
»Noch nicht vorgelegt?« fragte ich betroffen. »Reichte ich es nicht vor bald zwei Jahren ein, als der Stab unseres Bataillons noch auf dem Carmel lag?«
»Seither gab es viel Ein- und Auspacken«, wehrte Stone den Vorwurf ab, der in meiner Stimme zum Ausdruck kam. »Wielange, übrigens, blieben Sie in Spanien, Orderly Cardhouse?«
Erstaunt riß ich meine Augen auf. »Ich war niemals in Spanien, Herr Major.«
»Nicht bei den Internationalen Brigaden?« Jetzt war es an ihm, mit der Stimme Erstaunen auszudrücken. »Nicht bei der Verteidigung von Madrid? Arbeiteten nicht im Lazarett von Guadalajara?«
»Leider nein«, erwiderte ich gefaßt, »der Aufbau einer neuen Praxis und Lebensbasis von Haifa aus verbot mir während der ersten vier Jahre jede Abwesenheit vom Mandatsgebiet.«
»Und auch an der Spanischen Ausstellung haben Sie sich nicht beteiligt, die 1938, wenn ich nicht irre, in Haifa stattfand – gegen General Franco und seine Hintermänner?«
Mir dämmerte etwas, aber zunächst war Mundhalten die einzige Parole. »Ebensowenig«, erwiderte ich, »ich kam von meiner Kanadareise erst drei Tage vor dem Schluß dieser sozialistischen Kundgebung der palästinensischen Arbeiterschaft wieder in Haifa an.«
Major Stone ließ seinen Adamsapfel auf- und absteigen, als verschlucke er einen harten Bissen. »Man wird der Sache nachgehen, Sie erhalten Bescheid.« Er setzte sich hin und öffnete

mein rotes Paket. »Da bin ich doch neugierig«, warf er hin, »guten Morgen.«
Ich ging die Treppen hinab, die Hand am Geländer. Vielleicht hatte ich einen Fehler gemacht, vielleicht auch nicht. Auf der fünften Stufe blieb ich stehen: zehn gegen eins zu wetten, daß diese Engländer mit ihrem Telefonieren und unseren Emigrantennamen Kuddelmuddel machten. Traf das, was Stone von mir erfragte, nicht auf diesen Apotheker Kartusch zu? Hatte der nicht im Lazarett von Guadalajara die Apotheke verwaltet und sich 38 oder schon 37 mit der Aufklärung palästinensischer Arbeiter über das Franco-Regime befaßt? Nachtigall, ich hör dir trampeln, dachte ich berlinerisch und mußte beinahe lachen. Meine Pille hatte jedenfalls ihre Schuldigkeit getan, jetzt wollte ich mich draußen auf ein Mäuerchen setzen und mich entspannen. Als ich an der ehemaligen Portierloge vorüberkam, winkte mich der Telefonist hinein. »Dein Begleiter wartet hinten im Garten. Übrigens, falls du heute abend noch hier bist, Kamerad – du hast doch was mit den Griechen zu tun, nicht wahr? Heute abend diskutieren wir ihre Sache im Soldatenparlament. Wo, erfährst du in jeder Kantine. Wäre hübsch, dich dort zu treffen, Private Cardhouse«, und er setzte sich wieder an seinen Apparat, mir zum Abschied mit der geballten Faust den antifaschistischen Gruß zuwinkend.
Ah, dachte ich, ein Verbündeter. Ich grüßte mit dem V-Zeichen zurück, sicher, daß er mich verstand, Gott sei Dank, fühlte ich, der Untergrund ist unser.

DRITTES KAPITEL

Auslotung

Als ich dann mit Pat wieder zusammentraf und sein fröhliches Cockney anhörte, seine blassen Augen sah und die Sommersprossen in seinem Gesicht, merkte ich, daß ich heute Gesellschaft nicht vertrug. Ich zeigte ihm rechts drüben die große Pyramide von Gizeh, die wie ein geometrischer Berg am Ende der langen Straße aufragte, und erklärte ihm, daß da in der Nähe auch der große Sphinx läge; ich bedauerte, daß ich die Sonnenstrahlung nicht vertrüge, drängte ihm mein Zigarettenpäckchen auf und verabredete, daß ich die Mahlzeiten in unserer Unterkunft nehmen würde, wir beide aber heute abend zusammen ins Soldatenparlament gingen. Wir grüßten uns: »Kinn hoch!« und ließen uns in entgegengesetzten Richtungen von Transportwagen mitnehmen, die emsig vorbeirollten. Was für ein netter Kerl, dieser Junge! Mehr englisch als irisch, ein Schuß Amerika im Werdegang, echter Sohn der Gesellschaftsschicht, aus der er stammte, ohne die mindeste Lust, in eine andere hinüberzuwechseln, mit dem Stehkragen feineres Wesen aufzudrehen. Aber ich brauchte jetzt, wie jeder Mensch von Zeit zu Zeit, die waagerechte Lage, geschlossene Augen und den Blick in mich hinein.

Unser Schlafsaal, menschenleer und kühl nach der Hitze der brausenden Stadt Kairo, gab mir beides. Unterwegs hatte ich von mitfahrenden Stabssoldaten gehört, und die gutgelaunten Engländer lachten dazu, daß angesichts des zu erwartenden Einmarschs der Faschisten und Rommels für die Besatzungstruppen alle Preise in die Höhe rutschten, sogar Hotels und Pensionen alte Abmachungen kündigten. In manchen Lusthäusern hatte man bereits Porträts der Herren Mussolini und Hitler ausgepackt, den einen mit künstlich energisch vorgeschobenem Kinn, den anderen mit der dämonischen Haarlocke und dem Chaplinbärtchen. »Mensch«, hatte der eine Stabssoldat gelacht und sich den Morgenschweiß von der Stirn gewischt, »und das zeigen sie uns! Und da scharrt schon gesattelt ein weißer Hengst vor Alexandrias Toren für den kleinen vergilbten Musso, und der kleine vergilbte Goebbels gestern abend im Rundfunk sah bereits die Hand seines Führers in Gestalt des feisten Göring um die Gurgel unseres Empire gelegt, den Suezkanal.« – »Gott«, hatte der andere Schreiber geantwortet, ein asketischer Junge mit dem Blick eines Mönchs, »die Kleinen singen, wie sie die Großen pfeifen hören«, und wies dabei mit dem Daumen auf einen der Stadtpaläste hin, an dem wir vorüberfuhren und vor welchem eine Schildwache mit Bajonett und rotem Fez entlangstolzierte. Ja, Kairo war bereit, sein Schicksal hinzunehmen; die arbeitenden Massen – so dachten sie – konnten unterm Faschismus auch nicht schlechter gestellt sein als jetzt. Daß Griechenland verhungerte, glaubten sie nicht, und was nördlich und östlich der Alpen geschah, nahm man ja überhaupt nicht zur Kenntnis, da es bislang nur aus sowjetischen Quellen kam. Nein, zu ihrem Glück würden sie die Rückkehr der Pharaonenpeitsche nicht erleben, dafür bürgten die Legionen, Kohorten und Kampfwagen des neuen Rom an der Themse und des neuen Byzanz an der Moskwa ... Und damit streckte ich mich aus, nahm meine Brille ab, zog gegen die Moskitos das Netz über mir zusammen und machte Bilanz.

Ich gehörte noch immer zur Oberschicht der heute lebenden Menschen, denn ich trug die Uniform des britischen Heeres und wirkte in ihm an einer Stelle, die ich mir selbst geschaffen hatte und an der man meine persönliche Ausstrahlung spürte, zumindest spüren konnte. Aber in dieser Schicht war ich in den Bodensatz gesunken. Der ungeheure Abstand zwischen dem Major Stone und mir war von jedem Blinden mit dem Krückstock zu fühlen – wie die Verhältnisse im Geistigen lagen, kam gar nicht in Betracht. Während ich ihm gegenüberstand, er mir gegenübersaß, hatte ich nicht die Kraft und Freiheit besessen, die mir im Verkehr mit meinen Kranken eignete. Das Sein hatte das Bewußtsein bestimmt, ich war pflichtgemäß als Ordonnanz nicht aufgetreten, sondern dagestanden, Lazarettgehilfe von oben bis unten. Ich würde auch nie mehr, geschah nicht ein Wunder, aus dieser Grundschicht in diejenige aufsteigen, aus welcher ich mich freiwillig hinabbegeben hatte, zum Kampf gegen Hitler und seinen Barbarenstaat, Insektenstaat.

Gesellschaftlich existierte ich von da an nur noch als Soldatenameise oder Arbeitsbiene, ein für allemal eingeordnet und wahrscheinlich nicht einmal durch ein Wunder wieder emporzuretten. Offenbar gehörte unsereiner nicht zu den Spielarten, in deren Wesen Metamorphosen eingebettet waren – Insekt Karthaus, aus zu weichem Stoff, vierbeiniger Käfer mit verkümmerten Flügeln oder mit abgefallenen. Es blieb dann auch in Ordnung, daß Jeanne mich verlassen hatte, daß meine Schwester auf dem Carmel sich vom Ausleihen meiner kostbar gehüteten Bücher ernährte, jener viertausend Bände, die meine Frau mir nach Haifa geschickt und meine Assistentin in der alten Ordnung wieder aufgestellt hatte. Aber nach drei, vier Jahren hatte sie mich verlassen müssen, erst äußerlich, dann innerlich, und dann war es mit mir abwärtsgegangen, weil die Barbaren Wien und Prag überschwemmten und Farinacci auch die italienische Psychoanalyse jüdischen Mitarbeitern verschloß. Und jetzt war also auch Manfred Jacobs gestorben, und ich besaß niemanden mehr auf dieser Hälfte der Erdkugel, der mir behilflich gewesen wäre, aus der Hefe wieder hochzusteigen. Ein entlassener Arzt empfängt Pension, aber eine entlassene Ordonnanz, was kriegt sie? Ein kriegsgerichtliches Verfahren angehängt, wenn der zur Beobachtung eingelieferte Kephalides vom Ausflug in die westliche Wüste nicht zurückkam. Warum hatte ich mich breitschlagen, ihn gehen lassen? Warum mich ihm nicht wenigstens angeschlossen? Weil ich aus zu nachgiebigem Stoff war, ein Kerbtier aus gehirnähnlicher Substanz mit untauglichem Chitinpanzer, zu weich, ein ehemaliger Österreicher ohne den preußischen Schneid, Mittelklasse ohne Auftrieb, Sohn kapitalistischer Gesellschaft ohne Kapital, Anhänger sozialistischer Neubildungen ohne proletarische Stützen. Vielleicht mußte unsere Achte wirklich noch weiter zurück als bis El Alamein und Alexandria, vielleicht ließ sich vorübergehend unsere Front nur quer durch Obergaliläa halten, von den transjordanischen und den sinaitischen Bergen kämpfend, bis wir mit Hilfe der Amerikaner die zerschmetterndste Überlegenheit an Luft- und Tankwaffen besaßen. Dann gehörte auch Palästina zu den »vorübergehend preisgegebenen Landstrichen«, und alles, was ich dort noch besaß, entginge nur durch ein Wunder dem Untergang: Jeanne, ihre Kinder, mein Freund Treppner, meine arme

Schwester, die viertausend Bücher, die Mappe mit den Briefen, die man mir geschrieben, auch diejenigen, die Hella, meine Frau, und meine Jungen spärlich hatten herüberfliegen lassen aus dem gesegneten Kanada. Ach, du lieber Augustin, alles ist hin! Ich hätte mich niemals von ihr trennen sollen, bei meinen Buben bleiben, mit meiner Frau zu ihrem Bruder gehen, obwohl ich ihn nicht leiden konnte und er mich nicht, und mich dem amerikanischen Psychologenbetrieb anschließen, der entweder vom Körper ausging oder bei ihm landete, die strenge intellektuelle Zucht unserer Wiener Schule unter dem Einfluß des neuen Klimas, anderer Menschensubstanz und Gesellschaftsdoktrin aufweichend. Was hatte Manfred Jacobs davon gehabt, daß er die Einladungen nach Amerika ablehnte, was ich, daß ich vor vier Jahren nicht in Ottawa geblieben? Er lag als Toter in einem schönen Grab auf dem Ölberg, ich als gemeiner Soldat unter einem Mückennetz in Kairo. Meine alten Eltern hatten, als die nach Theresienstadt abgeführt werden sollten, das Morphium genommen, das ich ihnen vor vielen Jahren noch verschrieben, als ich schon sah, daß der Herr von Schuschnigg eine viel zu gebrechliche Barre auf dem Weg in den Abgrund darstellte und sie mir nicht glauben wollten, was ich wußte, sie andererseits nirgendwohin mehr einreisen durften, innerhalb dieser von Fremdenhaß und Angstpolitik verstopften Welt. Scherben, wohin man blickte, einschließlich meiner selbst, ein Scherbenberg diese ganze Erde, und daß sie immer noch so munter durchs Weltall kugelte, war eine Stupidität, die durch nichts und niemanden entschuldigt werden konnte. »La seule excuse de Dieu est qu'il n'existe pas« – wer hatte das gedacht und gesagt? Aber Götter brauchen keine Entschuldigung, sie sitzen breit und hilflos auf ihren himmlischen Stühlen und schnuppern die Leiden der Menschen auf, von deren Duft sie sich nähren und ohne deren Tränen sie arme aufgeschmissene Reliquien sind. Die Menschheit war eine Götterfabrik und das Produkt von entsprechender Beschaffenheit. Wie hatte mein Kephalides in der Nacht gesagt, in der Leutnant Ruthby ihn entführte, und wie hatte ich diesen Satz ergänzt: »Wenn die Europäer soviel Verstand und Energie aufs Diesseits verwendet hätten wie unsere Ahnen in griechischer Sprache aufs Jenseits, brauchten wir heute nicht zum Hungerstreik zu greifen. – Ja«, hatte ich bestätigt, »wenn die neubabylonischen Juden auf den

Satz ›Du sollst den Lohn des Tagelöhners nicht über Nacht bei dir behalten‹ ebensoviel Aufmerksamkeit und Kommentar verwendet hätten wie auf den Satz ›Du sollst das Böcklein nicht kochen in der Milch seiner Mutter‹, so hätte es schon zu Zeiten des Aristoteles einen marxistischen Sozialismus gegeben, denn aus jenem Böcklein, dieser Milch haben die Juden ihr Speisegesetz entwickelt, mit dem sie viele Jahrhunderte lang ihr ganzes Leben durch- und durchgeformt.« Wenn noch jüngst mein Freund, der Geiger Malbin, vom High Commissioner in Jerusalem zu Tisch gebeten wurde, servierte man ihm dort Eier in der Schale und Salate aus gebrühten Gemüsen. Und dann aß er die Früchte des Landes mit dem neuen Pontius Pilatus und ward allgemein geehrt und anerkannt wie Rabbi Jochanaan ben Sakkai einst von Titus, dem römischen Kaiser. Und während ich so an neuere Romane dachte, die in deutscher Sprache die Eroberung Jerusalems durch diesen Titus schilderten und das Schicksal der Söhne des Flavius Josephus, muß ich eingeschlafen sein – und das war gewiß das beste, was ich an jenem Tag tun konnte und in dieser Stimmung, in die mich mein Besuch bei Major Stone gestürzt. Oder war es das Widerspiel der beiden Tabletten innerhalb meines Organismus, die sich nicht vertragen wollten? Dem mochte sein, wie ihm wollte – wer nicht von Zeit zu Zeit seine Seele auslotet bis auf den Grund und die Koordinaten seiner Lage bestimmt, »demselbigen Menschen wäre besser, er wäre nie geboren«.

Der Mund der Achten

Als ich meinen Nachmittagstee so spät nahm, daß er mit belegten Sandwiches das Abendbrot ersetzen würde, schlenderte Pat in den trotz später Nachmittagsstunde doch noch sehr heißen Klubraum hinein – so bestaubt und verschwitzt, wie eben nur ein Besuch in Gizeh einen Touristen zurichten konnte. Er hatte unterwegs eine Menge Datteln gegessen, also gar keinen Hunger, aber unendlichen Durst, und die bedienstete A. T. S. brachte ihm denn auch eine doppelte Portion Tee, guten englischen Tee, aus Ceylon importiert. Mein Pat schluckte, ruhte sich aus, erfrischte sich.

»Du«, sagte er und zeigte mir, er habe noch einen guten Rest Zigaretten in ihrer Hülse aus Staniol und Papier, »Mensch, ich hab wirklich was gesehen. Nicht nur den alten Steinberg mit den riesigen Stufenblöcken, von dem man den Gipsmantel abgeschlagen hat in den paar tausend Jahren, die das Ding steht, wie mir der Dolmetscher predigte. Und das, was du da Sphinx nennst, dieses große Luder, das haben wir in England auch, ein bißchen anders geformt, nennen es Stonehenge, riesige Steinplatten auf der Kante und eine drüber. Wie das die Leute damals fertigbrachten, ohne Kran und Dampfmaschine, kannst du mir auch nicht verraten. Nein, aber dann kriegte ich keine Fahrgelegenheit zurück, wo doch heute der Mund der Achten aufgetan wird. Und ich tippelte hierher, die Sonne im Rücken, bald an Kanälen entlang, bald über 'ne Brücke. Kam dann in ein Viertel feiner arabischer Paläste, moderner Dinger, drei oder vier Stock hoch – und da sah ich was. Dergleichen kannst du in unseren Breiten nicht erleben, Dick. Blieb da gerade vor einem Hause stehen, Kanal und Straße zwischen, ließ meine Beine von einem Mäuerchen baumeln. Da fesselte meine Augen ein langes, langes Fenster – Riesenfenster, fast bis zum Dach reichte es, und breit war es mindestens drei Meter. Erhellte das Treppenhaus dieser Effendi-Villa. Sah die Stufenreihen schräg von links nach rechts übereinander, dachte gerade darüber nach, woher die Herrschaften, die es bestellt hatten, und der Baumeister, der es zeichnete und baute, das schöne, klare Glas für dieses Stiegenfenster gekriegt haben und wer dieses Haus wohl bewohnt.«

»Ja«, sagte ich, »Pat«, und reichte ihm Feuer, »eine ganze Menge reicher Leute parken in diesem Kairo, die sich ihre Möbel aus Paris bestellen und das Glas vielleicht aus Italien.«

»Und da taucht durch einen Hintereingang solch ein Fellache auf, einer im kurzen weißen Kaftan und mit Sandalen, und wendet mir dann die Seite zu und beginnt hinaufzusteigen. Und was hat er auf dem Rücken? Ein großes europäisches Klavier, einen sogenannten Flügel, schwarzpoliert. Das trägt er ganz allein Stufe für Stufe aufwärts. Hat es in einen Gurt gespannt, der ihm um die Stirn geht und hinten den Flügel festbindet, und mit beiden Armen balanciert er das riesige schwarze Biest sorgfältig nach beiden Seiten, damit es nirgendwo anstößt, Schaden leidet oder welchen anrichtet. Dick, ich sage dir, ich verfolgte den Mann mit den Augen! Parterre, erster Stock, zweiter Stock. Dann bleibt er stehen, und jemand macht ihm auf. Und er biegt sich zusammen, daß das Ding fast waagerecht auf seinem Rücken ruht, und schleppt es zu den Herrschaften hinein. Ein Mann, ein Fellache, ein Klavier! Habe bei uns in Belfast gesehen, wie drei Leute mal am Sonntag ein Konzert vorbereiteten, drei Mann und bloß ein Stockwerk. Junge, sagte ich zu mir und saß da und rauchte, mußt doch sofort rüberlaufen und den ägyptischen Kumpel fragen, was er für diese Transportarbeit bekommt. Zwei Pfund wären nicht zuviel gewesen! Aber dann stellte ich fest, der Kanal hatte hier keine Brücke, und deswegen reinspringen und durchschwimmen oder durchwaten – ist ja niedriges Wasser jetzt –, nee, verkneif dir's, O'Deefy! Zumal ein Pärchen brauner Wasserratten sich darin tummelte, Gott weiß was für Futterbrocken suchend und findend. Kannst dich doch nicht mit dem Burschen verständigen, verstehst ja kein Arabisch und der wahrscheinlich keinen englischen Brocken. Was meinst du, Dick, wieviel Zaster er dafür kriegt?«

»Gelegenheitsarbeiter«, erwiderte ich, »gewerkschaftlich nicht organisiert, wenn hier in Kairo überhaupt schon Gewerkschaften bestehen dürfen. Zwei Pfund?« fragte ich. »Zwei Schilling,

wenn's hoch kommt vier oder fünf. Hast ja gesehen, daß die Leute in den schmalen Gassen, in der Altstadt drüben, nicht in den Prachtvierteln nach Gizeh zu, in dunklen Ecken übernachten, auf dem Steinpflaster, als hätten das die Jahrhunderte weich gemacht. Fünf Schillinge«, wiederholte ich vor mich hin, »eine halbe Krone ägyptischer Währung. Laß dir's schmecken, Pat. Ein bißchen Rum in den Tee oder Zitrone?« Und es war mir klar, mit diesem Angebot drückte mein vorbewußtes Ich seine Bewunderung aus für den Wirklichkeitssinn dieses meines Pat, dem die ägyptische Gegenwart viel wichtiger war als der uralte Pharaonenkult und der sich als Proletarier in Uniform mit dem Klassengenossen aus Kairo solidarisch fühlte.
»Gut hat's geschmeckt«, antwortete er, »auch ohne Limonade. Meine Füße haben sich ausgeruht, und wenn's dir paßt, stiefeln wir jetzt los. Gar zu fern kann das Klubhaus nicht liegen. 's ist Samstagnachmittag, vor sieben geht's dort bestimmt nicht los.«
»Pst«, machte er, als wir endlich die richtige Baracke gefunden hatten, »sind doch schon mittendrin.«
Ich hob die Achseln. Heute konnte mir nur alles schiefgehen. Ich hatte möglichst früh da sein wollen, mich dem Vorsitzenden des Soldatenklubs vorstellen, als Redner für heute abend vormerken lassen. Jetzt präsidierte da in hellem Licht ein langer blonder Brite, dem Rang nach Sergeant, wie mir schien, und am Rednerpult stand ein noch viel jüngerer in der blaugrauen Uniform der Luftwaffe, dem man ansah, daß eine höhere Schule ihm das Sprechen beigebracht.
Ich erinnere mich nicht mehr genau, wie der Raum aussah, in welchem diese Erörterung vor sich ging, und ob die Tribüne mit den beiden Tischen und der Sodawasserflasche an einer Schmalseite oder einer Breitseite prangte. Wir bemühten uns, einen Platz zu finden, von dem aus man gut sah und hörte. Und während wir uns dorthin drückten und setzten, um sowenig wie möglich zu stören, schickte ich meine Blicke über all die Gesichter hin, mehrere hundert, wie es schien, und freute mich. Das waren Europäer. Auch die Südafrikaner und Australier unter ihnen, die man an den Uniformen kaum von den Briten unterschied, verrieten den Zuschnitt nördlicher Breitengrade in Haar, Augen, Gesichtsbau. Hier horchten Leute, mit solidem Stoff ernährt: Rindfleisch, Hammelfleisch, grü-

nen Gemüsen. Was sie dachten, trug nicht so weit und schoß nicht so schnell wie das unserer mittelmeerischen Bundesgenossen oder Feinde. Noch weniger ließ es sich von einem Führer und seinen Clowns betrunken machen, wegschwemmen, wie jetzt beim größten Teil der Deutschen. Es ging mit steifen Schritten langsam vorwärts, konnte in Abirrungen verfallen, ratlos stehenbleiben. Aber dann hatte es den Mut kehrtzumachen, und auf jeden Fall wirkte der ganze Mann hinter seiner Überzeugung und machte seinem Gegner durch Eigensinn und zähes Festhalten zu schaffen. Wollten sie sich betrinken, so suchten sie Whisky und nicht Geschwätz.
Der junge Unteroffizier der Royal Air Force war mitten im Satz, als wir hereinkamen: »... hat uns Griechenland einen unschätzbaren Dienst geleistet. Ein von unseren russischen Verbündeten gefangener deutscher General hat ausgeplaudert, der Überfall auf Rußland sei durch die Balkanschwierigkeiten um sechs Wochen verzögert worden, statt am 1. Mai, wie der symbolgierige Sonnen-Adolf wollte, konnte er seinen Nichtangriffspakt erst am 21. Juni brechen, der ›böse Mann‹.« Allgemeines Gelächter oder Geschmunzel bewies, daß man die zitierte Redewendung wohl verstand, die auch dem von allen bewunderten Premierminister der britischen Regierung ein Stößchen versetzte für seine Diabolisierung des blutdürstigen Vegetariers. Eine helle Knabenstimme rief zu ihm hinauf: »Hatten die verflucht nötig, diesen Nichtangriffspakt, diese Trottelbande, uns 1939 im Stich zu lassen!« Aber über die Köpfe vieler Sitzreihen hinweg deckte sogleich eine kräftige Männerstimme den jungen Bürosoldaten zu: »Nach München 1938, mein Junge, wo wir den Sowjets den Stuhl vor die Türe gesetzt haben, den Hitlerbanditen freies Spiel gegen die Tschechen gelassen, und überdies unsere polnischen Verbündeten die Rote Armee nicht durchlassen wollten! Da mußte sie eben draußenbleiben, wie leider schon in Spanien 1936.« Der Verteidiger war ein breitschultriger Blondkopf, seiner Aussprache nach Australier oder Londoner Cockney.
Ganz unverwirrt nahm der Redner seinen Faden wieder auf: »Unser Herr Vorsitzender hat vorhin gefragt, ob wir noch heute dem Enschluß zustimmen würden, den vor anderthalb Jahren die Regierung Seiner Majestät faßte und durch den unsere militärischen Erfolge hier so zusammenschrumpften. Die-

selben Truppenteile nahmen damals Benghasi, die heute bei Marsa Matruk fechten müssen. Viele von uns haben Kameraden dort eingebuddelt, wo jetzt die faschistischen oder Nazigeneräle herumstolzieren. Keine Armee geht gerne zurück, niemand läßt seine Gefallenen freiwillig in Feindeshand, und der Trost, daß wir wiederkommen, hat noch keinen aus dem ewigen Schlaf geweckt. Und dennoch behaupte ich, die Entscheidung war richtig, wir durften nicht wieder ein kleines tapferes Volk sich selbst überlassen, das im Vertrauen auf unsere Hilfe zum Widerstand bereit war. Die Griechen wußten, was sie taten, aber wir auch.« – »Darum lassen wir sie jetzt verhungern!« rief der gleiche geistig wache Cockney dem Redner zu. »Ruhe!« verlangte eine gebieterische Stimme, aber der junge Flieger nickte dem Zwischenrufer zu. »Leider, Kamerad, waren wir wieder einmal nicht vorbereitet – nämlich nicht auf die Tatsache, daß der Riß durch das französische Volk bei der Parole Faschismus oder Demokratie so bösartig ausbrechen würde, daß die besitzenden Klassen in Frankreich lieber einem defätistischen Marschall folgten als den Manen Clemenceaus, der vor fünfundzwanzig Jahren Frankreich so vorwärtszuwerfen verstand wie uns Winston Churchill ...« – »Wir machen gut, was dort verdorben wurde!« Der neue Zwischenrufer trug die Uniform der Freien Franzosen und den Arm in der Binde. Er errötete und setzte sich auf den Tisch, von dem er sein Bierglas weggeschoben hatte. Ein Franzose, der Bier trinkt, dachte ich, die allgemeine Unruhe wohl spürend, die die Unterbrechung des Redners ausgelöst hatte. Der Vorsitzende mischte sich nicht ein, denn der Redner fuhr fort: »Wir sehen immer klarer, wie sehr wir verbunden sind, wir verbündeten Völker. Wir sind entweder alle mündig oder werden es, oder wir tragen alle zusammen die Lasten unseres gesellschaftlichen Systems, das uns so schlecht vorbereitet in diesen Krieg hineingeführt hat. Wobei ich aber behaupte, daß dieses schlechte Vorbereitetsein unsere politischen Führer nicht entehrt. Sie glaubten an den moralischen Sieg nach dem vorigen Kriege. Sie hatten sich bemüht, dem deutschen Volke Gerechtigkeit widerfahren zu lassen, Gleichberechtigung innerhalb Europas, auch in der Bewaffnung. Daß das deutsche Volk unsere Anständigkeit zum Überfall auf alle seine Nachbarn ausnutzen werde, auf Rußland und auch auf uns, das konnten diejenigen nicht wissen, die nur von ihren offiziellen Vertretern Berichte empfangen durften, nicht aber von ...«

Hier hielt es mich nicht länger. »Bitte um Verzeihung, Vorsitzender«, rief ich, »aber hat der Herr Redner zur Kenntnis genommen, daß schon 1933 der britische Botschafter in Berlin von den Greueln der Konzentrationslager Kenntnis hatte, wie er selber im Blaubuch mitteilen mußte, daß er aber von dieser Kenntnis keinen Gebrauch machte, um die Beziehungen zwischen Deutschland und Großbritannien nicht zu belasten? Wenn der verehrte Redner fertig ist, bitte ich ums Wort, Lazarettgehilfe Cardhouse, G. H. 26.«

»Leider wahr«, sagte der Redner und blickte zu mir hinüber. Mir gefiel die Art, wie er sich nicht aus der Ruhe bringen ließ, als er fortfuhr: »Wir sprechen hier aber von Griechenland, und darum stimmt es einigermaßen zum Thema, wenn ich sage: der Glaube an den Völkerbund und an die demokratische Reife der europäischen Völker schändet unsere politischen Vertreter der Völkerbundsepoche nicht.« – »Der Befriedungsepoche, Trinkgelder an die Diktatoren, britisches Blut für Herrn Franco!« riefen mehrere Soldaten, von denen einer, wahrscheinlich jener Australier oder Londoner Cockney war, der noch hinzusetzte: »Frieden für unsere Zeit!« und ein langes Weißbrot über seinem Kopfe schwenkte wie einen Regenschirm. Jetzt gab es allgemeines lachendes Hallo, Händeklatschen. »Regenschirm-Neville«, rief jemand. Der Vorsitzende stand auf und schaute mißbilligend in den Saal, und der Redner, der inzwischen seine Kehle befeuchtet hatte – der Rauch von Zigaretten und Pfeifen schwebte als »Hecht« unter der Decke –, nahm unerschütterlich Anlauf zu seinem Schluß: »Überall, wo wir die Despoten besiegen, befreien wir uns selbst, überall, wo wir uns ihrer entledigen, schaffen wir frische Atemluft für alle. Wir müssen uns bloß klar darüber sein, was das heißt: uns selbst. In Zeiten einheitlicher Gesinnung, also jetzt während des Krieges, heißt ›uns selbst‹ das ganze Volk. Während der Befriedungsepoche hätte ›uns selbst‹ geheißen: die werktätige Bevölkerung Großbritanniens mit ihrem Überbau von Intellektuellen und ihrem ungeheuren Anhang von Frauen und Kindern. Gewiß, gewiß«, beruhigte er mit ausgestreckter Hand zwei Soldatinnen, die ganz in seiner Nähe saßen, W. A. A. F.s in dem gleichen Graublau wie er, »auch damals schon wart ihr werktätige, vollwertige Kräfte ...« – »... für billigeres Geld«, rief eine Baßstimme aus dem Hintergrund, und der Redner parierte: »Wird auch noch verbessert. Aber damals ...« – »Wir wissen«, rief jemand, »komm zum Schluß.« – »Eben«, sagte der Unteroffizier und nickte, »das griechische Volk ist heute ein Volk in Waffen, und wo sie etwa noch fehlen, streuen sie unsere Leute mit Fallschirmen. Aber es wird sich und darf sich sein Selbstbestimmungsrecht nicht nehmen lassen, und das weiß es. Wir stehen nebeneinander im gleichen Kampf. Uns will niemand ein Regime aufreden und sogar aufzwingen, das wir nicht haben wollen – ein Regime, das weder satt macht noch frei, noch dem Bürger Aufstiegsmöglichkeiten im eigenen Hause gibt, noch seine Beziehungen zu anderen freiheitlichen Völkern günstig gestaltet. Gibt es in diesem Lande, das wir vor dem Faschismus beschützen, Bestrebungen, die uns Briten einspannen wollen für solche Absichten, so tut man allen Beteiligten einen Dienst, wenn man ihnen früh genug zuruft: Hände weg von solchen Späßen, das britische Volk von heute und morgen hat seinen Stimmzettel, es braucht daher kein Gewehr, sobald der Faschismus geschlagen ist! Aber mit diesem Stimmzettel wird es seinen Willen durchsetzen, der das entschiedene Gegenteil jeder Art Befriedungspolitik sein muß. Wir brauchen nicht mehr Gegner, als wir gerade haben, aber wir vergessen auch keinen Gegner von gestern und unsere Freunde von heute, morgen und immer. Könnt ihr euch denken«, fragte er seine Zuhörerschaft, »daß eine britische Regierung jemals militärische Anordnungen treffen läßt, um dem griechischen Volk ein Gesetz und eine Ordnung aufzuzwingen, die es 1940 weggefegt hat? Und glaubt ihr, daß sich unsere Truppenteile nach Griechenland schicken ließen, um dort gegen den Willen der Menschen sich in innere Politik einzumischen? Wenn es solche Zeiten überhaupt gegeben hat, sind sie doch längst vorüber. Ich beantrage, der Entsendung britischer Kontingente von 1940 nachträglich die volle Billigung des Hauses auszusprechen.« Der Redner verbeugte sich, nahm sein Papier, von dem er kaum Gebrauch gemacht hatte, und setzte sich an den Tisch auf der Estrade. Viele Händepaare klatschten ihm Beifall.

Ich hatte mich innerlich darauf vorbereitet, dennoch schrak ich auf, als der Vorsitzende mich jetzt zum Worte rief. Donnerwetter, dachte ich, hattest du das nötig? Du kannst dich doch in Teufels Küche reden. Gleichwohl erstieg ich ohne Hast das Podium, verbeugte mich und begann mit einer Entschuldigung, die mir während der paar Schritte prompt eingefallen war. Gar nicht so schlecht, dachte ich, während ich meine Blicke durchs Auditorium schweifen ließ und es mir schien, als entdeckte ich im rechten Seiteneingang die vertraute Gestalt einer Soldatin, die kaum hier sein konnte, nämlich Lydia Boccaneras. »Kameradinnen und Kameraden«, sagte ich, »in früheren Zeiten hielt man die Leute, die etwas vom Wetter verstanden und es also vorhersagen konnten, für Wettermacher, Hexer, und behandelte sie entsprechend: Scheiterhaufen! Der Meteorologe von heute hat nichts zu tun mit Lohn und Strafe dafür, daß es regnet oder in Europa die Ernte trocken in die Scheuer kommt. Im Politischen sind wir ehemaligen Bürger Mitteleuropas in der gleichen Lage. Wir haben den ersten Weltkrieg mit wachen Sinnen durchgekämpft, verloren und unsere Folgerungen gezogen. Wir sahen die russische Revolution aus der Nähe, nebst Krisen, Gefährdung und endlichem Sieg. Wir wehrten uns gegen das Wachstum des Faschismus, der uns von Süden, jenseits und diesseits der Alpen, und bald auch von der Ruhr und vom Quai d'Orsay umzingelte, und wußten vorher, was kommen würde, und warnten alle demokratischen Kräfte guten Willens – vergeblich, wie sich zu unserer Bestürzung herausstellte. Lassen Sie also den Meteorologen nicht entgelten, was er Ihnen Unwillkommenes sagt, der Mann tut sein Bestes, wie jener Klavierspieler in Texas, auf den gebeten wurde nicht zu schießen.« Viele lachten beifällig, einer mahnte mich zur Sache, aber im ganzen fand ich die Vorbereitung geglückt. Für einen so depressiven Tag nicht schlecht, dachte ich, versuchte herauszufinden, ob wirklich Lydia im Saale war – sie hätte mir hinterdrein sachgemäß berichten können, ob das, was ich sagen wollte, ankam oder vorbeigeriet. Ich trank einen Schluck Wasser. »Das Entscheidende scheint mir zu sein, Kameraden: es gibt gar keine isolierte griechische Angelegenheit. Was hier in Ägypten vorkam, kann nur gewertet werden als das Ablesen eines Manometers, das den Druck im ganzen Kessel anzeigt!« – »Sehr gut!« riefen einige. – »Die griechischen Inseln und das griechische Festland sind aus demselben Stoff wie die britischen Inseln und das britische Festland.« – »Was ist das?«

fragte jemand, ich jedoch überging diese berechtigte Frage. »Es sollen in gewissen griechischen Lagern Unregelmäßigkeiten vorgekommen sein, die zu unwillkommenen Maßregeln führten. Aber wenn wir alle wissen, auf wessen Seite das Recht und die Zustimmung der Armee steht, die gegen die Faschisten und Nazis kämpft und damit für ihre eigene Freiheit und Zukunft, so ist alles in Ordnung, kann nichts Ernstliches passieren. In Genf hieß es immer, die Sicherheit sei eine und unteilbar. Heut sagen wir: der Sieg ist einer und unteilbar. Aber im Grunde wissen wir alle: auch die Freiheit ist eine und unteilbar. Und damit meinen wir nicht bloß die Freiheit abzustimmen, sondern auch die, das Abgestimmte durchzusetzen. Und da ein hungriger Mann weder gut kämpfen noch gut arbeiten kann, ist die Forderung, ihn vorher satt zu machen, eine selbstverständliche Voraussetzung jeder echten Demokratie. Seit ihren Revolutionen wissen die Amerikaner wie die Europäer, daß das allgemeine Stimmrecht allgemeines Eßrecht zur Voraussetzung hat und dieses allgemeines Arbeitsrecht und dieses wieder das Recht, sich mit seinesgleichen zusammenzuschließen, um die gemeinsamen Interessen durchzusetzen, Einmischung von außen aber zurückzuweisen. Das ist alles. Dagegen wurde der verfluchte Faschismus nach dem vorigen Krieg ausgebrütet und mit Hilfe seiner Anbeter in vielen Ländern der Welt westlich der russischen Grenze und östlich der chinesischen großgepäppelt, so daß sich der größte Teil der Erde bewaffnen mußte, um ihn zu vernichten, und es ist noch gar nicht entschieden, ob wir ihm schon dies Jahr oder das nächste den Rücken brechen können. Wir wissen und die Russen wissen, daß seine Fortschritte, die durch Ruinen, Leichenberge und Hunger gezeichnet werden, nur vorübergehend sind. Aber wir haben hier im Mittleren Osten Neutrale, bei denen die Deutschen und Italiener noch eine Lippe riskieren können, sie auf den Leim zu lokken, auf dem so viele Quislinge schon kleben. Die beobachten scharf, was in unserem Lager vorgeht und ob sich nicht Risse und Spalten zeigen im Block, die uns am Sieg hindern können, in letzter Stunde, wie man sagt. Darum ist die griechische Sache unsere Sache, und darum genügt es nicht, daß jeder von uns weiß, wie er zu wählen hat, wenn es morgen oder übermorgen zu allgemeinen Wahlen kommt, sondern wir müssen unseren griechischen Freunden das Bewußtsein einflößen, ihre Dik-

tatoren, ihre königliche Regierung, könnten ihnen gegen ihren Willen nicht wieder aufgedrängt werden. Und auch Herr Franco wird« – damit nahm ich einige Zwischenrufe auf – »in dem Augenblick verschwinden, in dem der antifaschistische Soldat entscheidend siegt. Im Jahre 33 konnte man Massen deutscher Holzköpfe veranlassen, dem Diktator der feinen Leute Heil zuzurufen und nachzumarschieren, im Jahre 43 wird sich kein solcher Diktator mehr finden, und keine Clique, die ihn ins Licht hebt. Und das haben wir vollbracht, unsere Kameraden an der Front und all die Frauen und Männer im Hinterland und in den Heimaten, und dabei soll es bleiben.
Ich verbeugte mich und stieg hinab, setzte mich auf meinen Platz, zündete mir eine Zigarette an. Ich fühlte mich erhitzt, befriedigt. Bewegung im Saal, eine Zuwendung vieler Gesichter und Blicke, winkende Arme und Hände, ein paar Bravorufe deuteten darauf hin, daß die Versammlung mir zustimmte. Patrick schüttelte mir die Hand, ein paar Biergläser wurden mir zugehoben, allgemeines Murmeln und Sprechen von Mann zu Mann überschwebte die Versammlung wie ein akustischer »Hecht«. Der Vorsitzende erhob sich, sah auf die Uhr, klopfte auf den Tisch und las von einem Zettel ab: noch drei Wortmeldungen; vor allem aber sei er schriftlich angestoßen worden, was eigentlich bei den Griechen hier in Ägypten vorgekommen sei. Und wenn die Versammlung dieses Interesse teile, gäbe es gedrucktes oder gestenzeltes Material zum Vorlegen. Das würde aber höchstwahrscheinlich den ganzen Rest dieses Abends in Anspruch nehmen. Ob die Redner, die sich noch gemeldet hatten, in der Lage seien, am mächsten Samstag den Mund aufzutun? Bei der allgemeinen Umgruppierung, dem Wegverlegen vieler Stäbe, müsse man das vorher bedenken. Er unterbreche daher die Sitzung für drei Minuten.
Allgemeines Wortgebrodel, Aufstehen, Hin und Her. Mehrere Männer und eine Frau erstiegen die Estrade und redeten heftig mit dem Vorsitzenden, seinen Gehilfen. Daß man auch Kairo evakuieren könnte, traf die Versammlung offenbar unerwartet; auch mich stieß es unters Brustbein. Wurde der ganze Verwaltungsapparat aus der Kanalzone entfernt, so konnte er doch nur nach Jerusalem, Damaskus, Bagdad zurückgenommen werden. Dann war es möglich, daß auch meines Major Stones Jagdgründe nordwärts rutschten, vielleicht in die Nähe unseres

kommenden Standorts. Und dann war nicht bloß für Kephalides etwas zu tun, sondern auch für mich.
Die drei Minuten waren vorüber, der Vorsitzende stand wieder an seinem Tisch, hielt einige Blätter in der Hand und verkündete, die Versammlung habe ihm ihren Willen kundgetan, das gedruckte Material erst einmal anzuhören; er bitte um Ruhe. Allgemeines gespanntes Schweigen. Demokratie, dachte ich, die Armee unterrichtet sich, die Achte will hören.

FÜNFTES KAPITEL

Nachtangriff

Plötzlich aber, während wir alle die gelblichen Blätter in der Hand des Sergeanten anstarrten, heulten außerhalb der Baracke die Sirenen auf, urtümlich, sehr nahe. »Selbstverständlich!« entfuhr es mir. Der Vorsitzende richtete sich in seiner ganzen Länge hinter dem Tisch auf. Gleichzeitig sah ich unter der Bühne einen A. T. S.-Korporal stehen, der zu ihm etwas emporfragte, worauf jener verneinend den blonden Kopf schüttelte. Das eingerollte Haar, der Hals und das Stückchen Ohr der Soldatin muteten mich bekannt an, vertraut sogar. Als sie sich jetzt umdrehte, offenbar jemanden suchend, erkannte ich sie.

Ich winkte ihr. »Lydia!« Sie kam sofort auf mich zu. »Richard«, antwortete sie. Ich erriet es an den Bewegungen ihrer Lippen und da die Sirenen jetzt schwiegen. »Welch Zufall!« rief ich.

Ihre Augen sahen mich freundlich an. »Gar kein Zufall – Dienst. Beim Einwaggonieren waren deine Kranken unruhig, verlangten nach dir, sollst alsbald in Gaza landen.«

»Bis morgen abend werde ich sicher zu ihnen geflogen. Gratuliere übrigens zum Korporal«, damit deutete ich auf ihre Streifen.

»Deine Arbeit«, antwortete sie. »Du hast mich wieder fit gemacht.«

Rund um uns waren die Menschen aufgestanden; Zeit genug für hü und hott, hätten unsere Landser unter solchen Umständen gesagt. Die erste Warnung der Sirenen hatte sich noch nicht einmal wiederholt. Ehe sie das tat, trat der Vorsitzende dicht an den Rand der Bühne. »Für Neuankömmlinge: Unterstände rechts vom Eingang. Am besten bleiben wir zusammen, das Dach ist splittersicherer Beton; desgleichen die Schutzdächer draußen für alle, die sich das Theater besehen wollen.« – »Na, wer denn nicht!« rief einer aus der Menge, mir schien es

Pats Stimme. Das elektrische Licht war mit dem ersten Warnungsheulen erloschen, kleine rote Rettungslampen glommen über den Ausgängen. Leider konnte ich meinem prachtvollen Iren im Dunkeln weder mit den Augen folgen noch ihm zuwinken; das Gedränge schwemmte auch uns hinaus. Noch einmal brach der Sirenenton los, aus tiefen Bässen in schneidenden Diskant aufsteigend. Ich nahm Lydia beim Arm und atmete im Dunkeln den Duft ihres Haares. »Mein Karren steht drüben zwischen Palmen«, flüsterte sie dicht an meinem Ohr, »laß uns ihn im Auge behalten.«

Schon äderten den dunklen Himmel zwischen den plötzlich verblassenden Sternen die riesenhaften Chamäleonzungen der Scheinwerfer, milchweiß tastend. Vom Rande der Wüste her krachten die ersten Flaks. Als die Sirenen schwiegen, hörten wir das Brummen und Singen des noch fernen Geschwaders, indes vom nahen Flugfeld metallisch trommelnd unsere Nachtjäger aufstiegen. Hätte der Angriff Kairo gegolten, so wären wahrscheinlich schon Bomben gefallen. Die italienischen Bomber kannten die Gegend genau und pflegten nicht zu zögern; offenbar hieß ihre Aufgabe heute Ismailia oder Suez. Es sollten wichtige Vorräte durchs Rote Meer angekommen sein, die die Stapelplätze am Kanal füllten. »Wenn mir bloß kein kochheißer Splitter in die Ladung schlägt«, sorgte sich Korporal Lydia. »Prima Verbandwatte, brennt lichterloh. Und ich will dich doch noch zum Flugplatz fahren, zum Bahnhof kommen wir zu spät.« Dies bezog sich auf eine Verordnung, die bei Luftangriffen jeden Wagenverkehr stillegte. Ich wußte nicht warum, aber die Nähe dieser Frau erfüllte mich heute mit einer Wärme und Freude wie nie zuvor. Ich hatte Lydia immer als Soldaten-Kamerad angesehen und sie mich auch. Heute schien das anders, auch bei ihr. »Da!« rief sie, gen Himmel deutend. Ich fing ihre Hand am Gelenk und küßte sie wie ein Tanzstundenfreund. Die samtartigen Silberbänder der Scheinwerfer hatten ein Flugzeug erwischt, hielten es im Kreuzungspunkt fest, begleiteten es, in ein silbriges Insekt verwandelt, übers Firmament, indes rote Explosionen, sechs, acht, neun, das Flugzeug umzuckten und Sekunden später das Krachen der Schrapnells vom dunklen Himmel zurückwarfen. Oben flammte etwas auf, ein Stern schien abzustürzen. »Nummer eins«, sagte Lydia, »armer Teufel.« Ich nickte vor mich hin und berührte mit den

Lippen ihr gerolltes Haar. War das zufällig eine deutsche Maschine, so konnte der abgeschossene Pilot, der da in den Wüstensand niederkrachte mit zerfetzten Gliedern, recht wohl ein Spielkamerad meines Ältesten sein, Abi Schubert oder Heinz Lehmann. Die irrsinnige Verfilzung unserer gesellschaftlichen Zustände, die unsere abgebrochene Debatte eben im Begriff gewesen anzuleuchten – nicht besser vermochte sie sich auszudrücken als in der Tatsache, daß unsereiner schon zum zweiten Male das Abschießen so kunstvoll hergestellter, von so mutigen Männern gesteuerter Maschinen mit Befriedigung und Bedauern anschaute und daß jetzt jedermanns eigene oder Nachbarskinder sowohl auf dem Führersitz wie in den Geschützständen zu finden wären. »Da!« riefen wir beide gleichzeitig, als ein Aufflammen und Krachen im Zenit unseres Nachthimmels einen zweiten Treffer bewies. Den dritten, von dem am anderen Morgen die Zeitungen berichteten, sahen wir nicht. Das angreifende Geschwader hatte seinen Weg fortgesetzt; am Ziel, in der Kanalzone, erwarteten es noch mehr Batterien. Nein, wir spielten nicht mehr das Spiel des armen Mannes wie noch vor Jahresfrist. Damals mußten wir, was in der Debatte heftig vermerkt worden war, einen viel zu großen Teil unserer Streitkräfte nach Griechenland werfen und taten wohl daran. (Ganze 60000 Mann, die unserem Wavell bitter fehlten.) Inzwischen aber bewiesen die Männer und Frauen im ganzen Empire ihre Kraft und Zähigkeit, besonders die der britischen Inseln, durch Luftangriffe selber Nacht für Nacht heimgesucht, schlechter ernährt als wir, vom Klima übler bedrängt, in jedem täglichen Bedarf aufs strengste eingeschränkt. Aber sie fuhren fort, Kriegsmaterial zu liefern, die Handelsmarine, es zu verfrachten, herzubringen, Flotte und Luftmacht, es zu schützen. Und darum konnte ich, Lazarettgehilfe (Nervenabteilung) Cardhouse, dem Luftangriff auf Kairo und die Kanalzone mit Ruhe zuschauen und meinem reizenden Kameraden Lydia den Arm im Blusenärmel bis zur Schulterkugel hinauf streicheln.

Unter den zwanzigtausend Verwundeten hier, die rundum in den Betten lagen und von denen viele vielleicht angstvoll auf den Bombeneinschlag warteten, der so oft schon Hospitäler und Lazarettschiffe in Todesfallen verwandelt hatte, befanden sich noch keine Amerikaner. Aber nur Geduld, auch dies war unvermeidlich! Wer mit soviel schmeichlerischen Photos in den Riesenauflagen kostspielig hergestellter Bilderzeitschriften das Wachstum des Faschismus wohlwollend zu schildern erlaubte, der hatte keine Wahl, er mußte dafür zahlen, und seine Münze war, wie zu Zeiten der Sonnenstadt On und der technisch vollendeten Pyramiden und Dämme, das Fleisch und Blut der jungen Männer. »Amerika, du hast es besser«, hatte der alte Goethe gedichtet und die Abwesenheit von Ruinen aus Adelszeiten gemeint. Daß jetzt die Goldschatzzeit angebrochen war, in der Amerika die Führung genommen, dem hätte der Dichter des Faust gewiß zugeschmunzelt. Und noch mehr verstand er von jungen Frauen und hätte sicher gewußt, warum Lydia und ich jetzt so eifrig zum Lastwagen hinüberspähten.

Die Zungen der Scheinwerfer, sieben oder zehn, kreuzten sich noch vor unseren Augen, als gleichsam aus der schwarzen Erde ein rhythmisches Läuten das Ende der Gefahr anzeigte. Straßenlichter freilich blieben aus, die Flugzeuge mußten beim Heimweg noch einmal unsere Großstadt kreuzen. »Vorüber«, sagte Lydia, »laß uns schauen, ob er etwas abgekriegt hat, Splitter genug sind aufs Dach geprasselt.« Ich hob meine Packtasche von der Erde, zum Glück ließ man kein Handgepäck in der Unterkunft, und wir trabten Hand in Hand wie arabische Jungen über Straße und Sand zu dem »Elefanten«, der vorschriftsmäßig zugedeckt zwischen Palmen ruhig auf seine Herrin wartete. Lydia umkreiste die Maschine, leuchtete sie mit ihrer Taschenlampe ab, indes ich hinaufkletterte, die wasserdichte, mit Tarnfarben bemalte Plane zurückschlagend. »Nichts ist«, sagte ich vergnügt. »Daunenbetten.« – Lydia, vom Führersitz her, lachte; die festgepackten Watterollen konnten nur mich alten Soldaten an Daunen erinnern.

Ich streckte mich meiner ganzen Länge nach aus. »Hier bin ich, hier bleibe ich. Komm herüber, Freundchen!«

»Gott bewahre«, widersprach sie, »Eingang von der anderen Seite.« Sie schloß ihre Türen, zog die Schlüssel ab; die klimperten am kleinen Bund.

»Komm doch«, bat ich heiser, beugte mich herunter und zog sie empor auf die Säcke.

»Zieh die Plane über uns«, sagte sie, »Luft genug und Schutz gegen Nachtkälte.«

»Wie schön du bist, Menschenskind«, entzückte ich mich nach einiger Zeit.
»Richard«, antwortete sie später, »du guter Kamerad.« Und nach einer Weile, als wir, von meinen Decken gewärmt, nebeneinanderlagen: »Wie mag's ihm jetzt gehen, dem Dritten im Bunde?«
Ja, dachte ich und schob meinen Arm unter ihren Nacken, so werfen die Götter die Lose verschieden. Wir lieben uns im Häusermeer, gehüllt und geschützt, du rollst durch die Nachtwüste und brichst vielleicht mit krachendem Geschütz einen feindlichen Widerstand – und alle drei im Zeichen des Gottes Motor und des heiligen Benzins.
»Hoffentlich sehen wir ihn bald wieder, unseren griechischen Jungen.«
»Anfänglich mochtest du ihn mehr als mich.«
»Richtig«, gestand Lydia und wandte mir ihre Lippen zu, »er ist ja auch der Schönere.«
»Kunststück«, brummte ich nach langem Kusse ungekränkt. »Hat noch ganz anderes mir voraus, der George, die Jugend, die Frische.«
»Ja«, seufzte sie auf, »das mag sein. Aber du weißt Bescheid in unseren Herzen. Ohne dich wäre ich nicht herausgekommen aus der Wirrnis mit dem Captain – bis du mich sehen ließest, daß es bloß mein Großvater war, Major Strauchler von Sporeneck aus der k. u. k. Armee.«
Und da mußte ich lachen, denn ich erinnerte mich genau, daß über dem Sofa im Eßzimmer von Lydias Eltern gar nicht das Bild des Großvaters gehangen, sondern Stahlstich vom Erzherzog Karl, dem Sieger von Aspern. Jüdisch genug schaute er freilich aus, der Herr Erzherzog, mit habsburgischer Unterlippe und den bekümmerten Augen, trotz der weißen Uniform und dem köstlichen Ordensschmuck von Habsburgs Kaiserhaus.
»Was lachst du?« fragte Lydia. »Lachst du über mich?«
Als wir später die Plane zurückschlugen, um uns aufzusetzen, Mäntel anzuziehen, verharrten wir sekundenlang, ohne uns zu rühren, die Blicke dem Himmel zugewandt. Eisiger Wind fuhr aus der Wüste her, fauchte in den Palmenwipfeln, brachte das Winseln der Schakale und ein kollerndes Hyänenlachen herüber. Wir aber hielten uns aneinander fest, dem Drohen des

Firmaments zu trotzen, dem Blitzen der wilden Sterne uns zu Häupten. Zwei große Lichter, besonders eng zusammen wie Katzenaugen, starrten uns an, grünlich und blaßweiß, Jupiter und Saturn; und wie in den ältesten unserer Vorfahren regte sich auch in uns die Sorge, dieses drohende Glimmen könnte Schlimmes bedeuten, und der Wunsch, mit irgendeinem Opfer böse Götter zu versöhnen.

»Hoffentlich kommt er heil zurück, rutschen wir alle einigermaßen durch – besonders du, tapfere Fahrerin. Verrückt genug benimmt sie sich ja, diese unsere Lebenszeit, die einmalige.«

Lydia knöpfte sich den Mantel zu, dann wischte sie mir mit dem Taschentuch das Rot ihres Stiftes von den Lippen. »Hast du denn mit einem Mal nicht genug, möchtest du wiedergeboren werden? Du bist aber vergnügungssüchtig.«

»Ja«, lächelte ich und umspannte mit beiden Händen unter dem Mantel ihre Taille, »das bin ich, wahrhaftig. Sinn für die köstlichen Gaben des Lebens – wer den nicht hat, der lasse sich begraben. Aber wer den hat, der kommt wieder. Immer wieder. Und was die Sterne anlangt: es lebe die Zukunft – und Bangemachen gilt nicht!« Und ich hob den Arm zum Himmel auf und zeigte den beiden Planeten erst das V-Zeichen mit gestreckten Fingern und dann die geballte Faust. Lydia küßte mich glücklich aufs Ohr.

Während des ausgedehnten Startens – der Motor war kalt geworden – setzte ich mich aufrecht, auch innerlich, besann meine Sachlage. In jedem Sinne war ich die letzten Stunden außer mir gewesen, in politischem Schwung und dem engen Anschluß an Lydia. Aber als ich sie dem Elefanten zureden hörte: »Nu komm schon, Alter, rein mit dem Gang! Und nun zum Militärflugplatz – mach Beine!«, ergriff ich ihren linken Arm. »Zum Flugplatz, ja, Mädel, aber noch nicht nach Gaza. Muß noch mal zurück in unsere verlassenen Baracken. Es werden ja dort auch Hubschrauber landen, einer nimmt mich sicher mit.«

Schon rollte der Wagen an einem Kanal entlang, von überallher trotteten Soldaten auf die Fahrstraße zu, manche uns winkend, daß wir sie mitnähmen.

Lydia schüttelte den Kopf zu ihnen hinüber. Wir brausten auf vollen Touren, vorüber an den turmhohen Moscheen, deren Kuppeln und Minaretts im Sternenlicht glitzerten. »Was willst

du denn dort noch, Dick?« fragte sie und zog die Bremsen an, eine Brücke überquerend.
»Mein ganzes Privatgepäck, Mädchen. Fuhr doch auf Dienstreise nach Kairo und nicht zur Versetzung in ein anderes Land. Dein italienischer Parnassus, der französische Degen, mein ganzer Kram.«
Und während wir auf einer Seitenstraße das Villenviertel Kairos verließen: »Unter einer Balatte, einer Fliese meines Fußbodens, liegt die alte Brieftasche meines Vaters aus tadellosem Leder, und in ihr alle amtlichen Papiere, soweit ich sie nicht beim Regiment einreichte: Geburtsscheine meiner Eltern, mein eigener und standesamtliche Stempel von ihnen und von mir. Und kehren wir je nach Europa zurück, so liefern sie Adelsbrief und Wappen. Vieles andere hat ja Hella mit, auch unsere Steuerquittungen von Berlin. Aber dieses Portefeuille muß ich mir holen. Sind sogar noch Banknoten drin, zwanzig Pfund oder dreißig. War wirklich nicht darauf gefaßt, den Schatz zu heben, als wir losfuhren. Gar zu leicht vergißt man, worauf die Füße tagaus, tagein umherwandeln.«
Lydia streifte mich mit einem Seitenblick, dann hielt sie am Stadtrand an, fragte zu zwei Soldaten hinunter, die sie angehalten hatten: »Zum Flugplatz? Also los, rauf!« und zu mir: »Weiter als bis On kann ich dich nicht bringen. Meine Ladung muß zum Frachtgut, Nordbahnhof. Hoffentlich hast du wirklich Glück, und ein Hubschrauber nimmt dich nach Faradhije mit.« Und während der Motor wieder ansprang: »All right«, sagte eine Stimme hinter mir, »wir vom Stabe Montgomerys fliegen vor Mitternacht hinüber. Ich nehm dich mit, Kamerad. Ein Liebesdienst für den anderen.«

SECHSTES KAPITEL

Skorpione mit Stacheln

Wie ein Zauberspruch aus Tausendundeiner Nacht wirkten die Worte »vom Stabe Montgomerys«. Auf dem Seitenfeld, dem Nilufer und der östlichen Wüste zugewandt, parkten zwei oder drei der langflügeligen storchbeinigen Helikopter, die ein Spanier erfunden hatte und die jetzt auf kurzen Strecken überall Verwendung fanden. Ein mittelgroßer Captain mit dichtem grauem Schnurrbart dankte Allah, als er hörte, ich wollte ins G. H. 26 zurück. »Genau dorthin sind wir beordert. Im ehemaligen Operationssaal bauen wir den Kartentisch für den General zusammen.« Und da lachte ich. »Nicht nötig, etwas zusammenzubauen, nur zusammenschieben muß man diese Tische.«

Und als mich der Stabskapitän fragte – offenbar hatte er lange Zeit in Indien gedient –, ob ich ihm etwas von der verfluchten Katarra-Depression berichten könnte, die es dort geben solle: »Was ich davon weiß, Captain, steht Ihnen zur Verfügung, wenn uns der Motor und sein Gesang Verständigung erlauben.«

Er bot mir eine indische Cheroot, und während ich diese würzige Zigarre langsam genoß, holte ich aus meinem Gedächtnis die wenigen Fakten, die ich von der furchtbar einsamen Gegend westlich von uns im Verlauf der Monate aufgepickt hatte, der Libyschen Wüste; daß mit ihr der Erdteil der Sahara ans Mittelmeer grenzte, daß sie von zwei Karawanenstraßen durchzogen sei, die Kairo mit Tripolis verbanden und Benghasi mit den Kufra-Oasen; daß sie die entsetzlichen Sandstürme gebar, von denen unsere Flieger Bände erzählten, und mittendrin sich mit der Katarra-Senke schmückte, einem Sumpf aus Sand und Salz, sicherlich fast so groß wie Wales und, wie es hieß, mehr als 130 Meter unter dem Meeresspiegel. »Haben Sie Karten davon?« fragte der Artillerist. »Ein solcher Schild, so groß und so tief, läßt sich strategisch gar nicht hoch genug einschätzen,

wenn uns die Herrschaften zwingen, so weit zurückzuweichen. Je dichter unsere Front an Alexandria heranrutscht, um so kürzer ist unsere Nachschublinie, um so länger die von Rommel, der all seinen Brennstoff bestenfalls in Tobruk ausladen kann – Benzin, Wasser, Proviant, Munition –, fünfhundert Kilometer, so weit wie von New Delhi nach Cawnpore. Können den Helden schon heute gratulieren.«
Ich atmete tief ein und aus, teils des reifen Tabaks wegen, teils der gutzementierten Vorteilspunkte, die dieser angloindische Artillerist äußerte – Labsal nach der depressiven Stimmung, die all das Kairoer Garnisonsvolk ausdünstete. In mir wurde der ehemalige k. u. k. Artillerie-Oberarzt wieder wach, und ich fragte eifrig nach den Möglichkeiten, unsere Batteriestellungen zu verbessern und mit neuen Geschützen auszustatten.
»Wird alles davon abhängen«, antwortete er bedächtig, »was diese Katarra-Senke und der Wüstensand unseren Kampfwagen für Aufgaben stellen und was für Hügelzüge uns freundlicherweise zur Verwendung einladen.«
»Doch«, sagte ich, »Hügelzüge gibt es. Sie heißen Ruweisat oder Rubaiyat, je nachdem, ob arabisch oder englisch buchstabiert.«
In unserer ehemaligen Kantine – sie hatte ihre Bestimmung nicht gewechselt, ward aber von dunkelbraunem indischem Volk bedient statt von unseren blonden A. T. S. – ließ ich mir einen Whisky Soda einschenken und führte dann den Captain durch die vertrauten Korridore dorthin, wo einst unsere Chirurgen walteten. Sorgfältige Verdunkelung erlaubte das Leuchten der hellen Lampen, und mein Captain vermochte sich kaum von mir zu verabschieden, so eifrig stürzte er sich auf die großen Generalstabskarten, die unsere Tische bereits überdeckten. Und ich weiß nicht, was für eine Narretei mir durch den Kopf fuhr, daß ich mich mit dem lachenden Rufe »Heil und Sieg« verabschiedete, als hieße ich Repke und nicht Karthaus.
Als ich in mein vertrautes Zimmer trat, die Augen noch geblendet von den Bogenlampen in der Chirurgie, saß da jemand hinter meinem Arbeitstisch. »Wer ist da?« fragte ich halblaut, mechanisch nach dem Kolben der Pistole an meiner Seite greifend. »Hier ist jetzt Artilleriezentrale Montgomery.«
»Nicht mehr G. H. 26?« fragte die helle Stimme aus der Ecke hervor. »Ich suche einen gewissen Cardhouse, Oberpfleger

oder so. Bin Leutnant Patinios von den griechischen Sappeuren. Habe mit diesem Cardhouse abzurechnen.« Gleichzeitig richtete sich auf mich der Schein einer elektrischen Pionierlampe. »Welch herrische Stimme! Damit kann auch ich dienen«, erwiderte ich spöttischen Tons und beleuchtete mein Gegenüber nun aus meiner Fackel, dem torchlight, wie es allgemein hieß. Aber als unsere beiden Leuchtstrahlen das Zimmer so durchkreuzten, fiel heller Schein auf die Wand hinter meinem Bett: zwei gelbe Skorpione krochen dort empor. Gleichzeitig funkelte der vergoldete Griff von Lydias Degen auf, an dem die beiden gefährlichen Insekten bereits vorüber waren. »Augenblick, Herr Leutnant!« rief ich, nahm die Waffe von der Wand, gleich darauf fielen die beiden Insekten halbiert zu Boden. »Vorsicht! Sie stechen noch im Tode.«
Patinios nahm seine Reitpeitsche vom Tisch und setzte sich auf den Fensterrahmen, den Rücken an die Tarnleinwand gelehnt. »Sie also sind es, der den Burschen entkommen ließ, diesen Lümmel, diesen Verräter! Und vorher auf seinen Schwindel hereinfiel!«
Ich leuchtete inzwischen den Fußboden ab, um die Balatte zu finden, unter welcher meines Vaters Portefeuille ruhte, und setzte meinen Fuß darauf. »Es könnten sich noch andere Skorpione eingefunden haben«, erläuterte ich, »in den Tagen, da ich weg war. Sind Ihre Schuhe aus festem Leder, Leutnant Patinios?«
»Ist Ihre Haut fest genug, um meiner Reitpeitsche zu widerstehen?« fragte der Grieche, vom Fenster heruntergleitend.
»Und die Ihre«, fragte ich zurück, mit scharfer Stimme, »wenn mein Degen Sie abwehrt?«
Wir müssen ein merkwürdiges Bild gegeben haben, wir beiden Soldaten in Khaki, die Knie nackt, die Köpfe erhoben, der eine die Reitpeitsche vibrieren lassend, der andere mit gesenktem Degen, im Halbdunkel, vier oder fünf Schritte voneinander entfernt. Ein paar Sekunden schwiegen wir beide, das Winseln der Schakale klang durch die Stille, an den Kanten des Fensters vorbei flimmerte das Mondlicht, das draußen, vom Sand reflektiert, die Nacht erhellte. Dann fing mein Ohr ein gewisses Brausen auf: vielleicht kehrten jetzt erst von Ismailia die Flieger zurück, die in Kairo unsere Diskussionen abbrachen. Wir horchten beide hinaus, warteten auf eine militärische Gegen-

aktion, Flakfeuer oder schweres MG-Geknatter – aber alles blieb still.
»Patinios, Patinios«, rief draußen eine kräftige Männerstimme, in den Gang hinein offenbar oder außerhalb der Baracken. »Sold empfangen, Proviant übernehmen, Erkundungskommando, Abmarsch sofort!« tönte es griechisch weiter.
»Ich muß weg«, grollte der Leutnant, »aber wir sehen uns wieder. Unser Griechenland wird euch nicht anheimfallen!«
»Und die Angelegenheit Kephalides«, erwiderte ich, schwer beherrschten Haß in der Brust, und gab ihm den Weg frei zur Tür und zum Gang, »überlassen Sie vorläufig dem Gott der Schlachten und Major Stone. Das Gewebe unserer Taten und Erlebnisse zeigt wenig Lücken, Herr Leutnant.«
»Durch die ihr immer zu schlüpfen versteht, ihr roten Füchse.«
Von weit draußen, von der See her rollte Kanonendonner. Unsere Küstenboote beaasten Tankwagen voll Benzin oder Wasser, die zu den Kampfgruppen und Spähtrupps hinstrebten jenseits des großen Drahtverhaus, den die Italiener vor Monaten errichtet. Oder waren es unsere Pioniere gewesen – mein Gott, was alles zwischen 1940 und jetzt hier Arbeitsschweiß vergossen, Blut, den letzten Lebensodem! »Rote Füchse!« Das Griechenlager blieb wahrscheinlich an Kairo gebannt, nahe ihrem königlichen Hofe, den Techtelmechtlern mit König Faruk. Und dann leuchtete ich noch einmal den Fußboden ab, daß sich kein gefährlicher Stachel in der Nähe befinde, hob vorsichtig, die Spitze der Klinge brauchend, meine Fliese heraus – das Portefeuille, in Ölpapier gewickelt, duftete noch nach Kampfer, der die Ameisen fernhielt. Ich schüttelte den Sand ab, der daran haftete, und barg das kostbare Erbstück in meiner Packtasche. Dann trat ich die Fliese wieder fest und stieß die Klinge in ihre Scheide. »Komm mit«, sprach ich vor mich hin, »du blankes Ding, nach Latrun oder Sarafand oder wohin auch immer das Gewebe uns verstrickt, verknotet. Hast mir heute nicht schlecht gedient, Gabe unserer Lydia und des Generals Bonaparte! Und wo ist der italienische Parnaß, der dazugehört, Seiner Exzellenz Goethe gewidmet? Hat in ihm geblättert, der vortreffliche Patinios, wird sich gewundert haben, weder Karl Marx noch gar Lenin auf meinem Tisch zu finden. Ja, so sind wir roten Füchse, mit Dichtung gepanzert bis zum Haaransatz.

Wie König Artus oder Dietrich von Bern aus Bronze in der Hofkirche zu Innsbruck, im schönen Land Tirol.«

Recht früh am Morgen weckte mich eine denkwürdige Verbindung von Traum und Wirklichkeit. Mir träumte, ich hörte den herausfordernden Hahnenschrei unseres großen weißen Gockels auf dem Holzplatz meines Großvaters am Rande der Stadt, wo von den umgebenden Dörfern andere streitbare Hähne unseren Jeremias zum Zweikampf herausforderten – sicher, er könne das Duell nicht annehmen. Irgendeine heftige Bewegung meiner Schultern oder Arme mußte mich geweckt haben, aber der Hahnenruf wiederholte sich, jetzt im Wachen! Unser geheiligtes Lazarett hatte Geflügel niemals in seiner Nähe geduldet; jetzt besann ich mich, die indische Küche verbot Rindfleisch, unsere Araber hatten Hammel noch nicht geliefert, aber Oberst Radschendranath hatte offenbar reichliches Personal mitgebracht, also auch einen schmackhaften Bestand an Geflügel. Außerdem duftete es vom Gang her nach Kaffee, starkem schwarzgeröstetem Mokka. Die Herrschaft des Ceylon-Tees war gebrochen worden. Mein österreichisches Herz freute sich auf den Morgentrank mit Sahne aus der Büchsenkuh. Ich machte mich auf, lief in den noch leeren Duschraum, zog mich an, packte all meine Sachen in den Koffer aus Segeltuch, den mir der Hubschrauber sicherlich mitnahm – der napoleonische Degen ging schräg hinein, allerdings knapp: ich mußte ihn unter der Wäsche bergen.

Im Küchenraum traf ich mehrere Monteure aus Kairo, auch unbekannte indische Gesichter, breitschultrige Mahratten, eigentlich Seeleute. Ja, ein Hubschrauber flog direkt nach Gaza, Colonel Dughleen hatte telefoniert, in einer halben Stunde würden sie auf dem Flugplätzchen starten, mich und meinen Koffer mitnehmen. Und da traf mich ein Erinnern wie ein Tennisball auf die Brust, aufs Herz. Manfred Jacobs! rief's in mir, jetzt tragen sie ihn auf den Berg der Oliven zur letzten Ruhe! »Ich bin nicht neugierig«, sagte er, »auf den Trümmerhaufen, den diese Lustbarkeit der Europäer, Weltkrieg Nr. 2, hinterlassen wird.« – Sokratischer Freund! Sollen wir nicht dem Asklepios einen Hahn schlachten, weil er dir den Tod statt im Schierlingsbecher im vertrauten Gewande schenkte, im braunen schlanken Glimmstengel?

VIERTES BUCH

AN DEN PFORTEN DES SIEGES

Erorberersong

Gott weiß, wie viele Rote
Armeen wir schon zerhudelt,
Wie's aus den neuen Zähnen
Des Goebbels rausgesprudelt.

Lebendige und Tote
Millionenfach ins Nichts,
Ein Leichentuch der Völker,
Die deutsche Norne flicht's.

Wir töten uns in Wolken,
Ersäufen uns im Meer:
Ein Weltreich unserm Volke!
Bald ein geschlagnes Heer.

Sie füllten uns die Ohren
Mit Selbstlob und Verrat.
Daß wir gezeugt, geboren –
Um jeden Kerl ist's schad!

ERSTES KAPITEL

Rückkehr

Warum mir gerade heute im Erwachen die Erinnerung an jenen schrecklichen Julimorgen kam, da uns aus der Panzerschlacht um Marsa Matruk die sechzig oder siebzig Schwerverwundeten eingeliefert wurden, weiß ich nicht zu erraten. Jedenfalls wurden wir alle früh herausgepfiffen, den Kameraden von der Chirurgischen Station beizustehen und aus den Lazarettwagen von den Bahren herunter all die schauerlichen Trümmer einst kampftüchtiger Männer zu heben, zu tragen, ihr Stöhnen, Jammern zu überhören, sie den Ärzten und Schwestern zu übergeben, die mit Spritzen auf sie warteten. Bis zum Flugplatz Gaza hatte die Royal Air Force sie über die Syrte geflogen. Jammers genug, dachte ich, sah aber gleichzeitig eine wundervolle rosenrote Wolke schweben über dem Gebirge Sseir jenseits des Toten Meeres. Wie angegoldet hing sie dort drüben, weit ausgedehnt, ein gigantischer Finger, der auf unsere Lebensader hinwies, den Kanal von Suez, das Rote Meer. Und ich mußte mich sehr zusammennehmen, die blutdurchtränkten Verbände lösen zu helfen, den Puls zu fühlen, wo von ihm noch Spuren vorhanden sein mochten. Das Dunkelrot des Lebenssaftes und das Weiß der Binden und Ärztekittel ließ mich immer wieder hinüberschauen zu jener Rosenroten, und keine Spur von Verständnis tauchte in mir auf, als ich den Namen Gregor Mendels durch mein Bewußtsein gleiten fühlte. Das war der Landsmann, der die roten Erbsenblüten mit den weißen gekreuzt hatte und in jahrelanger Arbeit das Spiel hervorgebracht hatte, beobachtet, notiert, das von dunkelrot über rot- und weißgesprenkelt, rosa und blaßrot zum Weiß hinüberwechselte. Erst viel später begriff ich, daß schon damals, als Mendel, der in Schlesien geborene Österreicher und avantgardistische Naturforscher, noch nicht Augustinermönch geworden, diese Abwandlung von Rot zu Weiß etwas Politisches ausdrückte, von der Französischen Revolution herumschwenkend

zur Heiligen Allianz, von den achtundvierziger Jahren zum Regime Metternich. Rosa, das war es, was wir wollten, wir österreichischen Liberalen. Die Goldwolke drüben mit ihrem Finger deutete auf uns Verführte, die wir in die Irre zu laufen strebten und einem Traum nachhingen, der damals politische Namen trug, die heute ganz vergessen sind. Rosenrot und am Rande vergoldet schwebte der Traum über Jugend und Manneskraft meines Vaters, aller unserer tüchtigen Väter, Österreicher von der Bukowina bis ans Mittelmeer – und keiner von ihnen ahnte, daß schon ihre Kinder, also wir, diesen Traum würden teuer bezahlen müssen, mit einem in Stücke gebrochenen Österreich, zwei furchtbaren Weltkriegen und jener Verbannung, Ausstreuung über fast die ganze Erde, die der Fluch des Faschismus und seine Machenschaften, Erbschaften, Todeslager, Gaskammern, Verbrennungsöfen zur Folge haben sollten. Kein Dutzend Köpfe verstand damals, was nach den achtundvierziger Jahren von großen Kerlen gedacht und gedruckt wurde, und wir zahlten teuer den Traum, der uns nur darum nicht umbrachte, uns Erwachsene von heute, weil uns allmählich ja doch der Kampf um die Freiheit, das unabhängige Denken und Leben, das Schaffen und Lieben nach den Gesetzen unserer eigenen Seelen wichtiger blieb als die kluge Anpassung an Machthaber, die wir jetzt, 1945, endlich niedergeworfen haben, wo unsere Parole nicht mehr Rosa mit Goldrand heißt, sondern Hochrot mit der geballten Faust. So wenigstens würde sich mein Freund Kartusch ausdrücken, der nicht umsonst in den Internationalen Brigaden mitgekämpft, dort die Apotheke aufbauend. – Aber noch sind wir nicht soweit, halten noch im Herbst des blutigen Jahres 1942, von dessen Ausmaß ich erst später Begriff erhalten sollte, aus Teheran.
Oktober wurde es, bevor George zurückkehrte. Oberst Dughleen hatte mehrere Male vorwurfsvolle Andeutungen fallenlassen, bis zu der Stunde, da er erfuhr, sein Sohn werde für immer in der Westlichen Wüste bleiben. Da verstummte er. Aber es gab auch gleichzeitig einen Strom von neuen Einlieferungen, und eine davon hieß Kephalides, Staff Sergeant. Die Kämpfe um den Einbruch nach Alexandria, die seit Juni von den Deutschen vorgetragen wurden, hatten sich in den Monaten danach zum stehenden Gefecht entwickelt, bis zu dem Tage, wo unsere Jungens ihrerseits »zum Tanz antraten«, auf

überraschende und siegreiche Weise, wie sich herausstellte, aber nicht ohne stark dafür zu bluten. Einer von denen also, die im Verlauf der Wochen bis zu uns hingelangten, war George. Auf einer Bahre wurde er aus dem Ambulanzwagen gehoben, und auf der Bahre blieb er vorläufig liegen.

»Hol's der Teufel, das ist doch unser Flüchtling!« rief Leutnant Fennington, der an jenem Tage die Neueingänge übernahm, und »Hallo, Cardhouse!« winkte er mir über die Büsche zu, der ich in einer anderen Abteilung unseres Eingangshains mit dem Empfang leichterer Fälle beschäftigt war, von Männern, die selber aus dem Wagen kriechen, auf ihren Beinen gehen konnten.

»Wirklich«, sagte ich halblaut, an der Bahre stehend. »Mensch, George, wie haben sie dir zugerichtet!«

Da zog ein Lächeln über das wachsgelbe Gesicht, Wimpern und Lider hoben sich, und aus den von Bartwuchs fremd gemachten Lippen, den vertrauten Augen grüßte mich ein befreundetes Erkennen. »Nun siehst du, Dick, zurückkommen und zurückkommen ist zweierlei.«

Ich nahm den transportleitenden Sanitäter beiseite, betrachtete die Karte, die ich George vom Hals gehoben. »Oberschenkel handbreit überm Knie bis auf den Knochen durchschlagen, großer Blutverlust, Tetanus-geimpft. Röhrenknochen und Knie unbeschädigt.«

»Hat Schwein gehabt«, sagte mein Kamerad, »hätte seine linke Hinterpfote ebensogut im Wüstengestein verlieren können.«

Später erfuhr ich, nicht das Sprengstück eines Geschosses war George, dem Manne am Fahrsitz, in den Schenkel geschlagen wie ein Beil, sondern ein Stück des Panzers selbst, den er fuhr und der von einer schweren Granate über seinem Kopfe aufgerissen wurde, Stahlfetzen umherschleudernd. Ja, Wunden dieser Art hatte es im vorigen Krieg zu Lande nur beim Beschuß durch schwere Minen gegeben; Granatsplitter gerieten meistens kleiner, durchschlagkräftiger, mit fetzigeren Rändern. Diesmal wetteiferten wir mit den Marinelazaretten und Lazarettschiffen in der Behandlung solcher Wunden.

George Kephalides ... Da lag er nun, bewegungslos, sehr geschwächt, aber seiner Wiederherstellung gewiß. El Alamein hieß die Schlacht, über die wir alsbald amtlich unterrichtet wurden und die einem Zustand ein Ende setzte, den ich nicht unterlassen darf zu beschreiben, wenn all das verstanden werden soll, was sich ereignet hatte und noch geschah. Wir sind ja nicht mehr Herr unseres Gedächtnisses, wir ergrauten Veteranen zweier Weltkriege, und wenn ich mir heute nacht ohne Mühe zurückrufen konnte, wie die drei Brüder eines in Wien gebliebenen Jugendfreundes mit Vornamen hießen, so schäme ich mich nicht zu gestehen, daß mir diejenigen jüngst verstorbener Nachbarn auf dem Carmel und in Tel Aviv abhanden gekommen sind, Namen von Kollegen, Medizinern, mit denen ich im verflossenen Leben gute Nachbarschaft gepflogen. Es wird mir fast schwer, Jahreszahlen auseinanderzuhalten, die diesen Krieg, unser gestern durchlebtes Leben skandieren, und ich höre, solch Versagen sei unter unseresgleichen allgemein. Es gilt also zunächst, von den Umständen Rechenschaft zu geben, die sich inzwischen entwickelt hatten, seit wir unser altes Heim räumten, im Spätfrühling jenes Jahres 1942, als die russische Mondscheibe nur einen hellen, schmalen Rand aufzeigte.

Gott allein weiß, was ich darum gegeben hätte, wenn mein Standort schon von Anfang an dort gewesen wäre, wo er sich jetzt erstreckt: am Schnittpunkt neuer Straßen von Haifa nach Gaza und von Tel Aviv oder Jaffa nach Jerusalem hinauf, nicht sechzig Kilometer von der Frau entfernt, der bis vor drei Monaten meine Gedanken und Gefühle gehörten, und von Manfred Jacobs, der damals noch in seiner schönen Wohnung zu sprechen war, mit dem Blick auf das ganze Jerusalem jenseits seiner Arbeitsfenster. Freilich hätten mich vom Carmel, wo Schwester Fritzi sich auf alle Arten gegen die Schwierigkeiten einer Kriegswirtschaft ohne die einst eingespielten Zufahrtswege zur Wehr setzte, immerhin hundertzwanzig Kilometer getrennt – aber das hätte ich hingenommen. Jetzt ruhte Manfred Jacobs auf dem Ölbergfriedhof, dienten meine geliebten Bücher dem Carmelpublikum als Lesefutter und verdämmerte meine Phantasieliebe zu Jeanne im Hintergrund, verdrängt durch Lydia, den Korporal, die in alltaghafter Wirklichkeit ihren Fünf-Tonnen-Wagen heraufbrachte und wieder entführte, selten ohne mir herzliche Blicke, Lippen, Worte, eine Viertelstunde zu schenken. Wir richteten uns in den Vorhügeln der judäischen Berge ein, in deren Schluchten noch alter Baumbestand vorhanden war. Wir trachteten, die jungen Anpflanzungen soweit wie möglich zu schonen, die die Mandatsregierung angelegt und den Ziegen durch Drahtzaun entzogen hatte. Wir versteckten unsere Baracken und Zelte unter den Wipfeln alter Ölbäume, der hohen Eukalypten, der Steineichen und Charubim; aber wir wußten schon, immer würde die Aufforstung Palästinas, die ach so notwendige, mit Ziegen und Kriegen zu kämpfen haben.

Ohne Lydia wäre ich von den Vorgängen jener Monate schlecht unterrichtet gewesen. Unsere Telefonzentrale befand sich jetzt in der entgegengesetzten Ecke des Lagers, im höchstgelegenen Teil des G. H. 26, das sich über dreiviertel Kilometer in die Berge hineinschlängelte. Dumpfe Spannung wehte mit den Hitzen und nächtlichen Abkühlungen durch jene Tage, Wochen, Monate: Würde die Linie weit westlich von Alexandria halten? Kam es zum Durchbruch bei Marsa Matruk, El Alamein oder wie sonst die Stützpunkte des neuen Frontsektors hießen? Würden die Ägypter das Glück haben, den neuen Cäsar Benito auf weißem Rosse zu umjubeln, wenn er an der Spitze der faschistischen Armeen in Kairo einritt, oder weiterhin britische Generäle erdulden, die sich Auchinleck nannten oder Ritchie oder, wie jetzt bekannt wurde, Alexander und Montgomery? Es hieß, daß Winston Churchills Besuch an unserer Front bevorstand, daß er sich mit dem großen schweigsamen Organisator Stalin irgendwo im Mittleren Osten auszusprechen die Absicht hatte – eine Absicht, die das ganze Heer begrüßte. Denn, um die Wahrheit zu sagen: weit mehr als nach der westlichen Wüste schaute nun unsere vielfach zusammengesetzte Armee nach Rußland hinüber, Briten und Aussies, Polen und Palästinenser, Südafrikaner und Griechen. Eine Stadt namens Stalingrad und der sagenhafte Kaukasus, die Heimstätte des Prometheus wie des Erzvaters Noah, zogen unsere Gedanken magnetisch an. Vom Brückenkopf an der Wolga hing mehr ab als selbst von den wichtigsten Zentren der ukrainischen Industrie, die die Deutschen jüngst besetzten. Die Lebensader Moskaus – würden die Armeen Hitlers imstande sein, sie zu durchschneiden und den Kreml vom Ostufer der Wolga aus zu beschießen, erobern? Und das kaukasische Öl, das Öl von Baku und Batum – würde es vom deutschen Röhrensystem eingeschluckt werden wie schon das galizische und rumäni-

sche? Irgendeiner der Nazischwätzer mit den hochtrabenden Titeln und Uniformen, vielleicht auch der unselige Sonnenadolf selbst, verkündete den Plan, Rußland mit seinem Kommunismus bis hinter den Ural zurückzujagen und es abgeriegelt sich selbst oder den Japanern zu überlassen. Dann werfe sich die deutsche Siegermacht mit voller Schlagkraft auf die britischen Inseln, das letzte Feuerchen europäischer Demokratie mit eisernem Stiefel austretend. Nun, hierzu würde die alliierte Kriegsleitung noch gewisse Worte und Taten äußern! Wir alle, Millionen Muskelfasern, Sehnen, Nerven, hielten uns bereit, dem Braunauer Eindringling den entscheidenden Kinnhaken zu verpassen. Die Russen stärkten uns das Herz. Freilich brachte Lydia Nachrichten, die eine solche Herzstärkung recht nötig machten – hol's der Teufel! Bis hinunter nach Assuan und Assiut räumten unsere britischen Behörden das Nilland von Frauen und Kindern, die nach Südafrika verschifft wurden. Stäbe aller Art verlegte man aus Kairo weg, und Lydia wußte von Absichten, unser neues Hauptquartier in Mesopotamien, ja Persien einzurichten, im Iran oder Irak, wie das heute hieß, so die Mittelmeerküsten den Feinden preisgebend, Syrien und den Libanon, Transjordanien und Palästina mit seiner halben Million alter und neuer jüdischer Zuwanderer. »Nun«, warf Lydia ein, »als das bekannt wurde, sprachen jüdische Organisationen auch ein Wort. Der Selbstschutz Haganah, die Gewerkschaften, die Agency in Jerusalem sandten Fühler zu unseren Befehlsstellen: Falls man sich entschloß, mit der Front wie im vorigen Kriege Palästina zu durchqueren, Zentrale El Arisch, so erhöhte eine gutausgerüstete Landwehr, kriegsgeübter Landsturm aus allen europäischen Heeren von 1914 bis 1918, die Zahl unserer alliierten Divisionen. Bis zu dreißigtausend Mann zuverlässige Hitlerfeinde! Eine organisierte Etappe mit Werkstätten, Eisenbahnen, Flugabwehrpunkten brauchte nicht aufgegeben zu werden!«
Dieses Argument, flüsterte Lydia, habe wesentlich dazu beigetragen, die wichtigsten Kairoer Dienststellen nur bis Jerusalem zurückzunehmen, auch Major Stone, von dem ich ihr berichtet hatte. Es wäre ja auch ein verheerender Schlag für unsere ohnehin schwankende Siegeszuversicht gewesen, wenn wir den Krieg gegen Rommel von Bagdad und Teheran aus hätten weiterführen müssen. Resignierter als uns lieb, das fühlte ich an

unseren Patienten, blickten unsere Leute ohnehin schon drein. Mit den Italienern fertig zu werden, selbst 60 gegen 200 trauten wir uns schon zu. Das halbrohe Beefsteak machte eben tüchtiger als die bestgebackene Polenta, und zwanzig Jahre Faschismus mußten jede Begeisterung für den korporativen Staat ertöten. Auch wo immer wir auf die Deutschen gestoßen waren, die Blitzkrieger, hatten wir uns anständig aus der Affäre gezogen, trotz Dünkirchen, überall, waren nicht zu Kreuze gekrochen wie die Vichy-Indianer, wußten so großartige Gebirgskämpfer wie Jugoslawen und Griechen auf unserer Seite. Auf dem Lande jedoch fiel nun einmal die Entscheidung, wie es schien, und auf dem Lande waren wir Tausende von Meilen zurückgedrückt worden, in Frankreich, auf dem Balkan, in Libyen. Auch die Russen wurden zurückgedrückt, aber wir fühlten, das sei ein anderes Zurück. »Die russische Spirale«, sagte mir ein verwundeter Gefreiter, »die russische Spirale wird zusammengepreßt, und paß mal auf, Kamerad, wie die wieder vorschnellt! Unsere Spirale aber, die wird jetzt auseinandergedreht, immer mehr. Kannst dir gar nicht denken, wie schlecht ihr das bekommt. In der Luft und zur See steht's ja propperlich, und Roosevelts Arm reicht auch herüber; aber ob unsere Puste ebensolang ist wie der, das muß sich erst herausstellen. Und nu gib mir 'ne Zigarette, Kamerad, und frag mal nach, ob Post für mich vorliegt, William Jones. Meine Mutter und meine Leute sitzen ja auf den Kanalinseln in den Händen der Deutschen, aber ich hab einen Schwager in London, und von dem und meiner Schwester Susan und den Kleinen möcht ich gerne hören, wie sie die magere Zeit überstanden.«
Sein Englisch klang mir, obwohl großstädtisch, irgendwie nach einem zugewanderten Kontinentalen.

ZWEITES KAPITEL

Westliche Wüste

In der Tat, ich kam nicht umhin, meinen Grips zusammenzuraffen und mir selber einen Begriff zu geben, festgehalten auf Papier, was da eigentlich vor sich ging, als George sein Bein für unseren Sieg hinhalten mußte, vorher und nachher. Diese Wüstenschlacht nämlich verstand ich erst, als ich mich entschloß, sie einen Bastard zu nennen zwischen Seeschlacht und Landgefecht. Die Panzer fuhren umher wie Torpedoboote, mehr oder weniger schwer bestückt und bemannt. Sie griffen in Geschwadern an oder einzeln, und erlitten sie Verluste, so ward immer größere Verantwortung geladen auf die unversehrten Führer und Mannschaften, Maschinen und Kanonen. Sah ich auf die Karte, so rückten die Orte eng genug aufeinander, die in den Tagesberichten vorkamen: Bardia und Sollum, Sidi Barani, Marsa Matruk und schließlich El Alamein. Und in der Tat hatten uns ja diese Rommel-Deutschen hinter die ägyptische Grenze zurückgedrängt, und der Krieg spielte sich nicht mehr in der Cyrenaika ab und in Libyen, sondern eben im Reiche des Pharao, König Faruks. Wollten wir aber die Schwierigkeiten richtig einschätzen, mit denen unsere Feinde sich abplagten, so tröstete uns gerade diese Landkarte, und die Gefangenen und Verwundeten verschwiegen es nicht, spien es vielmehr zwischen den Zähnen hervor, machten ihren Herzen Luft, indes sie Zigarettenstummel auf den Boden pfefferten. Ahnten wir Lazaretthengste denn, was es für das Afrikakorps ausmachte, daß seine Verbindung nach rückwärts fünfhundert Kilometer lang war, auf welcher Treibstoff für die Wagen, Wasser und Brot für die Truppen, Munition für die Geschütze herangeführt werden mußten? Wenn ihr Nachrichtendienst immer wieder eingestand, die Tanker, die Benzin bringen sollten, seien weit vor der Küste, dem Hafen Tobruk versenkt worden! Und wenn unsere R. A. F.-Aufklärung feststellte, die deutschen Flugzeuge warteten müßig zwischen den Dünen – nicht weil Sandstürme ihr

Aufsteigen verhinderten, sondern das Leersein ihrer Kanister! Außerdem hatte unsere Führung alles Nötige getan, die Front zu verstärken, die Möglichkeiten auszunutzen, die das Gelände uns bot, Angriffsabsichten Rommels zu parieren. Schließlich wußten die Generäle Auchinleck und Alexander, was der Besitz von Alexandria bedeutete, und als, nach dem Besuch von Winston Churchill, ein neuer Frontsoldat den Oberbefehl übernahm, Bernard L. Montgomery, nutzte er alsbald die ausgezeichneten Vorbereitungen, die auf seiner Vorgänger Verteidigungstaktik zurückgingen. Zwischen dem nördlichsten Zipfel der Kattara-Senke, dem Ruweisat-Rücken, und einem unscheinbaren Gotteshäuschen aus weißgekalktem Mauerwerk dehnte sich das Rückgrat der Verteidigung aus, von unseren verschiedentlichen Verbänden immer wieder zu Vorstößen benutzt, Australiern, Tschechoslowaken, Afrikanern, Briten und Griechen. Wir fochten jetzt auf ägyptischem Boden, die Deutschen hatten den zwölf Meter tiefen Stacheldrahtverhau überwunden, den die Italiener seinerzeit sechzig Kilometer lang an der libyschen Grenze errichteten, und Funksprüche, die wir auffingen, italienische wie deutsche, ließen die Herzen der Zeitungsleser höher schlagen, in Rom wie in Berlin.
In einem der schmalen Seitentäler, die vom Abhang des Ruweisat nach der Wüste hinunterführten, hatten Baukommandos des Generals Auchinleck schon vor Monaten Depots angelegt, mit bunttarnendem Leinen überspannt, in denen Treibstoffkanister und andere voll Wasser auf den Bedarfsfall warteten. Inzwischen waren sie längst geleert, lagen herum oder dienten als Sitze, aber nun nicht für kampffähige Männer, sondern für Verwundete, zuschanden Geschossene, denn hier richtete im Sommer Captain Dughleen, M. D., der Chirurg und Sohn meines Obersten, einen behelfsmäßigen Verbandplatz ein, Station für Erste Hilfe. Hierher schafften sie an jenem Schicksalstage meinen Griechen, ohnmächtig, so erfuhr ich später, aber gleichzeitig auch einen eben getöteten neuseeländischen Beifahrer, von MG-Kugeln aus der Luft durchlöchert, und der ihn brachte, war sein Sergeant, Landsmann und Freund, beide dunkelhäutige Maoris. Der Sergeant hielt ihn immer noch für lebend, als er ihn quer vor sich auf das schwere Motorrad packte, mit dem er die Horchposten seines Bataillons inspizierte. Als Captain Dughleen die beiden eingelieferten Fälle miteinander

verglich und den einen als just verstorbenen diagnostizierte, den anderen aber als wiederherstellbar, durchblitzte ihn ein Einfall – ich weiß es, weil er seinem Vater in einem der letzten Briefe den Fall berichtete und das Schreiben zu meinem Aktenstück Kephalides wanderte: »... dem noch warmen toten Mann ein Stück aus dem Oberschenkel herauszunehmen und es demjenigen einzupflanzen, bei dem es fast sicher einheilen würde.« Er verständigte sich kurzerhand mit dem Sergeanten, ließ dem Toten das Hosenbein aufschneiden, die beiden Körper nebeneinander ausstrecken auf den sonnenheißen Blechkanistern. »Morphium!« verlangte er von seinem Gehilfen. »Aber woher nehme ich Catgut zum Vernähen?« fragte er halblaut vor sich hin, umherspähend im Schatten dieser bunten Tarnleinwand, unter der aus einer Planke ein Vorratstisch in den Fels gepflockt worden war, worauf allerlei Verbandzeug und Kästen mit Spritzen und Ampullen warteten. Der Maori-Sergeant lachte, es stellte sich später heraus, daß er bei seinem Stamm als Doktor lebte, bei der Truppe als solcher nicht verwendet wurde. »Nichts Catgut«, rief er, »da Hilfe aus der Erde.« Und er wies mit dem Daumen auf eine Ameisenstraße, die draußen im Freien in einer Felsspalte von großen Roten Roßameisen wimmelte. »Diese nehmen, Wundränder zubeißen lassen, Köpfe abschneiden, tadellos einheilen«, erklärte er in seinem gebrochenen Englisch. Captain Dughleen hatte davon gelesen, er reichte dem Sergeanten eine Pinzette, und während er selber meinem Kephalides die Hautfetzen vom Rande der Wunde schnitt und sich von dem toten Maori ein ebenfalls faustgroßes Stück Fleisch des Oberschenkels lieh, setzte er es mit genau prüfenden Blicken und ganz ruhigen Fingern dem Betäubten ein. »Hauptsache, daß die Adern einigermaßen passen«, sagte er. »Und jetzt die Ameisen!« Und der Sergeant – mehr als zwei Dutzend von den braunen Insekten hatte er inzwischen von ihrer Heerstraße in ein Schächtelchen gesammelt – preßte jetzt geschickt jede einzelne mit der Pinzette so an die Wundränder, daß ihr wütender Zubiß die braune Haut und die weiße miteinander vernähte. »Sechzehn werden genügen« bemerkte Dughleen, »und nun Bandagen fest um den ganzen Schenkel, vom Knie aufwärts. Haben wir Glück, so kommt er davon. Besser als mit deinen Ameisenköpfen hätten wir ihn im G. H. 26 auch nicht verarzten können. Ist ja ein gesunder Bursche, seine Natur besorgt hoffentlich den Rest.« Und dann deutete er hinauf. »Dem da oben geht es jetzt sicher schlechter.« Heftiges Flakfeuer vom jenseitigen Abhang des Ruweisat knallte nämlich gen Himmel; das deutsche Flugzeug – oder war es ein Italiener? –, das den Maori vorhin getötet, erhielt seinerseits Zunder. Und mir, der ich dies jetzt hier schreibe, geht eigentlich erst in diesem Augenblick die volle Verrücktheit der Zustände auf, von denen ich berichte. Im Gelände nordafrikanischer Felswüste töten einander mit modernsten Waffen Bauern aus Norditalien – Division Trento, schwäbische Metallarbeiter – Fünfzehnte Panzerdivision, neuseeländische Maoris, griechische Offizierssöhne; ein britischer Arzt verpflanzt Fleisch auf Fleisch, und ein Czernowitzer Akademiker, einst Oberarzt in der k. u. k. Armee, tippt's auf einer Schreibmaschine, die er, deutsche Wertarbeit, einst aus Berlin mitbringen ließ nach Palästina. Und das alles, weil machtgierige Industriekonzerne in Mailand und Turin und ihre deutschen Bundesgenossen von Rhein und Ruhr den Auftrieb der arbeitenden Massen niederschlagen möchten, nicht bloß dort, wo er begonnen hatte, im einstigen Zarenreich, sondern überall, wo er die kapitalistische Ära bedrohen würde, welche ja schließlich die einzig vernünftige sei und bleibe. So hatten die Herren gedacht seit dem Ende des ersten Weltkriegs und überall hingeschaut, wo sie Werkzeug finden würden, das Blutgeschäft fortzuführen, das seit Pharaos Zeiten mit dem Aufrechterhalten von »Ruhe und Ordnung« verbunden gewesen.

Hatten jemals Leute dieser Art überlegt, was für verändernde Schübe sie mit ihren Machenschaften in den Existenzen Tausender und aber Tausender Zeitgenossen hervorbrachten, deren friedliche Tätigkeit sich abspielte, als gäbe es jene nicht? Wirkten nicht Scharen, ungezählte, von Einzelwesen gleich mir unter schwierigsten Bedingungen, genügten den Forderungen ihres Tages und warteten auf Lebenszeichen von Frauen und Kindern, die sie einstmals um sich hatten und noch immer liebten?

DRITTES KAPITEL

Wink aus den Wäldern

Ja, die Post! Von meiner Hella und den Buben hatte ich monatelang nichts gehört. Der teuflische und rätselhafte Erfolg der Nazistrategie hatte die Hitlerleute in den Besitz aller Häfen an Frankreichs Atlantikküste gebracht. Dort konnten sie Hunderte von U-Booten versammeln, die Mannschaften Frischluft atmen lassen und dann, mit neuer Munition und Lebensmitteln an Bord, all diese tödlichen Torpedoträger wieder aussenden, unseren Geleitzügen gefährlich zu werden. Von Kanada und den Vereinigten Staaten spannten sich jetzt die Lebenslinien hin, von deren ununterbrochenem Funktionieren Gedeih und Verderb unserer Fronten abhing. Ketten von Handelsdampfern, geschützt von Torpedobooten und schnellen Kreuzern, brachten alle notwendigen Güter des täglichen Bedarfs zu uns herüber, seit »Leih und Pacht« auch zu den Russen hinauf, Maschinen zum Siegen und Sterben, Granaten, Konserven, Getreide, Chemikalien und auch Papier. Von der Geschultheit der Kapitäne und Maate, der Unermüdlichkeit von Matrosen und Heizern, der Wachsamkeit all der jungen Seeleute in den Ausguckposten wurde Unerhörtes verlangt und geleistet, das gleiche aber auch von den Besatzungen der deutschen und italienischen U-Boote und den Funkern in den Häfen auf dem ganzen Erdball, nördlich und südlich des Äquators. Nun entwickelte sich zu unserem Glück gerade in jenen Monaten nach dem Ausbruch der Nazikriegsfurie die Radartechnik, die es ermöglichte, von Küsten, Schiffen und Flugzeugen aus selbst schnell bewegte Punkte mit Hilfe einer Bildröhre zu verfolgen. Zu dem, was immer wieder im Wasser verschwand, gehörten auch die Postsäcke. Es bewies schon echte Liebes- und Lebensverbundenheit, wochenlang voneinander nichts zu hören und doch immer zu spüren, daß die Verbindung mit dem schweigenden Drüben zum besten gehörte, was uns der vergangene Frieden geschenkt hatte. Zwischen 1934 und Kriegsbeginn war ich nicht ausschließlich auf Phantasie und Erinnerung angewiesen. Ein Päckchen Briefe zeigte mir immer wieder meine Hella, wie sie in der altmodisch gebauten City von Ottawa Ausschau hielt und alsbald im Erdgeschoß eines Eckhauses ihre Modewerkstätte einrichtete wie früher in Berlin, Günzelstraße, Ecke Kaiserallee. Unter den geschickten Händen aus Frankreich stammender Kanadierinnen hatte sie mit ihrer Fähigkeit, zu organisieren und städtische Bedürfnisse zu fühlen, sich schon vor vielen Jahren, ich glaube vor sieben, diesen Salon »Echo de Berlin« geschaffen, der zuerst durch ihre Zeitungsinserate, bald aber auch durch Reporterhinweise im öffentlichen Bewußtsein seinen festen Platz erhielt. Sie war tüchtig, meine Hella, sie wußte, daß wenige Gewohnheiten den Menschen so verzehren wie Nichtstun. Und da ich am Ufer der Wasser spaziert war, als wir in Ottawa jene Konferenz abhielten, an all den fischreichen Strömen und Kanälen, blieb mir im wachen Herzen ihr Bild präsent, rechts und links umspielt von unseren beiden, von Rudi und Bob. Die nämlich liefen voraus, strichen an den Waldrändern umher, fertigten sich Pfeil und Bogen an und fügten sich vormittags seufzend den neuen Schulen, die sie, Kinder von Einwanderern, noch dazu deutschsprachigen, mit nicht geringer Mühe tagaus, tagein bewältigten. Jüdische Kinder in dieser hauptsächlich katholischen Provinz Ontario! Was hatte ich vor dem Ausbruch der Hitlerei von dem Bestehen Kanadas und seinen Menschen geahnt? »Ein Kanadier, der noch Europens / Übertünchte Höflichkeit nicht kannte«, – ihn hatte der Dichter Seume in unseren Lesebüchern lebendig aufmarschieren lassen, jenen Indianer, der einem feindseligen Weißen Nachtquartier gewährte. Mit »Hummer, Lachs und frischem Bärenschinken« kräftigte er ihn, ja brachte ihn schließlich auf den Heimweg zu der gleichen Hütte, in welche derselbe Weiße ihn bei Sturm und Regen nicht hineingelassen hatte. Das Gedicht schloß, mir, dem damaligen Tertianer, unvergeßlich: »Seht, wir Wilden sind doch bessere Menschen / Und er schlug sich seitwärts in die Büsche.« – Jüdische Kinder ... Es gingen unglaubhafte Gerüchte durchs Land, das Verschicken unseres Nachwuchses betreffend, sein Verschwinden in Polens Weiten. Aber auch von nichtjüdischen Kindern, von tschechischen nämlich, berichtete unsere einzige Nachrichtenquelle Jerusalem Radio, gespeist vom B. B. C. Die Ermordung des Beauftragten Heydrich in Prag hatte zur Ausmordung eines ganzen Dorfes, Lidice, geführt, zu seinem Niederbrennen, zum Verfrachten seiner Kinder in den Tod. Das war im vergangenen Sommer geschehen und als besondere Scheußlichkeit des braunen Reiches angeprangert worden. Aus Deutschland selber wehten nur Gerüchte herüber. Die Kristallnacht des Jahres 1938 galt beinahe schon als vergessen, zwanzig Synagogen hatten geraucht. Im englischen Bürgertum schämten sich wichtige Gruppen, daß der abgesetzte Neville Chamberlain und seine Kumpane um die braunen Bestien von heute noch 1939 ein so sanftes Klima verbreiten durften. Vor einem Jahr hatte der jiddische Sender Odessa aufgehört, das auszustrahlen, was selbstverständlich Greuellügen hieß – unwahrscheinliche Kurznachrichten über Vernichtungslager in Polen, in denen auch überall in Deutschland schuldlos Verhaftete durch Zwangsarbeit in Steinbrüchen zu Tode gebracht wurden. Einen Namen Mauthausen hatte ich mir gemerkt. Daß es die rumänischen Antonescu-Heerscharen waren, die den schönen Hafen am Schwarzen Meer erobern durften, die berühmte Treppe aus dem »Panzerkreuz Potemkin« besetzen, hatte uns damals alle besonders empört, zumal die Nachrichten aus der Bukowina ebenfalls über Odessa eingetroffen waren. Damals mußte es gewesen sein, daß meine greisen Eltern von dem Morphium Gebrauch machten, das ich ihnen schon lange vorher hatte verschreiben können. Jetzt lagen für uns die Riesengebiete Osteuropas außerhalb unserer Reichweite, und keine illustrierte Zeitschrift zeigte andere Bilder marschierender Kolonnen, auf Panzerwagen oder in Transportzügen, als wir seit jeher gewöhnt waren. Jetzt lag allerlei davon zerschossen an der Libyschen Küste, auch Flugzeuge.

Nun, diesmal war es den Wilden, welche keineswegs bessere Menschen als die Huronen des I. G. Seume waren, aber hochentwickelte Techniker – diesmal war es ihnen nicht gelungen, unsere Postsäcke zu vernichten, weder zu Wasser noch bei den Nachtangriffen auf Ismailia und Port Said. Die Verteilung brachte mir endlich, endlich einen Brief, ziemlich dick, den der Konvoi um die Südspitze von Afrika bis zu uns herauf beförderte. Und ich gestehe, daß ich keinerlei Kampf auszufechten hatte: jetzt nicht meinen Griechen aufzusuchen befahl mir mein menschliches Herz, sondern erst einmal Hellas Schriftzüge einzusaugen – diese großzügige mit breiter Feder geschriebene Frauenschrift. Und zwei Blätter von meinen Söhnen beiseite legend, die mich schon englisch anredeten, nahm ich meine Brille ab und lauschte mit dem inneren Ohr Hellas dunkler Stimme:

»Ottawa-Hull, 10. September 1942

Mein liebster alter Freund,

hoffentlich kommt dieser Brief in Deine Hände, die ja sicher schon sehr verbräunten in der Sonne Eurer westlichen Wüste. Unsere Tagesnachrichten haben immer wieder beklagt, daß unsere Postverbindung so lückenhaft sei. Ich sende also diesen Brief mit der Schiffspost, ein langsamer Swinegel kommt mir schneller vor als der durch die Luft springende Hase. Rudi berichtet mir, daß unsere Radargeräte von Woche zu Woche reichlicher geliefert werden und daß also auch der Hase sehr bald sicher durch die Luft springen wird und uns miteinander verbindet. Du würdest Dich wundern, wie groß unsere beiden Buben geworden sind! Rudi ist inzwischen, wie ja auch Theo, von der Allgemeinen Wehrpflicht in Khaki gesteckt worden, wenn er auch zunächst nur als Schwachstromelektriker in Labor und Fabrik der Heeresversorgung dient. Was dieser Krieg für furchtbare Verwüstungen angerichtet hat und noch wird anrichten dürfen, das verklemmt mir das Herz – dieses hoffende Herz, das manchmal flüstert, ob wir uns nicht doch wieder zusammenfinden könnten, wenn diese braune Pest erst mit Säure und Feuersglut ausgebrannt worden ist. Seit Theo im Ausbildungslager trainiert wurde und nach Europa verschifft ward, verdünnten sich die Fäden, die uns drei an diese kanadische Emigration fesselten. Einmal ein Berliner, immer ein Berliner – auch wenn uns dieses Berlin inzwischen unter den Füßten weggezogen wurde. Nein, ich glaube nicht, daß wir dort wieder Fuß fassen können, aber auch hier, so schön und wild die Natur um uns herum wuchert und so anständig sich Behörden und Menschen uns gegenüber benehmen, möchte ich doch unser Leben nicht beschließen, vor allem nicht ohne

Dich. Ich bin ja inzwischen eine reife Dame geworden, die es ablehnt, ihre Haare nach der neuen Mode zu färben. Auch wenn seit jeher eine Menge junger gutgewachsener Leute mit ihren Bräuten und Frauen bei uns einkaufen, anprobieren, unsere Registrierkassen mit Dollars füttern, schließlich zufrieden abziehn, werde ich doch das Gefühl nicht los, falsch am Platze zu sitzen. Und auch Du, Richard, wirst nicht mehr so begeistert empfinden wie damals, als Du mit Deiner ehemaligen Bibliothekarin ins Land der Väter übersiedeltest! Und doch glaube ich fast, Du hast den weisesten Teil erwählt, als Du Dich in den Lazarettgehilfen Dick Cardhouse verwandeltest, um nach Deinen Kräften daran mitzuhelfen, Europa wieder für unsereinen bewohnbar zu machen. Nur mit einem bin ich tief zufrieden: hier fehlen jene Deutschamerikaner, welche in Blättern und Versammlungen die Taten und Untaten der NSDAP begeistert begackerten. Judenfeindschaft trifft man hier nirgendwo, der Nazikrieg wird verflucht – schon vor dem Einbruch in unser altes schönes Frankreich, das hier nicht nur den französischen Kanadiern immer noch als die Lichtstadt Paris strahlt und als Heimat der großen französischen Revolution.
Und nun höre ich auf, nicht ohne uns beide, junges Paar, wieder am kleinen runden Tisch des ›Normandie‹ an den Champs-Élysées Kaffee trinken zu sehen. Wir wagen nicht zu vermuten, wie lange dieser Krieg noch dauern wird, aber das britische Commonwealth, Roosevelts Amerika und die schwerkämpfende Sowjetunion, diese heilige Dreieinigkeit wird dafür sorgen, daß in nicht zu ferner Zeit zwischen uns beiden erörtert werden kann, an welchem Landungskai Europas wir einander wieder in die Arme fallen: ich in die Deinen, Du in die Deiner alten Kameradin Hella, geborene Japhet

aus Berlin.«

Ich gestehe nicht sehr gern, daß ich mir die Augen trocknen mußte, als ich diese in der vertrauten Handschrift so flüssig hingeplauderten Blätter neben das Tablett legte, das mein Frühstücksgeschirr trug. Was meine Söhne ihren Briefen anvertrauten, mußte für den Nachmittag bleiben. Jetzt hieß es Dienst machen, zunächst endlich Kephalides vornehmen, meinen griechischen Rückkehrer. Nein, nicht rauchen, mein Herz lag mir zum erstenmal fühlbar in der Brust, mein ganzes früheres Ich war aufgewacht, verlangte nach Beachtung, nach Muße des Nachsinnens, des Hinlenkens zu dem, was mir einst Aufschwung und Kraft bedeutet hatte. Ich griff nach dem Schlüssel, der die Schublade mit allerhand Photos verschloß, die vorläufig noch ungeordnet hineingestopft waren, Hellas letztes von 1938 oder 39 mußte in jener Brieftasche stecken. Ich wollte es betrachten, jetzt, sofort, aber da rief mich eine Klingel zum Dienst, auch diesen Blick in ihre starken Augen mußte ich mir versagen, der Vormittag hatte ja eben erst begonnen. Raustreten, Orderly Cardhouse! Was ist deine Pflicht? Die Forderung des Tages.

VIERTES KAPITEL

Der gelähmte Kentaur

Ich war froh, mich um Kephalides kümmern zu können, das darf man wohl sagen. Er lag unter der Obhut Leutnant Fenningtons mit einem anderen zusammen, erfreulicherweise mit jenem William Jones, dessen Vater bestimmt noch nicht so geheißen hatte. Die Frage ging, ob man meinem Griechen noch blutbildende Spritzen verpassen müsse. Der kostbare Injektionsstoff war für uns außerordentlich knapp geworden. Die Kanadier konnten ihn uns nur spärlich schicken, und unseren palästinensischen Pharmazeuten war erst vor kurzem erlaubt worden, ihn selber herzustellen. Als ich eintrat, erwog Fennington gerade: »Ihre Temperatur, Kephalides, berechtigt uns, mit der bisherigen Antisepsis zufrieden zu sein. Ihre Verwundung hat zwar Sand und Staub vom Panzer abgekriegt, aber in die Blutbahn scheint nichts hineingeschwemmt zu sein. Erdbrocken, Steinsplitter haben Sie nicht beehrt. Sind wir also für Warten?«

George, mit geschlossenen Augen, nickte.

»Muß doch gleich mal nach Chedera telefonieren«, damit stand Fennington auf, »wie weit sie mit ihrer Biochemie inzwischen gekommen sind. Chedera oder Rechowot oder das Hauptlabor in Jerusalem. Bleiben Sie hier, Cardhouse, bis ich wiederkomme.«

Ich beobachtete besorgt, wie sich Georges Brust schwach hob und senkte, nahm sein Handgelenk, den Puls zu fühlen, wandte mich dann an den Mann neben ihm. »Keine Post für dich, Jones. Aber zeig mal her, ob du die Injektion brauchst.« Ich studierte seine Temperaturkurve, fühlte auch ihm den Puls. Neben seinem Bett stand eine kleine braune Schachtel oder Kiste, von der ein dünner Antennendraht mit einer Wickelspule ins Zimmer hineingeworfen war. »Ist ein Snubber«, erklärte Jones, als er meinen Blick bemerkte, »amerikanisches Radio, Zimmerapparat, sehr empfindlich. Gebt mir die Spritzen,

wenn's nötig ist. Habe genug Blut verloren. Panzerhandgranate. Ich will durchkommen, trotz Jehova und allem Wundweh.«
Inzwischen fühlte ich Georges Blick groß auf mich gerichtet.
»Haben gestern nacht die Stimme meiner Mutter gehört. Jokaste sprach kroatisch. Junge, den verfluchten Einbrechern legt sich's jetzt schon um die Gurgel, bloß ihr Häuptling versteht's noch nicht. Hat seinem General Paulus verboten, in Stalingrad das Vernünftige zu tun. Habe mich furchtbar aufgeregt, mein Herz schlägt ganz schwach, noch jetzt.«
»Kann's besser berichten«, sagte Jones, »den Staff Sergeant hat's wirklich beinah hingemacht. Diese Jokastestimme, Nachtsender, brachte alles verdreht hervor, höhnisch, so als ob's Nazisieg bedeutete. Haben die Russen zwei rumänische Armeen eingekreist. Ich war selber mal Rumäne, hieß Jonas, kann auch deutsch mit dir weiterreden, wenn du's verstehst. Diese Schurken Antonescu und Horthy und wie sie alle heißen, die meine früheren Landsleute jetzt für den Antisemitismus zahlen lassen, mit dem sie uns schon manches Jahrhundert hindurch gepeinigt haben – zahlen lassen mit dem Blut der jungen Soldaten, die sie divisionsweise dem Hitler verkauften, bis zur Wolga vortrieben! Gottlob, daß mein Vater schon mit Frau und Kind nach England einwandern durfte, als die Agrarreform 1907 neue Pogrome auslöste. Immer mußten Juden dafür zahlen, daß den herrschenden Klassen auf dem Balkan und in Rußland der Gürtel angezogen wurde.«
Als Leutnant Fennington wieder eintrat, kam gleich auch die Operationsschwester mit, Ampullen und Spritze in Händen.
»Jokastes Stimme«, flüsterte George, »laß mich schlafen, Dick, vom großen einigen Balkan träumen.«
Die schmale, helle Sichelkante des dunklen russischen Mondes, dachte ich, verbreitert sich auf Kosten von viel, viel Blut. Niemals wird man das an all dem Schurkenpack rächen können und seinen Mitläufern.
Merkwürdig, wie oft ich in jenen Wochen den langen, schmalen Schluchtweg hinaufstieg in die oberen Gefilde der Chirurgischen Abteilung! Dort wuchsen aus allen Spalten Büsche Immergrün, die wir Oleander nannten, wenn sie vor unseren Cafés in Kübeln prangten – ihre roten Blüten, einige weiße dazwischen, dufteten süß, wurden aber nur von Hummeln

und jenen Wespen umschwärmt, die im Gestein nisten. Mit welcher Aufmerksamkeit wir alle die Temperaturnotizen prüften, die von den Pflegerkameraden dreimal täglich eingetragen wurden, am Fuße jedes Bettes! Auch George selber richtete seine Aufmerksamkeit ganz und gar auf den Vorgang der Heilung in dem, was der Fahrer die »linke Hinterpfote« genannt hatte, als er ihn brachte – das Einheilen von fremdem Fleisch, die Wunde umrahmt von Ameisenköpfen, das ganze mit der Drohung Tetanus und Sepsis verbrämt.

»Still liegen, junger Mann, nur still liegen!«

»Nicht einmal rasieren darf ich mich«, ärgerte sich George, als ich ihn das nächste Mal besuchte. »Sehe ich nicht aus wie ein Ruderknecht meines alten Odysseus, und mischen sich nicht schon weiße Haare in das Widderfell um Backen und Kinn? Ach, Dick«, sagte er, »bring mir was zu lesen. Französisches oder englisches Zeug. Und laß mir die Nachrichtenblätter da, wenn sie unten die Runde gemacht haben. Ich habe soviel zu denken. Was dein Kollege Black mir gestern abend noch steckte! Sie hören ja Radio in der Baracke auf Zimmerstärke, auch das, was die Nazis senden aus den besetzten Stationen – wollen sich halt möglichst umfänglich informieren, nicht bloß unser Offizielles schlucken. Wir glauben zwar dem B. B. C., sagen sie, aber Sofia und Belgrad und selbst Odessa setzen manchmal Pünktchen auf unsere I. Und gar erst Athen! Kannst dir denken, Dick, wie ich das fresse. Hast du nicht so etwas wie einen Taschenatlas oder eine Zeitschrift drunten mit einer Landkarte von unserem Balkan? Ich denke jetzt immer mehr in Kontinenten, hätte mein Geographiepauker Pauselos das genannt. Ein Gebiet von den Ufern der Donau bis zum Kap Matapan! Nichts veranschaulicht so etwas besser als eine Landkarte, solch ein Stück plattgewalzter Erdkruste.«

Ich betrachtete ihn nicht ohne Besorgnis. Sprach er im Fieber? Irrten die Zahlen seiner Kurve, die nicht höher gingen als 38,5? Arbeitete in seinem Innern, vom Oberschenkel aufwärts, Gefährlicheres als nur das Einheilen fremden Fleisches? Hatten die Ameisenköpfe vielleicht doch Bakterien in seinen Körper eingeschleppt? Aus der Vorgeschichte, die Oberst Dughleen aufgenommen, wußte ich, daß George niemals irgendwelche schweren Krankheiten durchgemacht und keinerlei Infektion erlebt hatte, weder der Lunge noch des Geschlechts. »Kerngesundes Fleisch«, gratulierte mir Dughleen beim Hinausgehen, »wie wir es dem Gott des Krieges zu opfern pflegen.« Und er dachte dabei sicherlich an seinen Sohn, der William getauft worden war, um so großen Vorbildern später einmal folgen zu können wie dem Eroberer Englands oder dem Dichter des »Hamlet« ...

»Füttern Sie ihn mit soviel Orangen und Grapefruit, wie sein Darm nur verträgt – als Frucht oder als Saft«, gab Dughleen meinen Kollegen auf. »Die Vitamine werden es besorgen, das Kunststück meines Sohnes zum Erfolg führen. Wüßten wir nur, wie die Heilkräfte von solchem Naturzeug unser Inneres beeinflussen! Ich bin für Mikroskope und für das, was sie an Erkenntnissen liefern, infolgedessen auch für unsere pharmazeutische Industrie, deren Produkte wir genau kontrollieren können. Und doch verbirgt Mutter Natur immer noch kleine Geheimnisse vor uns, und gerade auf die scheint es anzukommen.« Und damit nickte er mir zu und verschwand in der Richtung auf seinen Operationssaal, wo Fälle von Sepsis in zerschossenen Gliedern auf sein Messer warteten – Brand, wie man diese Vergiftung früher geheißen.

Obwohl jetzt die Weltlage unsere Aufmerksamkeit immer mehr beanspruchte – Konferenzen in Washington, Averall Harriman, USA-Botschafter in Moskau, bei Churchill, beruhigende Ausblicke auf die russische Gegenoffensive nach der Riesenschlacht von Smolensk –, blieb George mir immer im Vordergrund des Fühlens und Denkens. Was alles war mit ihm vorgegangen in der großen Pause zwischen Ausfahrt und Rückkehr! Wie wichtig war es, wenn ich abends bei ihm saß, seinen Ausführungen zu folgen und sie zu lenken – diesmal nicht als Analytiker, sondern als Freund, um das Spiel seiner Seelenkräfte auf Heilung einzustellen. Seine Temperatur fiel, längst durfte er sich aufsetzen, sich selbst rasieren, die neuen Giletteklingen taten wohl, die in Ismailia mitausgeladen wurden.

»Dick«, sagte er lachend, »nun spür ich doch auch selbst in diesem Latrun die Wohltaten des Lend and Lease. Haben Britains USA-Vettern nicht umsonst zum Gesetz erhoben und zehn Milliarden Dollar auf den Tisch gelegt – Steuergelder, wohlverstanden, erarbeitet von allen Amerikanern, Männern und Frauen. Zehntausend Millionen Dollar – und die Nazis

werden dafür zurückblechen. Später erzähl ich dir, wie wir amerikanische Tanks übernahmen, General Grant geheißen und Sherman. Und wie ich in der Pause, bis sie kamen, endlich den Urlaub kriegte, den ich längst verdient! Blieb natürlich nicht in dem verdammt heißen Ägypten. Nein, Junge, ich ging rauf bis nach Haifa und zurück nach Tel Aviv. Hab vielleicht sogar den Weg deiner Schwester gekreuzt, als ich mal zu den Gärten der Bahais hinauffuhr und mir dort ansah, was die persischen Diener der Flora mit Hilfe von Wasser und Geduld an Beeten und Büschen gezaubert haben, Rosen, Iris, Rhododendron. Na, und dann verschiedene Erlebnisse am Strande eurer neuen Großstadt, die dort wächst oberhalb von Jaffa, gar nicht sehr weit weg von hier. Aber jetzt möcht ich erst noch den Roman zu Ende lesen, den du mir geborgt hast, diese verdammt spannende Geschichte von dem irischen Jungen und dem Lama aus Tibet.«
Ich freute mich im stillen: mein George war also nicht verwikkelt in jene aufregende Lagerangelegenheit unserer griechischen Hilfstruppen! Sicher hätte er gleich davon gesprochen, denn es handelte sich bei den Massen der griechischen Bataillone um höhere Löhne, bessere Verpflegung und schonungsvollsten Einsatz, wie in unserem ersten Weltkrieg, wo die Soldaten den Vers gemacht hatten: »Gleiche Löhnung, gleiches Fressen, wär der Krieg schon längst vergessen!« Vielleicht waren dabei wieder irgendwelche Patiniosse im Spiel, die der königlich-griechischen Regierung in Kairo innerlich näherstanden als den Mannschaften, für deren Einsatz und Schliff sie ihren Sold empfingen. Es mußte da allerhand Aufgeregtes passiert sein; auch von verschwundenen Beutestücken ging die Rede, von neuen deutschen schweren MGs, aber Gemunkel dieser Art wurde niemals laut und durfte es auch nicht mitten im Kriege!
Als George anfing aufzustehen, sein Bein zu üben, ganz vorsichtig zunächst, auf dem geebneten Boden unserer Lazarettgänge, beschäftigte ihn auch viel mehr seine Heimat Athen als seine Urlaubszeit in Palästina oder das Stammbataillon in Alexandria, wohin ihn Leutnant Ruthby abgeliefert hatte, als die Maschine unbrauchbar geworden, auf der er uns im Mai verlassen. Er bekam Krücken für seine ersten Ausgänge, verbannte sie jedoch bald zugunsten eines kräftigen Stockes, den

ich ihm von Eukalypten schneiden ließ, in deren Sprenkelschatten er ausruhte. Das Landkartenheft, das er bei sich trug, diente ihm jetzt zur Veranschaulichung dessen, was die Nachrichten ihm vom Balkan, von China, vom Schwarzen Meer übermittelten. Von Sarajevo und der Herzegowina bis tief hinein nach Montenegro hatten die Eindringlinge, Italiener wie Deutsche, mit bewaffnetem Widerstand zu rechnen. In den Wäldern und Gebirgen verschwanden Bauernfamilien, ganze Dorfschaften, um als kämpfende Tschetniki oder Partisanen die Verbindungen zu unterbrechen, ohne die in so gebirgigen Erdoberflächen keine fremde Macht auch nur eine Woche aushielt. Ein General Michailowitsch spielte in diesen Berichten eine Rolle, und als noch viel gewichtigerer Name tauchte der des Kommandeurs Broz-Tito auf, der große Organisationen von Partisanen unter seiner Führung zusammengefaßt hatte und mit ihnen dem Feinde Dörfer und Städtchen entriß. Irgendwo im Hintergrund spielte auch ein König Peter II. mit, der von London aus versuchte, sich als Schirmherr Jugoslawiens aufzutun. Aufs tiefste haßte unser George einen gewissen Ante Pavelic, der die kroatische Heimat von Georges Mutter mit Hilfe seiner bewaffneten Banditen, Ustaschi genannt, den Schergen Mussolinis und Hitlers auslieferte. »Wären unsere Völker nur nicht so zerklüftet wie unsere Landschaften«, rief George im goldblauen Novemberlicht aus, »alle haben wir jahrhundertelang gegen die türkischen Paschas gekämpft, ob wir nun Griechen hießen oder Bulgaren, Skipetaren oder Serben. Ein Freiheitsdurst, eine Freude am Leben, eine Bereitschaft zu darben in allen diesen hart arbeitenden Nationen! Soviel Dialekt sie auch sprechen, Slawen sind sie alle, und wir Griechen mit ihnen verwandter als mit den Römern, die uns jetzt beerben möchten. Wenn ich nur den Tag erlebte, an dem diese Landkarte bloß noch drei Farben trägt oder gar nur noch eine.«

Ich war in diesen Tagen, die nicht aufhörten, sommerlicher Herbst zu sein, aber immer kürzer wurden, voll damit beschäftigt, die Anforderungen der Truppenteile zu bearbeiten, das heißt zum großen Teil abzulehnen, welche auf die Wiedereinstellung vieler meiner Patienten drängten, sei es in die Leichtkrankenbaracke von Sarafand, sei es zum Garnisonsdienst. Die Achte Armee füllte sich ununterbrochen auf. Die Einsicht, daß Nervenstörungen ernsthafte Behinderungen seien, war trotz

der Erfolge unserer großen Neurosenforscher erst ganz langsam bis in die obersten Dienststellen hinaufgeklettert. Darum berührte es mich merkwürdig und wohltuend, daß mir der Verleger meiner englisch übersetzten Broschüre über Kriegsneurosen eine Neuauflage ankündigte, sobald er das Papier dafür frei kriege. Auch Papier wog ja jetzt als Kriegsrohstoff, seit die U-Boote des »Hörr Hitler« unsere Zufuhren verknappten, und zwar alle. Die Gegenden, in welchen Papierholz wuchs, lagen entweder jenseits des Naziringes um unsere Insel oder des Atlantiks. Die in deutscher Sprache gedruckten beiden Bändchen aber, die ich unter Manfred Jacobs Büchern wußte, waren jetzt Seltenheiten, da nach der Einnahme von Wien der verbrecherische Scharlatan aus Braunau, selbst schwerer Neurotiker, unsere Literatur hatte einstampfen lassen.
Wenn wir an den früh eintretenden Abenden, George im Liegestuhl, ich auf einem Hocker, die letzte halbe Stunde Sonnenlichts genossen, das bernsteinfarben und golden über die Küste hereinflutete, berichtete er von seinen Erlebnissen. »Weißt du, Dick, wie mein Panzer kaputtging damals, mein ausgezeichneter englischer? Wir hatten bei Marsa Matruk gekämpft, uns mit deutschen Infanteristen herumgeschossen, unsere MGs hatten nicht schlecht gemäht, natürlich des Nachts, bei Vollmond. Es gab fast kein Wasser zum Trinken, einen halben Becher pro Mann und Tag – also spürten wir auch wenig Hunger, da Salzfleisch Durst machte und getrocknete Datteln merkwürdigerweise auch. Lagen also im Sande, schauten in die Sterne, hörten die Geier heranfliegen. Da: ein leises Klirren. Unsere Maschine lag etwa fünfzig Schritt von uns weg. Da kriecht einer aus ihrem Schatten, will sich den Hügel herunterrollen lassen. Ich sofort auf den Beinen, mein Leutnant feuert zweimal, und der Mann kullert wirklich den Hügel hinab, jetzt aber mit einem Stöhnen. Wir also zu unserem Tank: da hat doch dieser Schütze, den wir für schwerverwundet hielten, offenbar durch die Nachtkühle wieder geweckt, das Gefecht fortsetzen wollen, auf mechanikerweise. Hatte sich am Getriebe zu schaffen gemacht. Und als ich die Verschlußschraube vom Bezintank öffnete und mit dem Finger drumrumfahre: Sand! Dieser Bursche hatte Sand in unser Getriebe geschüttet, uns kampfunfähig zu machen! Ruthby und ich blickten einander an, nickten uns zu. Morgen früh mußten wir uns den Schaden bese-

hen. Nur als Geschützstellung konnten wir unsere prachtvolle Karre noch benutzen. Abschleppen lassen? Der Sand würde den Motor völlig zerfressen, auch wenn wir Lastwagen vorspannten. Wir würden Glück haben, wenn uns ein solcher Karren morgen nacht nach Alexandria zurückbrachte, wir meinten natürlich an die Front zwischen Alexandria und Sollum, wo damals noch Bereitstellungen warteten. – Nun, siehst du, am Morgen beerdigten wir diesen Jungen und vier andere – fünf Kerlchen mit netten Gesichtern, kurzgeschorenen Köpfen zwischen Blond und Braun. Nahmen ihnen die Erkennungsmarken ab, die Tascheninhalte taten wir in Zwiebacksäckchen – all das zur Weitergabe durchs Rote Kreuz. Dann buddelten wir sie ein, bedeckten sie tüchtig mit Sand – Steine hatten wir nicht zur Verfügung, aber den Geiern waren sie auf diese Weise entrückt, und die Schakale und Hyänen würden leichtere Beute finden für ihren ewigen Hunger. Und während wir so mit unseren kurzen Spaten Totenfeier für diese Jungen hielten: das war der verdammte Betrug, sagte ich mir, dieser Schwindel mit dem nationalen Sozialismus, der diese Kerle bis hierher verschleppt hat, gutgläubig, mit schönen Redensarten gefüttert als Verteidiger der Kultur, Retter des Abendlandes – man konnte es auch italienisch sagen. ›Mußten doch den armen Niggers hier in der Libyschen Wüste fortschrittliche Welt demonstrieren‹, hatte mir ein italienischer Gefangener voll Selbstironie in französischer Sprache gesagt, als wir sie zum Abtransport antreten ließen. Und das gleiche, Dick, sagen sie jetzt auf unserer Halbinsel, nur statt ›Niggers‹ eben ›Serben‹ oder ›Balkanesen‹ – ›Griechen‹ bringen sie in diesem Zusammenhang wohl nicht über die Lippen. Wenn wir bloß den Tag erleben, da die Völker all das schreibende Pack vor ihre Gerichte ziehen, das seit Jahrzehnten Schulbuben und Studenten mit dem Quatsch betrunken macht, ihren Broschüren und Reden! Kriegsverbrechen beginnen am Schreibtisch, das hatte mir schon mein Vater zugerufen, als gerade die Italiener an der albanischen Küste landeten. Die Adria ließ sich überschiffen, so leicht und schnell, daß Signor Mussolini gar nicht merkte, hier beginne sein Untergang. Aber er begann damals. Hast du gelesen, daß selbst ganz Südamerika zu unserer Front stieß, schon diesen Januar, in Rio de Janeiro? Mit wem wollen die Italiener dann noch Handel treiben, wo ihre Makkaroni absetzen, ihre Südfrüchte? Und ihre ehemaligen Landsleute in den Vereinigten Staaten arbeiten alle in den großen Kriegsfabriken für die Rüstung zum Untergang der Diktaturen. Schau dir bloß die Photos an, die die letzten USA-Schiffe in den bunten Monatsheften mitbrachten, sozusagen als Zugabe zu den General Grant und Shermans, mit denen wir dann später wieder wüstenwärts steuerten, Ruthby und ich. In den drei Wochen, bis wir sie hatten, trieb ich mich im Freien herum, wie ich dir schon erzählte, traf dort sogar eine alte Bekannte am Strand von Tel Aviv, darf aber nicht mehr verraten, ist jetzt eine verheiratete Frau, aber nicht weniger hübsch als früher und nicht weniger couragiert. Hatte einen Shelter in ihrem Garten, sachverständig in den Sand gebuddelt von ihrem Mann und ihren kleinen Buben, die Mündung umgeben von Hibiskus und jungen Gummibäumen – Abkömmlinge eines großen, der ihre Veranda beschattet. Ach, es war schön, Dick – und daß ich gerade weit weg von Alexandria diese Wochen verlebte, manchmal ärgere ich mich darüber, manchmal danke ich dem olympischen Zeus. Denn ich hätte mich ja doch eingemischt in den Aufruhr unserer Leute, und mehr brauche ich dir nicht zu sagen. Alles, was wie das Haus Patinios situiert ist und Offiziersröcke trägt, läßt mir allzu leicht das Blut in den Kopf schießen.«

FÜNFTES KAPITEL

Jokaste

Erstaunlicherweise brach diesmal der Frühregen zeitig und kräftig herein, der sonst nur stundenweise das Erdreich durchtränkt und überall Tausende von krokusähnlichen Herbstzeitlosen zum Blühen bringt. Die Wetternachrichten unseres Radios meldeten aber, daß viel heftigere Güsse am ganzen Mittelmeerrand niedergegangen seien und daß auch in Südrußland die Regenzeit begonnen habe – Regenzeit, Schlammzeit, Qual- und Plagezeit für Soldaten zu Fuß und schließlich Steckenbleiben der Kettenmaschinen des Panzerkrieges. Ich entsann mich vom Herbst 1918 vor Verdun, wo ich bei den österreichischen Dreißig-Komma-Fünfer Skoda-Mörsern meinen Dienst tat, daß dort der Lehmgrund schmatzend unseren Leuten die Stiefel von den Beinen zog; etwas Ähnliches mußte sich weit und breit in den Gegenden zwischen Moskau und der ukrainischen Front ereignen. Der Himmel hatte im Spätherbst 41 schon winterlich für uns gekämpft, und jetzt leistete er diese Hilfe weiter.

Als ich am ersten Regenabend zu George hinübertrabte, lag der schon im Bett, sein verwundetes Bein tat weh. Aber ich konnte ihn beruhigen: dieser Wetterumschlag wirkte sich auf jederlei Nerven aus, auch auf seine zerschnittenen. »Ich wundere mich überhaupt«, bemerkte ich, »daß du niemals über Schmerzen klagtest. Es hat sich doch Verschiedenes in deinen Muskeln zugetragen. Und Muskeln, Sehnen und Nerven – wer will die trennen!«

Er lag da mit geschlossenen Augen, mageren Gesichts, die Zähne aufeinandergebissen, während um uns herum Geplauder ging, Streit der Kartenspieler, an Schachbrettern halblaute Ausrufe der Verwundeten, Verbundenen.

»Komm mit dem Ohr ein bißchen näher, Dick«, sagte George, die Augen groß auf mich gerichtet, »ich hab was auf dem Herzen.« Und während das Stimmengebrodel wieder anhob und

der erste Donner verrollte: »Gestern abend gab es, Gott sei Dank, noch kein Gewitter, und die Leute hörten allerlei Stationen. Aus Athen hieß es, Radiomeldungen seien aufgefangen worden von illegalen jugoslawischen Sendern und allzu ausführlich in die Nachrichten eingeschleust. Von diesem neuen Mann an der Spitze, dem Gewerkschafter, dem Broz-Tito. Daß er Partisanen zusammenfasse – Anweisung offenbar für Thessalien, die Chalkidike, den Peleponnes. Dadurch, hieß es weiter, habe man bei uns ein Nest von Sympathisierenden mit diesen Leuten entdeckt und ausgehoben. Die Sprecherin Jokaste sei verhaftet worden und jetzt ersetzt durch einen geschulten Kreter. Jokaste, Dick – erinnerst du dich, wer das ist? Meine Mutter! Die Banditen haben sie eingesperrt, und ich liege hier, ein gelähmter Kentaur. Unsere schöne stolze Mutter! Wenn nur mein Bruder Alexander das schon aufgefangen hat und Leute unserer Gruppen mobilisiert, ELAS oder EAM. Wenn die Hunde sie nun nach mir ausfragen und womöglich quälen! Sie sind ja ebensowenig wählerisch mit ihren Mitteln, unsere Patiniosse. Gestern nacht war ich verzweifelt, mag sein, daß auch darum mein Bein weh tut. Da siehst du nun: wie klein ist der Spalt zwischen den Küsten unseres Meeres, verglichen mit dem Umkreis dieses verfluchten Krieges! Und wie zäh das Band zwischen Mutter und Sohn! Und doch, jeder Krieg zerfetzt Tausende von Ehen, reißt Eltern und Kinder auseinander, macht schöne Mädchen zu Nonnen, Männer zu Krüppeln oder entmannt sie. Fragt überhaupt nicht nach Gefühlen.«
Ich faßte nach seinem Puls. Er ging wild, aber nicht gefahrdrohend. »Ich schicke dir Brom rüber«, sagte ich, als ich aufstand, »und möglicherweise weiß ich noch was Besseres: das Rote Kreuz in Jerusalem! Das hat bestimmt Kontakte mit dem Roten Halbmond in Ankara, und der wiederum langt über Istanbul zum Roten Kreuz in Athen hinüber, wo es ja Tuberkulose und Kinderkrankheiten genug bekämpft und allzu argen Hunger dämpft. Verlaß dich drauf, über deine Mutter kriegen wir in ein paar Wochen genauere Nachrichten als augenblicklich von den Transporten durchs Rote Meer, falls es da auch gewittert hat. Ach, und ich hab hier eine Pille in der Tasche! – Kamerad«, rief ich dem Oberpfleger zu, der gerade mit Bechern voll Obstsaft und Tellern der Abendkost durch die Baracke balancierte, »laß mal gleich das Futter hier.« Ich reichte Georges ein Pulver in

weißem Papier: »Schütt's auf die Zunge und trink was nach, es schmeckt bitter, aber es bringt dir Ruhe, Sohn der Jokaste!« Und mein Freund gehorchte, verzog das Gesicht, streckte sich dann aus, reichte mir die Hand und schloß die Augen. »Mehr als für dein Pulver, Dick, danke ich dir für den Roten Halbmond und unser Rotes Kreuz. Ein dünnes Fädchen Hilfe haben sie uns doch übriggelassen – und der Name Henri Dunants sei gepriesen, er lebe so lange wie der des Sophokles.« Und dann blickte er noch einmal zu mir auf. »Und sollten diese Bestien meiner Mutter auch nur einen Fingernagel krümmen, kenne ich einen, der wieder ganz nach vorne ausreißt, mit einem Tank oder mit Handgranaten« – ließ das Tablett mit dem Teller stehen, drehte sich zur Wand. »Gute Nacht.«
Als ich durch den Vorhang schaute, der die Außentür verstärkte, dem Blackout dienend, hatte der Regen gerade aufgehört. Wunderbare Luft, staubrein und sauerstoffhaltig, wehte mir entgegen, und ich eilte bergab, Pfützen überspringend, um in meinem Kämmerchen den Brief zu beenden, in welchem ich Hella und den Jungen von mir Nachrichten schickte mit dem nächsten Schiff, das von Ismailia die Heimreise nach den Vereinigten Staaten antrat. Offenbar mußte ich morgen oder übermorgen mir von George mehr über seine Beziehung zur Mutter erzählen lassen, als bisher zwischen uns verlautbarte, um ihm bei der Heilung zu helfen. Das große dunkelbraune Eingeheilte meines Maorigriechen hätte ich mir bei dieser Gelegenheit gern einmal angeschaut.

SECHSTES KAPITEL

Traum unter Wasser

Zum erstenmal bedauerte ich an diesem Morgen, daß unser Standort sich nicht mehr zwischen Alexandria und dem großen Drahtverhau befand, sondern hier hinten, in den friedlichen Schluchten voll Vogelruf und dem Duft der nassen Erde. Der Heeresbericht erweckte in mir Sehnsucht nach dem Donner der Geschütze – tausend hatte Montgomery zusammengebracht und ließ sie jetzt feuern. Nach dem Heulen der Propeller und ihrem Gebrüll, wenn die Maschinen sich erdwärts senkten, nach dem pausenlosen Mähen der Maschinengewehre, nach all dem verlangte es mich! Der alte Soldat unter Habsburgs Fahnen war in mir aufgewacht, ich hätte gern die Marschkolonnen vorüberziehen sehen und voll Begeisterung die Panzerschwadronen, die sich seit dem ach so verfrühten Einsatz der 11. Husaren verhundertfacht hatten. Wie in einem alten Raucher, dem der Arzt jede Form von Tabak verboten hat, damit sein Herz noch ein paar Jahre poche, der Wunsch nach der Zigarre oder Pfeife wieder aufwacht, durchpulste mich die Anbetung des Krieges und seiner männermordenden Gewalttätigkeit – mich, der ich doch längst Victor Hugos Meinung teilte, die Zeit werde kommen, wo man eine Kanone im Museum zeigen werde, einer Schar von Menschen, welche sich weigerte zu glauben, aus solchen Teufelsrohren habe man auf ihresgleichen Eisenkugeln geschleudert. Das eben, sagte ich mir beschämt, macht die Überwindung des Krieges so schwierig! In uns allen lebt immer noch der Jäger, der sich nicht schämt, ein wehrloses Reh aus dem Hinterhalt zu erlegen und sich dann stolz mit einem grünen Ast schmückt.

Wir standen an der Pforte des Sieges, hatten sie wahrscheinlich schon geöffnet. Die Verrücktheit der Angreifer, bis an die Grenze Ägyptens vorzustoßen, ohne recht einzuschätzen, daß sie von der Versorgung mit Benzin und Wasser abhingen, hatte sich für unsere militärischen Pläne bezahlt gemacht, nebst der

Tüchtigkeit unserer erfahrenen Befehlshaber von Flotte und Luftmacht. Deutsche Generäle wären, hieß es jetzt, gefallen oder gefangen worden, und der Wüstenfuchs Rommel, aus dem Krankenbett vom Semmering wieder nach Libyen berufen, hatte nichts mehr zu ändern vermocht. Es hieß, daß auch an der russischen Front Feldmarschälle ausgewechselt worden seien: aber was nutzte das? Die wahnsinnigen Schadensstifter umzubringen, wagte niemand, diese Hitler, Göring, Himmler, Mussolini, Ciano und wie sie alle hießen! Sie würden uns noch zu schaffen machen, da sie gehorsame Massen unter sich hatten und hinter sich als Einpeitscher die Herren von Finanz, Chemie und Stahl. Und nirgendwo merkte man das Wachstum von Einsicht und Widerstand. Unser altes Europa vom Atlantik bis an die Wolga lag im Banne einer Zwangsarbeit, die gemeint war zur Vernichtung des Sozialismus und gottlob bereits jetzt in Selbstvernichtung umschlug.

Die Kämpfe, die später den Namen der Schlacht von El Alamein trugen, schickten uns ganze Wagenladungen beschädigter Soldaten nach Latrun. Alle unsere leichten Fälle sollten alsbald abtransportiert werden: Betten frei! Auf seinen Stock gestützt, kam mich in der Morgenstunde vor Beginn des Dienstes mein George besuchen. Er humpelte nicht, schritt vorsichtig, trat ein: »Dick, ich muß dir schnell noch einen Morgentraum versetzen – frisch von der Pfanne, Gott weiß, was du daraus basteln wirst, ablesen, herausklauben! Wir werden heute vormittag verfrachtet, das Ding heißt Sarafand, Leichtkrankenbaracken. Verglichen mit denen, die jetzt drüben ausgeladen werden, darf ich als Springinsfeld gelten. Aber auf diesem Bett, auf dem wir unseren Kursus anfingen, möcht ich ihn doch noch beenden. Werden ja noch allerlei Gelegenheit haben, Ödipusrätsel zu lösen.« Ich nickte ihm zu, befestigte an meiner Tür das Schildchen: »Nicht stören!«, setzte mich hinter seinen Kopf in den breiten Holzstuhl, dem ein Geflecht von Palmenfasern als Sitz und Rückenlehne diente. »Schieß los!« sagte ich. Ich erwartete etwas über Jokaste, aber er begann: »Ja, also ich träumte, ich sei ins Wasser gegangen, ins Mittelmeer, in unser Meer, und marschierte über seinen Grund hinweg, als umgäbe mich blaue Luft statt blauen Wassers, und aus meinen Ohren seien Kiemen geworden, längliche Schläuche mit Röhrchen rechts und links, die ganz gemütlich hinter mir her wedelten.

Erst war der Grund sandig, dann wurde er Stein, aber ich hatte Kletterschuhe an und meine getreue Flinte auf dem Rücken und einen Rucksack merkwürdigerweise, eine Art Tornister mit Schlauch, der mir in den Mund ging – Taucheranzug also. Vor Haifischen hatte ich keine Bange, die fanden ja nur selten zu uns herauf im Gefolge von Überseelinern durch die Straße von Bab-el-Mandeb, vor dem Tor der Tränen. Und ich kam merkwürdig schnell vorwärts, Dick, und fühlte mich so wohl ...«

Hier schwieg er, und obwohl ich hinter seinem Kopf saß, ihn nicht vor Augen hatte, wußte ich doch, daß er lächelte. Ein Mutterleibstraum, notierte ich im Geiste. Fötus mit Kiemen, Glück des Kinderteichs noch vor dem Krampf und Erdbeben der Geburt. »Dieses Meer ist ja unsere Mutter«, sagte er, mit veränderter Stimme anhebend, »gebar ja unsere Inseln, schmiegte sich um die Felsen von Kreta, spie mit Vesuv und Ätna Rauch und Lava in die Luft. Und, Dick, da kam ich in ein versunkenes Pompeji oder Herkulanum, eine leere, ausgebrannte Stadt mit Häuserruinen, gepflasterten Straßen, glatt mit Marmorfliesen, und Fische flitzten herum wie Sperlinge oder Schwalben. Da schlenderte ich in eins von den Häusern hinein. Dort wartete ein Bett, eine Art Couch, und ich legte mich darauf, wie ich jetzt hier liege. Aber da wuchsen Algen rundum, und sie wedelten mir zu: ›Willkommen, Hedon, Sohn des Hedonicos! Willkommen, Grieche im Land der Zeitlosigkeit, wo das Morgen auf dich wartet, das Gestern dich geboren hat und das Heute dir entgleitet.‹«

Ach ja, dachte ich, wie froh er wäre, wenn ihm das Heute entgleiten könnte, diesem Gefangenen oder Häftling, dem Objekt einer Untersuchung, die ja noch allerlei Gefahren in sich birgt, auch wenn ihm eine Couch bereitet ist mit einem Arzt dahinter, ihm zu helfen. Statt engen Wänden umschließen ihn Engländer, Iren und Schotten. Und was er Freiheit nennt, wie wird er sie wiederfinden? Ich sah die Häuserwände um ihn starren, ein gleichsam durchsichtiges Gefängnis, und mich freute, mich, den Traumdeuter, daß sich über ihm im Traum keine Dächer breiteten, er irgendwie das Gefühl hatte, nach oben entkommen zu können.

»Und dann, Dick, wundert dich das, fand sich die Najade ein, ein feuchtes Weib, wie euer Dichter sagt, blond, im silbernen

Licht, nackt und schön, mit verführerischen Augen, die holden Arme ausgebreitet, und einem Fischschwanz, wie sich's gehörte. ›Ich bin nicht Fleisch noch Fisch‹, lächelte sie mir zu und stützte sich mit den Ellbogen auf mein Lager. ›Schön bin ich, aber du kannst mich nicht beflattern – ein Bischoffsweibchen, dem du schon mal begegnet bist und das hier auf dich wartete in der Stadt des Seeräubers Pompejus. Komm mit, laß dich zu unserm Gotte führen. Wenn du nicht willst, brauchst du ihn nicht anzubeten.‹ Sie streckte mir ihre kleine feste Hand hin mit Schwimmhäuten zwischen den Fingern, und wir glitten zusammen durch die Straßen. Tangblumen wuchsen zwischen Pflasterplatten. Und merkwürdig, nirgendwo lagen Totengerippe, weder Brustkörbe noch Schädel, und dabei waren doch seit Jahrtausenden Menschen umgebracht worden auf diesem Wasser und auf den Grund gesunken, auf dem ich jetzt spazierte, meine schöne Najade neben mir. Dick, ich bewunderte ihren Körper – weiß Gott, an wen mich diese Hüften erinnerten, diese schlanke Taille! Der Meeresboden hob sich unter meinen Schritten. Am Ende der Straße wuchtete eine Felswand empor, und vor dieser saß der Gott. Wie ein Pharao thronte er da, marmorweiß, ungeheuer groß, mit Schurz und Kopftuch, starr lächelnden Gesichts, die Augen geschlossen. Während ich so vor ihm stand, seine Knie in Augenhöhe, schwamm meine Nymphe zu seinem Kopf empor, küßte ihn auf die Wange. Dann tauchte sie wieder zu mir herab. Auf seinem Marmorschenkel sitzend, zwitscherte sie: ›Er ist Gott Aides, der Herr des Goldes und des Kotes, den die Römer Plutus nennen und die Spötter Gott Dickdarm. Aber aller Wert, der sich selber vermehrt, stammt von ihm, und niemand sieht die Sklaven, die all die Ziffern für ihn schaffen. Und schau, was alles hier umherliegt, für ihn und durch ihn, lauter eiserne Wracks, eine ganze Stadt aus Rost und Schrott, durch seine Macht und Gewalt entstanden, Handelsschiffe, Kriegsschiffe, Piraterie. Aber nun haben wir ihm unsern Besuch abgestattet; du willst zurück, der Boden unter deinen Füßen wölbt sich auf, schlägt Blasen. Und mich ruft die Pflicht. Wir müssen die Delphine füttern, meine Schwestern und ich. Der Fluß Nil schickt ja süßes Wasser die ganze Küste hinauf, Mischwasser, Brackwasser, da wächst nichts, da gedeiht nichts. Wir treiben sie in die Schlupfwinkel, dort finden sie Futter. Du aber steigst auf Aphrodites Küste empor, Hedonicos, die Treppen hinauf, ob du willst oder nicht. Du gehörst ins Licht der brennenden Sonne, zum Prometheus. Und wenn der noch so viele Zeit am Kaukasus angeschmiedet war, heute darf sich kein Geier mehr an seine Leber wagen, die großen Vögel vom Osten bleiben Sieger. Leb wohl, leb wohl, gedenke mein!‹ Sie küßte mich auf den rechten Kiemen, ich hätte sie gern umhalst, an mich gepreßt, aber sie entschwand, tauchte weg, hinterließ mir ein Weh im Herzen. Ich mußte mich zwingen, ihr nicht zu folgen. Aber ich bezwang mich, hatte Treppen vor meinen Füßen, halb rohen Fels, halb künstlich gebrochen, wie auf Kreta an vielen Stellen. Du mußt hinauf, sagte ich mir, in die wilde Sonne, Grieche, die zerstört und befruchtet wie Kampf und Arbeit, wie Strum und Freiheit und wie die endlose westliche Wüste unterm stahlblauen Himmel. Und indem ich die Treppen aufwärtsstapfte, plötzlich einen tüchtigen Stock in der Rechten, und mich an Felsen hielt mit der Linken, durchstieß ich die Brandung, mit den Wellen schwammen meine Kiemen fort, blendende Sonne traf mein Gesicht. Den Taucherschlauch spie ich aus dem Munde, atmete tief ein: Luft, Luft! Und ein metallener Klang weckte mich – der Gong zum Frühstückstee. Donnerwetter, sagte ich zu mir und warf die Decken beiseite, wo bin ich denn? Noch in Pompeji? In Latrun, in Sarafand? Und dann balancierte ich hinaus, mich zu waschen und sonst noch was zu tun – und, Dick, das wirkliche Wasser über Kopf und Gesicht war erfrischend und belebend, ein ganz anderes Element als das geträumte. Und nun mach was aus diesem Traum, alter Knabe!«

»Kommt Zeit, kommt Rat«, sagte ich, um auch meinerseits aus diesem Traum wieder aufzutauchen. »Jetzt sag mir nur noch schnell, unter welchem Namen deine Mutter im Radio arbeitete, wenn der Rote Halbmond nach ihr forscht.«

»Ihr kroatischer Mädchenname ist Maritza Hadikos«, erwiderte er, während er aufstand. »Die Schlußsilbe wurde ihr angehängt. Aber so wird man sie finden.«

Maritza, dachte ich, assoziativ verbunden mit dem Meere, mare! Aber zum Glück – denn wie hätte ich das alles schon jetzt verarbeiten sollen! – klopfte eine A. T. S. an die Tür. »Auftrag vom Oberst! Neueinlieferungen, lauter Fälle für Sie.« Ich sprang auf. »Ein andermal mehr, George!« rief ich und schnallte mein Koppel um. Dienst war Dienst. Gott wußte, woher das kam, was jetzt bei uns eintrudelte – befreite Gefangene aus Bardia? aus Tobruk? aus Sidi Barani? Sie würden mir allerlei psychische Nüsse zu knacken geben – hoffentlich nicht solche, die mir diesen Traum, dieses Juwel von Traum verdunkelten. Aber noch bevor ich die Kabine verließ, kritzelte ich auf einen Briefumschlag das Wort »Hedonicos«.

Am Spätnachmittag saß ich dann an meinem Tischchen, den Tee neben dem Arbeitsheft, eine indische Cheroot zwischen den Fingern der Linken, und begann aus dem Gedächtnis herauszuholen, was mir vom Traum meines Griechen hängengeblieben. Durch all die aktuellen Angaben des neuen Patientenschubs senkte ich mich zurück in unsere Vormittagsstunde, erinnerte mich zunächst der Erkenntnis vom Mutterleibstraum, die mich beim Anhören schon durchblitzt, schloß die Augen, lehnte mich zurück. Die Najade tauchte auf, das ins Meer gesunkene Pompeji, der Gott Aides oder Hades, dieser riesige marmorweiße Pharao, ein Beitrag Ägyptens, die Kiemen, die Taucherrüstung ... Kein schlechtes Bild für die Aufgabe, sich zu erinnern, sich durchs Meer des Faschistenkrieges hindurchzufinden. War da nicht das Bischoffsweibchen in ihm hochgestiegen, die Tochter des Mannes Bischoff aus der Jugend? Und daß Mr. Stone ihn verfolgte, der Mann aus Stein, den er auch Dickdarm nannte? Dick hieß ich; und wie hatte ihn die Najade begrüßt? Hedon, Sohn des Hedonicos! Hieß das nicht Freude, Sohn des Freudsohns? In mir erstarrte etwas. Dann öffnete der Pharao gleichsam seine Augen und sah mich an, mich Richard Karthaus, Lazarettgehilfe, unter Wasser, ich selber, aus meinem Rang als Arzt so lange hinabgestürzt in die Schicht der Gehorcher und nun wieder dabei, emporzusteigen. Hatte er sich mit mir identifiziert in diesem Traum, mein Grieche, dieser wunderschöne Bursche, der Schwimmer, Springer, Tankfahrer? Ja, war er nicht auf gewisse Weise selber zu Freud geworden, dieser mein Patient, den die Ruinen von Pompeji umgaben wie Kartenhäuser ohne Dach? Karthaus war ich, und die Tiefen des Unbewußten, waren sie nicht das Muttermeer, in dem unsereiner sich bewegte, zugleich Taucher und Deuter? Und hatte nicht Freud das Meer des Unbewußten unserer Epoche erschlossen, ein Entdecker, Erforscher, Explorer? Hatte er uns nicht die Karte der menschlichen Seele zu entwerfen begonnen und jahrzehntelang aufs genaueste vervollständigt mit

Untiefen, Strudeln, mit dem Grund, der sich aufwölbte und den Menschen wieder ins Bewußtsein hinaufschickte, von den Kiemen der Kindlichkeit befreit, aus Lungen das Wirkliche einatmend? Dieser George Kaphalides verkörperte er nicht den genialen Funken, den weder Angst noch Gewalt der Umstände erdrückten? Hedon, Sohn des Hedonicos! Er mußte mir diesen Traum aufschreiben, er selber. Dann hatte ich Bodenproben heraufgebracht vom Tiefenlot aus den verschwiegenen Gewässern der Unterwelt – für meine Darlegungen kein schlechtes Material gegen die Anklagen seiner Feinde. Alle Notizen waren Bruch dagegen, die ich aus mir selber herauszuholen vermochte! Und seinen Mut, in den Kampf wieder hinaufzutauchen gegen den Faschismus, diese sengende Sonne von heute, an deren Untergang wir alle mitwirkten! Als Verpflichtung des Menschen unserer Zeit sollte dergleichen aus den Blättern hervorgehen, die ich ihm zum Beschreiben nach Sarafand schicken würde, einen breiten Rand kniffend, für mich. Und mit diesem Entschluß klappte ich mein Heft zu, um in den Waschraum hinauszugehen, mich zu duschen und für den Abend vorzubereiten, den ich im Klubraum verbringen wollte. Beim Hin und Her der vielen neuen Gesichter war ein- oder zweimal der Name Pat gerufen worden, ohne daß ich den mir vertrauten Kopf meines irischen Salbeitrinkers erkannt hätte. Nun war der Name Patrick in allen Schichten des Heeres verbreitet, ein echter britischer Christian name. Aber vielleicht gab es doch irgendwo im großen Mannschaftsraum Gelegenheit, nach dem Verschwundenen zu forschen. Bei dem tollen Wirbel keine Kleinigkeit, der die Etappe einer so heftig anwachsenden Armee jetzt unvermeidlich regierte.

SIEBENTES KAPITEL

Kameradschaft

Schon außerhalb der Vorhänge, welche die Tür darstellten des riesigen Zelts, das nach der Straßenseite zu für vorüberkommende Transporte errichtet worden war, hörte ich die Stille da drinnen und den Lautsprecher, der etwas in dem amerikanisch zerkauten Englisch berichtete, das nicht einmal die Nachrichtensprecher von USA-Stationen mieden.

»Amerikaner schon unterwegs!« flüsterte mir ein Nachbar zu, neben dem ein leinenes Stühlchen frei war. »Sie funken von einem Transporter. Landung irgendwo in Afrika.«

Ich saß da und lauschte, und das taten mehr als ein halb hundert Männer, die vorher Zeitung lasen, Karten spielten, Briefe schrieben. »Anderthalb Millionen Arbeiter mußten neu eingestellt werden«, unterstrich der Berichterstatter, »um die Heereslieferungen zu bewältigen, die phantastischen Aufträge auf Borg und Pump, mit denen Präsident Roosevelt als Antwort auf die Kriegserklärung des unbegreiflichen deutschen Größenwahns die Vereinigten Staaten in die Front gegen Hitler einreihte.« Die Mächtigkeit der Fabrikhallen, in Quadratfuß angegeben, die allein der Flugzeugbau benötigte, verwirrte mich geradezu; das außerordentliche Heer von wissenschaftlichen und technischen Zentralen möge man sich vorstellen, rief der Ansager, in welche sich von Seattle bis nach Kalifornien Colleges und Technische Hochschulen alsbald verwandelten! Tausende männlicher und weiblicher Ärzte und Pharmazeuten schulten sich für den Dienst in neuen Lazaretten und Laboratorien, den ihresgleichen in Kanada ja schon seit drei Jahren leisteten. Was durch den 7. Dezember 1941 in den Vereinigten Staaten ausgelöst worden war vom wortbrüchigen Überfall der arg unterschätzten Japaner auf die USA-Flotte in Pearl Harbor, das, einschließlich der allgemeinen Wehrpflicht, wirkte inzwischen vom Stillen Ozean zum Atlantik hinüber, und nun schwamm es her! Alle Stahlwerke, Autofabriken, Getreidefar-

men liefen auf Hochtouren, der Wirtschaftskoloß USA hatte sich zum Rüstungsgiganten umgeschaffen, und nun würde die Welt ihr Wunder erleben! Genaueres über die Transporte, die unterwegs seien, bleibe natürlich stumm wie Kaugummi, aber die Achte dürfe beruhigt den nächsten Wochen entgegensehen, ihre Heldentaten würden als gutes Beispiel anstecken. Und wenn das Freie Frankreich mitspiele, was zu erwarten sei, werde es auch nicht mehr lange dauern, bis der amerikanische Riese mit Siebenmeilenstiefeln von der afrikanischen zur europäischen Küste hinübergestapft sei, was die Rommel und Kesselring auch dagegen unternehmen würden!
Und nun sende man Musik, amerikanische Musik, auf Bändern aus New York mitgebracht, Gershwins »Rhapsodie in Blau«.
Ich lehnte mich zurück, der Stuhl, gespannte Leinwand, knirschte leicht unter meinem Gewicht. Die fremdartig angenehme Musik Gershwins wurde alsbald unterspielt von halblautem Gespräch, an dem sich fast jedermann gedämpft beteiligte. Durch den Nebel, den all die Zigaretten und Pfeifen erzeugten, holte mein geistiges Auge jene Wochen zurück, die ich im früheren Leben »drüben« verbracht hatte. Welche Weiten zwischen den Riesenstädten, durchschnitten von Eisen- und Autobahnen! Welcher Zusammenklang von Bevölkerungen, die alle dort eingewandert waren und zu Amerikanern verschmolzen! Welche Fülle schöpferischer Gesichter überall, die der Kampf um den täglichen Dollar nicht am Lachen hinderte! Und über all diesen Augenpaaren, vom glänzenden Schwarz zum hellen Blau, all den Gesichtern, vom chinesischen Gelb bis zum skandinavischen Weiß: der Mann hinter dem Schreibtisch, dem ich im Weißen Haus die Hand drücken durfte, obschon er uns eines Unwohlseins wegen nur kurz empfangen konnte! Dieser admiralhafte Regent, der das Schiff USA aus seinem wildwogenden Kapitalismus hinauszusteuern trachtete und alle Staatsmittel, Arbeitserträge von Millionen Händen, auf gemeinnützige Weise anzuwenden plante, bis ihm die drei Achsenhäuptlinge den Kriegskurs vorschrieben! Dieser F. D. R. verkörperte jetzt die dritte Weltmacht, die uns den Sieg garantierte –, und ich nickte vor mich hin. Wir Besucher des Weißen Hauses hatten uns gefreut, all die kleinen Nachbildungen von Schiffen und Schiffsteilen auf Konsolen oder in Vitrinen zu vermerken, die sich in Franklin D. Roosevelts Um-

gebung fanden, als Andenken oder Preise oder einfach gesammelt vom leidenschaftlichen Freund der nautischen Künste. Einst halfen ihm die heißen Quellen von Hot Springs, jene Kinderlähmung zu überwinden, die den Buben Franklin befallen hatte; er war damit fertig geworden, der Wille in diesem stahläugigen Mann hatte schon damals gesiegt, und nun verkörperte er uns die Stoßkraft eines ganzen Kontinents, auch wenn, wie es hieß, gewisse Kreise der Finanzen aufs Ende seiner dritten Amtszeit lauerten. Aber falls er sich ein viertes Mal zur Wahl stellte, würde er ein viertes Mal alle Hindernisse bezwingen, die ihm von Leuten entgegengestellt wurden oder vom eigenen Körper, und mit den beiden anderen Trümpfen in unserem Blatt, mit Churchill und Stalin, aus dem Blutsumpf eine lebenswerte Gegenwart und Zukunft heben – und wenn nicht heben, so mindestens vorzeichnen.
Während meine Erinnerung noch zwischen New York und Washington schweifte, brachte mir jemand einen Zettel, zusammengerollt und in eine Patronenhülse gesteckt, die ich in der Hand wärmte. Es kommt manchmal vor, daß man für Minuten vergißt, was man so zwischen den Fingern hin und her rollt, weil das von fern Andringende sich tiefer in unsere Aufmerksamkeit bohrt als solch ein alltäglicher Handgriff – Patronenhülse aus einer Schlacht, in der sie zu Hunderttausenden leergeschossen werden. Dann endlich erregte das weiße Röllchen meine Aufmerksamkeit – der gesendete Gershwin-Satz schloß gerade mit eindrucksvollen Jazzrhythmen, da entrollte ich es und sah Schriftzüge, unbeholfen – Unterschrift: »Dein Pat.« Gott sei Dank! rief ich mir innerlich zu, endlich ein Lebenszeichen! Es konnte ja nicht anders sein, als daß Leute bei einem Fliegeralarm auseinandergestreut wurden wie Weizenkörner und sich in einer Großstadt wie Kairo nicht mehr fanden. Aber daß dies Nichtfinden dann Monate währt, liegt an der uns allen gemeinsamen Schreibfaulheit und auch daran, daß wir ja sicher waren, in dem organisierten Riesenameisenhaufen der Achten schließlich doch mal wieder aufeinanderzustoßen. »Liege Girurgische Klinik oder wie sich das schreibt. Sieh bald mal nach mir. Meine rechte Pfote hat keine Zehen mehr. Was aus mir werden soll, nach Entlassung, müssen wir bequasseln.«
Mein Gott, dachte ich, keine Zehen mehr, sicherlich auf einen Boobytrap getreten, als er aus seinem Tank kletterte. Auf den

Sand gefallen und zugeweht, und dann ein Knall und allez, parti! Heute abend konnte ich mich nicht mehr auf die Suche nach seinem Bett machen – guten Morgen also, armer braver Pat, bestes Irland und bestes England in einer Person!

Am anderen Vormittag fand ich ihn in der zweiten Baracke der Chirurgischen Abteilung, er strahlte geradezu, als er sich vorsichtig im Bett aufrichtete. »Wußte gar nicht, daß sie dich so schnell finden würden«, freute er sich, »hab meinen Zettel so ohne Umstände hingekritzelt. Wird sich ja gar nicht schicken, hätte meine Mutter dazu geäußert. Hat schon lange nichts mehr von mir gehört, die alte Frau. Nun werd ich ja nach Hause kommen und eine Rente kriegen, und wird zuviel sein zum Sterben und zuwenig zum Leben. Eine verdammt fromme Frau, die Mary Claress, auf du und du mit dem Heiland von Dublin und dem Pater Florence; ich höre von hier, wie sie sagen wird: ›Das hast du davon, Pat, daß du in die Teufelslusche der Sozialisten hineingestapft bist!‹ Aber wenn nicht die Hoffnung auf Sozialismus wäre – jeder bliebe so dumm wie Mam. Wenn man so im Bett liegt, Dick ... Hat mir doch einer erzählt, daß sie früher in Zarenrußland Wasser vom Jordan für teures Geld kauften! Mußte aber direkt vom Heiligen Lande importiert werden.« Und seine Augen blickten zu mir hinüber, der ich am Fußende saß, und glänzten belustigt und so, daß ich sah: seiner Mutter Augen. Ein schönes irisches Mädchen hatte sie ihm vererbt. Und da fiel mir etwas ein, indes ich die Patronenhülse aus der Tasche zog und abermals mit ihr spielte. »Fromme irische Leute«, sprach ich so vor mich hin, »sollten sich doch von alten Russen nicht übertreffen lassen. Ward doch im Jordanwasser der Heiland getauft, wenn ich nicht irre, und auch bei Johannes dem Täufer war etwas mit dieser Gnadenquelle los.«

»In ein paar Wochen könnt ich da hinpilgern, vorsichtig. Und Colonel Dughleen behauptet, selbst ohne Prothese würde ich wieder ebensogut laufen können wie die Londoner Fräuleins mit hohen Absätzen. Aber eine Prothese bestell ich mir auf alle Fälle, denn als Lackierer will ich weiterschuften – und dabei bist du acht Stunden auf den Füßen, immer rund um den Wagen, das verdammte Biest. Aber was soll's mit dem Jordanwasser, soll mich das schneller kurieren?«

Ich pfiff auf der Patronenhülse, die wir ja Kartusche nannten.

Kartusch, dachte ich – Daganiah Aleph, meine tüchtige Fritzi.
»Wie wär's denn«, redete ich diesmal nicht so sehr vor mich hin wie zu meinem Gegenüber, »wie wär's denn, Pat, wenn wir hier an diesem Bett, wir zwei beide, eine neue Glaubensstütze errichteten? Jordanwasser für fromme irische Christen, mit gestempelten Flaschen, die Taube des apostolischen Geistes drauf eingeschmolzen und vom Heiligen Vater Pius dem Zwölften warm empfohlen? Dort liegt ein Dorf, Kfar Nachum, auf lateinisch Kapernaum. Pater Florence wird deiner Mutter ohne weiteres die Stelle beim Apostel Matthäus oder Lukas zeigen, die vom Wandeln des Heilands daselbst berichtet.«
»Aber was soll ich damit?« fragte Pat und schüttelte den Kopf.
»Den neuen Einfuhrartikel organisieren, heiligen Import nach Belfast: Jordanwasser, in welchem Jesu getauft wurde, auf Flaschen gefüllt, im Heiligen Lande gegossen, mit der Taube als Siegel. Durch die palästinensische Post befördert und von deiner Mutter auch an die wohlhabenden Dubliner verhökert – würde das nicht ziehen, Pat? Und wenn es bloß fünfzig Pfund im Jahre einbrächte, Reingewinn. Und zu irgend etwas muß der Heilige Vater in Rom doch taugen, meinst du nicht auch?«
Pat saß da und staunte mich an – und ich mich selbst. »Dick«, antwortete er langsam, »auch wenn es sich bloß um Wasser handelt ...«
»Schieße ich dir vor, Pat«, lachte ich. »Muß meiner Schwester ohnehin meinen ersparten Sold schicken, von Barclays Bank, Jerusalem, an die Filiale in Haifa. Bestimmt übernimmt sie die Teilhaberschaft an diesem Export aus dem Heiligen Lande, und unsere Freunde in Galiläa besorgen das Füllen der Flaschen. Dort arbeiten doch zwei Kunstgewerblerinnen, die allerlei Tonwaren herstellen, geschmackvolle Potterien. Sicherlich haben diese Mädchen auch zu Glasbläsern Verbindung, wenn's denn Glasflaschen sein sollen, darin der Heilige Geist nach Irland fliegt. Mach dir keine Sorgen, Pat, auch wenn's mit der Lackiererei nicht klappen sollte! Das Heilige Land wird dir deine Rente verbessern – du sollst es nicht umsonst gegen den Teufel verteidigt haben.«
Pat ließ sich im Bett zurückfallen, blickte zur Decke empor,

dann wieder zu mir hin, der ich aufstand, um mich zu verabschieden.
»Dick«, sagte er, »alter Kamerad! Ein Herz, das in der Mannschaftsbluse schlägt, bleibt immer eines Mannes Herz«, und er streckte mir die Hand hin, und ich packte sie. Jetzt eben füllte sich der Saal – Leute mit Krücken, auf Bahren, manche, die einander stützten. Meine Dienstkollegen grüßten mich mit Blicken oder kopfnickend, ihre Patienten zu den Lagerstätten geleitend. Dieser ganze Saal, auch wenn er mich nicht als Doktor brauchte und stark nach Antisepsis roch, war ein Raum voller Freunde. Kameradschaft der Achten! Die Westliche Wüste – die prägte um! Wer in ihr gekämpft hatte oder gelitten, der war von ihr tätowiert, ebenso unverwischbar wie mit bester Tinktur.

ACHTES KAPITEL

Mein Widerspiel

Nun hab ich aber noch einmal zurückzugreifen zum Amerika-Abend im Mannschaftszelt, aus dem mich Pats Zettel herausgelockt in den nächsten Vormittag.

Schrieb ich nicht schon hin, daß mich der letzte Gershwin-Satz mit seinem echten Musikertum halb fesselte und halb entließ? »Mensch«, hatte jemand mir da ins Ohr geflüstert und mir auf die Schulter getippt, »komm bloß aus dieser Akustik heraus, halb Gershwin und halb Geschwätz. Laß uns ungestraft unter Palmen wandeln oder wenigstens unter Eukalypten.«

»Kartusch!« rief ich aus. »Das ist ja großartig! Ich vermutete dich Gott weiß wo, somewhere in Palestine, wie früher der Tagesbericht in der Unruhezeit orakelte.«

Wir traten ins Freie – wundervoll atmete sich's außerhalb der Raucherei. »Muß dir etwas verraten«, meinte Kartusch, der sich bei mir einhängte. »Du hast doch allerlei Grund, unseren Uhu aufzustöbern, der über Aktenbündeln thront. Auf dem Rückweg von eurem alten Standort über Kantara hierher sagten Jungens, die jenseits Alexandria einstiegen, jetzt müsse der Krieg unbedingt aufhören. Und warum? Weil sie in Kairo alle Akten verbrannt haben, als die Front sich nicht zu halten schien! Ganze Stöße von betipptem Papier mit Benzin übergossen, zu Freudenfeuern, Nächte hindurch! All die Stäbe hinter der Front hätten das Spiel getrieben, und damit höre doch die Maschine auf zu laufen und zu schnaufen. Aber merkst du was davon? Sie läuft weiter! Geht auch ohne den Aktenkram, wie's scheint.«

Wir verließen den Schatten der Eukalypten und schritten Arm in Arm meiner Arbeitsstelle zu, im Lichte des jungen Mondes und beim Zirpen großer Zikaden.

»Du glaubst doch nicht, Kartusch«, sagte ich betroffen, »daß auch mit dem Akt Karthaus irgend etwas vorgekommen ist?

Andererseits wäre es herrlich, wenn das Protokoll Kephalides sich in Rauch aufgelöst hätte, als Asche weggeblasen.«
»Das werden wir bald in Jerusalem erfahren«, rief er, listig zu mir emporblickend, der ich ihn ja um einen halben Kopf überragte, den breitschultrigen kurzbeinigen Mann. »Ich muß zu unserem Uhu, und du kommst mit.«
»Hätte zwar«, bedauerte ich, »gerne noch was von der USA-Landung aufgeschnappt, aber der Weg zu Stone ist das Wichtigere.«
»Unser Politicus geht wirklich allem anderen vor – Ableger des Londoner Foreign Office. Ich nämlich muß ihm übermorgen melden, daß unsere Haganah-Formationen Waffen brauchen, schwere MGs und Flaks. Erste dreißigtausend Mann liegen schon quer übers Land verteilt, mit El Arisch als Zentrum, und der neue Mann Montgomery flößt uns allerhand Vertrauen ein. Vom Zurücknehmen nach dem Taurus oder solchem Unfug keine Rede mehr. Weder Meister Rommel noch Held Graziani machen uns bange. Und dieser Herr Stone soll schon in Jerusalem sitzen, eine Villa bezogen haben, die einst von einem deiner engeren Kollegen bewohnt war; vor einem halben Jahr an Angina pectoris eingegangen – seinen Namen hab ich leider nicht im Kopf.«
»Doch nicht Manfred Jacobs!« rief ich aus.
»Doch«, erwiderte er, »zwei Vornamen, Manfred und Jacob, das stimmt. Du kennst das Haus?«
»Werde dich hinbegleiten«, nickte ich ihm zu, »ich kenne Weg und Haus und Straße und Nummer und die wundervolle Bibliothek, und dabei erinnere ich den Herrn daran, daß sich noch immer nichts an meinem Zustand geändert hat. Auch eines Lazarettgehilfen Geduld geht zu Ende. Übermorgen mittag fährt ein Bus nach Jerusalem hinauf. Treffen wir uns um elf vor Meyers Buchhandlung, Queen Mary Road. Und hier Stones Telefonnummer – versuche dein Heil.«
Aus dem Schatten löste sich ein Motorradfahrer mit weißem Sturzhelm und Lederjacke.
»Der da bringt mich nach Tel Aviv«, meinte Kartusch, »zu den Toren und den Weisen von Zion. Wie froh bin ich, nicht mehr ägyptischen Boden zu betrampeln! Haben diese fleißigen Akkerbauern jemals Selbstregierung gekannt?«
»Werden nicht diese schauerlichen Jahre«, sagte ich, während

Kartusch seine Jacke zuknöpfte, »an ihrer Ergebung ins Kismet rütteln? Paßt bloß auf, bis ihr alle Abhänge hinter euch habt auf eurem puffenden Zweirad.«

»Daran wird's nicht fehlen«, antwortete hebräisch der Mann im Sturzhelm und ließ seinen Motor laufen. Aber in den Lärm der Maschine hinein, bevor er sich in den zweiten Sattel schwang, rief mir Kartusch zu: »Die Zeiten ändern sich und wir uns mit ihnen – denn jetzt landet USA.« Und dieser letzte Satz, deutsch gesprochen, verklang bereits am Tor unseres Lagers.

Wahrscheinlich vergaß ich bisher zu berichten, wie es kam, daß meine anfangs so kühle Beziehung zu dem Stettiner Apotheker Kartuschek, jetzigem Haganah-Kapitän Moscheh Kartusch, in Freundschaft umschlug. Dankbare Freundschaft, wie sie sich eben nur entwickelt, wenn zur Schicksalsgemeinschaft diejenige der Gesinnung tritt und des Kampfes gegen den gemeinsamen Feind. Kartusch war einmal, denkwürdigerweise im Frühsommer dieses Jahres, als unser Arbeitsplatz noch das Reich König Faruks schmückte, bei mir erschienen, in den ersten Morgenstunden, die Luft ließ sich noch erfreulich atmen. »Als Stippvisite«, brummte er mit seiner vom Rauchen kratzigen Stimme, »um meine Frühstückspfeife in Gesellschaft zu schmauchen.« – Es war nämlich in das ehemalige Quartier unserer A. T. S. ein Zug der dritten Kompanie des jüdischen Bataillons unseres Bough-Regiments eingerückt – Kartusch diente als Verbindungsmann zwischen dem Hauptquartier der Haganah in Tel Aviv, der jüdischen Landsturmarmee, und der Führung dieser Boughs, die den gefährlichen Versuch machen sollten, durch einen Zipfel der Katarra-Senke den aus kaum sichtbarem Felsgrat bestehenden Weg auszuspähen, auf welchem Beduinen diesen Salzsumpf zu durchqueren pflegten. Wo eine Kamelladung das verräterische Tief duchwatet, können kriegsgeübte palästinensische Boys auch schwere MGs hinüberschaffen, Bänder voll Patronen, zum Abschießen von Flugzeugen höchst geeignet, vielleicht sogar leichte Geschütze, kleinkalibrige Langrohre gegen Spähtanks und Infanterie.

»Ja, Karthaus«, meinte damals der schwitzende Mann, den kurzgeschorenen Kopf mit Zellstoff trocknend und dankbaren Blicks von einem großen Glas Grapefruitsaft kleine Schlucke nehmend, »ich komme halb privat und halb politisch, wie sich das heute so verflicht. Durch Palästina weht der Selbstmord-

wind. Habe selber viele kleine Dosen mit Zyankali verkauft, vor zwei Jahren, als unser Wavell die Achte von der tunesischen Grenze bis nach Alamein zurücknahm. Viele unserer Emigranten brachten geschwächte Nerven mit nach Palästina. Allen hat der scheußliche Umschwung in Deutschland Herzstöße versetzt, diese sogenannte Machtergreifung, auf die sie nicht vorbereitet waren. Haben freilich damals schon alles getan, wir Rotfront, um die armen Hasen zu beruhigen; ist uns auch geglückt bisher. Aber nun spukt diese Furcht aufs neue: ›Und wenn diese verfluchte Gestapo von Rhodos mit Fallschirmen herüberkommt und bloß drei Wochen im Lande haust! Wir haben genug. Dann wählen wir lieber den Tod aus eigener Hand als den durch Nazimörder.‹ Wissen doch, wie die greise Witwe unseres Max Liebermann in ihr Schlafzimmer hinüberging, als sie von schmucken SS-Kavalieren abgeholt werden sollte, wahrscheinlich nach Theresienstadt, um dort zu verhungern. ›Augenblick, meine Herren‹, sagte sie, ›muß noch mal ins Schlafzimmer hinüber.‹ Und als sie nicht wiederkam, fanden sie sie tot auf ihrem Bett, es hatte kaum fünf Minuten gedauert. Sollen sie ja gleich neben ihrem Max eingescharrt haben, Schönhauser Allee, Berlin N, auf dem alten Friedhof. Aber unsere Einwanderer sind auch mit dem neuen Begräbnisplatz bei Khayat Beach einverstanden, nur nicht dort, wo die Nazis sie antasten könnten.«
Ich beschaute mir bewegten Herzens den schwarzäugigen Mann, diesen Soldaten der Roten Front, aus dem heute das verbindende Gefühl mit allen Schicksalsgenossen sprach, die der faschistische Sturm an den palästinensischen Strand getrieben. »Wie kann ich Ihnen dabei helfen, lieber Kartusch?« fragte ich. »Bin doch hier dienstlich festgenagelt, sosehr ich auch in Ihren Willen zum Helfen einmünde. Stettin oder Czernowitz – wir sind aus einem Holze. Wenn ich auch damals noch nicht verstand, daß dieser Krieg in Spanien begann.«
»Sollen mir auch gar nicht helfen, Karthaus«, erwiderte er, klopfte seine Pfeife aus, stopfte sie mit zwei verletzten Zigaretten aus seiner Brusttasche. »Komme nämlich Ihrer Schwester wegen, der Fritzi, die mir so viele Ihrer Bücher lieh – sehr lesenswertes Futter, wenn ich immer mal wieder paar Tage bei mir nach dem Rechten sah. Ließen Sie ihr seinerzeit Zyankali daheim, als Sie zur Truppe stießen?«

Ich schaute ihn mit großen Augen an, schüttelte den Kopf.
»Nein?« fuhr er fort. »Um so besser. Es könnten sie aber inzwischen freundliche Nachbarn mit dieser Angstpsychose angesteckt haben. Sie glauben nicht, was sich bei unseren Leuten abspielt! Und die politische Leitung in Tel Aviv hat ja die Weisheit auch mit Löffeln gefressen. Kennen Sie den Rechtsanwalt Oskar Pincus, geboren in Breslau, der mir sein Erlebnis haarklein auseinandersetzte? Hatte den Hitler höchst persönlich im Schweidnitzer Prozeß im Kreuzverhör, kurz vor dem Aufstieg dieses Trommlers zum Reichskanzler. Fuhr also jetzt nach Tel Aviv: Was die Herren von der Haganah zu tun gedächten, um persönlich gefährdete Emigranten in Sicherheit zu bringen, Leute wie ihn, den die Gestapo bestimmt schon notierte? Antworteten diese Schlauberger: ›Kommen die Nazis nach Palästina herein, werden sie mit Hochachtung stehen vor dem, was wir hier aufgebaut haben. Sie verfolgen nur Steuerhinterzieher und Feinde ihres Staates, und die zu schützen sehen wir keinen Grund.‹ So tief sind diese politischen Köpfe durchseucht von der Propaganda des schlangenzüngigen Goebbels, des Antikomintern-Aals. Nun, ich beruhigte den Doktor Pincus: britische Batterien auf dem Carmel würden schon dafür sorgen, daß den Herren Fallschirmjägern das sanfte Landen bei uns durch Molotow-Cocktails versalzen würde.«
»Mensch«, rief ich, sprang auf und packte seine Schultern, »wenn die Götter die einen mit Blindheit schlagen, rufen sie auch immer wachsame Herzen auf, rechte Wege zu weisen. Und Sie wollen zu meiner Schwester gehen und die arme Fritzi beruhigen?«
»Nicht bloß beruhigen«, lachte er, mit meinen Streichhölzern seine Pfeife anzündend. »Ihr für alle Fälle harmlose Schlaftabletten zustecken, von Ihnen übergeben, damit sie nichts Falsches durch die Speiseröhre gleiten läßt. Ein paar Zeilen von Ihrer Hand – weiter brauche ich nichts. Und doch – noch etwas: da sehe ich Pocket books auf Ihrem Bücherbrett, Dinge, die ich schon lange lesen wollte, Steinbecks ›Früchte des Zorns‹ und endlich ›Vier ängstliche Leute‹ von Arnot Robertson. Lassen Sie also die Leihbibliothek Ihrer Fritzi auch mal hier spielen in G. H. 26 – nach ein paar Wochen bring ich sie Ihnen wieder.«
»Niemals wieder!« rief ich. »Die gehören Ihnen, diese beiden Scharteken. Und lassen Sie mir einen Augenblick Zeit, in den

›Kim‹ hineinzuschreiben: ›Meinem treuen Waffenkameraden Kartusch sein dankbarer Karthaus, Westliche Wüste.‹« Und mit fast zitternder Hand schrieb ich die Zeile in Kiplings Meisterwerk und drückte Kartuschs Hand, als er die beiden Taschenbücher unter den Arm klemmte und ging.

Als ich nun, im Herbst, wieder auf unsere niederen Baracken zuschritt, über denen die ersten Sterne funkelten: schon wieder fällst du ins Latein, spottete ich mich da aus, weil ich an Horazens Sprache heitere Selbstkritik übte: »Die Zeiten ändern sich und wir uns mit ihnen.« Wie lange war mir doch dieser Apotheker Kartusch eine störende Erscheinung gewesen wegen seiner dauernden Kritik an der Politik der Mandatarmacht gegenüber der Jewish Agency und gar als ich erfuhr, wie die Telefoniererei und vielleicht auch die Einmischung des Geheimdienstes in sie mich in den Verdacht gebracht hatte, er zu sein, dieser Spanienkämpfer mit seiner unangebrachten Zeitkritik! Daß ich harmloser, bejahungsfreudiger Wissenschaftler durch diese Verwechslung und nicht durch ihn drei Dutzend Monate als Krankenpfleger hatte arbeiten müssen und noch jetzt das gleiche tat: trotz aller Einblicke in mein Innenleben war es mir lange nicht geglückt, ihn, Kartusch, aus dem Komplex von Ärger und Ungeduld zu lösen, der mich von Zeit zu Zeit erfüllte. Dabei, gab ich mir jetzt zu, war meine Stellung zu ihm niemals gleichgültig gewesen: ein abstoßender Affekt bereitet viel besser vor aufs Umschlagen in positive Zuneigung als jene Gleichgültigkeit, mit der wir Alltagsmenschen an uns vorüberziehen lassen, auftauchen und wieder verschwinden sehen. Und all diese Monate nun hatte Kartusch für meine brave Fritzi Sorge getragen, sie davor behütet, sich übereilterweise umzubringen. Unwillkürlich klatschte ich in die Hände, als eine der kleinen Fledermäuse sich aus dem Wipfel der großen Eukalypte über unsere Baracke hinwegschwang, das bißchen Nahrung aufzunehmen, das solch ein Tierchen in der Dämmerung zu verschlingen hat. Noch immer standen die beiden verzaubernden Sternenaugen über uns, diesmal im Osten. Seid froh, winkte ich den beschwingten Flatterern zu, daß unser Uhu nicht auf euch Jagd macht, dieser steinerne Gast, den ich in Jerusalem wiedersehe. Jetzt werde ich etwas lesen und übermorgen aus der Bibliothek von Manfred Jacobs meine beiden kleinen Abhandlungen stehlen, um dem Verleger der englischen Ausgabe möglicherweise auch eine Übersetzung meiner zweiten vorschlagen zu können, deren Titel »Über die Anfälligkeit für Kriegsneurosen« auf englisch etwa lauten müßte: »Warum Joe Smith von der 2. Kompanie und nicht auch sein Nebenmann Peter Pompe aus dem gleichen Gefecht krank in meine Behandlung kam.« Das eben ist es, Major Stone, was unsereinen beschäftigt und was mit der Aufrechterhaltung der Disziplin gar nichts zu tun hat, die Ihnen so viel gilt, um so mehr aber mit gesellschaftlichen Unterschieden beim Aufwachsen von Knaben.

Ich knipste mein Licht an: trotz fest geschlossener Vorhänge umflatterte es gleich einer jener Nachtfalter, die wir Weinbergspinner nennen – dicke Körper, lange gerollte Fühler, schmale, blitzschnell vibrierende Flügeldecken.

NEUNTES KAPITEL

Uhu auf Jagd

Ein andermal will ich beschreiben, wie wir von Latrun nach Jerusalem hinaufkamen, diesem Räuber- und Bergnest, das nicht umsonst in unseren Kirchenliedern als »hochgebaute Stadt« gepriesen wird. Ja, fast achthundert Meter steigen die Wagen hinauf, die aus der Ebene kommen, gleiten vorüber an dem berüchtigten Bergdorf Abu Gosh, von dem es hieß, ein türkischer Pascha habe daselbst einmal alles Männliche über zehn Jahre hängen lassen, um die dort erbliche Wegelagerei auszurotten. Und dann thront auf der anderen Seite, eine halbe Stunde höher, das Kloster Kubebe, das irgendwie mit Emmaus zu tun haben soll und das ein schwäbischer Franziskaner mit einem recht stattlichen Wäldchen umpflanzte – wie? Ganz einfach: Tag für Tag, dreißig Jahre hindurch, ließ er von seinem Eselchen zwei Körbe Erde auf diese kahle Kuppe schleppen, fruchtbare Erde, welche die Winterregen in die Wadis hinuntergespült hatten und die dort hinter Spalten und Felsvorsprüngen wartete und trocknete. Der brave Franziskaner also steckte Keime und Samen in die heraufgebrachte Erde und wässerte sie aus den Klosterzisternen mit schwäbischer Gründlichkeit und Geduld. Und darum eben schattete da oben ein Hain, dessen Wipfel grün herübergrüßten, wenn der Wagen den Krümmungen der Straße folgte und ins Gebirge Juda hinaufglitt. Oben schließlich heißt diese Straße Jaffastraße und das Tor Jaffator, durch welches man die mit sarazenischen Zinnen gekrönte Festungsmauer passiert. Dicht neben diesem aus Kreuzzugszeiten stammenden Burgtor legt eine breite Bresche in der Mauer ehrenvolles Zeugnis ab von der Höflichkeit des Beherrschers der Gläubigen, des Sultans Abdul Hamid. Denn als im Jahre 1902 sein Freund, der deutsche Kaiser Wilhelm II., in schimmernder Rüstung der Garde du Corps, den Adlerhelm auf dem Haupte, die Stadt Jerusalem besuchte, war das Tor zu schmal, um die kaiserlichen Wagen passieren zu lassen, und so riß eben ein türkisches Straßenkommando das benachbarte Stück Mauer weg, die wahrscheinlich Salach-ed-din hatte erbauen lassen, der Sultan Saladin der Scottschen Romane. Und was die fränkischen Kreuzritter nicht schafften, vollbrachte ihr Nachkomme Jahrhunderte später als Besuch und Verbündeter. Aber da Allah es so gewollt hatte, erhielt sich die Lücke in der Mauer und gab Raum für das Hineinfahren von Touristenautos etwa fünfzig oder siebzig Meter tief in die Altstadt Jerusalems, die sonst nur von Eseln oder Fußgängern durchzogen werden kann. Denn dort ist die Stadt bereits in Schluchten hineingebaut, man betritt manche Straßen auf der Höhe des Dachgeschosses und schaut hinunter wie in tiefe Brunnen, bevor man zu den Eingängen hinabsteigt.

Unsere neuen Straßen freilich umkreisen die Stadtmauer, haben moderne Geschäftshäuser zur Rechten und zur Linken, sind nach Königin Mary oder König George V. getauft und führen zu jenen Stadtvierteln, in denen jüngst angesiedelte Emigranten wohnen, einst wohlhabende Herren oder auch jetzt noch begüterte, da sie Teile ihrer Vermögen »legal transferieren« oder anderswie dem Zugriff des Dritten Reiches entziehen konnten. Gleichwohl finden sich auch dort alte Baulichkeiten – eine Windmühle besonders, in der ein jüdisch-deutscher Architekt seinen Zeichentisch aufstellte, und schmalere Straßen, von früher gekommenen Baumeistern angelegt und zu einem Feld hinabführend, das von wuchtigen Ölbäumen verschönt wird und den Beginn des biblisch berühmten Kidrontals darstellt.

Nun, ich traf mich mit Kartusch vor dem Schaufenster von Meyers Buchhandlung und pilgerte dann mit ihm nach Talbieh, vorüber am italienischen Prunkkloster, auf dessen Hof arabische Buben gerade Fußball spielten. Das konnte man nämlich in Jerusalem in den Morgenstunden, aber gegen elf wurde es so heiß, daß jeder Vernünftige in den Schatten flüchtete – die Jungen und ihre Patres in denjenigen der Schulstuben. Jenseits des Tales grüßte der Turm der deutschen Erlöserkirche, nicht weit davon das vergoldete Kreuz einer französischen Klostersiedlung – oh, Jerusalem war eine internationale Stadt unter britischer Mandatsverwaltung und mit einer zionistischen Nebenregierung, Jewish Agency genannt. Und von dieser kam mein Freund Kartusch, mit ihrer

Vollmacht verhandelte er, und sein Partner, Major Stone, war ein ebenso offizieller, ebenso mächtiger Gegenspieler. Nur daß dessen Unterschrift auch vom britischen High Commissioner anerkannt wurde, indes Moscheh Kartusch noch eines gestempelten Zettels bedurfte, den er aus seiner Brieftasche zog und der diensthabenden Ordonnanz am Eingang der Villa überreichte. Diese Ordonnanz aber kannte ich, wir begrüßten einander augenzwinkernd und mit einem leichten Kopfnicken – alles ging in Ordnung.

Später fühlten wir, wie sinnvoll sich dieser Besuch bei Major Stone auswirkte, sinnvoll für uns alle. Aber an jenem Mittag schlug mir das Herz schwer in der Brust, als ich die geschmiedete Haustür öffnete und durchschritt, die mich früher zu Manfred Jacobs führte. Es störte mich, daß mein Begleiter Kartusch auf den Treppenstufen innehielt, um die wundervollen japanischen Holzschnitte zu betrachten, die von Utamaros Meisterhand schön gewandete japanische Damen darstellten, sinnend vor sich hin blickend, Tee trinkend, einem Falter nachschauend, in den abgestuften Farben solch alten, wertvollen Künstlertums. Und im Vorzimmer dann, auf bucharischen Teppichen – welch Wiedersehen mit dem fachlichen Teil seiner Bibliothek! Alle Jahrgänge unserer Zeitschriften standen da, anständig gebunden, alle Bücher der drei oder vier Verlage, in denen unsere Internationale Psychoanalytische Gesellschaft die Ergebnisse ihrer Forschung niedergelegt hatte, eine mir besonders vertraute Reihe dünner Broschüren, die den Niederschlag vieler Kämpfe und Streitfragen im Druck festhielten und fast nur noch an dieser Stelle alle beisammen waren ... Hatte nicht vor fünf Jahren, als der sieggeschwellte »Führer« Österreich ohne Schwertstreich eroberte und die Stadt Wien ihm, dem zurückkehrenden Sohne Braunaus, zujubelte wie einem Imperator – hatte er da nicht zwar hunderttausend Schilling als Lösegeld in die Tasche gesteckt dafür, daß er unseren Professor Sigmund Freud samt seinen Sammlungen und Büchern nach London ausreisen ließ, den kranken Mann, aber eine ähnliche Summe abgelehnt, für welche er die gesamten Bestände unseres Verlagswesens ausliefern sollte: abgelehnt, um sich am Geiste zu rächen, am Wissen, an der Einsicht, die ihm, dem schweren Neurotiker und infantilen Selbstbefriediger, wilden Abscheu einflößte. Noch immer schüttelte ich den

Kopf bei der Erwägung, daß Europa es den deutschen Industriellen der verschiedensten Branchen gestattet hatte, einen solchen Trommler in den Kanzlerstuhl eines Siebzig-Millionen-Volkes zu hissen – Werkzeug gegen Sozialismus.
Von einer Ecke aus wirkte auf jeden Eintretenden die Büste, die ein Wiener Plastiker vor zehn Jahren etwa angefertigt, eine schöne Bronze, den ernsten und schwermütigen Ausdruck wunderbar festhaltend, der unseren Meister in den letzten Jahrzehnten nur verließ, wenn er, dieser liebenswerte Österreicher, auf seine gewinnende Weise mit Menschen zusammen war, die er mochte.
»Ist das der Kopf«, fragte Kartusch halblaut, »den die ehrwürdige Hebräische Universität nur in ihrem später zu errichtenden Chemischen Institut aufstellen wollte, nicht im Vorraum des philosophischen Hörsaals?«
»Ein Duplikat davon«, antwortete ich, leicht verwundert. Wir hatten den Streit nicht an die große Glocke gehängt, wir schämten uns der Tatsache, daß diese Universität sich zwar für internationale Werbung der Worte unseres Professors bediente, wie ja auch derjenigen Albert Einsteins, aber vor törichten Angriffen zurückwich, die in der Tagespresse immer einmal wieder gegen ihn und seine Wissenschaft gerichtet wurden, besonders seit seiner kühnen Moses-Schrift, die er selber manchmal als historischen Roman bezeichnet hatte. Drei Jahre war es jetzt her, daß er unsere Erde und uns verließ, und vor einem halben Jahr war ihm Manfred Jacobs gefolgt. Und nun sollte ich diesen Unwägbarkeiten der Seele und zugleich dem recht wägbaren Gegendruck unserer politischen Herrscher standhalten, in Räumen, die mich mit ihrer Wehmut schwächten, statt mich zu Trotz und Kampfeslust aufzustacheln. Aber ein Blick auf meinen Mitstreiter Kartusch tat wohl: der spöttische Zug in seinem Gesicht zeigte, er unterliege keiner Beeinflussung durch diesen wundervollen Rahmen, in den sich Major Stone gesetzt hatte, den er aber nie selber hätte schaffen können. Und in dem Augenblick, als uns eine Ordonnanz die Tür ins frühere Arbeitszimmer meines Freundes öffnete: »Echt kolonial«, flüsterte Kartusch, »um nicht zu sagen: echt bourgeois. Verstehen abzuschöpfen, nachzuschmecken, aber selber machen – Gott bewahre.«
Der große Stuhl hinterm Schreibtisch war noch leer, die Wän-

de hinter ihm und zur Seite leuchteten im Mittagslicht, goldverzierte Bücherreihen; und die Rückwand zierte noch immer in ihrer weißgekachelten Nische die edle bronzene Kwannon, die Göttin der Barmherzigkeit, auf einer Lotosblume thronend, schönste indische Künstlerschaft.
»Na ja«, sagte Kartusch, der Kwannon zunickend, »auch dich müssen sie diesmal herausrücken, die Söhne Lord Clives und Warren Hastings.«
»Aber, aber«, konnte ich mich nicht enthalten ihm zuzuraunen. »Du kommst doch her, um uns zu unterstützen.«
»Uns ja«, sagte Kartusch dunkel, »diese nicht. Nächstens mehr.«
Major Stone trat durch die Rückentür, die von Bücherregalen umrahmt wurde, ins Zimmer. In seinem weißen Hemd, seinen Shorts, die er trug wie wir, sah er so verjüngt aus, machte einen solchen Eindruck von Gleichgestelltheit und Kameradschaft, daß ich mich zusammennehmen mußte, um ihm nicht zuzunicken. Dafür tat er uns diese Freundlichkeit an und bat uns durch Gesten, nur gleich wieder Platz zu nehmen auf den schmalen braungepolsterten Sitzbänkchen, die zu dieser Bibliothek gehörten. Er hielt den Ausweis in der Hand, den Kartusch dem Pförtner übergeben hatte, wandte sich aber zunächst an mich: »Ihre Angelegenheit ist aufgeklärt, Dr. Cardhouse. Im Laufe der nächsten Tage erhalten Sie Ihren Rang zurück und die Sterne für Ihre Achselklappen. Es braucht nur noch einen Anlaß, sehen Sie, wir alle sind Söhne der Formalität. Der Geburtstag Seiner Majestät wird auch hier in Jerusalem gefeiert werden, und so wird Sie Seine Exzellenz, der High Commissioner, am 14. Dezember schon als Captain Cardhouse, M. D., zur Abendtafel einladen.«
Und der Uhu lächelte mir so gewinnend zu, daß ich beinahe meine Hand aufs Herz gelegt und mich verneigt hätte wie ein echter moslemischer Inder – die Kwannon steckte mich an.
»Ich weiß wohl, bei wem ich mich vor allem dafür zu bedanken habe, Herr Major«, sagte ich. »Bei Ihnen, der Sie jetzt an Stelle meines Freundes, Professor Jacobs', hinter diesem Schreibtisch sitzen.«
»Echt florentinische Rennaissance«, nickte der Major mir zu, das schöne Möbelstück streichelnd, das Jacobs einst aus Italien mitgebracht. »Großes Kunstverständnis und einen erlesenen

Geschmack hatte Ihr Freund. Ein Jammer, daß man ihn so früh auf dem Ölberg beisetzen mußte.«
»Zumal ich ihn, just ihn, als Sachverständigen hatte einschalten wollen, um seine Autorität im Fall Kephalides anzurufen.«
Stone zog die Brauen zusammen, und alsbald sahen wir wieder die »Eule«. »Auf diesen Ihren Schützling geben Sie nur gut acht. Hat zwar das Glück gehabt, vom Ruweisat-Rücken wieder zurückgebracht zu werden, und Leutnant Ruthby gab ihn sogar zum Viktoriakreuz ein, aber zwischen der Ausfahrt und der Rückkehr liegen Monate, in denen allerlei passierte, hinter der Front und bei den Griechen und in den beiden Sammellagern, zwischen Alexandria und Kairo. Haben Sie davon nichts gehört? Aufruhr beinahe und Verlangen nach höherer Löhnung. Und drei verschobene Maschinengewehre. Wer einmal Rädelsführer spielte, könnte sich da auch ein andermal beteiligt haben, und für drei MGs zahlen arabische Scheichs in guten britischen Banknoten.«
»Vielleicht darf ich mich da einschalten«, äußerte sich mein Apotheker. »Sie brauchen uns nur ein paar nähere Anweisungen zu geben, Herr Major, und unser Nachrichtendienst öffnet Augen und Ohren.«
»Ja, Captain Kartusch«, erwiderte Major Stone, »bitte um Entschuldigung, erst Dr. Cardhouses Angelegenheit berührt zu haben. Die Ihre ist natürlich viel wichtiger, aber dafür wird sie auch nicht von so untergeordneten Leuten wie mir erledigt. Die Militärverwaltung Palästina bittet Sie um Ihren Besuch, nicht gerade am Sonntag, aber nächsten Montag. Wir haben bereits gehört, welch ausgezeichneten Eindruck Ihre Abteilungen bei der Etappenkommandantur El Arisch hinterließen, als sie durchmarschierten zur ägyptischen Grenze – Nordgrenze vorläufig.«
»Das war der erste Schub, Herr Major. Um mit dem deutschen Dichter Wilhelm Busch fortzufahren: ›Dieses war der erste Streich, doch der zweite folgt sogleich.‹« Und zu meinem Erstaunen übersetzte Kartusch diese beiden Zeilen aus »Max und Moritz« in engliche Rhythmen.
Major Stone schmunzelte. »Übrigens wär's wirklich hübsch, wenn Sie den drei MGs nachspüren ließen. – Den Einzug in Alexandria wird sich General Rommel wahrscheinlich inzwi-

schen verkniffen haben – Feldmarschall Rommel, wenn ich mich nicht irre. Und unser Bremsklotz Malta bringt die Rechnung des Duce wohl völlig durcheinander. Da Marschall Graziani sein Hauptquartier im tiefsten Keller aufgeschlagen haben soll, nutzen ihm die Divisionen nur als Ziffern auf dem Papier.«
»Leider war es in Spanien nicht so«, sagte Kartusch, »wo Franco schließlich siegen konnte dank der Non-Interventionspolitik von Paris und London. Hitler und Mussolini mischten sich ein, und dafür bluten jetzt unsere Truppen in der Libyschen Wüste.«
Der Major änderte den Ausdruck seiner Augen fast unmerklich vom Freundlichen zum Strengen und alsbald wieder zurück. »Leider ist etwas Wahres daran«, antwortete er bedächtig. »Neville Chamberlain ließ sich täuschen, und nicht er allein. Aber jetzt weht der Wind von Winston Churchill her, und die Nachrichten vom Schlachtfeld El Alamein werden alle unsere Wimpel flattern lassen. Säh es nur in Europa ebensogut aus, aber da hapert es anscheinend, trotz Marschall Stalins Feldherrnkunst.«
»Einfaches Rechenexempel«, erwiderte Kartusch mit kühler Stimme, »auf unserer Front vier deutsche Divisionen und gegen die Russen mindestens hundertsechzig. Und dennoch konnten sie Moskau nicht nehmen, und um Stalingrad herum donnern nicht Dutzende von Geschützen, sondern Hunderte. Das Großmaul konnte London nicht unterkriegen, und die Nachfolge Bonapartes bricht ihm das Rückgrat, wenn nicht dies Jahr, dann nächstes oder das dann kommende.«
»Ausgezeichnet!« rief Major Stone und stand auf, denn draußen klingelte das Telefon, und die Ordonnanz öffnete die Tür zwischen den Bücherregalen und brachte einen Hörer an langer Schnur. Wenn ihr wüßtet, was wir wissen und verschweigen! dachte Stone, wie er mir nach einem Jahr gestand. Jetzt muß ich die Telefonstrippe in Ordnung halten, hier zwischen Bibliothek und dem Goldenen Haus, aber unsere Politik muß, um sicherzugehen, all die grausigen Gerüchte erst einmal prüfen lassen, die um die Mordlager und Sklavenarbeiten der hitlerischen Einbrecher schwirren, von Polen bis nach Riga hinauf. Solche Mordhöhlen kann es nicht geben, Mitte des zwanzigsten Jahrhunderts, solches Ausradieren ganzer Bevölkerun-

gen! Und da unsere herrschende Klasse so lange mit diesen Banditen paktiert hat, bleiben diese Gerüchte am besten Gerüchte, und der B. B. C. feiert unser Malta, den Wiederaufbau unserer Rüstung und das großartige Heraufkommen der kämpfenden USA. »Das Goldene Haus!« damit wandte er sich zu uns. »Mich ruft die Pflicht. Aber, Cardhouse, auf Ihren Griechen geben Sie bitte weiter acht. Er wird immer noch von Ihnen verlangt werden – falls kein Wunder geschieht.« Und hier blitzte wieder Strenge unter seinen Wimpern hervor, und seine Blicke suchten weit über mich hinaus einen anderen – den roten Feind.

»Aufruhr, EAM, Volksbefreiungsgruppen oder -truppen«, sagte Kartusch, während wir auf die Haupttür zugingen und der Major schon jenseits der Bücher verschwunden war und telefonierte.

Das Vorzimmer wieder durchschreitend, hielt ich vor dem Broschürenschrank ganz kurz inne, zog meine beiden Abhandlungen heraus und steckte sie in meiner Bluse unter den Ärmel. »Anleihe bei meinem Kollegen Jacobs für englische Übersetzungen.« – »In Ordnung«, erwiderte mein Kamerad, »Stone soll nicht umsonst bei Spanien zusammengezuckt sein. Lange genug hat Sie ja die Verwechselei zwischen uns beiden in der Basis schmoren lassen, Oberpfleger Karthaus – aber schadete Ihnen diese Prüfungszeit? Ich glaube nein.«

»Ich auch nicht«, antwortete ich und legte ihm die freie Hand auf die Schulter. »Und nun: Augen auf für Kephalides.«

»All right«, stimmte Moscheh Kartusch zu, »einmal Mannschaft, immer Mannschaft.«

ZEHNTES KAPITEL

Café Tabor

Novembermittag in Jerusalem. Durch die grellweißen Straßen von Talbieh und nachher von Rechawia schlichen wir von Schatten zu Schatten, trotz unserer sommerlichen Kleidung jede Eile vermeidend, die uns Schweißausbrüche und Herzklopfen gekostet hätte. Ich begriff und erzählte es meinem Begleiter, daß Manfred Jacobs hier ohne weiteres einer Angina pectoris erliegen mußte, jener Herzbräune, dem Abdrosseln der Hauptkanäle unseres Adernetzes, wenn er beständig diese schrägen Straßen auf und ab stiefelte und dabei daheim von der Zigarre nicht lassen konnte – er, der Sohn eines großen Hamburger Tabakmannes.

»Ja«, stimmte mir Kartusch zu, »wir spielen hier immer noch Europa, anstatt von unseren Arabern zu lernen, daß man zwischen elf und siebzehn Uhr am besten daheim bleibt und sich im Schatten eine Beschäftigung sucht, zum Beispiel Schachspielen, die nur den Kopf anstrengt, nicht den ganzen Kerl.«

»Du als Apotheker hast gut reden«, erwiderte ich, während wir die breite Straße kreuzten, die nach einem ehemals russischen Zionistenführer benannt ist. »Du stehst in deinem Labor und wiegst leichte feine Dinge.«

»Was unsereiner in diesen Monaten am meisten über den Glastisch hinwegzureichen hatte, war von der Fabrik bereits fertig verpackt und dosiert – weiße Tabletten, wie ich sie deiner Fritzi keinesfalls aushändigen würde. Und jetzt wollen wir mal still sein und unseren Plausch fortsetzen, wenn uns das Café Tabor neu aufgeladen hat. Mein früherer Landsmann Zernikow wird uns ausgezeichnete mutton chops servieren lassen, wenn du willst mit Reis oder den schönsten Zypernkartoffeln, und vorher eine Obstsuppe und nachher Gefrorenes – und mehr kannst du wahrhaftig nicht verlangen, Lazarettgehilfe Karthaus a. D.«

Ich nichte ihm zu, schlug ihm auf die Schulter: nicht schlecht daheim sei er in dieser Heiligenburg Jerusalem.
Männer in Khaki, wenn nicht in weißem Leinen füllten die drei niederen Räume des Café Tabor, das durch schnurrende elektrische Ventilatoren beständig Luftzustrom erhielt. Dies war nötig nicht nur der Speisengerüche, sondern des allgemeinen Zigarettenrauches wegen, dem aus Schlankheitsgründen auch von den Frauen gefrönt wurde, älteren und jüngeren in buntgeblümten Sommerkleidern. Mir war wohl zumute in diesen modern gestalteten, für Zivilpersonen erdachten Gasträumen. Blaugestreifte Sonnensegel dämpften das Tageslicht vor den großen Fenstern. Es schmeckte uns wirklich ausgezeichnet; wir hörten von den schmalen Tischen rund um uns sehr viel deutsch sprechen, hebräisch, gelegentlich auch englisch, nach den Herkunftsländern der Truppenteile gefärbt. Allgemein erregt war dieses zufällig zusammengewürfelte Mittagspublikum von drei Buchstaben, die in jeder ihrer Sprachen deutlich zwischen ihnen pulsierten: die USA – sie griffen wirklich ein! Die einen sagten, sie seien schon gelandet, in Marokko etwa, die anderen, sie sind schon unterwegs! Roosevelt ließ uns nicht im Stich, die Vereinigten Staaten von Nordamerika hißten ihre Kriegsfahne wie zu Präsident Wilsons Zeiten. Und nun würde unsere Achte sich plötzlich verdoppeln, und den Schurken Hitler würde seine Bundesgenossenschaft mit dem japanischen Kaiser teuer zu stehen kommen. Rache für Pearl Harbor!
Kartusch, mit funkelnden Augen, horchte hinüber zu dem Nachbartisch, nickte mir zu und vor sich hin: »Und der erste, der dran glauben muß, wird der Duce sein, der Arbeiterverräter Mussolini, auch mal ein Sozialist! Wer weiß, ob von der ganzen Italienerei hier mehr bleiben wird als das Fremdwort Gelato, in unserer Sprache Glidah, für unseren wirklich wohlschmeckenden Nachtisch. Echte Früchte mitverarbeitet, Himbeeren, Zitrone!«
Wir benutzten die papierenen Mundtücher, es warteten schon Leute auf unseren Tisch, unsere Sitze, studierten inzwischen die Speisenkarte an der Tür.
»Der Fachmann, der das Ding gebaut hat, jugoslawischer Freund von der Kunstgewerbeschule Wien, hat in der hintersten Ecke einen Mokkawinkel eingerichtet. Nehmen wir dort einen türkischen Schwarzen, schlage ich vor.«

»Genehmigt«, lachte Kartusch, »und dann berichte mir mal, was zwischen dir und dem Uhu mit diesem Griechen vorfiel, auf den jener so giftige Pfeile schoß.«
Während wir aufstanden, zahlten, umzogen, Kartusch dem Servierfräulein zunickte und an der Theke ein Paket Pfeifentabak erstand, hatte ich Zeit zu überlegen. War es sinnvoll, diesen Draufgänger einzuweihen? Hatte die Verwechslung mit ihm nicht schon genug Verwirrung gestiftet? Oder bestand Sinn darin, daß ich ihn jetzt hineinzog auch in meines Griechen Geschick?
Er kam nach hinten, bot mir blonden palästinensischen Tabak für meine Pfeife, wir ließen uns in bequemen Korbstühlen nieder; die Schachspieler am anderen Ende des kleinen Raumes – einst der Zugang zum Nebenhaus, jetzt vermauert – nahmen von uns kaum Notiz. Es saß sich hier kühler, vielleicht lag hinter der Rückwand eine jener Zisternen, die bis zur jüdischen Einwanderung in Jerusalem die einzige Trinkwasserversorgung dieser Gebirgsstadt darstellten.
Ich atmete tief ein und aus, der leichte Tabak aus Damûn behagte mir, der Blick in die forschenden Augen des Apothekers brachte mir zu Bewußtsein, dieser Mann sei kein Schwätzer, auch kein geistiger Tüftler, sondern aktiver Hilfesteller, wo's nötig war. Was Major Stone von verschwundenen Maschinengewehren orakelt hatte, Aufruhr bei den Griechen, höherem Sold in Alexandria – vielleicht brauchte ich wirklich bald einen Sekundanten.
Wir saßen da mit halbnackten Armen und Beinen, in Khakihemd und kurzer Hose, jedem Boy der Achten Armee zum Verwechseln ähnlich, und ich berichtete und mußte immer wieder meine Stimme dämpfen, mich selbst zur Ordnung rufen, so erregte mich dieses erste Ins-Vertrauen-Ziehen eines Außenstehenden. Ich erklärte es ihm, als ich fertig war.
»Bin kein Außenstehender«, nickte mir der Mann aus Stettin zu. »Du bist mit mir verwechselt worden – das ist eines, und dein Grieche ist waschechter Antifaschist wie ich – das ist das andere. Er auf dem Balkan, ich in Spanien – und wir haben alle nur einen Feind: England«, zitierte er ein Schlagwort von 1914.
Mir blieb der Mund offen. »Wie kann das stimmen«, staunte ich. »Sind wir nicht in einer Front? Ist's nicht auch England, für

das wir kämpfen und für das du jetzt dreißigtausend Mann Hilfstruppen ins Spiel bringst?«

»Für den Mann auf der Straße, wenn der zur Besinnung kommt – für den allemal. Sind prachtvolle Leute, diese Briten, Zeitgenossen vom besten Schlag, wie überall in Städten und Bauernhöfen. Aber für ihr Empire, Gefreiter Karthaus, keinen Augenblick. Ein englischer Polizist bekommt das Doppelte von dem, was ein jüdischer kriegt, und der das Doppelte vom Sold eines arabischen. Und diese Stufenleiter leg mal überall an. Und darum hatten wahrscheinlich die Griechen recht in den beiden Lagern, wenn sie den Engländern die Flinte hinschmissen. Du weißt doch, was die Grenadiere Friedrich dem Zweiten zuriefen, als er sie in der Schlacht bei Torgau heruntermachte? Nein, du Österreicher? ›Für dreiundzwanzig Pfennig, alter Fritz, ist's genug‹, schrien sie und wollten nicht mehr auf deine Landsleute schießen. Und hast du vergessen, wer 1929 das Weißbuch dem Unterhaus vorlegte, dieses Schandpapier, das aus dem Palästina-Mandat Zement machte für das Bündnis der britischen Ausbeuter mit den arabischen? Der Kolonialminister Winston Churchill war das, derselbe W. C. von heute, unsere Säule und der Trost von Dünkirchen! Schande, daß es keinen Besseren gab! Wehe uns, wenn's bloß von diesen Leuten abhinge, die ihren Hauptkonkurrenten auf dem Weltmarkt 1914–18 niederschlugen und es dann aufpäppelten, das hinreichend geschwächte Deutschland, gegen das besiegte Rußland, den echten Sozialisten. Müssen jetzt dasselbe Lied noch einmal singen und wir alle mit und hunderttausend Tote rundherum, die es auf dem letzten Loch pfiffen. Wie war das doch mit deinem Captain Dughleen, den noch schnell ein MG der Luftwaffe umlegte, drei Tage, nachdem er deinen Griechen zurechtgeflickt? Und doch wird sein Vater, Colonel Dughleen, kaum schon begreifen, daß sein Sohn als Opfer nicht der Luftwaffe fiel, sondern der Non-Intervention-Politik, der Wunschpolitik, der Traumpolitik, Traum ist teuer, Mr. Karthaus, und ihr Psychoanalytiker laßt ihn euch bezahlen und deckt den Wunsch auf, der in allen Träumen spuken soll. Aber auch in dem politischen, der rosarot sein möchte oder rotweiß gescheckt oder gar rosig angehauchtes Gelb wie die Teerosen drüben in Queen Mary's Garden. Aber genug davon – wir müssen zum Dienst, und ich hab heut nachmittag Karten für das Weißgerber-Trio, sie spielen Schubert Opus 100 und Mendelssohn Opus 66 d-moll. In Tel Aviv, wohlverstanden. – Da roll ich den Berg hinunter, um drei Uhr gehen die ersten Taxis und brauchen keinen Tropfen Benzin, wenn sie die Stadt hinter sich haben.«

Ich war bestürzt, eigentlich wie vor den Kopf geschlagen. Traum ist teuer, hatte mir der Mann versetzt, als meinte er auch mich. Ich mußte mich sammeln, meinen geistigen Kramladen neu ordnen. Hatte er mir eben von der Stirne abgelesen, was mein Unbewußtes aufbewahrte von jenem Julimorgen, an dem mir die rosa Wolke und das Mendelsche Gesetz so heftig aufstießen? »Nimm mich mit hinunter bis zum Abweg nach Latrun«, bat ich, »den Rest mach ich zu Fuß. Und gegen vier bringt der Seewind die schönste Kühle. Vielleicht hör ich dein Trio durch den Lautsprecher. Das ganze Land ist ja voll Musik, auch wenn die Schafsköpfe dem Mendelssohn übelnehmen, daß er den Taufschein löste als Entreebillett zur europäischen Kultur. Wie der Heinrich Heine, nach dem sie hier auch keine Straße benennen, deine Tel-Aviver.«

Und als wir zu dem Laden hinunterschlenderten, welcher die Taxiplätze vermietete, brach Kartusch das Schubertsche Eingangsthema, das er vor sich hin gepfiffen, kurzerhand ab: »Nimm zur Kenntnis, Gefreiter Karthaus, daß wir nicht bloß eine Armee aufstellen, um Palästina erst dem Hitler zu verwehren und dann dem Churchill, sondern daß wir auch einen Menschen verschwinden lassen können, der von deinem Uhu gejagt wird. Vom Galil bis zum Berscheba sind unsere Kwuzzoth verstreut, sozialistische Siedlungen – unsere sowjetischen Freunde würden sie kleinbürgerliche Kolchosen nennen. Aber läßt sich dort ein Mann, braun von der Feldarbeit, vier Wochen lang seinen Bart wachsen, so hört er nur noch auf einen hebräischen Namen. Aus einem griechischen Kephalides wird ein hebräischer Ben Rosch. Und wenn eure Militärpolizei noch so neugierige Nasen nach ihm ausstreckt – auch sie hat Traum dann teuer zu bezahlen, den Traum nämlich: Britannia rules Palestine.«

Ich merkte plötzlich, sah es an meinem Schatten, daß ich immerfort den Kopf schüttelte. Dann aber packte eine schwarze Schattengestalt die andere bei der Hand, auf dem glatten Straßenpflaster, und preßte sie.

FÜNFTES BUCH

AN DEN PFORTEN DES SCHEINS

Emigrantensong

Wir saßen verbannt und mißachtet
Am östlichen Mittelmeer,
Im Sommer verschwitzt und verschmachtet,
Im Winter von Güssen schwer.

Ein Regenbogen lose
Stand plötzlich überm Haus,
Wie eine entblätterte Rose
Sah unser Leben aus.

Der grüne Wald verfahlte,
Der Regenschauer strich
Am Meer hin, das sonst strahlte.
Die Wolke zog und wich.

Gleich wie an flacher Küste
Die See auf den Sandstrand speit,
Geht dieser Krieg zur Rüste,
Schmilzt unsere Lebenszeit.

Und wo im fernsten Westen
Einst unser Deutschland wuchs,
Verbluten sich die Besten
Als Opfer des Betrugs.

ERSTES KAPITEL

Rotkreuz-USA

Ein plötzlich ausbrechendes Gewitter hatte den gestrigen Abend erleuchtet, durchblitzt, den Himmel in ein Schlachtfeld verwandelt und die erste Masse des winterlichen Regens über unsere Blechdächer ausgeschüttet. Heute morgen strahlte die Landschaft wie nur auf den Meisterwerken der Impressionisten, unsereiner fühlte sich verwandelt in eine kleine Figur, die unter den Eukalypten umherging wie in den Bildern Pissarros oder Corots. Die Nachrichten des Morgens ergaben, daß amerikanische Geschwader in noch verschwiegenen Buchten der ausgedehnten marokkanischen Küste Mannschaften über Mannschaften zu landen wußten. Was der deutsche Generalstab unter allen Umständen vermeiden wollte, da seine altgedienten Generäle die Lehren des ersten Weltkrieges sogar den neuen Herren beibringen konnten: der Zweifrontenkrieg wurde Tatsache, erst einmal auf unserem afrikanischen Gelände. Während ich mich in die Notizen vertiefte, die Captain Dughleen seinem Vater hinterließ, und gerade feststellte, der ausgezeichnete Chirurg habe nachträglich sechzehn Ameisen für zuwenig erachtet und sich nur mit der Schnelligkeit entschuldigt, die geboten war im Ruweisat-Wadi, meldete sich das Telefon: die Chirurgische Abteilung. Vom amerikanischen Roten Kreuz sei eine Schwester eingeflogen, ob sie mich jetzt nicht störe. Und dann kam eine tiefere Frauenstimme: »Ich bin Ihre Glunn O'Deefy, komme von Pats Bett, möchte Ihnen gern die Hand schütteln, Orderly Cardhouse.«
Sieh mal an, dachte ich, taucht aus dem Nebel die Vorerscheinung jener Salbeilady auf! Spricht aber kaum amerikanischen Kaugummi. Und ins Telefon: »Ich werde mich freuen, Sie gleich hier zu haben.« Und ich schloß das Manuskript in die Schublade und bestellte etwas zu trinken, Orangensaft, frisch gepreßt, sogenannten Miets.
Pats Augen, aber dunkler, zwischen den Flügeln der Rotkreuz-

haube, dachte ich. Nicht größer als Pat, aber rundlicher gebildet und fraulich mit merkwürdig erfahrenem Ausdruck in Stimme und Geste. Sie setzte sich ohne weiteres auf meine Couch, trank den goldgelben Miets, lehnte die Zigarette ab, die ich ihr bot.
»Kamerad Cardhouse«, sagte sie, »ich hab Ihnen sehr zu danken. Wie ich erfuhr, daß Pat bei Ihnen liegt? – Später einmal. Heute möcht ich Sie mal erst fragen, warum Sie dem Jungen diesen Unsinn eingeflößt haben, dieses Jordanwasser in Flaschen rüber nach unserer grünen Insel. Haben doch beide allen Grund, den Aberglauben zu bekämpfen, der in so vielen Leuten bei uns spukt. Mangelt doch denen in Irland Geld für das Allerwichtigste, für Brot und Bücher.«
Ich fühlte mich getroffen. »Sie dürfen nicht von Aberglauben sprechen, Miss O'Deefy. Haben Sie einmal den Namen Coué gehört und von der Nancyer Schule? In den Menschen liegen ungenutzt und unaufgerufen Quellen seelischer Selbsthilfe, die von solchen Dingen aktiviert werden können wie diesem Jordanwasser oder anderem Aberglauben. Aber durch diese täglichen Schlucke, die mit so feierlichen Riten verquickt sind wie Christi Taufwasser mit dem Heiligen Geist und Papst Pius des Zwölften Siegel, werden solche Kräfte der Autosuggestion entbunden. Heiligenbilder und Gebete und alle Arten von Riten nebst Weihwasser und klingenden Glöckchen helfen seit Jahrtausenden jeden Tag Scharen von Leuten, an die sonst keine seelische Stütze herankommt. Das ist's, was Sie Aberglauben nennen, Schwester O'Deefy. Er wäre längst verdunstet, wenn er nicht über solche Realitäten im Hintergrund verfügen könnte.«
Sie hatte mit gefalteten Brauen zugehört, ihre Augen fest auf mich gerichtet. »Schule von Nancy«, wiederholte sie langsam, »lassen Sie mich das festhalten. Aber meinem Bruder muß auf andere Weise geholfen werden. Bares Geld ist besser als Aberglauben. Werde sehen, ob ich nicht für ihn bei den Stäben etwas ausrichte, die jetzt um Casablanca herum an Land gehen.«
»Ist es uns wirklich geglückt, ein solches Geschwader herüberzubringen wie Ihre fünfhundert Schiffe? Und die Nazis hatten doch verbreitet, jetzt seien sie der Admiral des Atlantischen Ozeans, wie einst der deutsche Wilhelm prahlte.«

»Weit mehr als fünfhundert«, antwortete sie nachdenklich. »Gezählt habe ich sie ja nicht, aber auf unserem Flugzeugträger redeten sie von achthundert, Begleitschiffe, U-Boote, schnelle Kreuzer eingeschlossen. Ich tue im Negerviertel Dienst drüben bei uns. Es kommen jetzt viele farbige Boys mit ins Feld, und was für eine Vollbeschäftigung sich aufgetan hat, das habt ihr ja schon zum Teil gespürt und werdet noch mehr davon schmekken – vom Weizen und den Früchten und den Konserven bis zum Stahl und der Chemie ... Unterwegs zerbrach ich mir manchmal den Kopf, wie das wieder zurückverwandelt werden soll, wenn wir erst den Sieg in der Tasche haben, in nützliche Arbeit, meine ich, statt in zerstörerische.«

»Ach«, entgegnete ich leichtsinnig, »das braucht uns vorläufig nicht zu kümmern. Keine Sorge, Miss O'Deefy, wer aus einer friedlichen Nation wie den USA einen solchen Kriegsriesen hervorzaubern konnte, der bringt auch das Gegenteil fertig. Sie wissen doch: an der ganzen Grenze zwischen euch und Kanada kein einziges Fort, keine einzige Schanze.«

»Hm«, machte sie. »Sie kennen doch die Geschichte vom Geist aus der Flasche? Den wieder kleinzukriegen, braucht's mehr als eine Wünschelrute.«

»Aber der Amerikaner ist so vernünftig, der Mann auf der Straße verfügt über soviel gesunden Grips ...«

»Wie lange haben Sie drüben gelebt?« fragte sie kritischen Blicks, »um was vom Mann auf der Straße zu wissen? Ich kam als Backfisch hin, ein katholisches Irenkind, aber schon bei uns drüben in Irland gebrannt und gestempelt. Dem Mann auf der Straße waschen sie das Gehirn nach Belieben mit Filmstreifen und Fünf-Cent-Zeitungen, sofern sich nur seine Suppenschüssel jeden Tag füllt. Daß der Hitler uns auf den Hals bekam, verdankt er ja nur seinem Bündnis mit den Japanern, die uns in Pearl Habor ein für allemal wachschlugen.«

»Aber Präsident Roosevelt hat doch die ganze Nation hinter sich, von einer Wahl zur zweiten und zur dritten!«

Sie sah mich fest an. »Schön, daß ihr das glaubt, Cardhouse. Aber zu der Nation gehören auch die Häupter aller großen Trusts, die Manager der Banken, die schweigsamen Agenten und Besitzer aller Zeitungen, von den ganz linken natürlich abgesehen. Die jedoch sind schwach, klein, noch dazu in Gruppen zerfallen. Eine stille Front gegen Roosevelt zeichnet sich schon jetzt ab. Es gibt in Wallstreet Leute, sagte man mir, die ihn verfluchen, weil er mit Stalin geht und nicht mit Hitler. Und laßt mal erst das Geschäft aufhören mit dem Zeug, das vom Entstehen her dazu bestimmt ist, sich selber zu zerfetzen – Munition, Kanonen, Tanks, Flugzeuge. Stoppt mal erst den Milliardensegen ab, den der Kongreß hinlegt, tägliche Steuerdollars als Sold für Millionen Uniformierte und Zivilisten. Dann wird sich ja zeigen, was für ein Riese aus der Flasche geschlüpft ist und wie hart er zuschlagen kann, gegen wen auch immer.«

Ich sah mir verblüfft diese erstaunliche Frau an, in Khaki und dabei so mütterlich blickend. »Glauben Sie nicht«, meinte ich bedächtig, »daß die Riesenräume Ostasiens und Lateinamerikas diese Suppenschüssel immer füllen werden?«

»Weiß ich nicht«, erwiderte sie. »Aber daß dort überall etwas im Suppenkessel ungeheuerlich rührt, wittert jeder von uns, der nicht blind ist, sich von der Traumfabrik nichts vorgaukeln läßt. Hierher bin ich vorausgeflogen, unser Konsulat in Jerusalem zum Hauptquartier unseres Roten Kreuzes zu machen. Wir haben dort ein paar erfahrene Männer, die seit Jahrzehnten in der amerikanischen Kolonie sitzen, und Rockefeller hat ja ein Museum gestiftet. Wer Land und Leute kennt, der schafft uns auch eine Basis. Hungrige Kinder und Weibsen, die weder lesen noch schreiben können – daran soll's ja auch hier nicht mangeln, im hochheiligen Lande verschiedener Patriarchen. Komisch«, und sie schüttelte den Kopf, »was aus einem wird, wenn er nur lange genug im Tiefparterre unserer Großstädte pafft und schafft. Das Paffen habe ich mir übrigens abgewöhnt. Sie sehen ja, ›Hallo, dein Gewicht!‹ ist nicht meine Sorge. Ich laß es mir schmecken in vernünftigen Grenzen.«

»Wie wär's aber, Miss O'Deefy, wenn mir Ihr Rotes Kreuz helfen könnte, über unvernünftige Grenzen wegzugreifen? Wir haben einen Freund, Pat und ich, einen Griechen aus Athen, dessen Mutter heißt Jokaste als Radiosprecherin und hat dort Dinge in den Äther gesandt, die den Besatzern gar nicht passen. Haben sie, heißt es, verhaftet, verschwinden lassen. Könnten Sie uns nicht helfen, Sie mit Ihrem Weltspinnenwebnetz, dieser Jokaste nachzuspüren? Sie gehört zu uns, bedarf gar sehr der Hilfe, und an Dankbarkeit wird's nicht fehlen, wenn ihr uns beisteht.«

Sie zog ein Notizbuch aus ihrer Khakihose. »Erst muß ich mich in Jerusalem umtun, dann können wir nach Athen hinübergucken. Müssen wahrscheinlich den roten Halbmond zu Hilfe nehmen. Wo der sitzt, wissen Sie besser, Cardhouse, als ich. Aber diese Jokaste bleibt nicht vergessen, auch wenn wir auf das Jordanwasser pfeifen. Werd mir aber überlegen, was Sie da ausgeheckt haben mit Ihrer Nancyer Schule. Ist ja wirklich komisch, daß nichts in den Leuten so lange haftet wie Aberglauben oder was wir so nennen. Wie hieß der Mann? Coué? Schreibt sich ...«

»C – o – u – e – Accent aigu«, buchstabierte ich, »war ein Apotheker, der auch die Jungfrau Maria aus Lourdes enträtselt hat. In ein paar Tagen kann ich Ihnen etwas über ihn zu lesen geben.«

»Komisch«, sagte sie und stand auf, streckte mir ihren kräftigen Arm hin, »kaum kriegt man den Boden dieses Landes unter die Sohlen, so bestätigt sich, was die Rabbiner in Chikago ihren Buben einpaukten, farbigen und weißen Jüdchen: ›Die Luft Palästinas macht weise.‹ Hier find ich Sie also auf jeden Fall wieder, Orderly Cardhouse? Sie hören von mir.« Und sie nickte mir zu wie einem alten Bekannten und machte sich davon.

Donnerwetter! Dem Pat, ermahnte ich mich, muß ich doch noch vor Tisch dieses Päckchen Camel bringen, das Schwester Glunn auf dem Schreibtisch »vergessen« hat.

ZWEITES KAPITEL

Wir steigen auf

Am darauffolgenden Vormittag – das Wasser der Brause war durch die besonnten Röhren bereits wieder warm herabgeprasselt – hörte ich zum Morgenkaffee die ebenso warme, allerdings widerliche Stimme eines Nazisprechers aus Athen, der in deutscher Sprache log, Führer und Duce seien übereingekommen, die Eroberung Kairos noch zu verzögern, um der nichtkämpfenden ägyptischen Bevölkerung Gelegenheit zur Rettung zu geben, wie ja Menschlichkeit bei aller Energie der Kriegführung oberstes Gesetz der zivilisierten Welt bleibe. Habe man doch auch Sewastopol so lange wie möglich geschont und tue das gleiche mit Leningrad! Aber wenn die russischen Barbaren, die den Namen des Sozialismus mißbrauchten, um ihre tatarischen Instinkte auszuleben, wenn diese Stalin und Timoschenko unsere Heere zwangen, die volle Gewalt ihres Vorstoßes einzusetzen, so durfte man sich nicht wundern, wenn russische Verluste in die Millionen gingen und von einer Roten Armee schon längst keine Rede mehr sein könne. Was sich die griechischen Freunde meines George Gordon beim Anhören dieser Lügen denken würden, sofern sie deutsch verstanden! Und meine armen ehemaligen Landsleute oder Mitberliner – was für ein Erwachen würde das werden! Aber gleich darauf horchte ich auf: Um Wohlgesinnte des griechischen Volkes zu warnen, wiederhole man die Mitteilung, daß man im Nachrichtenwesen auf die Spur von Verschwörern gekommen sei, welche irreführende Störsendungen jugoslawischer Verräter im achsentreuen Griechenland unters Volk zu bringen suchten. Man habe die Verbrecher bereits festgenommen und fordere von den Hörern schriftliche oder mündliche Angaben, wo sich noch Spuren dieser selbstmörderischen Kopflosigkeit zeigten, damit man den ganzen Personenkreis unschädlich machen könne, der sich dem Sieg der gerechten Sache in den Weg stelle. Arme Jokaste! Vielleicht hatte sie inzwischen das Haus des Obersten Kephalides besetzt, alle ihre Mitbewohner verhaftet, Schränke und Schreibtische durchwühlt, alle Briefe und Zeugnisse aus Georges Jugend in ihren Büros eingekastelt! Zu hoffen blieb nur, daß Alexander Kephalides bereits Fühler ausgestreckt hatte, um unauffällige Mitglieder der Volksfront zur Rettung der tapferen Frau einzuschalten. Möglicherweise hatte auch die Niederlassung des Roten Kreuzes im Piräus bereits aus Istanbul erste Anweisungen erhalten, sich um diese Verhafteten zu kümmern, die ja ebensogut auf baumlose Inseln verschleppt worden sein konnten wie die Gefangenen des Faschismus auf die liparischen. Und da fielen zwei Schatten auf meinen Frühstückstisch, zwei befreundete Köpfe tauchten im Fenster auf, Korporal Lydia streckte mir die Hand entgegen. »Bringe Grüße von George Kephalides«, sagte sie, die warmen braunen Augen in den meinen, »aber hör erst Leutnant Ruthby. Vorgesetzte haben den Vortritt.«

»Nicht mehr lange«, lachte der Leutnant, »Vorgesetzter. In ein paar Wochen sind Sie der meine, Cardhouse. Hoffentlich ist meine zerschossene Pfote dann schon imstande, Ihnen die Ihre zu schütteln.« Noch immer hing sein rechter Arm in einer Binde von der Schulter. »Ich muß leider«, sagte er, indem er sich einen Augenblick von dem leichten Stuhl erhob, der draußen vor dem Fenster stand, neben dem Tischchen, an dem ich zu schreiben pflegte, sobald die Sonne diese Barackenseite freigab, »meine Runde beenden, bevor es heißt: Zum Gottesdienst antreten. Die Villa Jacobs hat mit mir telefoniert. Sie übernehmen für die nächsten zehn Tage das Amt als Postzensor, ich werde in die Bäder von Tiberias verschickt. Und ferner ersucht Sie Major Stone um Auskünfte im Falle Ihres Griechen – unseres, würde ich privatim hinzufügen. Aber das erklärt Ihnen Korporal Lydia, denn der größte Teil des Lagers steht mir noch bevor. Übrigens gab ich den Griechen zum Viktoriakreuz ein, damit er dabei ist, wenn die Dinger nach vollendeter Abwehr bei El Alamein verteilt werden. Nach dem Sieg – möchte ich nicht sagen, obwohl es einer sein wird, denn, mein Gott, wer alles wird nicht mehr in Reih und Glied stehen nach dieser verfluchten Libyschen Wüste.« Er nickte uns zu, grüßte leicht mit der Linken und verschwand aus dem Blickfeld.

»Kommst du herein, Lydia?« fragte ich, meinen Kopf ins Freie steckend. »Hier drinnen gibt's Schatten, aber heiß bleibt's noch.«

»Heute abend für eine Zigarette«, erwiderte sie. »Jetzt muß ich hinunter nach Sarafand, meine Karre den Monteuren übergeben. Wahrscheinlich klappt's bei der Kupplung nicht – oder beim Bremsbelag. Also, Richard, was mir der Leutnant auseinandersetzte: alles wird jetzt für George davon abhängen, daß er nachweist, wo er sich während seines Urlaubs herumgetrieben hat. Herumgetrieben – ist die Vokabel von Major Stone.«

»Uhu auf Jagd«, fiel mir wieder ein.

»In Zusammenhang mit einer Revolte im Griechenlager bringen sie ihn und mit drei verschobenen MGs. Wer einmal so frei war, sich gegen Zumutungen zu wehren, den behalten sie im Gedächtnis. Und Zivilcourage macht nicht beliebt. Soll also möglichst Zeugen anführen, unser George, besonders für Juli und August. Werd's ihm ja mündlich ausrichten, falls ich ihn sehe. Ist aber unwahrscheinlich bei der Ausdehnung von Sarafand. Und vielleicht kriegen die geschickten Hunde von Aarons Mannschaft mein Getriebe in einer Stunde wieder zurecht. Dann muß ich mit den großen Geleitzügen nach El Arisch – Nachtfahrt, der Flieger wegen. Was dorthin jetzt alles verladen wird! Weiß der Teufel, was wir aushecken daselbst ... Rückbiegung der Front, hieß es vor ein paar Wochen.«

»Keine Sorge, Mädchen«, antwortete ich, »dort passiert jetzt Verschiedenes. Heute abend also, dein Wort bleibt ein Wort.«

»Deine Zigarette darf aber nicht amerikanisch sein«, lachte sie, »ich bin für Old England, nach wie vor.« Und sie gab mir noch einmal die Hand durchs Fenster, und diesmal, da wir allein waren, konnte ich sie küssen.

»Österreichischer Kavalier«, nickte sie mir zu und verschwand. Ihre weichen Schritte knirschten im Kies, den unsere Fellachen aus den Wadis herangebracht hatten mit ihren braven Eselchen.

Ich trat ins Freie, lehnte mich an den Stamm eines der Eukalypten, die ihre silbergrünen Wipfel hoch ins Blaue hoben und denen wir jeden Morgen unser Waschwasser gaben. Da oben flogen große Vögel, sehr hoch; meine kurzsichtigen Augen, trotz der Brille, konnten nicht entscheiden, ob es Möwen waren aus dem Hafen von Jaffa oder Bussarde vom Abhang des Gebirges Juda. Was hatte mir der George alles erzählt aus diesen Sommermonaten? Wer tauchte auf, vom Gewebe unserer Schicksale gesandt, um für ihn Zeugnis abzulegen? Schloß ich die Augen, so sah ich einen hellen Strand, begrenzt von weißen Häusern, neu errichteten, und von merkwürdig alten Baracken – Bretterbuden, mit dem Blech von Kanistern benagelt. Auf einer Düne erhoben sie sich, die im Frühling grün bewachsen war und gelb beblumt. Und junge Frauen stiegen zum Meer hinab, im Badeanzug bereits, kleine Kinder neben sich. Ja, das war einst der Strand von Tel Aviv; die Gründer der Stadt hatten sie mit dem Rücken gegen das Meer aufgebaut, Kleinstädter aus dem zaristischen Rußland, und die gleichen Bauplätze fast verschenkt, die jetzt für Hotels teuer feilgeboten und gekauft wurden. Hannah Treppner, dachte ich – ich sah sie gleichsam vor mir, ihr blondes Haar wehte im Seewind, ihre starken Augen blickten mich an. Ich bin Zeuge, sagten die. Hatte ich je etwas von Menschen verstanden, so war der Fall George Gordon geregelt, unser Freund gedeckt, ich brauchte Kartuschs Angebot nicht und nicht die Verwandlung des griechischen Kephalides in den hebräischen Ben Rosch – was ja beides in unserer Sprache Kopfsohn bedeutete. Nur noch schlüssig werden mußte ich mir, ob ich den Stempel der Postzensur in meine Lazarettbaracke holte oder mich für gewisse Stunden in der Hauptabteilung unseres Lagers einrichtete. Dort lag die Kantine näher mit eisgekühltem Zitrussaft.

Und ich entschied mich, in diesem Teil des Lagers den ganzen Tag zu verbringen – so viele Akten waren durchzusehen, mit dem Tagesstempel zu kennzeichnen, für mich durchzulesen, der ich nach Weihnachten als Oberarzt in diesem Großbetrieb der Heilkunst wieder würde mitzureden haben. Nicht zögern, Karthaus – fanget an, ruft uns die Stimme!

In dieser Nacht, das erfuhr ich später, setzte der letzte Akt ein der großen Wüstenschlacht, deren Zeuge ich von Anbeginn gewesen – nicht wie ein Mitkämpfer, Mitspieler im Ensemble, aber doch wie ein Bühnenarbeiter, der hinter den Kulissen und zwischen ihnen auf die Handgriffe wartet, die ihm der Verlauf des Stückes aufträgt. Und jetzt, ausgerechnet im letzten spannendsten Fünftel dieses Schau- und Trauerspiels, saß ich nicht mehr hinter der Bühne gleichsam, sondern Hunderte von Kilometern entfernt! Nun konnte man zwar sagen, der ganze Erdball sei die Bühne dieser Schlachten, sie spielten sich in Singapur ebenso ab wie bei Sollum, am Kaukasus wie quer über den Atlantik. Aber mein Einsatz geschah eben hier, die Protagonisten meines Stückes hießen Wavell und Graziani, Auchinleck und Alexander und jetzt Rommel und Montgomery, auch General Ritchie und Marschall Badoglio nicht zu vergessen. Immer war ich dicht mit dem Ohr an den Ereignissen gewesen, zwischen Bir-es-Hakim und Tobruk hatte sich mein Mitleben ausgespannt, von der Küste bis hundert Kilometer hinein in die Wüste war die Bühne des Theaterstücks ausgedehnt, in das sich unser aller Leben verwandelt hatte – und nun hockte ich in Latrun, das sich nicht einmal als Souffleurkasten auftun durfte ... Von der Moschee bis zum Ruweisat-Rücken donnerten die Geschütze, kreuzten die Tanks auf, Panzer, wie die Deutschen sie nannten, und in den Lüften brausten die Motoren der Messerschmitts und Spitfires, Kittyhawks und Flying Fortresses, und mit Maschinengewehren töteten die Flieger einander wie früher Ritter in Rüstungen und mit Lanzen. Und ich hörte nicht mehr den Wind heulen, den Sandsturm, der die Luft undurchsichtig machte für Freund und Feind und der die Minenfelder zudeckte, die Drahtverhaue singen ließ – ach, und die Halbtoten zuschüttete und erstickte! Auf diesem Schauplatz war ein halber Becher Wasser pro Tag manchmal die Ration für einen General gewesen wie für einen Gefangenen; hatte alles von Zufuhr abgehangen, für uns wie für die da drüben, Treibstoff und Munition, Futter und Wasser, Medikamente und Ersatz, Kaffee und Post. Ja, mein kluger Kartusch hatte recht gehabt, bei uns fochten gegeneinander dreißig Divisionen, in Rußland drüben aber dreihundert – und: Traum ist teuer, sagte er das nicht auch? Und doch träumte es sich so wunderschön, da das Stückchen Wüste, das wir verteidigten, der entscheidende Punkt war, wo von einer einheitlichen Schar von Trägern der Menschenwürde diese edle Qualität verteidigt wurde gegen den einheitlichen Ansturm der Gewaltanbeter und Folterknechte! Auch über Latrun brannten die gleichen Sterne mit derselben verführerischen Leuchtkraft wie über Alexandria und unseren vorgeschobenen Barackenstädten, die jetzt Etappenmagazine sein mochten oder Quartiere für Nachschub, vielleicht bald von jüdischen Mannschaften gefüllt. Aber ich fühlte jetzt erst ganz, wie richtig der Satz war, das gesellschaftliche Sein forme das Bewußtsein, und nicht der Geist sei es, der sich den Körper baue. Ich hier vibrierte als Lazarettgehilfe Cardhouse, ein Winzigstel im Sanitätsdienst der Achten Armee, mitfühlend, mitdenkend, mithandelnd, mithelfend als eine der Wüstenratten, von denen der Weg zum Suezkanal abhing, zur Lebensader unserer Front, unserer Erdhälfte, unseres Hortes der Zukunftshoffnung, unseres Grundsteins für ein wohnlicheres Gebäude des arbeitenden und denkenden Menschen, als dasjenige war, welches wir von unseren Vätern ererbten. Wir vermochten zwar, es in jenem ersten großen Krieg zu verteidigen, aber gedankenlos, so daß man uns in den alten Trott hineinbugsieren konnte und die Welt in jene Katastrophe, die, auch hier hatte Kartusch recht, im unglücklichen Spanien begann und die zwei Jahre später in der Stadt München von Blinden besiegelt wurde. Und jetzt lagen hier, halb verschüttet im Sand oder bedroht von Steinsplittern, die Jungen unserer Erdvölkerschaften und töteten einander oder, falls sie Glück hatten, verwundeten sich nur, so daß Medizinmänner und Ärzte mit Medikamenten und Ameisen kommen konnten und sie retten wie meinen George. Und waren es nicht die musischsten Völker, die einander so umbrachten? Hatten doch diese Söhne der Po-Ebene nicht bloß die herrlichen Violinen von Cremona geschaffen, sondern auch das köstlichste an bildender Kunst Veronas und Venedigs! Waren doch jene Japaner nicht bloß durch Utamaro vertreten, wie im Treppenhaus meines armen Jacobs, sondern durch ganze Geschlechter von Holzschneidern und Malern! Und wer wollte das Köstliche leugnen, das wir dem deutschen Genius verdankten? Und wenn ich die Ruhmestafel unserer antifaschistischen Front dagegen erhob – glänzten auf ihr nicht Shakespeare und Swift, die Impressionisten und Victor Hugo, Leo Tolstoi und Dostojewskij, Karl Marx und Sigmund Freud? Nein, ich mußte aufhören zu grübeln und zu schreiben, nach einem Tag voller Aktendeckel und Papiere hinausgehen ins Freie unters Leuchten des sinkenden Mondes, die wunderbar frische Meeresluft einatmen – nimm dir einen Mantel um, Gefreiter Karthaus, die Temperatur stürzte um zwanzig Grad, und wandere umher auf den Kieswegen der menschlichen Rätselwelt, mit deren Verwirrungen du nicht fertig wirst, auch wenn du versuchen kannst, sie in nächster

Nähe zu ordnen! Wieviel tote Freunde um uns herum! Wer hatte dem prächtigen Colonel Dughleen vorhergesagt, als er diesen begabten Sohn William zeugte und Arzt werden ließ, damit er das Werk des Vaters fortsetzte, er würde ihn als Leiche aus der Wüste zurückerhalten, an deren Rand wir so fest uns einkrallten? Wo waren die Matrosen der »Repulse« und der »Hood«, der herrlichen Stahlfische, die wir in unseren Häfen bewundert und die jetzt schon auf dem Grunde des Meeres verrotteten, vor Singapur, der »uneinnehmbaren Festung«? Hatten wir nicht in unserem Lazarett den Kopf geschüttelt und beinahe gelacht, als eine amerikanische Nachrichtenagentur fassungslos und zwischendurch erwähnte, die Geschütze dieser Festung hätten nur nach der See feuern können, nicht umdrehbar, auch die Landseite zu bestreichen, von der aus die Japse sie anfielen und nahmen – diese »getreuesten Verbündeten des britischen Empire«? – Pulste da nicht eine rätselhafte und fragwürdige Stelle unseres gesamten gesellschaftlichen Körpers? Wieviel Jahrzehnte brauchte es, um aus den getreuesten Verbündeten die erbittertsten Feinde herausspringen zu lassen wie den Kobold aus dem Kasten? Ach, Richard Karthaus, zerbrich dir nicht den Kopf, geh hinein, leg dich schlafen, laß die Gespenster der Wüste und die Schlacht, die sich um den Namen El Alamein gruppiert, nimm eine Pille, denn du hast ein bißchen viel geraucht, und lies vor dem Schlafengehen noch einmal den höchst gescheiten Brief, den dir deine Frau Hella aus Kanada schickte und der die Reise machte ums Kap der Guten Hoffnung samt sehr vielen nützlichen und angenehmen Dingen, denen der Krieg den Atlantik sperrt, selbst den Luftraum darüber gefährdend. In Ismailia eingelaufen ist er und dort noch einmal gestempelt. Lies, daß ihr Bruder Theo längst als Freiwilliger im Kanadischen Hilfskorps dient und mit nach Europa verschifft wurde, was ihr gar nicht behage. »Denn Kanada ist eine fremde Welt, die mich nicht so begeistern kann wie unsere Jungens.« – Dieses kanadische Hilfskorps – war es etwa auch bei dem schauerlichen Landeversuch in Dieppe eingesetzt worden, der, wie Kartusch auf unserer Autofahrt hinunter aus Jerusalem bedächtig andeutete, den Deutschen verraten worden sei durch das Inserat eines Warenhauses, das in einer großen Zeitung Badeanzüge zum Beispiel für Dieppe anpries? Der Brief war lange unterwegs gewesen, das Unglück lag kaum zehn Wochen zurück, ich mußte ihr sofort per Luftpost schreiben, dringend, morgen schon, denn jetzt regierten wir wieder in Ariels Reich, und der deutsche Nachschub hatte viel zu tun, um an Malta vorbeizuschlüpfen, von den atlantischen Küsten zu schweigen.

Ja, die Frauen, die überall hinterbliebenen! Und während ich hineinging und meinen Mantel an den Nagel hängte, den ich mir selber eingeschlagen, durchwehten mein getreues Gedächtnis jene Verse aus Goethes »Iphigenie«, die ich schon 1920 einmal in einer Arbeit verwendet hatte:

»Der rasche Kampf verewigt einen Mann:
Er falle gleich, so preise ihn das Lied.
Allein die Tränen, die unendlichen,
Der überbliebenen, der verlass'nen Frau
Zählt keine Nachwelt, und der Dichter schweigt

Von tausend durchgeweinten Tag' und Nächten,
Wo eine stille Seele den verlornen,
Rasch abgeschiednen Freund vergebens sich
Zurückzurufen bangt und sich verzehrt.«

DRITTES KAPITEL

Beistandsbitte

Teuerste Jeanne!
Der den Juden offenbar gewogene und liebe Gott hat mich fürs nächste zum Zensor für die gesamte Post von G. H. 26 erhöht – ich kann endlich einmal frei schreiben und Dinge sagen, in denen mein Puls schlägt, ohne daß mir zwei Augen dabei über die Schulter spähen – A. T. S.-Augen oder Staff-Augen, einerlei. Und dabei habe ich Dir heute etwas ans Herz zu legen, was diese Augen kaum erblicken dürften.
Ich muß Dir eine Entscheidung nahelegen, an der unsere ganze Freundschaft nun wirklich scheitern könnte. Ich schrieb Dir, glaube ich, schon einmal, daß mir unter meinen Patienten mancher recht sympathisch ist, daß mir aber einer auf ganz besondere Weise Kraft und Lebensfreude zugeführt habe, ein Kopfsprungschwimmer und Windbeutel und schwarzhaarig und blitzäugig wie nur der schönste Inselgrieche aus den Tagen meines geliebten Fuchses Odysseus. Das ist George Gordon Kephalides, Staff Sergeant bei den griechischen Freiwilligen, der in unserer Nervenstation, d. h. in meinem Reiche, unter Beobachtung steht. Hat er an der Meuterei der Griechen teilgenommen, war er in der fraglichen Woche in einem Camp, den ägyptischen Sammellagern, so gehört er zu den Rädelsführern und kommt vor die Gewehre und dann ins Sandgrab. Kann er beweisen, was er behauptet, daß er sich nicht nur diese eine Woche, sondern seine ganzen zwanzig Urlaubstage in Palästina herumgetrieben habe, so kommt er frei. Daß sein Vater Oberst war, hob ihn zuerst in günstigem Sinne aus der Masse – später in ungünstigem. Die britischen Majore und Hauptleute, welche die Untersuchung führen, mußten mit Erstaunen zur Kenntnis nehmen, daß auch ein griechischer Oberst einen nach links, weit nach links ausschlagenden Sohn haben kann.
Dieser George Kephalides nun hatte mir eines Abends vorgeschwärmt, wie er einmal in Wengen ein deutsches Mädchen

erobert habe, das dort mit ihren Eltern Ferien machte. Er wußte auch noch ihren Namen, aber er wußte ihn nur auf griechisch, denn so hatte sie ihn ihm übersetzt: Xoanna Antigone Episkopoy. Du stellst Dir wohl vor, welch ein Licht und inneres Gelächter über diesen Zufall mir aufging. Seit dem Ausbruch der Barbarei nahmen Schicksale ja die seltsamsten Formen an. Nichts Ungewöhnliches setzt uns noch in Erstaunen, Glückswechsel und Erkennungen, die unseren Eltern Rufe des Unglaubens entlockt hätten, sind heute unser täglich Brot. Dennoch leuchtete etwas in mir auf, als sich herausstellte, auch Du habest einmal an diesem Gefährten des Odysseus Gefallen gefunden. Aber ich zog mein schweigsamstes Gesicht, reichte ihm meine Zigaretten und ließ ihn weiteres vorbringen.
Ich verriet mich also auch nicht, als er mir von seinen palästinensischen Abenteuern berichtete. »Stellen Sie sich vor, wen ich am Strande von Tel Aviv unter den Dutzenden von halbnackten Frauen fand, die dort im Sande mit ihren Kindern saßen und Pullover strickten – meine Berlinerin Episkopoy! Erst traute ich meinen Augen kaum. Dann sprach ich sie an. Und sie erinnerte sich meiner, ja, wir sahen uns wieder. Ich verzichtete auf die Fahrt durchs Land. Ich blieb viele Tage in dieser dummen Stadt Tel Aviv, die uns Soldaten das Geld aus der Tasche zieht, ohne Ahnung, wie sehr sie den Juden dadurch schadet. Ihre hebräischen Schilder an Straßen und Wohnungen vermag unsereiner ja nicht zu entziffern, und ich weiß also nicht, wie meine Xoanna jetzt heißt. Aber selbstlos war sie und zärtlich wie nur je und schenkte mir einen wunderbaren ›Urlaub‹ – und nun wollen mich die Esel in den Aufstand verwickeln, wo ich doch diese Tage in den Armen meiner schönsten Jugend verbrachte, gleichsam in Wengen, oben auf der Jungfrau. Wenn ich sie wiederfände, wüßte, wie sie jetzt heißt, sie würde bestimmt Zeugnis ablegen, denn sie ist heute nicht weniger mutig als damals. Und nicht weniger schön. Diese meergrauen Augen, Kamerad!«
Und nun, Jeanne, verstehst Du, warum ich Dir das alles schreibe und als Postzensor schreiben kann. Stellte ich mich als Ordonnanz in dieser Sache zum Zeugen hin, so nützte ich ihm gar nichts. Die Herren sähen dann einfach in mir wiederum einen Kommunisten, Gesinnungsgenossen des Rädelsführers, und legten meinen Worten weniger Gewicht bei als einem La-

gergeschwätz. Ja, wäre ich schon jetzt wieder Offizier, hätte ich auf meinem Achselstück die drei Sterne des Captains, die ich verdiene, oder auch nur die beiden, die ich in Stuhlweißenburg trug, dann gehörte ich zu ihrer Klasse, und was ich bezeugte, wäre wahr. Heut aber bedürfte es eines unverdächtigen Mutes, um Kephalides zu retten. Wenn eine Frau, Gattin eines Ingenieurs und ehemaligen Reichswehrsoldaten, sich zur Aussage meldet, eine Frau Deines Charakters, das würde zählen, das hätte Gewicht.

Nun brauchst Du mir nicht zu sagen, was Du für Dich und unseren Hermann aufs Spiel setztest. Auch um Militärgerichte schwärmen Reporter, und Klatsch verbreitet sich schnell durch den ganzen Mittleren Osten. Es dienen Dutzende von Euren Mädchen und Frauen bei unseren A. T. S., und eine Jugendbegegnung in Wengen, ein »Ornament« am Strande von Tel Aviv verwandelt sich leicht in Schicksal – besonders, wenn eine protokollierte Ohrfeige nebst Gehirnerschütterung mitspielen. Gleichwohl, Jeanne, wir haben unsere Begriffe von Recht und Unrecht, von Selbsteinsatz und Pflicht nicht in der Levante empfangen. »Willst du erfahren, was sich ziemt, so frage nur bei edlen Frauen an.« Leg dem Hermann diesen Fall vor, trotz allem, was dagegen spricht. Ich glaube zu wissen, daß er das Gerede der Straße verachtet und Dich, die Mutter seiner Kinder, decken wird. Und gib mir Deine Antwort auf einer Postkarte: »Ich entsinne mich dieses G. K. recht wohl und daß ich ihn in Tel Aviv wiedersah.« Und den anderen Raum füllst Du mit Nachrichten über Euch und besonders Deine beiden Buben, Eure Sprößlinge.

In alter Liebe und voll Vertrauen
Dein R. K.

VIERTES KAPITEL

Nach Teheran

Wer hätte erwarten können, dachte ich manchmal, daß dieses Lager Latrun sich als eine Art Kloster herausstellen werde, wenigstens für die Abteilung Nerven! Unsere Räume lagen im hintersten Winkel, schon an die Vorberge Judäas geschmiegt, und während in Faradhije immerfort Botschaften einliefen, Ordonnanzen, neue Fälle von »hinter dem großen Drahtverhau«, blieben wir hier jetzt ungeschoren – Palästina war wirklich Hinterland, besonders seit sich feindliche Bomber nur noch gegen die Refinery-Anlagen in der Haifabucht wandten – auch da, ohne viel Schaden anzurichten. Überdies saß ich jetzt in der Hauptpoststube, hatte mir neue Stempelfarbe aus den Vorräten der Magazinverwaltung kommen lassen und gab den Feldpostkarten und -briefen meinen Segen, die von unseren Verwundeten nach Hause geschrieben wurden. Und dies Zuhause breitete sich aus zwischen Edinburgh im Norden und Kapstadt im Süden, Neuseeland im Westen und Sydney noch weit westlicher. Und ich fand sogar Zeit, gelegentlich in jener Analyse »Black Hamlet« nachzuschlagen, die ich sicherlich einmal erwähnte.

Jetzt nämlich ward ich immer wieder von farbigen »Fällen« konsultiert, französischen Senegalesen von Bir-es-Hakim und südafrikanischen Zulus von Bardia oder Sidi Barrani. Sie brachten mir aufregende psychische Störungen, und so gab mir das Buch des Wiener Kollegen, in prächtigem Englisch und gutem Druck, eine wertvolle Stütze. Ja, dieser Krieg zog wirklich den größten Teil der Erdbevölkerung in seinen Wellenschlag hinein, und nahm man die Nachrichten aus China und Indien hinzu, die ganze.

Darum blickte ich betroffen auf, als unser A. T. S.-Mädchen Malka einen Besuch meldete: Herr Ingenieur Hermann Treppner wolle mich sprechen. Donnerwetter, dachte ich, schießt Hannah aber schnell! Und dann trat der schlanke, brünette

Hermann ein, in Khaki wie ich, mit der gleichen Hornbrille wie ich, und wir schüttelten uns die Hände und freuten uns.
»Hätt ich gewußt, daß Sie in Latrun sitzen, Doktor«, sagte er, »ich hätte mich viel früher mal nach Ihnen umgeschaut. Wir Rutenberg-Leute durchstreifen allmählich das ganze Land und liefern Strom, beinah mehr, als unsere Maschinen bewältigen.«
»Aber nun erzählen Sie mal erst«, erwiderte ich, »wie es bei Ihnen aussieht, und sagen Sie mir, ob Sie einen Whisky-Soda vorziehen oder Grapefruit-Saft.«
»Das letztere«, wählte er, sah sich in meinem Zimmerchen um, erfrischte sich und seine Kehle, streckte die mit Sandalen bekleideten Füße von sich – er war noch immer so beneidenswert schlank –, und dann wartete ich gespannt, was aus dem Briefe, den ich Hannah geschrieben, durch ihn, den Gatten und Vater der Kinder, auf mich zurückprallen werde. Aber nichts, wie sich alsbald herausstellte. Hermann Treppner kam in einer völlig eigenen und anderen Angelegenheit zu mir – falls der Brief schon angekommen war, hatte seine Frau ihm offenbar nichts davon erzählt.
»Wir brauchen Ihre Hilfe, Doktor. Wenn Sie in Ägypten unsere Zeitungen zu lesen bekamen, so wissen Sie, wir begannen voriges Jahr Palästinas Juden und Nichtjuden zur Hilfe für die Rote Armee zu organisieren. Eine Liga Victory haben wir geschaffen, die Liga V«, und er streckte die Hand mit zwei auseinandergespreizten Fingern aus. »Und unsere Menschen ließen uns nicht im Stich. Wir machten Versammlungen, zuerst mit der Arbeiterschaft, parallel aber auch mit bürgerlichen Einwanderern, wir redeten zu ihnen nicht nur Iwrith, sondern zur Aufregung unserer Überkandiedelten auch deutsch und jiddisch, und in kleinen Kreisen selbst polnisch und englisch. Und unsere V-League wurde kein schlechter Erfolg.«
»Richtig«, bestätigte ich, »davon haben wir gelesen. Geldsammlungen, Ankauf von Wolle für Kopfschützer und Pullover, um den russischen Winter zu bekämpfen.«
Hermann Treppner lachte, entzündete seine Zigarette, schüttelte den Kopf dabei. »Wundern Sie sich nur, Karthaus«, antwortete er, »aber wir brachten noch ganz anderes zuwege. Unsere Arbeiter, unser Stahlguß, unsere Chemie taten sich zusammen – sieben zweckvoll entworfene Ambulanzautos das

Ergebnis, aus ehemaligen Bussen gezaubert. Und Moscheh Kartuschek stattete das letzte mit einer Apotheke aus, komplett von oben bis unten, Markus, unser Chirurg, das vorletzte als Operationswagen. Geld, Material, technisches Geschick und die begabtesten Arbeiterhände, alles kriegten wir aus unseren Jischuw, den zusammengeströmten Einwanderern aus all den Ländern, in denen sich Juden nicht mit dem gelben Stern brandmarken ließen. Ich begleite den ersten Transport – wohin? Nach Teheran! Dort übernimmt sie die Rote Armee und schleust sie wahrscheinlich gleich an die Wolga, wo es jetzt hart auf hart hergeht.«

Ich sprang fast von meinem Stuhl und rief: »Herrlich, herrlich, Hermann! Gottlob, daß sich die Zivilisten auch regen – nicht bloß die Haganah also reiht sich ein, wie mir Kartusch berichtete. Wir meinen doch wohl den gleichen Mann, den Sie vorhin Kartuschek nannten?«

»Genau den«, lachte er, »der Stettiner Apotheker Kartuschek verwandelte sich in einen Henry Cartouche, als er 34 den Hitlerbanditen entrann und über Marseille nach Palästina ging, bevor er zum Thälmann-Bataillon stieß, was freilich erst 36 vor sich ging. Aber seither ließ er die letzte Silbe weg und blieb Kartusch, und heut, höchst offiziell, heißt er Captain Kartusch und hat in unseren Kwuzzoth allerlei zu bestellen. Zu Ihnen aber schickte er mich als Papiersucher. Wir drucken wöchentlich Flugblätter, um für unsere Liga V einprägsamer zu werben. Bisher stifteten uns die Druckereien das Papier dafür. Aber die Vorräte sind nun erschöpft, und neue Ballen verteilt der schwierigen Einfuhr wegen nur die Regierung.«

»Sie meinen das rosa Zeug, auf dem unsere Tageszeitungen erscheinen?«

»Genau das«, erwiderte Treppner, »rosa oder nicht, Papier bleibt Papier, und zum Glück werden die Nachrichten allmählich auch wieder rosa. Sahen in den ersten Monaten ja wirklich grau aus, sogar dunkelgrau. Dänemark und Norwegen und der Fall von Tobruk und Singapur, von Polen und Paris zu schweigen. Aber zu Monty mit dem Barett haben die Jungs Vertrauen. Und unsere Haganah wird sich sehen lassen dürfen, seitdem sie Ihren Ratschlag befolgte und uns Unteroffiziere und Vizespieße aus dem ersten Weltkrieg mit der Ausbildung betraute. Also nun Papier.«

Ich strich mir über das Kinn – hätte mich schon früh rasieren müssen, wußte freilich nicht für wen. Als Lazarettgehilfe hätte ich mich kaum für solche Zuteilungen einsetzen können, aber der Uhu hatte ja meine Beförderung schon fast mit Datum in Aussicht gestellt und die Freundlichkeit unserer Kantinenbelegschaft seit ein paar Tagen erlaubte zu vermuten, daß schon jetzt allerlei davon durchgesickert sei. Ich ließ meine Augen auf Hermann Treppner ruhen, der als Feldwebel einmal den Waffenrock der Reichswehr getragen hatte und nun dem deutschen Volk half, den Nachtalp abzuschütteln, den man ihm auf den Nacken gesetzt.

»Wir haben jetzt in Jerusalem Dienststellen, einflußreiche, die früher in Kairo residierten.«

»Major Stone«, bestätigte Treppner ruhig, »wir wissen Bescheid.«

»Bei dem kann ich versuchen, Papier für unsere Sache freizukriegen. Nicht viel, versteht sich. Sie sehen ja, Hermann, wie unser Nachrichtenblatt kaum einen weißen Rand freiläßt, allen Traditionen des Buchdrucks zum Spott.«

Hermann Treppner stand auf. Von der großen Chaussee her, recht fern, mahnte eben zum zweitenmal eine Hupe. »Für unsere Sache, sagten Sie, Karthaus. Das hört man gern. Wir fürchteten manchmal, Sie seien ganz zu den Weißgesprenkelten rübergeglitten, wie Moscheh Kartusch euch stempelte. Benachrichten Sie in der Papiersache unsere Hannah, sie wird mit der Druckerei in Tel Aviv die Verwertung desjenigen einteilen, was Sie für uns ergattern. Und nun auf Wiedersehen, mein Fahrer Deborah soll nicht zum drittenmal Signal geben. Wir rollen nach Gaza. Komm ich aus Teheran zurück, so reden wir weiter. Dann sind Sie vielleicht schon Captain Cardhouse, und ich müßte vor Ihnen strammstehen.« Und er legte die Hand an die Schläfe, als trüge er Mütze oder Helm.

FÜNFTES KAPITEL

12. 12. 42

Gerade als ich mir mit Hilfe der Atlaskarte klarzumachen suchte, welchen Weg Hermann Treppner mit unseren Ambulanzen einschlagen würde, um sie durch den Irak nach Iran und zu den Sendboten der Roten Armee zu bringen, brach, am 12. 12. des Morgens zwischen neun und zehn, in meinem persönlichen Leben jener Umschwung ein, bei dem ich nicht allzu ausführlich verweilen möchte, aber doch ein wenig, hinreichend immerhin, um nicht kokett den Bescheidenen zu spielen. Es trat nämlich zu mir ein mein Lazarettchef Colonel Dughleen, begleitet vom Zahlmeister und einem seiner A. T. S.-Mädchen, das mehrere Kleidungsstücke aus Leinen und Stoff über dem Arm trug.
»Leg's hier auf die Couch und räum dann bitte aus dem Revier mein Frühstücksgeschirr weg, Nora!« Mit einem glückwünschenden Blick zu mir hin verschwand die in Dover geborene Londonerin.
»Wir bringen Ihnen, lieber Cardhouse, hiermit die Einladung zum Dinner übermorgen abend bei Seiner Exzellenz dem High Commissioner und unserem Oberkommandierenden. Überspringen wir durch dieses Patent drei lästige Jahre; treten Sie wieder in den Rang ein, auf den Sie verzichten mußten, als Sie sich unserer Front gegen die Friedebrecher einreihten.« Und er nahm von dem Stapel Kleidungsstücke den weißen Waffenrock mit den drei goldenen Sternen, hielt ihn mir entgegen und forderte mich durch diese Geste auf, in die Ärmel hineinzuschlüpfen. Er war mir sogar etwas zu weit, mußte ich feststellen – Leute meiner Körperlänge wurden von der Regimentsschneiderei mit breiterer Brust und Schultern veranschlagt.
Ich wage kaum zu gestehen, daß mir die Augen feucht wurden, als mir der alte Chirurg, indem er sich auf die Zehenspitzen hob, den Rockkragen zunestelte.

»Und hier der Distinguished Service Order, den Sie sich lange verdient haben, Kollege Cardhouse. Hätten wir nicht durch die Ankunft der Amerikaner schon jetzt im Goldenen Haus einen Trubel von Gästen, geführt vom persönlichen Adjutanten Dwight Eisenhowers, so hätte sich diese Ordensverleihung oben in Jerusalem vollzogen, vorgenommen wahrscheinlich vom Chief Secretary selbst. Aber wir sind geradezu in Verwirrung mit all den Überschreibungen von der Achten zur Neunten, unter die ja auch Sie fallen, und so lassen Sie uns für heute Schluß machen mit der Bitte der Stabsschreibstuben, die Verwechslungen zu entschuldigen, die mit dem Anhören Ihres Namens vor drei Jahren anfingen. Ihr damaliger Zwilling Captain Kartusch ist ja inzwischen auch ganz und gar okay geworden. Die Nachzahlung Ihres Gehaltes brauchen Sie hier nur unserem Purser zu quittieren. Und nun Dank für alles, und immer die gleiche Zusammenarbeit, wie in den dunklen Stationen dieser schrecklichen Prüfung nun auch in den helleren, denen wir zurudern.«

Mit zitternder Hand setzte ich meinen Namen auf das amtliche Papier, löste einen Scheck von der metallenen Büronadel, legte ihn auf mein Tischchen und die Pfeife darauf und schüttelte dann meinem Chef und jetzigem Kameraden beide Hände. »Dank«, sagte ich, »Colonel Dughleen. Dank für gestern, heute und morgen.«

»Womit ich mich an die Chefvisite machen werde, auf die Ihre Kollegen drüben schon warten, während für Sie, lieber Cardhouse, neue Fällen noch nicht eingeliefert worden sind.«

Ich saß da, starrte auf den Scheck, dessen Zahlen in keiner Weise mein Wachbewußtsein erreichten, auf meinen Ärmel mit den goldenen Borten, auf Fenster und Himmel, über die graue Wolkenbänke hinjagten. Mein Herz schlug langsam und fühlbar, ich mußte es mit der Hand beruhigen. Wäre hinter mir ein Sack Steine auf den Fußboden gepoltert, für jedes der drei vollendeten Kriegsjahre ein großer Brocken, ich hätte mich nicht gewundert. »Zuletzt kommt alles, selbst was man sich wünscht« – hatte das nicht unserem George sein kretischer Hirte und Kamerad immer wieder versichert? Nun würde ich mich also übermorgen in diese Stabsuniform werfen, um Seiner Exzellenz aufzuwarten und am Geburtstagsmahl für Georg VI. teilzunehmen, glücklicherweise inmitten dutzender

Träger von Ordensschnallen und bestickten Kragen, welche die Aufmerksamkeit viel mehr auf sich ziehen würden als ich. Sollte mir doch mal jetzt auch die Hosen anziehen, die zu diesem Waffenrock gehörten – waren sie mir zu weit, zu lang, so mußte ich nach Jerusalem hinauf und sie umtauschen. Und dann würde es in zehn Tagen noch einen Weihnachtsempfang geben, vielleicht sogar eine Abordnung nach Bethlehem, um meinen leichteren Fällen, Christen der drei verschiedenen Bekenntnisse, die überaus suggestive Freude einer Christnacht in der Geburtskirche zu schenken und den hellen Glockenspielen zu lauschen, die die Geburt des Heilands der Welt metallisch begrüßten.
Und während ich mir den Rock wieder auszog, denn in unseren Baracken regierte durchaus noch die Sonnenwärme der letzten Tage, erinnerte ich mich einer Bemerkung, die ich gestern abend beim Lunch so gut wie überhört hatte. Ob ich nicht einer Freimaurerloge angehörte? Die Logen stellten innerhalb der Armeen des Empire eine stille, aber verbindende Kraft dar; im Mutterlande wie in Indien und in den afrikanischen Kolonien von Kapstadt bis Kairo saßen und wirkten Logenbrüder, die trotz der verschiedensten militärischen Ränge oder Zivilbeschäftigungen zu tätiger Hilfe füreinander verpflichtet waren, ungeachtet politischer oder religiöser Scheidungen. Nun, ich hatte vergessen, daß ich in Berlin einmal der Loge B'naí Brith beigetreten war, den Söhnen des Bundes, die eine jüdische Parallelgründung darstellte, der Freimaurerei nachgebildet, aber dank der Verstreutheit des jüdischen Bürgertums ohne die große Bedeutung der christlichen Tempel und Orden. Schien es sinnvoll, auch dies wieder aus der Schublade herauszuholen? Major Stone, so hörte ich vom Nebentisch her, war ein wichtiges Mitglied der Bauhütte Salomonis, und mein George hatte mir gelegentlich nicht ohne Spott von der Tatsache berichtet, daß sein Vater, Oberst Kephalides, in Athen dem gleichen Tempel angehörte, der gleichen Loge zum gegenseitigen Beistand. Nun, vielleicht ließ sich das früher oder später für ihn in die Waagschale werfen; jetzt eben trat die Tagespflicht an mich heran, die Visite in meinem Krankensaal, und zwar in anmutigster Gestalt: Korporal Ruth hielt in der einen Hand die Mappe mit meinen Fällen, denen jetzt meine volle Aufmerksamkeit gelten mußte, in der anderen aber trug sie ein zylindri-

sches Glas aus dem Labor der Pharmazie und darin frisch gepflückte Rosen, Anemonen und drei langstielige Knabenkräuter, lilablau, Orchis latifolia, eine einheimische Orchidee, auch bei uns daheim. »Herzlichsten Glückwunsch«, sagte sie und stellte den verfrühten Lenzstrauß auf meinen Tisch.

SECHSTES KAPITEL

»Knif«

Nicht zu leugnen: man saß angenehm in Latrun als Leutnant Fenningtons Vorgesetzter. Meine ehemaligen Vorgesetzten führten sich so freundschaftlich auf, wie nur Engländer es können, denen der Aufstieg vom Bürgerlichen über die Gentry zur Lordschaft geschichtliches Vorkommnis darstellt, dem eine Mehrzahl herrschender Familien den Rang verdankt. Daß meine Kameraden von einst weiterhin wie Kameraden behandelt wurden, brauche ich nicht zu sagen, fehlt unsereinem doch der Hochmut in den Knochen, den der Großgrundbesitz unvermeidlich mit sich zu bringen scheint und heutzutage sogar der Besitz großindustrieller Schreibtische.

Inzwischen war die Vorregenzeit abgelaufen, der Frühregen, wie ihn die biblischen Dichter nennen. Eine Unzahl Blumen entsproßten jedem Löchlein im Felsen, allen vor Winden geschützten Abhängen, in denen sich Erde festhielt – rote, blaue und weiße Anemonen und jene entzückenden Zyklamen, die bei uns daheim Alpenveilchen heißen. Der Himmel hatte wieder die Bläue angenommen, die er bis zum Eintritt der Hauptregenzeit beibehalten würde; und mit Dienstwagen, welche ohnehin die Küstenorte besuchten, fuhr ich morgens zum Schwimmen hinunter ans Mittelmeer, und in seiner funkelnden Bläue begann ich zu vergessen, was ich ausgestanden als Lazarettgehilfe Cardhouse. Von meinem George hörte ich während dieser Wochen nichts; nur einmal wurde seine Angelegenheit schon frühmorgens in den Vordergrund geschwemmt, durch eine rätselhafte Postkarte, die ich minutenlang studierte, ehe ich sie begriff. Sie stammte von Hannah, diese Postkarte – wahrscheinlich von ihrem Davidchen angefertigt, der eine Karikatur des ausgezeichneten Australiers David Low aus der »Palestine Post« geschnitten hatte. Darauf lief ein Wüstenfuchs an einer Bergkette entlang, über welcher das Wort »Monty« stand oder »Mounts«, so oder so zu lesen.

»Romm to the West«, stand unter dem galoppierenden Fuchs, und der Kleister, mit dem das Kind den Zeitungsausschnitt aus rosa Papier auf eine alte Feldpostkarte geklebt, hatte Ränder und Ecken dunkel gefärbt. Auf dem frei gelassenen Rand unten aber stand das rätselhafte Wort »knif« und in hebräischen Lettern der Name »Chana«.

Ich stopfte meine Pfeife mit frisch geliefertem rhodesischem Tabak, der leise nach Pfefferminz schmeckte, und setzte mich in den Sessel am Kopfende meines Diwans, der für die Patienten der Analyse bereitstand. Irgend etwas in meinem Kopf antwortete auf die vierbuchstabige Silbe – aber was? Was? Stammte sie von englisch sprechenden Patienten? Hatte Hannah sie von mir übernommen in den Jahren vor dem Krieg? Palästinensischen Wortschatz verriet sie nicht, und mit »knife« für »Messer« hatte sie kaum etwas zu tun. Ich legte mich auf meine Couch und schloß die Augen. Alsbald assoziierte ich das Wort Schlüterstraße, und da hatte ich es. Berlinerisches Rotwelsch, Straßenslang, eine jener Abkürzungen, die schon vor dem ersten Weltkrieg umliefen! Knif war ein Silbenspiel wie AEG oder BEWAG – der Großstädter dachte nicht daran, genau wie einst der römische, langatmige Worte zu benutzen, um allbekannte Einrichtungen auszudrücken. Und so rief er »knif« statt »kommt nicht in Frage«. Kommt nicht in Frage – lautete so die lakonische Antwort meiner Freundin Hannah auf den langen Brief, mit dem ich ihr das Schicksal unseres George Kephalides vorgelegt? Kommt nicht in Frage – wenn es um eines Menschen Leben ging, auch wenn der nur locker in das ihrige eingewebt war? Ich biß auf meine Pfeife, runzelte die Stirn, sprang auf: das ließ ich mir gewißlich nicht gefallen. Alle Opfer der faschistischen Verrücktheit standen in gleicher Front; ob Griechen oder deutsche Juden, Bürger Athens, der alten großen Mittelmeerstadt, oder Tel Avivs, dieser allerneuesten – das blieb, nochmals berlinerisch, schnuppe! Und rufst du mir »knif« zu, reizende Hannah, so antworte ich dir englisch: »Wait a minute!«, und lasse mich demnächst hinunterrollen in eure Küstenstadt und nehme statt eines Bades den Kampf auf mit dir, die durch mich zur Menschin reifte und begreifen lernte, was für Pflichten das auferlegt. Nicht umsonst war der erhabene Anruf von Mozarts »Zauberflöte« in dein Ohr gedrungen, Hannah Renate Bischoff; nicht vergeblich solltest du

ins Leben des Arztes R. K. einbezogen sein und an seiner Menschenformung teilgenommen haben, welche durchschnittlichen Leuten beim Bewältigen der Verzerrungen half. die das heutige Leben fast unvermeidlich mit sich bringt.
Und dann warf ich mich mit einem Ruck in die Gegenwart zurück: ein Transport nervisch gestörter Wüstenkrieger lief ein, Leute aus den weitverstreuten Gefechtsständen jener Westlichen Wüste, für welche unsere Station in Faradhije bedeutend günstiger gelegen. Manche hatten sich wochenlang abgemüht, wieder zurückzufinden zu den Ausgangsstellungen oder Sammelplätzen nahe dem großen Drahtverhau oder einer Hügelkette, die sie kannten. Ohne Trinkwasser, nur ein paar Zwiebäcke im Beutel oder getrocknete Datteln, schleppten sie sich hin, tags unter afrikanischer Sonne, nachts in Wüstenkälte, mit Prellschüssen oder Wunden von verstreuten Kugeln, vom Geheul der Schakale in der Nacht geschreckt und des Tags vom Geratter der MGs aus der Luft. Das brachte Futter für den Nervenarzt genug, auch wenn die Chirurgen davor wenig Achtung hatten, ihre Opfer der kriegerischen Leidenschaft ernster nehmend oder seiner ökonomischen Besessenheit, wie Moscheh Kartusch es formuliert hätte, Häupter voll Blut und Wunden, auch Arme und Beine desgleichen gehörten zum Repertoire unserer Kriegsgeschichte. Unsere neueste technische Vervollkommnung der Mordwaffen hatte aber auch dem Nervenleben der zum Kriegsdienst Eingezogenen gründlich zugesetzt.
Am Nachmittag brachte mir die Post endlich etwas, worauf ich seit vierzehn Tagen wartete: meinen Schulatlas. Sorgfältig verpackt von Fritzi, die dazu schrieb, ihre Kunden hätten für diese altmodischen Karten ohnehin keine Verwendung.
Aber ich hatte sie! Vor Wochen schon waren die Amerikaner an der Westseite Afrikas gelandet, bei Casablanca oder Tanger, ausgerüstet, endlich auch auf unserem Teil des Planeten militärisch einzugreifen. F. D. Roosevelts Arm langte über den Atlantik hinüber – die jüngste Weltmacht auf dem Territorium der ältesten.
Stunden hindurch ging mir mehr durch den Kopf, als ich erwartet hatte und verantworten konnte: Strom und Unterstrom hoben und senkten sich in mir, indes ich den Bestand an Neuankömmlingen karteimäßig aufnahm und meiner neuen Sekretärin diktierte. (Diese ATS, Mrs. Ruth Brendel, war in Ra-

matgan verheiratet, einem entlegenen Vorort von Tel Aviv, und mochte schuld daran sein, daß mir Hannahs Karte und Verhalten immer wieder ans Herz rührten. Kommt nicht in Frage? Sehr in Frage, Mrs. Treppner!) Anläßlich einzelner der Neueingelieferten legte ich in Sätzen, die Mrs. Brendel stenographierte, den Einfluß des Wüstenkrieges auf das Nervenleben der Männer nieder. Höchst deutlich prägte sich mir ihre Leidensgeschichte ein und verwies mich dringlichst auf den Einfluß, den jene schon geschilderten seelischen Qualen auf Herz und Sonnengeflecht ausübten, ja auf Darm und Galle. Unser Lehrer Freud hatte zwar schon längst sein Bedauern drucken lassen, erst in fernen Jahren werde sich die somatische, also körperliche Grundlage des Nervenlebens enthüllen. Aber heute schon liehen uns Vitamine und Hormone eine Fülle neuer Wirkstoffe – und dabei lehrte ein Blick auf die Armbanduhr am Handgelenk, ich müsse das Radio einschalten lassen, Nachrichten empfangen, die Jerusalem von BBC übernahm: »Einsatz amerikanischer Truppen, ausgedehnte Kampfhandlungen an der Kehrseite des Afrikakorps – Zweifrontenkrieg!«

Um mich schließlich nach des Tages Arbeit zu entspannen, blätterte ich in jenem vertrauten, in verschlissenes Buntpapier gebundenen Atlas, den ich Gott weiß wie lange nicht mehr aufgeschlagen. Ich fand die Karte von Afrika fast sofort: da lag diese ungeheure Birne, von Blau umgeben, auf der rechten Seite, dem Nordosten, an Asien geschmiegt, und verwandelte mich in den Schüler Karthaus im fernen Czernowitz. Blaßbraun und dunkelbraun hatten die Kartographen dieses Land des schlafenden Riesen hingemalt, weil es sandig war und gebirgig, grün nur an seiner Westflanke – und von Politikern zerstückt durch schnurgerade Grenzen, die im Grunde genommen nur auf dem Papier bestanden. Ihr ganzer Norden hieß Sahara, siebentausend, achttausend Kilometer breit bis zum Rande Ägyptens, und voller Bodenschätze, wie man behauptete. Die Sandkiste, in der unser Krieg vor- und rückwärtszuckte, die Libysche Wüste, war nur knapp ein Fünftel so breit und tief wie all das andere ungeheure Kontinentwesen aus Sand und Steinen. Und daß gerade dieses sich der angreifende Faschismus zur Basis ausgesucht, ging aus der Nachbarschaft hervor mit jenem blaugemalten Wasser, Rotes Meer genannt, das nach dem Indischen Ozean zu sich im Süden öffnete, und jenem winzigen Punkte Port Said an der gleichfalls blauen Mittelmeerküste. Dort zeichneten sich Strichelchen ab, fast nicht sichtbar, genannt Suezkanal – eine Lebensader der Wirtschaft Europas, seitdem Tausende von Fellachen unter dem Franzosen Lesseps und dem dritten Napoleon, schlecht bezahlt von der Pariser Börse, die alte Landzunge durchstießen, in der früher sogenannte Bitterseen einen Handelsweg zu Boot und zu Kamel nach Alexandria hin boten wie einst schon zu Zeiten des großen Darius. Und nun glitt mein Blick an der Küste entlang auf das Atlasgebirge hin, das für die Griechen den Himmel getragen, und ruhte kurz auf den Namen Marokko und Tanger. Aber eigentlich hätte ich andere Karten aufschlagen müssen, nämlich die Rußlands, auf welcher ein Fluß namens Wolga verzeichnet war und ein Ort, der einst Zarizyn hieß, heute Stalingrad, und wo die russische Spirale ungeheuer vorzuschnellen begann nach dem Rückdruck. Aber obwohl auf diesem Kriegsschauplatz zwanzigmal soviel Divisionen angriffen und wir längst vom Radio wußten, daß sie über Persien den Japanern die Freundeshand zu geben hofften – heut war ich für derlei Ausblicke zu verbraucht, zu müde, zu sehr abgelenkt von Hannahs »knif«. Nur beiläufig sollte mir der Atlas Amerika vorspiegeln, unser riesiges Arsenal, in dem F. D. Roosevelt die Sache des Fortschritts hütete, seine Gesundheit leider nicht schonend. Dort waren unsere Gelehrten dabei, den Atomkern zu spalten und aus seiner Urkraft die Bombe aller Bomben zu entfesseln, die uns den Sieg sichern sollte. Und dachte ich an die nördliche Zone dieser Karte, so winkte sie nach Kanada hinüber, wo Hella saß, meine Frau, mit meinen beiden Jungen, und mir immer bedrängter schrieb. Wirklich sei ihr Bruder Theo an der Kanalküste als vermißt gemeldet, wahrscheinlich bei Dieppe von der Kriegsbestie gefressen worden! Seither vermisse sie die männliche Stütze, und Bob und Rudi fehle der Häuptling, das Vorbild. Hella, dachte ich, mein Gott, Hella, während ich den Atlas schloß – durften denn Familien so ausgestreut werden? Habe ich vielleicht gefehlt dadurch, daß ich dich nicht mehr so innig an mich zog wie eh und je, bloß weil mich eine elbische Najade magnetisch festhielt? Ich mußte hinüber ins Kasino, dort eine indische Cheroot rauchen, nach der saftigen Mahlzeit, die der arabische Koch uns vorsetzte, dazu

den obligaten Whisky Soda nehmen und vor dem Schlafengehen noch der Sinfonie lauschen, die das Jerusalemer Radio herüberschickte, dirigiert von einem ehemals deutschen Juden, gespielt von ehemals ungarischen, tschechischen, polnischen und deutschen Orchestergeigern, Bläsern auf Holz und Blech, Flötisten, Cellisten. Schuberts Siebente kam an und baute eine Brücke hinüber nach Kanada, hinauf zu den Sternen.
Noch als ich schließlich zu Bette ging, irrlichterierten mir die Themen des ersten Satzes im Ohr: »Knif, sagte sie, knif, sagte sie, sonderbar.« Und das Nebenthema mit hellen Geigen: »Hella, wo bist du, Hella? Sei wieder da.« Und ich schlief ein, als ob diese beiden grundverschiedenen Mottos und Seelenströmungen von dem unsterblichen Franz Schubert gerade für mich und für heute abend zusammengeflochten worden waren vor mehr als hundertzwanzig Jahren in der schönen großen Kongreßstadt Wien.

SECHSTES BUCH

AN DEN PFORTEN DER HÖLLE

Rückzugslied

Wißt ihr's noch? Als Heerwurm brachen
Mordend wir in Rußland ein,
Motor-schnaubend schossen, stachen
Wir in Menschenleiber ein.

Gleich dem Heerwurm bleicher Maden
Schoben wir uns durch das Land,
Raupenfraß voll Gift und Schaden,
Ein millionenfaches Band.

Wortbruch fliegt voran als Mücke,
Lügenwolke hüllt uns ein,
Bis zur Wolga reicht die Lücke,
Die uns aufnahm, Reih' für Reihn.

Goebbelschen schrie schon, wir hätten
Rußlands Heere weggekehrt,
Doch da legte Herbst in Ketten
Eisenkarrn und Eisenpferd.

Denn in Regengüssen fraßen
Panzer sich ins Schlammbad ein,
Und im Winter bauten Straßen
Deutscher Leichen stumme Reihn.

Und das Pack der Generäle
Alle Schuld auf Hitler schob,
Und sie selber, stramm wie Pfähle,
Schrien bis zuletzt sein Lob.

Zweimal hundert Divisionen
Fielen Leichen Hauf in Hauf,
Deutsche Städte, Dörfer, Zonen,
Unser Rückzug fraß sie auf.

Blutschutz, Selbstlob, Massenmorden
Brannt' das Dritte Reich uns ein –
Wären wir nur klug geworden!
Junge Leute, seht es ein!

Mag kein Stiefel euch zertreten,
Kinder, noch ein drittes Mal!
Denken lernet statt zu beten!
Unser Buch nehmt als Fanal.

ERSTES KAPITEL

Der Trojanische Krieg

»George«, rief ich aus und lehnte mich im Stuhl zurück, »du hast dir ja einen Bartkranz angeschafft, bist offenbar in den Odysseus umgestiegen, mein lanzenschwingender Achill!«
Mein Grieche lachte, erbat sich eine Zigarette, benutzte das Feuerzeug auf meinem Tisch, nickte zu mir hinüber. »Da mich diese Engländer halbwegs in Haft halten, ließ ich mir die Wolle stehen. Mich von ihnen zu unterscheiden, weißt du. Wir Mittelmeerleute legen Wert auf Abstand, manchmal. Und hättest du mich nicht ausdrücklich hierherbefohlen, es setzte Schwierigkeiten in Sarafand. Draußen am Lagertor wartet ein langer Schotte – Leichtkrankenkompanie, Gewehrschuß durchs Ohr, ganz hübsches Stück von der Muschel weggerissen. Sieht mit dem verbundenen Kopf aus wie unsere Jungs vor fünfzig Jahren, als die Türken noch mit Säbeln fochten.«
»Richtig«, freute ich mich, »da gab es die herrlichsten Bilderbogen, und die Türken trugen rote Hosen und rote Feze, und in der Luft rauchte eine harmlose Kugel statt unserer heutigen Granaten.«
Vier oder fünf Tage hatte der letzte Regen die Lagerstraßen gepeitscht, die Eukalypten und Ölbäume blank gewaschen; jetzt blaute ein Himmel – man hätte ihn sich Anfang Februar in den Schweizer Bergen kaum blauer wünschen können, nur daß dort Gipfel und Bergrücken darunter silberweiß glänzen vom Schnee, der hier wegfiel. Unsere Wetterstationen aber berichteten, das Meer sei noch heftiger bewegt, für kleine Fahrzeuge, Fischerboote und dergleichen lebensgefährlich – wieder war ein Kutter bei Chedera an den Strand geschleudert worden, die Besatzung, drei deutsche Scharfschützen, ertrunken angespült.
»War drauf und dran, mich wieder zur Truppe zurückzumelden, in meinen Tank zu steigen, den Rommel-Indianern wieder was auf den Pelz zu brennen oder Grazianis Trento-Füchsen. Kannst dir ja denken, Dick, wie widerlich mir alles riecht, was

von unserer Eule herkommt, aus ihrem Jerusalemer Steinbaukasten. Dachte immer, wir fechten in einer Front gegen die Wildschweine, die in unsere Felder einbrachen. Und nun droht mir MG vom Rücken her, so als gackerte ununterbrochen ein Huhn Schimpfworte, Verdächtigungen. Und da du inzwischen zum Captain aufgerückt – wußte ich, ob du noch mein alter Kamerad Dick bist? Da kam zum Glück dein Anruf, und nun spür ich ja: zwischen uns bleibt alles in Butter.«
»Alles beim alten, George«, bestätigte ich, »und das mit der Front überlegst du dir. Kriegten gestern Nachricht von deinem Bruder. Wie es der Schlaukopf nach Haifa brachte oder Akko, das steht nicht drin. Aber nun lies mal erst«, und ich reichte ihm das mit Kopierstift beschriebene Papier. Ich wußte, was er las: »Sende in nächsten Wochen Boot nach Jaffa-Tel Aviv, Material abzuholen. Liege dann mit ›Skorpion‹ in südlicher Bucht der Ostseite Cyperns – Reparaturen. Frau Jokaste bereits aufgespürt. Neue Berichte unterwegs. Können Neues von George unserem Boote mitgeben? Dank im voraus. A. K.«
George blies Rauch durch die Lippen, leise pfeifend dabei. »Brüder bleiben halt Brüder«, dankte er hinüber, »auch wenn das Wintermeer zwischen ihnen schäumt. Und falls alles hart auf hart bleibt, geben wir nichts Neues von George diesem Boote mit, sondern ihn selbst.«
Ich zog meine Brauen zusammen. »Kein Kephalides desertiert«, brummte ich dann vor mich hin.
»Gewiß nicht«, bestätigte er, »aber er sucht sich die Frontstelle aus, auf der er möglicherweise fällt. Dieser Krieg geht gegen das Unrecht, Dick, rund um den Globus diesseits und jenseits der Lager. Du hast gehört, was in Casablanca beschlossen wurde? Unconditional surrender! Bedingungslose Übergabe. Die beiden Häuptlinge haben's jüngst verkündet, und in unseren Herzen gilt es seit je. Auch auf dem ›Skorpion‹ kann ich fechten, und Freiwilliger war ich stets, aber nicht mit einem Uhu im Wappen.«
Ich dachte mir: Wait a minute – warte mal, Freundchen, klingelte, ließ uns kalten Orangensaft bringen. Als die Ordonnanz uns verlassen hatte und wir unsere Kehlen erfrischt: »Brauchst noch lange nicht an den ›Skorpion‹ zu denken, George. Es wird sich allerlei in Ordnung bringen lassen, wenn auch nicht in Jerusalem, so doch in Tel Aviv. Kommt Zeit, kommt Rat. Es ist

einem Hitzkopf wie dir schwer, Geduld aufzubringen. Aber wer einen Bart trägt wie Odysseus, muß Geduld haben wie jener und ebensoviel Grips. Und nun pack mal aus, wie das mit dir vor sich ging in der großen Wüstenschlacht. Dein Leutnant Ruthby erzählte was im Kasino – ihr hättet zwei Nazigeneräle erschossen, er und du.«

George kreuzte die Arme, seine Augen nahmen plötzlich den Ausdruck eines Kapitäns oder Schützen an. »Manchmal sah ich unseren Krieg wie Piratenkampf zur See, ein andermal wieder als trojanischen Krieg, von den Schiffen weg zu Lande. Du weißt, daß der Rommel den Schluß nicht mehr mitmachte, hatte sich ganz ausgepumpt, der Mann, war immer vorn bei der Truppe gewesen. Sein Arzt hatte ihn schließlich nach Europa zurückgeschickt, auf den Semmering, hieß es, in ein Spital. Wir patrouillierten zwischen den Fronten, und das gleiche tat der neue General mit seinem Stabschef, deutsche Offiziere von altem Schrot und Korn, allerdings ohne Ahnung, daß sie sich's nicht leisten konnten. Stand mit dem Fernglas auf dem Seitentritt seines Wagens, der Neue, und sein IA lehnte im Rücksitz. Hätten einen Spähpanzer benutzen müssen statt dessen, was sie Pkw nennen. Sie kamen vor mein MG, und als wir gefeuert hatten, verschwanden wir hinter einer Düne. Und ihr Fahrer stob davon, einen Toten im Sitz, und der Neue war verschwunden, der das Terrain so scharf beäugte. Haben ihn wohl nächsten Tag gefunden mit seinem Ritterkreuz am Halse und offenen Augen, die nichts mehr sahen. Gott weiß, was noch tapfer ist in diesem Kriege und was verrückt und ob diese ganze Angelegenheit Krieg nicht schon veraltet war, als unser Achill und der trojanische Hektor sich am Skäischen Tor maßen. Scheint mir immer mehr eine Barbarengeschichte zu sein, unsere Welthistorie, ob sie nun mit Pferden vorm Streitwagen anstürmten und mit Schild und Lanze oder mit einem Motor und unserem Kugelstreuer. Bloß daß damals zehn Tausendschaften aufeinander losgingen und heute ebensoviel Millionen. Damals wollten sie die Meerengen öffnen oder verstopfen und heute den Suezkanal oder die Wolga. Müßte endlich einmal ein anderes Lied gesungen werden als das unserer Homere.«

»Ja«, nickte ich vor mich hin, »der eine nennt es Destruktionstrieb und der andere Kampf um die Produktionsmittel. Aber das werden wir später klären, George, wenn wir unser Jahr 42

aus der Entfernung betrachten können, nach fünfzehn Jahren beispielsweise und in einem Frieden, der uns alle vernünftigen Beschäftigungen wiedergibt und in dem keine Rede mehr fällt von Nazi oder von Fasci. Dann wird aufgeräumt sein und unser Atem leicht gehen, weil wir dieser Generation von Aufräumern angehören und den Weg bahnen in bessere Zeiten.«
»Sofern wir's erleben«, seufzte George und deutete auf das Fenster, vor welchem mit verbundenem Kopf ein hochgewachsener Soldat auftauchte, offenbar beunruhigt von Georges langer Abwesenheit. »Daß mich unsere Patiniosse keineswegs vergessen, brauche ich dir nicht vorzusingen; aber wer fürchtet sich schon vor solchen Prinzen!«
Am Morgen des übernächsten Tages tauchte wer auf? Jemand, der neuerdings immer dicht bei George agierte: Korporal Lydia. Sie hatte mit ihrem Fünf-Tonner Obstkonserven, Tabak und frisches Gemüse mitgebracht, südafrikanische Produkte, um unsere Winterverpflegung mit Vitaminen aufzufrischen.
»Mädchen«, staunte ich, »du siehst ja gebräunter als je in der Wüste!«
»Kunststück«, lachte sie, eine Zigarette nehmend, »dort fuhren wir nachts und versteckten uns vor der Sonne. Jetzt im Winter braucht uns der Dienst am Tage, und wenn es nicht gerade gießt, bräunt sich unsere Haut zum Beneiden. Daß beim Antreten unsere Chefin zwischen uns und den Britinnen unterscheidet mit der Anordnung: Native girls to the left! – Eingeborene nach links!, hat uns früher mal empört, aber jetzt ... Ich bring dir, Captain Dick, gute Botschaft: das Papier für die Liga V. In Ismailia ausgeladen, warten zwei Ballen auf Anweisung, wohin. Captain Kartusch ist verschwunden, sein Stellvertreter Spiwak sitzt in Haifa. Aber wir rollen das kostbare Zeug doch nicht bis dort hinauf, bloß um es, wenn Kartusch wieder auftaucht, der Redaktion in Tel Aviv oder einer Jerusalemer Druckerei zuzuführen. Wohin also damit?«
Meine Sekretärin Ruth Brendel brachte auf blankem Tablett zwei Becher gekühlter Milch, um dabei diese Fahrerin zu mustern, unsere Beziehung abzutasten. »Rufen Sie doch in Sarafand an, Ruth, ob dort in den Magazinen Platz für zwei Ballen Zeitungspapier ...«
»Ausgezeichnet, Captain!« rief Lydia und »Danke schön, Kameradin!« zu Frau Brendel. »Auf Sarafand hätte ich selber

verfallen können. Übermorgen liegt das Zeug daselbst in Schuppen fünf, vorausgesetzt, daß sie uns durchs Telefon nicht mitteilen, sie benötigten den Raum für Reservereifen unserer Lastwagen oder der Motorräder.«
»Gefällt dir George mit seinem neuen Bart?« fragte ich.
Lydia stützte ihren schönen Ellbogen auf den Schreibtisch, hielt die Zigarette nahe den Lippen, blickte mich durch den Rauchschleier so eindringlich an, daß mir plötzlich der Atem schwerer ging. »Besser als je«, antwortete sie, »unser Schutzhäftling! Zum Glück hab ich überall Zutritt, wo Magazinraum verwaltet wird, und die Baracke liegt dicht dabei, in der er jetzt parkt, bei den Leichtkranken, bald wieder Frontfähigen. Er hat dir wahrscheinlich nicht verschwiegen: in seinem Herzen keimt Frontmeldung und Wut. Hilf mir, Dick, ihn zurückzuhalten. Trotz der Fülle tüchtiger Jungens rundum: er ist ...«
Und sie schwieg.
»Die Krone«, ergänzte ich, »dein König von Ithaka!«
»Wir alle sind«, sagte sie und stand auf, »auf lange Sicht verurteilt zu warten. Dieser Krieg spielt zwischen gestern und morgen, aber darum bleibt heute heut. Und tragen viele den Ring am Finger auch unsichtbar – die Haut spürt ihn und das Herz.«
»Haut ist ein Seelenorgan«, antwortete ich betroffen – paßte das nicht auch auf Hella und mich?
Frau Brendel trat ein. »Platz im Magazin fünf für zwei Ballen vorhanden, aber nicht für Wochen.«
»Kaum nötig«, antwortete Lydia. »Unser Freund Hermann Treppner kommt nächstens zurück, braucht Zeit für seinen Bericht und übergibt Manuskript und Papier einer geeigneten Druckerei. Die Geschäftsstelle der Liga V wird Lagergeld zahlen und Sarafand den Empfangsschein vorlegen. Danke schön für die Milch, Mrs. Brendel, auch die Lenzluft Palästinas macht durstig.«
»Erez Israels«, antwortete Ruth Brendel strengen Blicks.
Besinne ich mich recht, so habe ich bisher kaum verzeichnet, daß ich nicht mehr der glorreichen Achten angehöre! Seit meiner Beförderung bin ich Mitglied der nicht so berühmten Neunten, und mein Marschall ist nicht mehr Monty, der »christliche Soldat« mit dem schrägen Barett und dem Sinn für den Umgang mit Mannschaften, sondern einer der Verwal-

tungsoffiziere, die ein schwieriges Hinterland mit vorsichtigen Fingerspitzen dirigieren, aber sehr festen. Dadurch stand uns in Jerusalem das Stabskasino offen, in einem der prachtvollen arabischen Häuser am südlichen Stadtrand, und wir brauchten also nicht nach Latrun zurückzufahren, hatten wir einmal lange mit Kameraden geschwatzt oder einer der Theatervorstellungen beigewohnt, zu welchen ausgezeichnete Londoner Schauspieler herüberflogen. Der Palast gehörte den Husseinis, Großgrundbesitzern, obersten Würdenträgern aller arabischen Organisationen; ihre Zurückhaltung der Mandatsmacht gegenüber hätte bis zum Ausbruch des Krieges Feindseligkeit heißen können. Freilich gingen nicht alle Mitglieder dieser stattlichen Hautevolée so weit wie ihr Oberhaupt Hadsch Emin el Husseini, der Großmufti von Jerusalem – gebildet wie nur ein arabischer Ulema, politisch klug, aber nicht klug genug. Seit dem Ende des ersten Weltkrieges hatte er sich der Balfour-Deklaration widersetzt und allen Schritten des Völkerbundes, die sie zur Folge hatte – und nun intrigierte er in Teheran, Gast des japanischen Botschafters daselbst, und war, wie es hieß, töricht genug, eine Einladung des Herrn Hitler anzunehmen und nach Berlin zu fliegen. Sie hatten nicht mit El Alamein gerechnet, diese Herrschaften, und noch weniger mit dem, was jener Tommy die russische Spirale taufte. Noch voriges Jahr konnte man sich in Teheran recht sicher fühlen.

Jetzt wimmelte Jerusalem an manchen Wochenenden von Offizieren der Achten, die sich bei uns ein paar Tage in kühlerer Luft und warmen Bädern erholten. Was sie erzählten, wenn wir so in den angenehmen Räumen an runden Tischchen saßen oder an langen, schmalen zu Abend aßen, gab wirklich meinem George recht mit seinem trojanischen Krieg, aber einem aus der Mitte des zwanzigsten Jahrhunderts. Unsere Leutnants der Royal Air Force berichteten lachend, wie sie immer mal durch Sand flogen und ihre deutschen Widersacher hervorbrechend abschossen, weil die ja meinten, bei solchem Sandsturm steige kein Vernünftiger auf. Daß wir mit tausend Geschützen bei El Alamein einsetzen und weiterorgeln würden, hatte das Afrikakorps auch nicht erwartet. Wochenlang waren diese Geschütze unter bunten Zeltbahnen oder als Lastwagen aus Pappe getarnt worden; irreführende Nachrichten flogen den Deutschen zu, die sie für einleuchtend genug hielten. Am Südflügel der Front

hatten jüdische Scouts eine Durchfahrt durch die Kattara-Depression aufgespürt und unsere Tanks hindurchgeleitet. Am Nordflügel waren plötzlich Divisionen erschienen, von denen Rommel hatte annehmen müssen, sie würden am Ruweisat eingesetzt werden. Daß dieser arme Rommel von seinem Erholungsurlaub zurückflog, bloß um die Niederlage des Afrikakorps im vollen Rollen zu finden, gab unseren Stabsoffizieren ohne Schadenfreude Gesprächsstoff – hier achteten die Gegner einander noch. Und als ich berichten konnte, wer Rommels Ersatzmann und dessen Stabschef abgeschossen, machte einer meiner Tischgenossen sich eine Notiz, um meinem George das Viktoriakreuz zu sichern, das freilich schon zu ihm unterwegs war. Und nun ging es wieder auf die Grenzen von Algier und Tunis zu, und der ganze Küstenstrich, der seit Wavells Vorstoß das Hin und Her des Afrikakrieges erlebt hatte, wurde wieder übersät mit Hunderten von Wracks zerschossener und ausgebrannter Panzer, und wenn sie Treibstoff und Öl in den Wüstensand laufen ließen, so ihre Mannschaft Menschenblut, italienisches wie deutsches. Und nun richteten die Amerikaner von Westen her eine neue Front auf, verbanden sich im Süden mit Giraud, und in diesem Frühling 43, schlimmstenfalls im Sommer, würden die Küsten Afrikas aus der Kriegskarte ausscheiden. Dann kam der Sprung nach Europa über die alte Landbrücke von Sizilien, und oben im Norden, wo die »Festung Europa« England gegenüber endete, errichtete sich endlich die wahre zweite Front, nach der auch bei uns alles rief, was die Zerschmetterung der Angreifer voller Ungeduld erwartete.
Ich hoffte, mit Hermann Treppner in Jerusalem zusammenzutreffen, wo man sich am Tage niedersetzen konnte und Eis essen, ohne von der Sonne belästigt zu werden; er hatte seine Ambulanzen, gekennzeichnet durch den roten Magen David, mit Hilfe des Roten Kreuzes und des Roten Halbmondes nach Persien gebracht. Jerusalem war die Zentrale all dieser charitativen Organisationen, Christen, Moslems und Juden gleich heilig, und ebensosehr der Sitz von Schreiberei und Stempeln. Als er an dem errechneten Tage nicht eintraf, schickte ich ihm ins Büro der Liga V und in seine Wohnung, Menorahplatz, Tel Aviv, die Nachricht: »Bitte um Anruf in Latrun – frei machen jeden Nachmittag und Abend möglich.« – Ja, auch dazu taugte es, Captain zu heißen und nicht mehr Orderly R. C.

ZWEITES KAPITEL

Höllenfahrt

Erstaunlicherweise entlud sich noch ein verspätetes Gewitter über den Bergen Judas mit großen Blitzen, rasch verrauschtem Platzregen; der dumpfe Donner ward von den nackten Felswänden aufs Meer zurückgeworfen, von wo die Wolken aufstiegen. Eine himmlische Seeschlacht, dachte ich und kletterte dann auf unser flaches Dach, die regengewürzte Luft zu atmen. Von dort aus sah ich den dunkelroten Wagen heranrollen, er gehörte der Palestine Electric Company, einer palästinensischen Firma mit vielen deutschen Ingenieuren und russischen Direktoren. Ich winkte Hermann Treppner zu, eilte dann die Treppe hinab und an mein Telefon, um beim Pförtner seinen Einlaß abzukürzen.

Wir schüttelten uns lange die Hände, Ruth Brendel brachte Kaffee, und während der ersten Sätze, die wir wechselten, ließ ich meine Blicke über Hermanns Gesicht wandern, den ich gealtert fand, abgespannt, die Augen härter im Blick.

»Sehr anstrengend, diese Ambulanzreise, nicht wahr? Vernachlässigtes Persien macht sich wohl überall bemerkbar?«

»Eben nicht«, erwiderte er, »dort wirkte der Krieg einen mächtigen Schubs vorwärts – neue Straßen, Eisenbahnen, Ölleitungen, und der Hafen Abadan wird sobald nicht wieder in den Schlaf verfallen, aus dem der Zustrom ›Leih und Pacht‹ für die SU ihn gerissen.«

»Gebrauchten Sie früher auch diese Abkürzung SU? War die nicht euern kommunistischen Gegnern vorbehalten?«

»Ich war niemals Kommunistenfresser«, verwahrte er sich, »allerdings auch kein Anhänger – nicht einmal Sympathisierender. Aber heute, Karthaus, und von heute an, ich meine von meinen Erfahrungen in Teheran an, gehe ich mit ihnen durch dick und dünn.«

Ich staunte befriedigt. Dieser Umschwung in dem braven Jungen zog für mein Vorhaben mit George und Hannah günstige Durchfahrt auf, grünes Licht. »Schießen Sie los«, sagte ich.

»Säße hier jemand, Doktor, und stenographierte, so gäb's einen guten Entwurf fürs Mitteilungsblatt der Liga V. Wäre dann auch viel leichter für mich, es anständig zu polieren. Denn die Leute hierzulande sollen wissen, wem sie diese Ambulanzen geschenkt haben und womit dieser Jemand sie verdiente, unsere Hilfe.«

Ich wußte, daß Ruth ausgezeichnet stenographierte; obwohl sie erst in Latrun zu uns gestoßen und von jeher der Neunten Armee zugehörig gewesen, hatte ich ihr hier immer wieder Krankengeschichten diktiert, in deutscher Sprache, und sie nachher mit ihr ins Englische übersetzt für ihre Schreibmaschine. Sie kam mit Block und Bleistiften, und zum erstenmal fielen mir ihre Augen auf, die so groß und dringlich unter feinen flachen Brauen zu Hermann Treppner hinüberspähten. Dann stopfte ich mir die Pfeife und erwartete Reisenotizen, halb geographisch, halb technisch, wie Ingenieure sie eben geben, die aus unseren Hauptstädten stammen und hier am Ostrand des Mittelmeers erste Versüdlichung, Auflockerung erleben. Eine Fülle von Einzelheiten, malerisch und fremdartig, armselig und mit den Ruinen einstiger Pracht verbrämt, halb aus Karl Mays Roman vom »Silbernen Löwen«, zur anderen Hälfte aus neueren amerikanischen Bildzeitschriften – was anderes konnte Freund Treppner angetroffen haben, widerspiegeln?

»Können Sie sich vorstellen, Karthaus, daß man in den tiefen Orient vorstoßen muß, um zu erfahren, welche Hölle bei uns zu Hause losgebrochen ist? Haben Sie schon einmal den Namen Maidanek gehört oder Treblinka? Wissen Sie, daß in deutschen Arbeitslagern Hunderttausende von Menschen buchstäblich zu Tode gearbeitet wurden, während die Arbeitsunfähigen schon beim Transport, von den Abgasen der Autos erstickt, aus den dicht verschlossenen Lastwagen fielen? Und daß später Gaskammern zur Ausstattung der Lager gehörten, die ein von IG-Farben geliefertes Zyklon statt der erwarteten Wasserdusche ausströmten? Woher ich das weiß? Vom Moskauer Radio in deutscher Sprache und verbürgt durch die Namen deutscher Schriftsteller, die sich dorthin retten konnten, um gegen den Naziteufel zu kämpfen, der aus unserem deutschen Volk Dämonen der Hölle machte.«

Ich saß erstarrt. Was war hier geschehen? Wer hatte den ruhigen Hermann Treppner so verwandelt, zum Sprecher »kommunistischer Propaganda« gemacht, wie vor einem Jahr die palästinensischen Zeitungen noch samt und sonders geschrieben hätten – samt und sonders bis auf eine, mit der wir von der Liga V jetzt kameradschaftlich zusammenwirkten?
»Ja«, sagte Hermann Treppner und lachte bitter, »nach Teheran muß man kommen, um die Wahrheit zu hören – die Wahrheit, daß es keine deutschen Juden mehr gibt und kaum noch ein paar zwischen Holland und Rumänien. Kinder des auserwählten Volkes lebendig in die Donau geworfen, ersäuft, Töchter des gleichen Volkes in Lagern erschossen, falls ihre Zwangsbeischläfer sie geschwängert – in brauner oder schwarzer Uniform. Was mit den Synagogenbränden angefangen hatte, mit dem Judenstern auf der Brust, dem Verbot, Trambahn zu fahren, ausreichende Lebensmittelkarten zu besitzen, mit sogenannter Umsiedlung nach Osten, das führte zu riesenhaften Schädelstätten zwischen Bergen-Belsen in der Lüneburger Heide und dem polnischen Lublin und besudelte unsere schlesische Heimat – ich bin eigentlich Breslauer, falls Sie das schon vergaßen – mit Schandflecken Europas, genannt Auschwitz und Birkenau, Mordfabriken mit Massenverschleiß, früher Oswiecim und Klein-Dombrowka. Und als vor zwei Jahren nach dem Einbruch in das russische Riesenreich die Sender von Riga bis Kiew diese Wahrheiten in den Äther schrien, da sagte das große Europa in allen seinen Sprachen: Kommunistische Propaganda, alles Greuelhetze. Großbritannien stehe allein im Kampf gegen den Hitler-Unflat. Nicht umsonst hätten die Russen einen Nichtangriffspakt mit den Nazis geschlossen.«
»Sagen Sie bloß, Hermann«, unterbrach ich ihn, »wie konnten Sie das in Teheran erfahren und in so kurzer Zeit?«
»Vier Wochen sind eine lange Zeit, Doktor!« rief er mit grimmiger Stimme. »Zum Glück hatten mir hier Genossen der ehemaligen KPD, deutsche Soldaten aus dem ersten Weltkrieg, Namen und Adresse eines ihrer ehemaligen Stabskameraden gegeben, eines Uhrmachers Robert Mau. Den hatte die Weimarer Republik enttäuscht, und da kam er durch seinen Schwager mit der anglo-iranischen Ölkompanie in Kontakt, Berliner Filiale, und war kurzerhand mit Frau und Kind nach Teheran übersiedelt, und die Stinnessche Inflation trug das ihrige zu

dem Umschwung bei. Zu dem schickte mich die Liga V, und ich blieb bei ihm wohnen im Obergeschoß eines alten Turmes mit Mosaiken und Arabesken, unten kaputt, aber oben heil, wenn man sich vor schiefen Treppenstufen nicht scheute. Und der besaß ein gutes Radio, der Mau, und er hörte es englisch und deutsch und sogar jiddisch, solange die Stationen Kiew und Odessa noch jiddisch funkten. Und was aus deutschen Sendern kam, aus Nazisendern, wie er sagte, das wußte er aus dem Goebbelsschen ins Wahre zu übersetzen.«

»Hermann«, rief ich heiser, »von Stalingrad wissen wir jetzt, ein Riesensieg! Achtzig- bis neunzigtausend Gefangene mit Mann und Maus. Aber wie steht's mit Leningrad, und wie konnte Sewastopol fallen? Und flatterte wirklich auf dem Elbrus das Galgenkreuz?« »Werd Ihnen alles berichten«, wehrte Hermann Treppner ab. »Heute nur noch so viel, daß der Kaukasus gesäubert ist und der Größenwahnsinnige nicht in den Iran hinabsteigen wird, um im Indischen Ozean Japan die Hand zu reichen. Daß unser Mufti den Braten schon gerochen hat und nach Berlin abflog, haben Sie ja gehört. Aber daß Marschall Stalin – Hut ab vor dem Burschen! – der roten Propaganda geglaubt hatte, die deutschen Armeen würden nur widerwillig für Hitler kämpfen und daher die Grenzschlachten viel zu schwach vorbereitete und die Warnungen unseres Winston in den Wind schlug und auch deutschen Überläufern nicht glaubte, die vom Naziwesen genug hatten, das alles eröffnete mir der Mau auch, und daß die Nazis mit zweihundert Divisionen den Vormarsch auf Moskau betrieben, Spanier und Ungarn dabei und Rumänen und zaristische Russen. Leningrad wird sich immer halten, denn der Gegenstoß der Russen drängt jetzt westwärts, nordwärts. Und da noch nie ein solcher Pfuscher wie dieser Hitler in deutschem ›Menschenmaterial‹ gewühlt hat, Blutströme vergießend, und da seine Generäle noch immer wie einst als Kadetten die Knochen zusammenreißen, können Sie darauf Gift nehmen, die neuen Schlachtorte werden Smolensk heißen und Minsk und die überquerten Ströme die Namen Njemen und Weichsel tragen und schließlich Oder und Elbe. Und unsere sieben Ambulanzen werden überall mit hinrollen und dankbare Blicke an sich haften fühlen von Verwundeten und Operierten – wenn das von Menschen geformte Stahlblech, grau angestrichen, etwas fühlen könnte.«

Und er leerte seine Tasse zum zweiten Mal und wandte sich zu Ruth: »Danke schön, Genossin – ich sage Genossin und nicht Chawera, weil mir das Deutsch jetzt die Zunge regiert. Tippen Sie's mir lieber erst deutsch und rufen Sie mich an, wenn's fertig ist, bei der Palestine Electric, dann laß ich's holen. Und falls Sie einen dienstfreien Nachmittag drangeben, machen wir's zusammen druckfertig. Euer rosa Papier wird sich nicht sträuben, auch wenn drunter dann ein Artikel kommt: ›Wo bleibt die zweite Front?‹«

»Das war aber mal schön, Hermann«, sagte ich. »Und was wir davon Ihrer Frau versetzen ...«

»Entscheide ich selbst«, erwiderte er kurz. »Alle ihre Berliner Bekannten stoben auseinander, der ganze Kreis des Herrn Architekten Bischoff vegetiert in den USA oder in Hampstead oder verwest in Polen. Und nun noch eins, bevor ich wieder fort muß: Falls in Ihrem Kasino, Captain Cardhouse, die Herrschaften meinen, General Eisenhower bilde die zweite Front, so sagen Sie Ihnen: Vielleicht. Aber nicht bloß in Italien, sondern oben am Atlantik, in der Bretagne oder der Normandie. Und nicht mit Flugzeugen allein, sondern mit Panzern und Mannschaften und Handgranaten und MGs, ganz wie 1918.«

Ich brachte ihn zu seinem Wagen und kam zurück und fand Ruth ihr Stenogramm studierend – zwei leuchtende dunkelblaue Augen, die weit über mich hinaus einem rotbraunen Wagen folgten, den sie nicht sehen konnten. »Mein Gott, Doktor, wie mir das Herz klopft!« sagte sie leise.

»Was alles eine solche Reise nach Teheran bewirken kann«, meinte sie halb für sich, halb zu mir. »Übrigens fiel nicht einmal ein Name, der schwer zu schreiben war.«

»Doch«, grollte ich, »Oswiecim.«

Nach zwei Tagen erreichte uns ein Brief aus Tel Aviv – ich sage uns, weil er eigentlich an Ruth Brendel gerichtet war. Hermann Treppner bat darin: »Fügen Sie bitte Ihrem Stenogramm oder Tipskript das Folgende hinzu, das mir beim Erzählen nicht einfiel, des Zusammenhangs wegen. Es scheint nämlich, daß all das Grauenhafte stimmt, das zwischen 1933 und 39 nur als rote Greuelmeldungen durch die internationale Presse ging. Man muß ja unterscheiden zwischen dem B. B. C. vor der Kriegserklärung und dem danach. Alles, was in Deutschland oppositionell war und links, kam ja nur kleingedruckt oder mit widerlegendem Vorspann zu den Lesern, nicht nur der englischen Presse, der amerikanischen, der italienischen, sondern auch der hebräischen und deutschen in Erez Israel. (Nur die französische machte eine Ausnahme, solange die Volksfront das sowjetisch-französische Bündnis mit beiden Händen festhielt.) Was also all den linken Intellektuellen in Deutschland zustieß, nicht bloß den Kommunisten, aber denen vor allem, und danach Sozialdemokraten, bürgerlichen Zentrumsleuten, all den liberalen Schriftstellern, erhält jetzt, hinterher beleuchtet, allmählich grausige Glaubwürdigkeit, zumal nach dem Einbruch der Hitlerdeutschen in Prag, Wien, Amsterdam und Paris die taktvoll ausgebreitete Lügendecke Lavals und Neville Chamberlains aus allen Nähten platzte. Wie in dem zur Zeit noch besetzten Rußland gegen die Bevölkerung mit Erhängen, Erschießen und Foltern gewütet wird und was alles vorher in Polen und Litauen, Estland und Lettland geschah, das berichten vorläufig nur einzelne Flüchtlinge, denen es gelang, sich vor den Nazis über den Kaukasus in Sicherheit zu bringen, erzählten mir in jiddischer Sprache zwei von den Mitgliedern der Kommission, die unsere Ambulanzwagen übernahmen. Und kommen jetzt Marokkaner beim Landen unserer Truppen zu Schaden, büßen sie nur das, was ihre Landsleute unterm Befehl des ehrenwerten Generals Franco, des Caudillo, mit Pulver, Blei und Bajonett unter den spanischen Arbeitern anrichteten.«

Ruth nahm mir das getippte Blatt behutsam aus den Fingern, faltete es zusammen, steckte es in die Hosentasche. »Bevor wir's ins Englische übersetzen, schreibe ich es noch mal ab. Dergleichen darf nicht verlorengehen. Mein Mann war immer böse über das Verbot der jiddischen Sprache im Jischuw, den jüdischen Kolonien; freute sich stets, wenn ein arabischer Händler ›Fischlach‹ ausrief, ›Jeizah‹ für Eier und ›Appelsinkes‹ für Orangen! Und als wir durch die neuen Einwanderer überall im Lande Deutsch hörten, strahlte er geradezu. ›Das ist nicht die Sprache Hitlers‹, sagte er, ›sondern ein verderbtes Jiddisch!‹«

Ich lachte beinahe laut auf: da das Jiddische auf mittelhochdeutscher Basis des Nürnberger Fränkisch entstanden ist, konnte ein Spaßvogel unser Neuhochdeutsch wirklich einmal so abstempeln.

Im Kasino, am nächsten Abend, erzählten uns zwei mit Prellschüssen eingelieferte Leutnants vom amerikanischen Landungskorps, wie letzten Herbst die angelsächsische Waffenbrüderschaft ihre Früchte getragen. Wir hatten zwar gehört: fünfhundert Schiffe, Flugzeuggeschwader, Kampfgruppen unter Befehl von General Dwight Eisenhower in den engen Buchten Französisch-Nordafrikas! Wie sich das aber abgespielt und was es an Blut gekostet, davon schwieg des Sängers Höflichkeit. Damals lebte Darlan noch, den Vichy-hörige Kugeln in Algier umlegten, gleich darauf übernahm Giraud, der aus dem Kriegsgefangenenlager Trier auf unterirdischen Römerstraßen den Deutschen in die Schweiz entwischte General, das Kommando, und die Deutschen schufen sich mit bewährtem Geschick nahe bei Gabes die Marethstellung, von der sie Anfang Februar, nach Westen zu, unseren USA-Truppen eins auszuwischen vermochten. Damals auch schlug unser Monty seinem deutschen Gefangenen, dem General Thoma, die kameradschaftliche Einladung zum Landhausbesuch nach dem Kriege nicht geradezu ab. »An diesen Steilküsten zu landen«, sagte der Ältere der beiden, »wäre auch mit amphibischen Tanks nicht geglückt; unsere britische Marine schaffte es auch so.«
Wie sehr mir diese Unterhaltung zupasse kam! Gerade liefen Nachrichten über das Gefecht bei Kasserine ein, wo unser Chef Alexander im Zusammenwirken mit Monty den Wüstenfuchs Rommel wieder am Schwanz packte, zurückscheuchte; diese Marethstellung oder Maginotlinie Afrikas bot mir eine gute Ablenkung vor dem Zusammentreffen mit Hannah und Treppner, deren Einsatz für George mir immer zweifelhafter erschien. Aber versuchen würde ich es, und beunruhigend bis in den Schlaf hinein blieb mir die Frage, wie weit ich dem verwandelten Hermann Treppner gegenüber gehen könnte mit dem Anspielen auf die jugendliche Jeanne in Wengen und seine heutige vergangenen Sommer am Strande von Tel Aviv.

DRITTES KAPITEL

Ein zäher Jäger

Zwei Tage später bekamen wir Besuch, hohen, wichtigen. In Begleitung von Oberst Dughleen erschien in unseren Baulichkeiten wer? Major Stone. Als dritten brachten sie einen mir unbekannten Offizier mit – wie ich später erfuhr, den Obersten des Secret Service aus der engsten Umgebung Seiner Exzellenz des High Commissioners. Sie wollten sich mit den eben erst zu uns gebrachten amerikanischen Offizieren unterhalten. (»Brauchen dafür nicht einmal einen Dolmetscher«, scherzte der Geheimdienstler.) Die Erste amerikanische war neu, nicht nur im Afrikafeldzug, sondern überhaupt, und es war wichtig für die Einschätzung der kommenden Anstrengungen, zu wissen, ob diese USA-Leute die Knochen und Sehnen unserer Streitkräfte vermehren würden oder bloß das weiche Fleisch. Nun, der Marsch durch Algerien auf tunesisches Gebiet und die Verteidigungsstellung im Kasserine-Paß hatten die Neulinge mit Strapazen tüchtig gegerbt und ihre Panzer durchs Fahren in der Wüste. Und dann stießen sie auf unseren härtesten Feind: Rommels 21. Panzerdivision. Die überrannte sie mal erst, aber schließlich blieb ihr Angriff stecken, denn der amerikanische Boxerarm hielt, seine Muskeln schlugen zu, der Wüstenfuchs mußte hinter den Kasserine-Paß wieder zurück. »Tunesisches Gebiet«, hatten die amerikanischen Jungs gelacht, die wir sprachen. »Sie glauben nicht, Gentlemen, wie verwandt das alles mit unseren Wüsten ist, mit Oklahoma und Colorado.« »1917 mußten unsere Jungs auch erst lernen, mit dem Boche fertig zu werden«, erinnerte sich ein alter Major, grauhaariger Veteran. »Aber 1918 scheuchten wir Hindenburgs Divisionen in ihre Siegfriedlinie zurück – und dann über sie und durch! Und das werden unsere Burschen auch diesmal besorgen.« Es machte mir Spaß, das Wort »boys« für mich wirklich mit »Burschen« zu übersetzen und mir dabei College-Schüler vorzustellen, die Fußball spielten.

Wir hatten uns leichte Stühle herauskommen lassen unter die Ölbäume, bliesen unseren Rauch in ihre metallischen Blattgruppen und sahen den Gekkos und Chamäleons zu, wie sie den scharfen Wölkchen auswichen.

»Was ich sagen wollte«, warf Major Stone hin, »Sie sollten sich einmal die alten Irrenanstalten anschauen, Captain Cardhouse, aus Türkenzeiten – psychiatrische Kliniken dürfen Sie sie kaum nennen. Gummizellen und gepolsterte Wände haben sie auch nicht, aber Wasserwannen, glaube ich, und Drehstühle, Widerspenstige um ihre eigene Achse kreisen zu lassen, bis sie schlappmachen.«

»Folter«, sagte ich, »statt Medizin. Bei uns hatte Kaiser Joseph II. alle Tortur abgeschafft, auch die für Zeugenaussagen. Mag so 1780 gewesen sein. 1940 haben die Staatshäupter, die wir jetzt zu bedingungsloser Übergabe zwingen, die gleichen Barbareien wieder eingeführt.«

Ich verschluckte, was ich von den verschiedenen Untersuchungsgraden in europäischen und amerikanischen Polizeirevieren wußte – Major Stone hatte bestimmt noch mehr auf der Pfanne.

»Muß zunächst einmal gestehen«, sagte er, indem er mich eulenhaft anäugte, »daß ich vor ein paar Tagen ein Päckchen Papiere erhielt, die für Sie bestimmt waren – nicht für den Captain Cardhouse, sondern für den Medical orderly, den man weder in Alexandria ermittelte noch in Kairo.«

»Papiere für mich?« fragte ich. »Aus der Zeit in El Faradhije?«

»In deutscher Sprache«, bestätigte er, »von einem Kriegsgefangenen, Schwerverwundeten, vor etwa zehn Tagen Verstorbenen, höherer Offizier aus Rommels oberstem Stab. Sein Name ...« und er zog ein Notiztäfelchen aus der Litewka, »Rapke oder Repke. Kannten Sie einen solchen? Generalmajor«, las er von seinem Wunderblock ab, dieser höchst amüsant konstruierten Tafel, auf welcher man mit Fingernagel oder Streichholz schreiben konnte, um es später auszulöschen.

Ich lehnte mich zurück, sah das hagere, gebräunte Gesicht vor mir, die forschenden, dann hochmütigen Augen. »Bekannter aus Charlottenburg, Reichswehr«, erwiderte ich, »den ich vorigen Sommer in der Chirurgie wiederfand, mit amputiertem linkem Arm. Doch noch draufgegangen?« staunte ich. »Machte

damals nicht den Eindruck, auch seine Fieberkurve nicht, die ich aufschrieb.«
»Muß ein intelligenter Offizier gewesen sein«, setzte Major Stone fort, »seine Hinterlassenschaft wird mir gerade übersetzt. Auch der Brief an Sie, den ich Ihnen eigentlich schon heute hätte mitbringen können. Schluckte eine Dosis Luminal, der Mann, die er sich zusammengespart hatte, sicherlich seit Stalingrad, vielleicht schon nach El Alamein.«
Ich stand auf, wiegte meinen Körper hin und her, sah dem Schatten zu, den ich warf. Repke! dachte ich kopfschüttelnd. Und als Ende Barbitursäure! Und ich hörte geradezu körperlich den selbstsicheren Tonfall, mit dem er sein »Vom Nordkap bis zur Sahara« hervorstieß, im festen Glauben an das Tausendjährige Reich. Was mußte in ihm vorgegangen sein, um ihn zu solcher Selbstaufgabe zu zwingen – und wie fair, daß er sich meiner erinnerte, damit jemand seine letzten Papiere in Obhut nehme, von denen bis jetzt nur Major Stone wußte. Vor zehn Jahren hatte er mich gewarnt, mit Recht konnte er sich auf mich verlassen. Mein Gott, dachte ich und setzte mich wieder, wie aufrecht war dieser Mann die Bendlerstraße hinuntergeschritten, am Landwehrkanal entlang, aus dem sie 1919 die beiden teuren Leichname gefischt hatten – Karl Liebknecht und Rosa Luxemburg, erschlagen von den Gardeleutnants aus dem Edenhotel, weil sie den Geist der Kriegsfeindschaft verkörperten.
»Hätte es sich nicht gehört«, erhob ich meine Stimme, »mir diese Papiere unmittelbar zuzuleiten, mich mit der Übersetzung ins Englische zu betrauen?«
»Ging nicht, Kamerad«, entschuldigte sich Major Stone, »Aufzeichnungen Kriegsgefangener schlagen zuallererst in mein Fach, unser Fach«, und er deutete mit dem Daumen auf seinen Begleiter. »Brauchbares Material, das sehen Sie später selbst. Aber jetzt zu einer näheren Angelegenheit – vom deutschen Waffenrock zur griechischen Tunika. Es ist nämlich noch jemand gefallen an der Marethlinie: der Leutnant Patinios und ein halb Dutzend mit ihm. Hatten die Stoßkraft der Panzer unterschätzt, die der kranke Rommel gegen unsere Achte warf. Bringt mir eine Aufgabe in Erinnerung, gleichsam als Erbstück. Mußten ja heillos viel verpacken, als wir von Ägypten ins Mandat retirierten.«

Aha, dachte ich, zuschauend, wie er sich vorbeugte und mit einem Stückchen trockenen Zweiges eine große Spinne dirigierte, die durchaus von einem Chamäleon gefressen werden oder mit ihm anbinden wollte.
»Haben wir die Mittel, eine sogenannte Narkoanalyse vorzunehmen, mit einer Drogenspritze Häftlingen zu Erinnerungen zu verhelfen? Ich las davon in einem Magazin!«
Ich antwortete bedächtig, die Methode sei noch nicht erprobt, und wir hier besäßen zur Zeit nicht die nötigen Pharmaka, um mit einem solchen Sprung von der türkischen zur modernsten Methode der Psychiatrie zu hüpfen. Ob Major Stone auf bestimmte Vorgänge abziele?
»Gewiß«, antwortete Stone, »sonst würde ich Sie damit nicht behelligen. Es handelt sich immer mal wieder um diesen Griechen mit dem braunen Maoribrandmal auf dem Schenkel. Beabsichtigt, zur Front zurückzuhumpeln. Sind industriös veranlagt, diese Herren, wittern Geschäfte wie der Hahn Morgenluft. Sind dort jetzt neue US-Waffen aufzusammeln, nach rückwärts zu bringen. Die Muftileute zahlen gutes Geld für gute MGs.«
Hm, dachte ich, nicht jede Feindschaft hört das Gras wachsen. Mir schwant, die Käufer verschobener Waffen heißen nicht gerade Achmed, Mohammed oder Hadsch Amin. »Wäre es nicht möglich«, warf ich offenherzig ein, »daß sich der Sohn des Obersten Kephalides gekränkt fühlt, wenn man solche Verdächtigungen gegen ihn verlautbart?«
»Laut oder leise«, erwiderte der Major. »Er spielt wieder einmal den Gedächtnislosen, kann nicht sagen, wo er sich herumgetrieben habe in gewissen Wochen. Darum meine Frage nach der Narkoanalyse.«
»Ach so«, besann ich mich, »seine Gedächtnisstörung haben wir genau untersucht; in meinen Papieren findet sich sicher dieser oder jener Verweis auf Leute, die über seinen Urlaub Auskunft geben können. In ein paar Tagen habe ich die Akten durchgesehen und möglicherweise Spuren von Zeugen, von erreichbaren, ohne Narkoanalyse. Aber ich wäre sehr dankbar, Herr Major, wenn Sie mir das Magazin herüberschickten, in dem Sie von diesem Verfahren lasen. Kann sich wohl nur um eine schweizerische Zeitschrift handeln oder eine britische, die aus jener schöpfte.«

»Sie kriegen sie«, sagte der Major, indem er aufstand. »Und wenn Sie den Griechen noch mal wieder bei sich haben wollen, seines Gedächtnisses wegen – in vierzehn Tagen verlegen wir die Leichtkranken aus Sarafand weg, wo wir Platz brauchen. Die alten tun wir dann in die Zitadelle von Akko, wo sie es kühl haben, vielleicht auch etwas feucht, und nach dem grünen Carmel hinüberblicken – nicht ans Aufsammeln von Waffen zu denken brauchen oder an die Erhöhung ihrer Tagesgelder. In den Shuks von Akko und Haifa kauft man für billiges Geld Krabben und schöne Fische.«

Jetzt also mußt du in die Bresche springen, Hannah, dachte ich, und in Georges Traumgewässern, Jugendfluten dem steinernen Pharao trotzen, dem weißen, riesengroßen.

VIERTES KAPITEL

Feindliche Augen

»Mädchen«, sagte ich zu Ruth, die mir die eingelaufene Post brachte, darunter das englische Magazin, das Major Stone erwähnt hatte, und in dem ich gleich zu blättern begann, zu suchen, »geh in die Telefonzentrale hinüber und rufe die Palestine Electric an, Filiale Tel Aviv, den Ingenieur Treppner. Sieh zu, ob ich heute abend, vor Eintritt der Dunkelheit auf ihrer Terrasse einen Tee bekommen und unter dem großen Gummibaum mit Herrn und Frau Treppner Frage und Antwort spielen kann. Mach alles ab«, damit öffnete ich endgültig die Zeitschrift, »nur wenn's nicht klappt, sag mir Bescheid, bevor es zum Lunch läutet.«
Ich lehnte mich aus dem Fenster, atmete die taufeuchte Morgenluft von den Ölbäumen und Eukalypten, duftgeschwängert durch die Orangenhaine des Dorfes Latrun. Auch der süße Hauch der gelben Mimosen wehte heran – schwer beschreibliches Frühlingsaroma umgab uns, uns aus der Heimat Vertriebene, von unserer Kultur Abgeschnittene. Dann lockte ein Klappern aus der Luft meine Blicke nach oben: siehe da, das erste Geschwader nach Europa heimfliegender Störche! In prachtvoller Ordnung mit weißblitzenden Schwingen zogen sie durch mein Sichtfeld, diese herrlichen Heimkehrer, vielleicht nach der Mark und nach Ostpreußen, wenn nicht nach Schlesien und Mähren. Sie hatten den ägyptischen Nilschlamm verlassen, diese wehrhaften Vögel mit den roten Beinen, die sie lang nach rückwärts streckten, ihr Weg ging glatt an unserer Küste empor, und vielleicht würden sie heute abend schon in türkischen Sümpfen oder in syrischen, am Hundsfluß Nahr el Kelb oder am Litani, ihr Nachtmahl suchen. Frosch bleibt Frosch, lachte ich vor mich hin, der ägyptische und der türkische hüpften ja ohnehin einmal unter der gleichen Flagge, waren Frösche des Großherrn von Stambul. Was aber ein schwarz-weiß-roter Storch ist, der kennt seinen Weg – rätsel-

haft wie. Sollten ja wohl einmal an prähistorischen Küstenkanten entlanggeflogen sein, vor hunderttausend Jahren – und so fortan, wie unser Goethe zu schreiben pflegte. Und wie steht es mit uns Vertriebenen aus Europa? Bleiben wir, wo wir jetzt sitzen, oder kehren wir zurück ins geistige Klima, das uns bildete, wenn dieser Mörderaufstand zusammenbricht und im Unconditional surrender mündet? Dann folgte mein Blick den letzten Störchen. Ich zündete mir eine indische Zigarre an, die trefflich mundete, und schmökerte, bequem zurückgelehnt, was Schweizer Neurologen auf englisch hier hatten drucken lassen. Nun, Karthaus, wirf den Cardhouse beiseite und öffne die Schubfächer deines Schädels für das, was die Schüler von Bleuler und Jung aus ihren Kliniken vorbringen und was meinem Major Stone so einleuchtet, daß er es an Kephalides ausprobieren möchte. Tatsächlich – und ich schlug viel zu früh die Asche von der Zigarre –, du bist nicht schlecht zurückgerutscht, alter Junge, in den Jahren deines Orderly-Dienstes! Bist wirklich ein Lazarettgehilfe geworden, Richard Karthaus! Laß dir dein wissenschaftliches Rüstzeug von Schwester Fritzi schicken, aus den Bücherschränken in deinem ehemaligen Arbeitszimmer, und denke dran, daß du heute abend die Hannah Treppner, diese mutige Berlinerin, zum Zeugnis aufrufen mußt für einen vom Mordkommando bedrohten Freund!

Die Treppners wohnten seit ihrem Einzug in die Emigrantenstadt Tel Aviv am nördlichen Ende dieser einstigen Vorstadt von Jaffa, dort, wo das Meer einen breiten Sandstreifen angeschwemmt hatte. Daselbst war auch der kleine Hafen angelegt worden, um von dem alten Jaffa unabhängig landen und ausbooten zu können – von Jaffa, das schon während der Kreuzzüge, also um das Jahr 1000, den westlichen anrennenden Flotten Aufnahme bot. Heute hatte es neuzeitliche Gestalt angenommen, mit fast großstädtischer Mittelachse, blieb aber trotz europäischer Einflüsse moslemisch-arabisch, mit Moschee und schönem Minarett, und ganz in den Händen des eingeborenen palästinensischen Bürgertums. Wie zu Zeiten Gottfrieds von Bouillon und des löwenherzigen Richard Plantagenet warfen auch heute britische und französische Dampfer mit Passagieren und Lasten vor Jaffa Anker, booteten mit turbantragenden Schiffern das einströmende Gut aus – Menschen und Kisten, Maschinen und Möbel. Das Mittelmeer, dauernd mit dem Wachstum dieser Küste beschäftigt, versandete den Haupthafen. Ich selber werde nie vergessen, mit welchen Gefühlen der Neugier, der Spannung geradezu ich seinerzeit von der hohen Stahlkante unseres Schiffes, des braven, bugschäumenden, hinuntergeschaut hatte in die Kähne, die auf der blauschimmernden Meeresfläche tanzten und in die man Fallreep abwärts steigen mußte, um sich möglichst unbespritzt zwischen allerlei Passagiergut zu verstauen. Arabische Ruderer mit lederfarbenen Gesichtern, scharfe Augen unter der Stirnbinde, waren die ersten Sendboten des neuen Landes, die uns in Empfang nahmen – ich weiß nicht, ob sie »Salaam« und »Maharba« murmelten, um uns auf unser »Good morning« zu antworten, oder versteckte Drohungen aus dem homerischen Gehege ihrer prachtvollen Zähne entließen. Denn damals schon rächte sich der Hochmut, mit dem Mandatarmacht und Jewish Agency es unterließen, der palästinensischen Bevölkerung für die Bereitwilligkeit zu danken, den von Hitler und seinen Bluthunden ausgetriebenen deutschen Juden Asyl zu gewähren. Nun, inzwischen hatten diese zugeströmten Siedler, um ihre neue wachsende Großstadt vom alten Jaffa abzulösen, einen eigenen Hafen Tel Aviv angelegt, in der Mündung des kurzen, aber kräftigen Flüßchens Jarkon, der, wie sich bei Erdarbeiten herausstellte, Jaffa auch historisch überflügelte. An dieser Küstenstelle nämlich bestand schon zu Zeiten König Salomos und seines Freundes Hiram von Thyrus ein Hafen für die noch flachgehenden Frachter.

Gedanken dieser Art gingen mir durch den Kopf, als ich neben Lydia die lange Betonstraße von Latrun her entlangsauste, die in Jaffa mündete, und dann hinüber nach Tel Aviv, in der leider nur zu kurzen Dämmerung, die den türkisfarbenen Himmel alsbald verdunkelte. In wenigen Minuten rollten wir durch moderne Straßen, zwischen mehrstöckigen Betonhäusern hin, deren Verdunkeltheit meine Fahrerin immer wieder zum Bremsen zwang. Jetzt nämlich wimmelten die Straßen von Männern, weiß, schwarz oder in Khaki gekleidet, ohne weibliche Begleitung, eine Keffije als Kopfbedeckung, aber auch mit europäischen Strohhüten oder »Schiebermützen«. Auch Militärisches mischte sich ein, mit Schild und breitem Deckel oder als umgekehrtes Schiffchen, das ich so lange selber getragen.

Alle Cafés hatten Tische und Stühle hinausgestellt, die Straßen begannen Kühle auszuatmen, die Menschen sich an Fruchteis zu erfrischen, ausgerufen als Glidah. Jung und alt hielt vor den Schaufenstern der vielen Buchhandlungen, faltete Zeitungen auf und zusammen, hebräisch gedruckt, mit den gleichen Lettern, die wir nur aus Gebetbüchern kannten. Sie brachten die letzten Kommuniqués: Zurückdrängung der Deutschen und Italiener an die tunesische Küste.

»Was wirst du tun, Lydia?« fragte ich, als wir in die lange Ben-Jehuda-Straße einbogen – auch sie von Buchhandlungen und Cafés flankiert, aber auch von Eukalypten beschattet und schon breit genug für die doppelten Fahrbahnen der Autobusse, die an den hohen Fassaden hin den Verkehr in der Stadt bestritten.

»Kino«, antwortete sie, beim Straßenübergang kurz hupend. »Im Mograbi zeigen sie den ›Letzten Zigeuner‹ mit Alexander Granach. Den Eingang schmücken wildbunte Plakate verheißungsvoll. Vor halb zehn brauche ich dich doch nicht abzuholen?«

»Gewiß nicht«, antwortete ich, »aber halte dort an der Ecke bei dem Kiosk, bitte. Habe meinen Tabaksbeutel daheim vergessen, rauche heute abend den palästinensischen von Damun.«

»Gib nur acht«, entgegnete Lydia, »daß wir ihn nachher nicht in dem gepumpten Taxi der armen Anjuta liegenlassen, wenn ich es ihr wiederbringe. Halb zehn also!«

Treppners bewohnten ein kleines Haus aus der zweiten Bauperiode des wachsenden Tel Aviv, bevor man Mietshäuser mit den Geldern baute, welche für die deutschen Refugiés aus der ganzen westlichen Welt einflossen, Mietshäuser mit modernen Dreizimmerwohnungen und Garagen an den Seiten. Die Objekte der bescheideneren Bauperiode nach dem ersten Weltkrieg enthielten auch drei Zimmer, aber kleinere, brauchbare Nebenräume, waren nicht bloß mit Duschen ausgestattet, sondern mit Badewannen, und hatten Küchen zumeist nach Norden. Die große Veranda führte auf ein Gärtchen hinaus, dessen Sandboden, nicht anders als der der Mark Brandenburg, durch reichliche Wasserzufuhr die üppigsten Blütenbüsche, Obstbäumchen und kleinen Grasplätze darbot. Im Schatten des Hauses standen Liegestühle aus Holz und Leinen, die große Buddelkiste der Kinder verbarg jetzt den Eingang zum Unter-

stand, englisch shelter, hebräisch Miklath, der, wie ich wußte, den Urlauber George Kephalides tage- und nächtelang geborgen hatte ...
Hannah und Treppner waren mir auf der Straße entgegengekommen – auf dem runden Platz hörte man das Meer rauschen, das doch zwei oder drei Kilometer westwärts im Sternenlicht glitzern mochte.
»Kirschsaft mit Soda«, versprach Hannah, »mit Eiswürfeln, wenn's beliebt. Hermann hat unsere Eisbox wieder instand gesetzt.« In ihrem hellen, mit blaßgrünen und orangenen Mustern geschmackvoll bedruckten Kleid, den Hals und die schönen Arme gebräunt und frei und das Haar kurz geschnitten, das seine Blondheit leider allmählich verlor, wirkte sie gar nicht anders als zu jener ein Jahrzehnt zurückliegenden Zeit unserer blühendsten Freundschaft in der Provence.
»Begreifst du eigentlich«, fragte ich sie, während Hermann mit Lydia in hebräischer Sprache meine Abholung vereinbarte, »daß unser Badeparadies Porquerolles jetzt von Nazis bevölkert wird, seit die französischen Kreuzer sich in Toulon versenkten?«
»All das ist vergessen«, antwortete sie, und mir erschien zum ersten Male der Ausdruck ihrer Augen, dieser wunderschönen, perlmuttern schimmernden, geradezu feindselig. »Und weiter kein Wort von früheren Zeiten!« Mir war fast so, als ob ich erschreckte, mein Herz zuckte leicht unter der Leinenlitewka. Wir legten uns wirklich in die Liegestühle – Hermann Treppner saß in jenem Korbstuhl, der schon seit Jahren der Verwitterung trotzte – und atmeten tief, in der Kühle der hereinbrechenden Nacht den Tag ausklingen lassend, jeder den seinen. Der Mond stand noch weit hinter den Bergen des Ostens – unseren Himmel beherrschten die beiden großen Katzenaugen der Planeten Jupiter und Saturn und schauten herab auf unsere vom Krieg zerfleischte Menschheit wie in jenen entfernten Tagen, da sie als Stern von Behlehem den Königen Kaspar, Melchior und Balthasar als Wegweiser zum neugeborenen König der Juden dienten. Ich stellte mein Pappschächtelchen auf den Tisch, stopfte mir die Pfeife mit Feinschnitt und bot Hermann davon an.
»Gut«, sagte er, »kann man auch mal rauchen«, und ging ins Haus, die seinige zu holen.

»Bitte bring mir Zigaretten mit«, rief ihm Hannah nach, die Augen zum Himmel emporgerichtet. »Unsere Nachbarin Pinia, Astrologin aus Leidenschaft, prophezeit uns die Gründung eines jüdischen Staates wie zu Herodes' Zeiten.«
»Nur aus den beiden Planeten?« spottete ich, mein Feuerzeug benutzend.
»Nicht nur«, antwortete sie, »die Haganah zieht Folgerungen aus den Hilfstruppen rund um El Arisch, und dein englischer Captainrock hat dich hoffentlich nicht auf die falsche Seite verführt. – Von dem griechischen Jungen bitte kein Wort.«
»Knif«, erwiderte ich, trotz hochgezogener Augenbrauen lächelnd. Und dann setzte ich mich auf, neigte mich vor. »Doch werde ich von ihm reden, komme ja seinetwegen. Aber mit aller Vorsicht, worauf du dich verlassen kannst.«
Sie stand auf, strich das kurze Kleid über die Knie. »Sieh bloß zu, daß unsere Freundschaft nicht heute ihren letzten Abend erlebt!« und lauter: »Hab ich doch vergessen, Sandwiches für dich mit herauszubringen! Entschuldige mich einen Augenblick, ich eile nur in dieKüche.«
Ich sah ihr nach, blickte zum Himmel empor, wo die beiden bösen Augen wirklich katzenhaft drohten, setzte mich dann ruhig wieder in den Liegestuhl: bediente man sich diplomatischer Wendungen und hatte diese schöne Berlinerin nicht ihr ganzes Wesen umgekrempelt, so würde ich kaum vergeblich hierhergerollt sein, für unseren George Deckung zu finden. Meine Leuchtuhr zeigte halb neun, aber man konnte das Leben eines Freundes auch in fünf Minuten retten. Der Wind stand so, daß er vom Dizengoffplatz her schwache Klänge einer Tanzkapelle herantrug – Südwind also, kein Chamsin.
»Ziehen wir doch um!« rief mir Hannah von ihrer niedrigen Terrasse in den Garten hinunter. »Hier oben sitzen wir ebensogut und werden nicht vom Foxtrott abgelenkt oder vom brasilianischen Tango.«
»Sondern von einem kleinen Whisky«, fügte Treppner hinzu.
Und wir zogen um. Die großen Blätter des Gummibaums, der diese Terrasse beschattete, hielten jetzt Tabakwölkchen über uns fest, die wir alle drei von uns bliesen.

FÜNFTES KAPITEL

Traum ist teuer

Hatte nun also loszuschießen: »Weswegen ich heute abend bei euch sitze? Ein Vergnügen, das man auch ohne solchen Anlaß sich des öfteren leisten sollte. Ich betreue da einen Schützling, den zu schützen ihr mir helfen sollt, griechischen Freiwilligen aus meiner Orderly-Zeit, dem gewisse Herrschaften ans Leben wollen.« Und ich berichtete mit gleichmütiger Stimme, was George Kephalides in Griechenland und Kreta gegen die Eindringlinge getan, wie er seine Gehirnerschütterung empfangen, später von diesem Leutnant Patinios provoziert worden sei, ihn vor der Front geohrfeigt habe und was sich seither mit ihm ereignet. Auch wie ich mit ihm in Verbindung kam, kramte ich aus, im Halbdunkel, die Augen bald auf Hermann Treppner, bald auf seiner schönen Hannah, manchmal von ihrem wippenden Fuß abgelenkt, der mit zierlichen Zehen aus weißer Sandale grüßte. Und daß dieser Kephalides an eine griechische Republik dachte und keineswegs für Georg II. sterben wollte, sondern für ein neues Griechenland leben, daß aber unsere britische Bürokratie, verkörpert durch Major Stone, nicht aufhörte, ihm aufs argwöhnischste nachzuspähen. »Ihr wißt, daß in Kairo eine kleine, aber sehr einflußreiche Filiale Londons sitzt oder saß, des Foreign Office, und daß sie vor Rommel zunächst mal nach Jerusalem auswich. Jetzt bringen sie nun meinen Patienten in Verbindung mit Unruhen im Lager unserer griechischen Hilfstruppen, die sich bei Alexandria abspielten. Er habe Maschinengewehre verschoben, Beutestücke, und sie den Arabern verkauft. Sie benutzten dazu seinen Urlaub vergangenen Sommer. Jetzt muß man nachweisen, daß er sich in jenen Wochen hier in Palästina herumgetrieben, wir müssen Zeugen finden, unverdächtige, zivilistische, die nichts mit Waffenkäufen zu tun haben. Darum wäre es sehr gut, wenn zum Beispiel ihr vor dem Gericht aussagen könntet, daß Kephalides damals

euer Gast gewesen sei, mit euch am Strande gebadet habe und hier im Miklath genächtigt.«
Hermann Treppner strich sich die Oberlippe, als trage er dort einen Schnurrbart. »Wir bauten bis in den Spätherbst am Kraftwerk südlich des Sees Genezareth. Also komme ich als Zeuge leider nicht in Frage.«
»Und du, Hannah?« fragte ich.
»Knif, sagten wir früher in Berlin«, antwortete sie – und ich weiß nicht, ob Hermann den drohenden Ausdruck zwischen ihren Augen gewahrte.
»Natürlich kann eine alleinstehende Frau solches Zeugnis unmöglich auf sich nehmen, ohne sich selbst in eine schiefe Lage zu bringen, fuhr Treppner ruhig fort. »Das Gerede der Leute würde sie zernagen und uns alle. Sie wissen doch selber, Karthaus, mit welcher Freude sich die liebenswürdigsten Verdächtigungen herumsprechen, von unserer Straße aus bis nach Jaffa hinunter. Ich möchte nicht in unserer Werkhalle erleben, daß die Monteure spöttische Blicke beiseite schicken und verstummen, wenn ich hereinkomme.«
»Das Gerede der Leute«, wiederholte ich nachdenklich, »le qu'en dira-t-on, wie es die Franzosen hübsch formulieren und die reichen arabischen Familien überall, das wiegt natürlich schwer«, seufzte ich und ließ meinen Tonfall hängen, »aber das Leben eines Kameraden, eines so streitbaren Antifaschisten?«
»Warum gerade wir?« fragte Hannah plötzlich. »Was hätte ich mit einem Griechen zu schaffen, der auf Urlaub herumstreicht?«
»Gott«, nahm ich den mir zugesandten Pfeil auf, »diese Griechen sind angenehme Gesellschafter, liebenswürdige Leute, und wenn ich mich recht erinnere, hatte ein schönes Berliner Mädel mal in Wengen die Bekanntschaft eines solchen griechischen Jungen gemacht.«
»Wieviel Dutzend Jahre ist das her?« fragte Hermann Treppner. »Und wo hinunter ist der Kontinent gesunken, auf dem dieses Wengen lag und dieses ganze Berlin nebst Elternhaus und Bayrischem Platz?«
Ein leiser Vogelruf schien ums Haus zu streichen. »Die Kinder«, sagte Hannah und sprang auf, eilte in die Wohnung.
Hermann Treppner klopfte seine Pfeife aus. »Dieser Tabak, viel

zu trocken, raucht sich schneller als eine Zigarette. Sie müssen eine Orangenschale in die Schachtel tun, Karthaus. Für Ihren griechischen Kommunisten muß sich ein anderer Ausweg finden. Hat Ihnen nicht Hauptmann Kartusch vorgeschlagen, jemand könnte ihn entführen? In unseren Kibbuzim soll ihn die M. P. erst mal aufspüren! Haha«, lachte er leise. »Natürlich darf er nicht vor die Hunde gehen und wird auch nicht. Aber Hannah darf sich nicht zu dieser Hilfe hergeben. Alle diese Einwanderer leben vom Klatsch – beinahe dringt er schon in die Zeitungen, die deutschsprachigen auch. Wir werden hier unser Leben beschließen und für unsere Buben ein neues öffnen.«
»Dachtet ihr nicht daran, aus dieser Enge wieder in weitere Verhältnisse zurückzukehren, wenn der braune Augiasstall erst ausgemistet ist?« fragte ich, an frühere Gespräche denkend und an die Klagen meiner beiden Freunde über diese Kleinstädterei, aus Polen oder Litauen ans Mittelmeer verpflanzt und mit hebräischen Vokabeln beflaggt.
»Seit ich in Teheran selber hörte, was an Grauen und Massenmord die deutschen Heere und ihre SS-Gesellen in polnischen und russischen Lagern anrichteten, sind diese Träume ausgeträumt. Was bedeuten schon die Armeniergreuel vor und während unseres ersten Weltkrieges, gegen die sich damals unsere ganze westliche Welt empörte? Eine armselige Million Opfer des türkischen Halbmonds! Heute müssen es Gebirge von Knochen sein, sofern sie nicht in Asche verwandelt wurden durch ehemalige Landsleute, uniformtragende Bauernburschen und Städter. Gewiß, dieses Erez Israel bleibt eng, von Musik allein kann man nicht leben, neue Bücher werden hier nicht geschrieben, wir zehren von altem Lesestoff, keinem schlechten übrigens. Und deutsch sprechen werden wir immer, auch die Kleinen sollen es sich erhalten. Aber ich könnte ebensogut nach der versunkenen Atlantis tauchen wie in die Luft jenes Landes, wo Juden gelbe Sterne tragen müssen und nicht auf öffentlichen Bänken sitzen dürfen, bevor sie zur Ausrottung verladen werden. Niemals wieder überschreite ich Grenzen, in denen sich solche Streicher, Himmler, Hitler und ihr Schurkenpack austoben durften. Erez Israel allewege! Nach diesem Kriege weiten wir es gründlich aus. Und Sie werden doch, trotz Ihres Captainsrocks, ebenfalls dabeisein, wenn wir diese Weißbuchpolitik nebst allen Major Stones dorthin zu-

rückschicken, wo sie zusammengebraut wurde. 170000 jüdische Einwanderer jährlich – wir holen zehnmal soviel von den Resten herein, die diese Hitlerschurkerei übriggelassen.«
Hannah stand in der Tür, die von der Veranda ins Haus führte, ihren Jüngsten auf dem Arm, einen reizenden kleinen Buben, der sich die Augen rieb, geweint hatte.
»Was ist denn, Chana?« rief Treppner zu der Gruppe hinüber, die sein Liebstes verkörperte, blaß im bleichen Nachtschein. Hinter ihrem Rücken schimmerte ein verdunkeltes Lichtchen.
»Hat sich im Traum vor einer Schlange gefürchtet«, berichtete sie ihrem Manne. »Kann sich gleich von Onkel Karthaus verabschieden, ebenso wie ich. Werden uns vorläufig kaum wiedersehen«, und sie deutete mit ihrem wohlgestalteten Arm hinüber nach dem Platz, um welchen gerade mit kurzem Hupenton ein Taxi bog. »Dachten Sie übrigens daran, Captain Cardhouse, Ihrer Frau Hella zum Geburtstag zu gratulieren?«
Ich fuhr auf. Hellas Geburtstag, wann war der doch? Am 3. April!
»Übermorgen wird sie ihn feiern«, fuhr Hannah unerbittlich fort, »ich sage nicht, den wievielten. Wir Frauen müssen zusammenhalten euren Vorurteilen gegenüber.«
»Gottlob! Dein Gedächtnis!« Ich stand ihr zugewendet, stumm dankend, beide Hände nach arabischer Art auf der Brust zusammengelegt. »Noch heute abend gebe ich eine Depesche auf.«
»So seid ihr Männer«, kam es aus der Umrahmung des Eingangs zum Häuschen zwischen den Blättern des großen Gummibaums hervor.
»Mach's gut, Beschützer der Griechen!« damit winkte sie kurz mit halberhobenem Arm und verschwand im Dunkel des Blackout.
»Auch das renkt sich wieder ein«, meinte Hermann Treppner auf dem mit Fliesen belegten Gang zur Straße. »Wenn Sie wollen, spreche ich nächstens mit Kartusch. Wie drückte sich unser alter Goethe aus? ›Eines schickt sich nicht für alle / Sehe jeder, wie er's treibe / Sehe jeder, wo er bleibe / Und wer steht, daß er nicht falle!‹«
Auch er reichte mir zum Abschied nicht die Hand.

Auf der Rückfahrt durch die sternfunkelnde Nacht saß ich zunächst schweren Herzens neben Lydia – todmüde wie ein Schiffer neben dem zuverlässigen Steuermann. Hannah hatte mir nicht die Hand gegeben, und auch Treppner nicht. Bedeutete das Entfremdung, die schmerzte, den Abschied von einer Verjüngung, die fürs Leben hätte ausreichen sollen? Oder hatte ich in meiner Isolierung vom palästinensischen Leben vergessen, daß wir Neueinwanderer von vornherein hatten lernen müssen, was die schon vor uns Ansässigen Bli Jadajim nannten, den »Gruß ohne Hände«, da man ja als Europäer immer schwitzte. Vielleicht war es wirklich nicht mehr, tröstete ich mich ... Und meinen George würde ich also auf anderem Wege zu retten haben. Da wir weder Tee noch Kaffee getrunken hatten und der leichte Blättertabak nur ganz vorübergehend anregend wirkte, fielen mir die Augen zu. Ob ich minutenlang oder nur für Sekunden als Schlafender durch die dunkle Stadt glitt, weiß ich auch heute noch nicht zu sagen, wohl aber, daß ich träumte. Nicht mehr Lydia steuerte diesen Wagen, sondern meine Frau Hella, die schönen starken Hände in Wildlederhandschuhen. Ihr Profil neben mir schimmerte bleich, ihre Augen forschten die Fahrbahn entlang – aber es war nicht mehr die Ben-Jehuda-Straße, sondern die Berliner Kantstraße, und ich selber war wieder Zivilist in hellgrauem Sommeranzug, Dr. med. Karthaus, der seinem Heim in der Schlüterstraße zustrebte. Als wir auf dem von den Einwanderern spaßend Wittenbergplatz genannten Rondell bremsen mußten – eine Katze querte unseren Weg, gemächlich, ohne Eile –, erwachte ich schreckhaft, rieb mir die Augen. Lydia lachte, gab Gas, ich streichelte ihren Arm.
»Stör mich nicht«, bat sie, »bin ohnehin noch nicht wieder gegenwärtig. Sehe noch unsern Granach mit seiner Kalesche und dem mageren Klepper davor einen wildgeschwollenen Bergbach hinuntertreiben – Regengüsse wie bei uns im Winter.«
»Wer hat den Film gemacht?« fragte ich sie, die viereckige Tabakschachtel in meiner Hosentasche durchs dünne Khaki beklopfend.
»Weiß ich gar nicht – sieh mal an! Kam knapp nach dem Anfang hinein, hatte den Vorspann versäumt. Ein Hollywood-Produkt auf alle Fälle, aber ein gutes.«
Ich lehnte mich zurück, schloß die Augen, sah Filmbilder vor

mir, die es keineswegs gab: meinen George nämlich, wie er die Gewehre des Pelotons beiseite fegte, die auf ihn gerichtet wurden, in phantastischem Hell und Dunkel. Wirklich, dachte ich, die moderne Kunst, Märchen zu erzählen mit Bildern für alle Welt, auch für Analphabeten! In Rußland gibt's keine mehr davon, aber dafür Millionen Tote und Gefangene. Welch ein Strudel vor- und rückwärts! Hätte man all die Ermordeten aus der westlichen Wüste den Strand entlang nebeneinander gereiht, Mann neben Mann, Briten, Italiener, Deutsche, Griechen, Kabylen, Israeli, Tschechen, Polen – sicherlich überträfen sie die Bevölkerung dieser Stadt Tel Aviv, die wir jetzt im Rücken ließen, heftig vorwärts strebend, mit kleinen Lichtern. Dabei gab es keine Fliegergefahr mehr für diesen Erdstrich. Wir hätten ruhig groß aufdrehen können – sie brauchten ihre Flugzeuge wahrhaftig anderswo dringlicher, an der tunesischen Küste. Die Amerikaner, die Amerikaner! Und diese nur von Sternen erhellte Nacht – welch eine von keinem Maler erreichte Transparenz, bis ins Schwarz abgestufte Bläue.
Als wir auf das Lagertor zurollten: »Kommst du noch ein bißchen herein, Lydia?«
»Kommt nicht in Frage«, antwortete sie, ins Englische verfallend, »muß der Anjuta Sackheim den Wagen noch heute zurückbringen. Und außerdem« – deutsch weiterflüsternd – »würde das einen gewissen, der sich spaßhaft Maori nennt, tief treffen. Und das wollen wir doch vermeiden.« Ihr Händedruck war kräftig, warm und trocken; aber knif bleibt knif, in welcher Sprache auch immer und von welchen Lippen.
Jetzt hatte ich mir also den Weg zu beschlafen, unseren Kartusch aufzufinden, in Bewegung zu setzen. Daß mir bereits morgen früh auf die unerwartbarste Weise ein alter Bekannter zu Hilfe kommen werde, konnte ich unmöglich ahnen.

SECHSTES KAPITEL

Der rettende Bote

Weit länger in den Morgen hinein als sonst hatte ich geschlafen, verabschiedet von Jeanne und Lydia; war selbst im Traum zum letzten Zigeuner geworden, der den Fluß hinabtrieb, ein alter Klepper auch er, kein feuriges Pferdchen. Als Korporal Ruth mir das Frühstück hereinbrachte, leuchteten ihre Augen. Wir würden nach Faradhije zurückverlegt werden, berichtete sie, unsere ägyptischen Freunde, König Faruk an der Spitze, freuten sich schon darauf, uns mit einer Phantasia zu bewillkommnen.

»Die Fellachen auch?« spaßte ich. »Und wird sich Major Stone wieder von der Villa Jacobs trennen, einschließlich ihrer schöngebundenen Bibliothek?«

Da klingelte mein Telefon: unsere Zentrale fragte an, ob sie mich mit Hotel King David, Jerusalem, verbinden könne, ein Mr. Schurmann wolle mich sprechen. Ich fuhr geradezu in die Höhe, sprang aus dem Bett, lief bloßfüßig an den Schreibtisch: ob der Telefonist richtig verstanden habe, fragte ich aufgeregt zurück. Der Name Schurmann sei kein Irrtum?

»Kein Irrtum, Sir«, antwortete das Hörrohr, »bitte warten Sie eine Minute.«

Und während ich wartete, stieg das ganze Paris von 1933 vor mir auf, das Hotel Montmorency, besonders Hella und meine beiden Kleinen, die noch vordem mit Schurmanns Töchterchen im Auto nach Wildpark gefahren waren und einen Igel zurückgebracht hatten, ein lebendiges Stacheltierchen.

»Hallo!« rief eine gar nicht unvertraute Stimme mir ins Ohr. »Ist dort Karthaus, Dr. Karthaus?«

»Er und kein anderer«, erwiderte ich. »Und was bringt meinen alten Nachbarn Schurmann an diese Küste, wenn er's ist, direkt von Ekuador?«

»Eine lange Geschichte«, antwortete die Stimme, immer weiter in dem amerikanisch getönten Englisch, mit dem er begonnen.

»Wann erlaubt Ihnen Ihr Dienst, mit mir zu speisen? Schon heute mittag oder heut abend?«
Wurden wir wirklich nach Faradhije zurückverlegt und brauchten nicht auf Krankenzufuhr zu rechnen, so konnte ich mich schon zum Lunch mit Schurmann verabreden – gespannt wie ein Flitzbogen war ich auf die Umstände, die diesen erstaunlichen Gast hierherbrachten. »Ich könnte um halb zwei zu Ihnen kommen, Mr. Schurmann«, sagte ich ins Sprechrohr hinein, und »einverstanden« kam es zurück, »ich freue mich.«
»Ich nicht weniger«, rief ich noch schnell und wandte mich dann der Kaffeetasse wieder zu und den frischen Sandwiches, die einem Captain gebührten. Müßte mich doch mal wieder nach dem Frühappetit meiner Kranken erkundigen, dachte ich.
»Nehmen Sie mich mit nach Jerusalem, Captain Karthaus?« fragte meine Soldatin. »Ich habe heute nachmittag dienstfrei, und mein Mann kommt mittags vom Toten Meer herauf, wo er bei der PPC zu tun hat, Rohstoffe frei zu kriegen für sein chemisches Labor. Er sorgt für Schlafmittel, wissen Sie. Seitdem uns die ICI nicht mehr dazwischenfunkt, dreht er sehr brauchbare Brompillen.«
Was für ein schönes Geschöpf, dachte ich, ihr blühendes Gesicht bewundernd.
»Du wirfst ja nur so um dich mit wissenschaftlichen Abkürzungen, Mrs. Brendel! Natürlich nehme ich dich mit. Leg mir nur deinen Nachturlaub zurecht zu Unterschrift und Stempel.«
Sie errötete, lachte, verschwand mit dem Tablett.
In der Tat mußte ich mich erst darauf besinnen, daß PPC die Palestine Potash Company und ICI den beherrschenden Chemietrust des Empire darstellte: Imperial Chemical Industry. Im übrigen würde ich es von Jerusalem aus leichter haben, den Captain Kartusch an irgendeinen Apparat zu kriegen.

Das Hotel King David, von einer schweizerischen Aktiengesellschaft errichtet, prangte damals noch in seinen geschmackvollen Baulichkeiten an der stattlichsten Straßenkreuzung Jerusalems; niemand ahnte, daß es ein paar Jahre später den Bomben israelischer Terroristen zum Opfer fallen werde, indes diejenigen der Kriegsflieger es verschont hatten.
Schurmann kam mir entgegen, kaum daß ich die Halle betrat; unser beider Arme öffneten sich, den anderen an die Brust zu

ziehen. »Mensch«, rief ich, »Schurmann, alter Nachbar! Und noch den ganzen gescheiten Kopf voller Haare, wenn auch grauen!«
»Gescheitelten!« Schurmann lächelte mit den Augen, faßte meine Hände, trat einen halben Schritt zurück. »Und ich erwartete einen Lazarettgehilfen zu treffen, womöglich einen geknickten, gebückten!«
Mitten in der Halle – wie amerikanisch! Wir mußten uns in eine Nische zurückziehen, Deckung suchen. Da saßen wir nun, von neugierigen Augen immer weiter verfolgt, betrachteten einander freudig. »Welche Wendung durch Gottes Fügung«, zitierte mein Gegenüber, »und nun essen wir was.« Und in einem Lande, wo neun Zehntel der Grundbevölkerung sich an Eintopfgerichten erfreuten, an Fladen mit Erbsen gefüllt – Piter –, oder Maiskolben, warm auf der Straße verkauft – Tiras –, bestellte Schurmann Krabbencocktail, Lammkotelett mit jungem Gemüse und cyprischen Kartoffeln, als Nachtisch Halbgefrorenes. »Fürst Pückler oder Kassata, was Sie haben, junger Mann, und zum Trinken ...«
Da fiel ich ein: »Einheimischen Carmel Hok, der uns munden wird wie der Sauternes im Montmorency.«
»Können Sie das verantworten«, spottete Schurmann, »wie aus dem Keller des Montmorency? Meine amerikanischen Freunde nehmen den Mund ebenso voll, wenn sie den Kalifornischen preisen. Und doch merkt man bloß die unverwöhnte Zunge.«
»Wait and see«, antwortete ich. »Unsere palästinensischen Weine feiern noch heute die Hochzeit von Dionysos und Ariadne, syrische Reben mit französischen gekreuzt. Auf dem Carmel finden sich seit langem die Kelterhäuser und Kellereien des Hauses Rothschild, und sie heißen ›Gedächtnis Jacobs‹, nämlich Sir James aus jener alten Frankfurter Judenschaft.«
So speisten wir, tranken einander zu, Berliner Erinnerungen auffrischend, und sahen dabei auf der Straße, zwanzig Meter entfernt, junge Mannschaften vorübermarschieren, in Khaki, militärisch, Trommel und Pfeife voran.
»Englische Rekruten?«
»Jüdische«, entgegnete ich. »Vom Ersatzbataillon der Boughs.«
»Die könnten mich sicher zu Major Stone bringen«, sagte er,

den Rippenknochen des Lämmchens mit dem Messer rasierend.
»Kann ich viel besser«, antwortete ich. »Sitzt in der Villa eines unserer verstorbenen Freunde, meines Kollegen Manfred Jacobs, der jetzt auf dem Ölberg liegt, schon fast ein Jahr.«
»Doktor M. Jacobs?« und Schurmann legte sein Besteck auf den Teller, schaute mich an, ich ihn. »War mein Arzt«, fuhr er fort, »hat auch meiner einstigen Frau geholfen, die jetzt im British Museum arbeitet.«
»Er wollte die Zigarre nicht lassen, der Hamburger, und war überhaupt nicht neugierig auf die Welt nach diesem Kriege. Er erlag der Angina pectoris mit zweiundsechzig Jahren.«
»Ich schleppe schon ein paar Jährchen mehr«, erwiderte Schurmann bedächtig, »aber ich rauche nicht mehr. Zog auch in dieses Hotel, weil sein Fahrstuhl funktioniert. Mich zwingt noch nicht die Angina pectoris zur Vorsicht, erst der Kalk an den Arterien. Auf dem Ölberg parkt er? Bringen Sie mich nachher hinauf, Captain. Merkwürdigerweise ziehen uns aufgeklärte Europäer noch immer die Stätten an, wo Körper unserer Freunde verwesen, selbst in dieser niederträchtigsten aller Zeiten.«
Wir beendeten das Mahl, unser Wein hatte der prüfenden Zunge Leo Schurmanns durchaus standgehalten, wir ließen uns Mokka kommen – »der stammt wirklich aus Mokka«, rühmte ich. Dann schickte mein Freund den Boy zur Garderobe, ihm seine Tasche herzubringen. Ihr entnahm er eine Blechschachtel, öffnete sie und bot mir Zigarren an, große, edelbraune, mit den althergebrachten Ringen in Rot und Gold, aber dem kleinen Sternenbanner inmitten.
»Tun Sie mir einen Gefallen, Captain«, bat er, »rauchen Sie mir eine vor. Amerikanisches Produkt, Havannatabak, aber Maschinenarbeit.«
Zigarrenschere und Feuerzeug trug ich bei mir, beide atmeten wir alsbald den würzigen Duft ein, ich als behaglicher Raucher, er schnuppernd, indem er sich Wölkchen mit der Hand nahe wehte.
Nun mußte ich aber endlich erfahren, wie er hierherkam und was ihn ausgerechnet zu Major Stone brachte.
»Gut und schön«, sprach er über das Täßchen hin, »Ihr Kaffee ist wirklich arabisch, ganz wie Ihr Major offenbar britisch. Was

ich mit ihm zu tun habe? Sehen Sie, Karthaus, zwischen uns verdunstete offenbar das Dezennium, da wir uns nicht sahen. Dennoch muß ich Stone versichern können, daß ich mit keinem Menschen über das gesprochen habe, was ich ihm mitteile im Auftrag des Weißen Hauses, Washington. Nach drei Jahren Ekuador hatte ich genug von diesem edlen Klima, seinen Aufregungen und seinen hübschen Frauen und ging über Mexiko nach den Staaten, wo ich mich schließlich einbürgerte.«

»Sie hatten doch immer mit Lokomotiven und Waggons zu tun, als unser Präsident noch Hindenburg hieß.«

»Jetzt heißt er F. D. R., ein gottlob helläugiger Staatsmann, ein leider kranker – und ich habe mit Öl zu tun. Ihre arabischen Fürsten rund ums Rote Meer, mit großem Zirkel gemessen, scheinen uns hoffnungsvolle Geschäftspartner. Und wie die Franzosen von den Briten hinausgedrängt wurden, schicken wir uns an, unsere Juniorpartnerschaft mit Britannia anzumelden.«

Ich genoß das edle Kraut, dieses dicke, runde Ding, fingerstark, mit der schneeweißen Asche. »Aber das können Sie doch unmöglich mit Major Stone abhandeln, Freund Schurmann.«

»Scharf gezielt«, spottete er, »und getroffen. Solche Worte fielen zwischen uns, alter Nachbar, als Sie noch nicht Cardhouse hießen und ich mich noch nicht Shooreman schrieb. Was ich mit ihm zu sprechen habe – nicht einmal einem Geheimcode dürfte man es anvertrauen. – Was hören Sie von Hella und den Buben, die inzwischen große Schlakse geworden sind? Wir stehen nämlich in lockerem Briefwechsel, Ihre Frau und ich. Sie bat mich um Rat für den Fall, daß sie nach Europa zurück wolle. Seit ihr Bruder bei Dieppe verschwand – Vermißtenliste –, behagt ihr Ottawa immer weniger.«

»Erwähnte sie nichts davon, daß sie hierher zu mir kommen will, zu mir?« rief ich lebhaft, am Nerv berührt.

»Ihre Hella«, fragte er zurück, »in diese Kleinstädterei? Das ans Mittelmeer versetzte Kowno? Nach dem Sieg, hofft sie, würde sich auch ihr Mann wieder einen Platz in Europa suchen, wo er als Nervenarzt Arbeit fände, deutsch sprechend oder englisch. Fragen Sie mich aber, wie ich hierherkomme? Auf der Eisenbrücke, Geleitzug genannt, aus stählernen Frachtern, von Torpedobooten geschützt. Ein beständiger Nachschub muß ja ununterbrochen eintreffen, dort, wo sich eine USA-Truppe eingenistet hat, mit allem Kriegsbedarf gleich eurer Achten. Auf solch einem Frachter durfte ich mit – gute Motorschiffe, der atlantische Neptun mußte mich sogar mit Seekrankheit verschonen.«

»Also nichts mehr mit deutschen U-Booten, von italienischen ganz zu schweigen?«

»Auch von japanischen keine Rede mehr, obgleich die uns im Stillen Ozean noch allerlei zu schaffen machen. Von Ihren Ufern, lieber Karthaus, grüßte mich ein Bote, eigentlich ein Torpedoboot. Griechischer Kapitän, griechische Mannschaft, Hilfsfahrzeug der britischen Flotte. Die Marineleute luden mich nach dem Kino zu sich in ihren Klub – ich als Zivilist wurde von ihnen ausgebohrt nach Strich und Faden: Franklins Aussichten bei der nächsten Präsidentenwahl.«

Ich schüttelte den Kopf, wunderte mich über die Verbundenheit unserer Frontteile. Wie alle großen Halbinseln des Mittelmeer noch Bollwerke der Faschisten seien oder unterworfene Gebiete in Feindesland, warf ich ein, und wie sie ihre Befreiung abwechselnd erwarteten von einem der beiden Riesen, dem russischen dort, wo sie ans Mutterland angewachsen, oder dem englisch sprechenden, wo das Muttermeer sie umspülte. Die Balkantragödie gehe mir am nächsten. Damit kippte ich einen Kognak hinunter, den ich mir inzwischen hatte bringen lassen. Schurmann, im Gegenteil, lehnte ihn ab.

»Meinem Tischnachbarn im Kasino auch. War zu uns nach Algier getigert, um sich USA-Dollars auszuleihen, der Kapitän Kephalides, und damit von Zypern aus seinen griechischen Landsleuten zu helfen, Organisationen mit so komischen Namen.«

»Kephalides!« rief ich, meine Augen weit aufgerissen. »Sind Sie etwa auch in das Gewebe einbezogen, um dessen Knoten ich mich seit Wochen vergeblich plage?«

»Verstehe ich nicht«, lachte Schurmann, »aber mit diesem Kephalides wagten wir die unverschämte Überfahrt nach Zypern. Keine Kleinigkeit, die Nachtfahrten an Sizilien vorüber, an Kreta und dann tagelang an eurer afrikanischen Küste hin. Es lohnte sehr, wir freundeten uns geradezu an. Der Alexander Kephalides ist eigentlich Rechtsanwalt in Athen, und sein Vater war Meister der Bauhütte Salomonis mit sehr alten Traditionen der Freimaurerei. Von ihm lernte ich eine Menge über

Zypern, und daß die Insel unbedingt zu Griechenland hinstrebe, sich als britische Kronkolonie gar nicht sehr behage, von palästinensischen Touristen bis zum Kriegsbeginn jeden Winter mit Pfunden befruchtet wurde und jetzt vor allem von der moslemischen Minderheit geplagt sei, deutschfreundlichen Türken. Regierte nicht Othello als venezianischer High Commissioner mal die schöne Insel der Aphrodite, bevor er seine Desdemona erwürgte, der Dummkopf, der dem Geschwätz eines Soldaten mehr vertraute als dem Ausdruck in Gesicht und Stimme seiner süßen jungen Frau?«
»Falls Sie bei Major Stone den Namen Kephalides ins Spiel bringen können«, rief ich aufgeregt, »und den Vater Alexanders mit seinem Logenrang erwähnen – Schurmann, vielleicht sind Sie ein rettender Engel, der seine Flügel bloß im Flugzeug vergaß.«
»Nicht im Flugzeug, sondern in einer Motorbarkasse, von Limassol hinüber nach Jaffa. Läßt mich in einer Woche abholen, der Kapitän Kephalides. Und durch ihn auch kriegte ich Ihre Adresse. Er bat mich, den Lazarettgehilfen Dick Cardhouse aufzusuchen – und nun habe ich den Captain Cardhouse vor mir und werde genau heute in sieben Tagen im Hafen von Tel Aviv die Motorschaluppe des ›Skorpion‹ wieder besteigen, aber nicht allein, sondern in Gesellschaft eines gewissen Kephalides, Bruders jenes Kapitäns, den ich hoffentlich frei bekomme, dank des Kennworts, das ich unseren britischen Verbündeten mitbringe.«
Ich verschränkte meine Hände hinter dem Kopf – die Zigarre lag für den Augenblick im Aschenbecher –, starrte mein Gegenüber an und dachte: Tausendundeine Nacht! Leo Schurmann aus Dahlem, Major Stone vom Foreign Office, Kairo, George Gordon Kephalides, dessen Bruder – und ich hier, Dick Cardhouse! Welch ein Lebensteppich, unheimlich und einfach, in der verrücktesten aller Zeiten, wo Menschen durcheinandergewirbelt werden, Völker, Kontinente! Wo Amerikaner in Casablanca landen und amerikanische Dollar nach Limassol reisen! Was Hermann Treppner und seine Frau mir verweigerten, schickt mir Präsident Roosevelt ins Hotel King David – und es ist nicht wunderlicher oder wunderbarer als mein Hiersitzen im britischen Captainrock und das Vorübermarschieren israelischer Jungen als Hilfstruppen für die Achte.
»Wechseln wir die Tapete«, sagte Schurmann, »fahren wir mit

einem Taxi auf den Ölberg. Übrigens möchte ich auch den Garten von Gethsemane besuchen, da man schon einmal in einer Stadt atmet namens Jerusalem.«

Als wir gerade die Halle durchquerten – ein Taxi wartete schon auf der Straße –, stellte uns ein livrierter Knabe: Mr. Shooreman ans Telefon! Dienstlicher Anruf. Mein Freund hob die Augenbrauen und verschwand, indes ich Vitrinen mit Ausgrabungen betrachtete, die später in das von Rockefeller gestiftete Museum der Antiquitäten wandern würden: tönerne Lampen, vom kanaanitischen ausgefalteten Weinblatt bis zur ausdrucksvoll gemusterten römischen Eiform mit Öffnung für den Docht und dem Einguß am anderen Ende. Öl! Lieber Gott, redete ich den großen Unbekannten an, der zu dieser Stadt ja intime Beziehungen unterhielt, damals Öl, heute Öl! Und welche Spanne Weges vom Sklaven, der diese Lampe füllte, zu meinem Leo Schurmann, der seinen Auftraggebern Flüsse voll Steinöl sichern soll, die unterhalb der arabischen Erde auf die Bohrmaschine warten!

Und dann kam Schurmann eilig vor, die Telefonzellen lagen hinten im Dunkeln. »Heute nichts mit Ölberg, lieber Karthaus. Major Stone fliegt morgen auf Urlaub und erwartet mich sofort.« Er nahm seine Tasche aus der Garderobe, ließ ein großes Silberstück in die Hand des Pagen gleiten, legte mir den Arm um die Schulter, und so schritten wir bedächtig die schwache Steigung empor, mit der die Bergstadt Jerusalem auch an dieser Stelle aufwartete. »Arteriosklerose«, spaßte der amerikanisierte Berliner. »Aber wenn ich mich vor solchen Anstiegen in acht nehme, kann ich es noch lange machen«, damit öffnete er die Tür des Ford-Taxis. »Sie bringen die Sache mit Kephalides in Ordnung?« fragte ich.

»In Ordnung«, erwiderte Schurmann, schon halb im Wagen.

»Ach!« rief ich – »und fragen Sie doch Ihren Unterredner nach den Papieren des Generalmajors Repke.«

»Unseres Reichswehrmannes?« staunte er und beugte sich noch einmal hinaus.

»Genau dessen«, antwortete ich. »Ich erzähl's Ihnen morgen, wenn wir auf den Ölberg fahren.«

»Oder übermorgen«, schloß er und lehnte sich zurück. »Ich rufe an.«

SIEBENTES KAPITEL

Die Toten und die Lebenden

Am anderen Morgen brachte mir die Ordonnanz außer einigen Schachteln mit beruhigenden Ampullen, glasklar und ziemlich klein, ein großes Kuvert, amtlich versiegelt. Als ich es im Schatten unserer Ölbäume öffnete, während in ihren Wipfeln Elstern keckerten, hielt ich ein Halbdutzend Blätter in der Hand, gelbliches Kanzleipapier, beschrieben mit deutscher Schrift – merkwürdig unbeholfener Schrift, bis ich mich erinnerte, der Verfasser habe ja zum Festhalten über keinen linken Arm mehr verfügt. Daneben eine Übersetzung auf weißem Quart, Schreibmaschine, und zwei Briefe nebst einigen Zeitungsausschnitten aus unseren Blättern, deutsch und englisch. Ich schaute mir alles an, schüttelte den Kopf, wünschte, ich hätte ein Glas kalten Grapefruitsafts zur Hand und leichteren Atem. Erst las ich, daß Major Stone sich für drei Wochen verabschiede und versuchen werde, mir das Bändchen Kipling-Novellen aus der Oxford Library mitzubringen, von dem wir jüngst gesprochen. »Aber Sie erinnern sich bitte, daß in Paternoster Road und Essex Street die Bomben jenes Herrn Göring fünf Millionen Bücher verbrannt haben. Über alles andere unterrichtet Sie Mr. Shooreman. Und viel Glück zur Rücksiedlung nach Faradhije, falls es noch dazu kommt.«

Dann entfaltete ich Repkes Brief an mich, steile deutsche Schriftzüge, schon fast schwer entzifferbar für jemanden, dem selber stets nur die lateinisch genannten aus der Feder flossen.

»Geehrter Herr Dr. Karthaus«, las ich, »so schließen sich Kreise in der überraschendsten aller Welten. Als wir uns das letzte Mal sprachen, schwor ich noch auf unseren Sieg, jenen Satz im Sinne, den ich einmal in Berlin gelesen: ›Nun landet der Germane / Mit seinem reichen Blute / Und ich glaube, seine Stunde hat geschlagen.‹ Heute sehe ich, daß dieser Verfasser recht hatte, aber im genau entgegengesetzten Sinne. Uns erwartet die größte Niederlage unserer Geschichte; in meinen Papieren finden Sie Notizen. Als Verstümmelter und Gefangener fehlt mir jede Möglichkeit, den Urheber unseres Unglücks zur Rechenschaft zu ziehen. Vielleicht erleben Sie noch, das jemand dies besorgt, vielleicht auch nur auf Papier – dann erinnern Sie sich bitte Ihres Warners von 1933, des zugrunde gerichteten Clemens Repke, Generalmajor, Kairo, am Morgen meines Todes, 13. März 1943.«

Ich ging jetzt wirklich ans Fenster, klopfte an die Scheiben, bat die Ordonnanz, welche öffnete, um einen großen Whisky – Ruth war offenbar noch nicht wieder hier draußen oder vorhin mit der Ordonnanz gekommen und in ihrem Barackenraum verschwunden, um sich aus einer Beurlaubten in die diensttuende A. T. S. zurückzuverwandeln. Ich kämpfte den Wunsch nieder, im »King David« anzurufen, was Schurmann für unseren Schützling erreicht habe, besah mir die Überschriften über Repkes einzelnen Abschnitten, die mit »Dünkirchen« anfingen und »Keine Landung in England« in denen dann die Namen Smolensk und Kiew, Sewastopol und Leningrad auftauchten und die mit El Alamein und Stalingrad endeten. Vielleicht hinterließ Repke Frau und Kinder in dem bedauernswerten Deutschland, dem die Ruhrbarone nach der Wirtschaftskrise von 29 einen besessenen Sachwalter in den Nacken gesetzt hatten. Der ritt es nun bis zum Zusammenbrechen wie jener Greis des Meeres Sindbad den Seefahrer. Und dann überflog ich, während eine Amsel hoch oben in dem Eukalyptus mich abzulenken versuchte mit ihrem silberhellen Geflöte, denjenigen Zeitungsausschnitt, den Repke rot angestrichen hatte, aus der Wochenzeitung »Press-Echo«, wie ich an Druck und Papier erkannte.

»Vom wishful thinking weit entfernt, der Verfälschung des Denkens durch Wünschelei, machen wir die Leser dieser Zeitung, Emigranten aus deutschsprechenden Ländern einschließlich des Dritten Reiches, mit der Kriegskarte bekannt, wie sie sich heute nach dem Jahreswechsel 1942/43 darstellt, weil man einem wirklichkeitsunfähigen Parteipropagator ein ganzes Volk auslieferte, um des Rüstungsgeschäfts willen, zu dem er sich verpflichtete. Die Unfähigkeit des ›Führer‹ genannten Arbeitslosen zur Einschätzung seiner politischen und militärischen Welt mußte jedem Erwachsenen einleuchten, als er nach der Kriegserklärung Englands und Frankreichs auch noch den Gegenschlag des russischen Riesen und der nicht weniger riesenhaften Vereinigten Staaten von Amerika auf sich zog, nur verbündet mit dem stets gebrechlichen Italien und jener aufgehenden Sonne Japans, die schon jetzt dabei ist unterzugehen. Wir geben zu, daß die Siege der ersten Monate, vielleicht sogar des ersten Jahres das militärische und politische Urteil in die Irre führen konnten. Heute ist klar, daß die deutsche Führung vor und nach Dünkirchen versagte, daß sie den längst beabsichtigten Einbruch in die SU durch ein verführerisches Balkanabenteuer aufs verhängnisvollste verzögerte, daß sie sich beim Angriff auf den Suezkanal grob verrechnete und schließlich, statt Moskau direkt anzugreifen, nach Süden abschwenken mußte. Die Kämpfe bei Smolensk, in denen Millionenheere Tag und Nacht einander aufrieben, machte der Blitzkriegstrategie ein Ende, entwickelte den offensiven Widerstand der Roten Armee zwischen Brjansk und Minsk – statt Julisiegen Winterfeldzug ohne Pelze. Bereits Smolensk bedeutete den Anfang vom Ende. Zwar siegten die Deutschen bei Kiew und eroberten die Krim. Dennoch versteht man den Weg zu den russischen Ölquellen von Batum und Baku nur angesichts des Auftrags, der deutschen Rüstungsindustrie alles europäische Öl zu verschaffen. Daß Goebbels aus der Katastrophe von Stalingrad ein billiges Theaterstück machte, ändert faktisch nichts daran, daß Afrika schon verloren ist und die Landung in Europa an der Tagesordnung, sei es im Süden oder im Norden, in Sizilien oder der Bretagne.« Gezeichnet war dieser Artikel, der noch etwas weiterging, mit den Buchstaben E. K.-k.

Welch ein Leserbrief! dachte ich. Und ich wollte hier nicht auf einem Leinwandstuhl sitzen, Zubehör der Neunten Britischen Armee, wenn dieser Verfasser nicht unser Kartusch war, der seine letzte Silbe ek wieder einmal mitspielen ließ. Braver Kartusch! So wirst du mir unter dem blauen Himmel Palästinas nicht meinen griechischen George retten, sondern dem Ende dieses armen Clemens Repke Sinn und Unvermeidlichkeit gegeben haben, jenen Tropfen, der den Becher zum Überlaufen brachte. Und ich faltete alles zusammen, schob es wieder in den großen, dienstlich gelben Umschlag, stand auf und trug es, den besonnten Streifen bis zur Baracke schnell durchschreitend, in

mein Zimmerchen, wo meine Kiste stand, in der es schlummern würde, bis die Hornisten das Signal »Waffenstillstand« bliesen. Die mitgebrachten Ampullen würden mir helfen, in verschiedene verstörte Gemüter zunächst einmal Ruhe zu bringen und Schlaf.
Um zum Ölberg hinaufzufahren, mußten wir zeitig aufbrechen, die Sonne würde uns ohnehin zu schaffen machen. Schurmann hatte angerufen, daß es ihm morgen früh passen werde und daß die griechische Angelegenheit wunschgemäß ausgegangen sei. »Ich brauchte kaum auf etwas anderes hinzuweisen, vom Logenbruder abgesehen, als daß Ihr Mann mit dem in Verbindung stand, der vor zwei Jahren die verdammte Galgenkreuzfahne von der Akropolis herunterholte. Hitlers Kreuzspinne auf einem Bauwerk, das allen gebildeten Lebenden heilig ist! Meine Pfeile saßen. Und er händigte mir ein Papier aus an das Leichtkrankenlager Sarafand – und alles andere mündlich, nahmündlich, ohne Strippe.«
Ich darf gestehen: ich legte mit schwerem Atemzug den Telefonhörer wieder in seine Gabel, befreit und bedrückt in einem. Welch eine Zeit, in der ein Mann aus Amerika herüberkam und in kurzer Unterredung das zustande brachte, worum ich länger als ein Jahr gebangt und gekämpft. Mein Landsmann Hofmannsthal hatte sie dichterisch bereits in Verse eingefangen, eine Zeit,

»darinnen schnell sein nicht zum Laufen hilft
und tapfer sein nicht hilft zum Streit ...«

Es mußte eine magische Botschaft sein, die Herrn Schurmann befähigte, solche Wunder zu tun. Nun, ich würde ja hören!

Sehr früh also, um sechs Uhr – ich hatte im Gästehaus des Stabes übernachtet –, rollte uns ein Wagen aus Major Stones Fuhrpark durch das Löwentor der Stadt Jerusalem. Die Sonne erhob sich gerade über die Berge von Moab. Knapp hinter der Mauer hielt uns ein Uniformierter an, mit erhobener Hand – wer war dieser Captain mit der schweren Pistole am Hüftgurt?
»Chawer Kartusch!« rief ich aus. »Sollen wir dich mitnehmen? Und darf ich bekannt machen: mein Berliner Nachbar und Freund, Mr. Schurmann, zur Zeit aus USA.«

»Genau das bedeutet meine Wegelagerei. – Außerdem diese Kugelspritze«, er schlug auf seine Hüfte, »zur Abschreckung. Niemand weiß, ob dort nicht unzufriedene Sektierer herumschleichen – und Waffen greift man ja ad libitum auf.«
»Moslemische Sektierer?« fragte Schurmann interessiert.
»Anhänger des Husseini, unseres teuren Mufti; aber ebensogut auch jüdische mit der Karte aus den Zeiten Josuas im Kopfe – Besitzergreifung Transjordaniens. Sehen Sie sich diese Stadt nur an, diese heilige. Immer war sie eine Brutstätte von Mord und Totschlag – wer nicht sehr aufpaßt, treibt's ihr nicht aus.«
»Die heutige Stadt«, mischte ich mich ein, »soll als Straßenniveau elf Meter über dem antiken Jerusalem liegen, immer wieder gebaut auf dem Schutt des immer wieder zerstörten. Sicherlich ist sie mehr als ein dutzendmal in Stücke geschlagen worden, die Stadt Davids, nachdem die Legionen des Titus den Anfang machten.«
Wir fuhren den Abhang des Ölbergs hinan, die Sonne vor uns, die eben den Horizont in Glut versetzte. Gegen den erleuchteten Himmel stand der Turm des Goldenen Hauses, in dem der High Commissioner residierte; rechts und links wuchsen locker verteilte Ölbäume in Feldern, die von den Fellachen und ihren Frauen und Mädchen schon jetzt bearbeitet wurden. Auf den Köpfen trugen sie Krüge mit Wasser, Gott weiß, woher sie es nahmen.
»Zisternen«, erklärte Kartusch. »Überall finden sich Klöster, teils neue, teils verfallene, und das Dorf Siwasch wäre ohne sie längst ausgestorben. Es wäre nett, wenn ihr mich mal erst oben absetztet, neben der Universität. Ich habe bei unserem Pflanzenkünstler zu tun, dem alten Blashenogorow, der unsere Keimlinge mit elektrischem Schwachstrom fruchtbarer machen will. Und wie sieht es mit unserem Griechen aus?« fragte er mich, als der Wagen im ersten Gang den steilen Abhang hinaufkletterte.
»Gut, wie es scheint«, antwortete ich. »Bleibst du in der Nähe, Hauptmann Kartusch, oder kommst du ohnehin an Latrun vorüber?«
»Heute abend, auf dem Weg nach dem Negew.«
»Dann bin ich längst wieder daheim; schenk mir eine Stippvisite. Diesmal hab ich amerikanische Zigarren, reine Havanna, bißchen schwer.«

»Bin neugierig«, damit sprang Kartusch aus dem Wagen; seine gebräunten Knie und braunen Arme gaben ihm etwas durchaus Verjüngtes. Er legte die Hand an die Schirmmütze und verließ die Straße, durch den Vorpark auf ein Haus zuschreitend, das mitten im Olivenhain zu stehen schien.
»Ist das Gethsemane?« fragte mich Leo Schurmann.
»Bewahre«, antwortete ich. »Das liegt weiter abwärts, nach dem Kidrontal zu – ohne mit biblischen Namen um mich werfen zu wollen. Also dann erst zum Neuen Friedhof«, wandte ich mich an den Fahrer, den ich nicht kannte und darum englisch anredete.
»Bleiben Sie ruhig beim Deutschen«, meinte er lachend, wendete den Wagen, gab Gas.
»Wieviel sprachig seid ihr hier?« fragte mich Schurmann. »Deutsch, englisch, hebräisch?«
»Französisch, arabisch und jüdisch«, fügte ich hinzu und freute mich seines Kopfschüttelns.
Vor dem Eingang zum Neuen Friedhof ließ uns der Fahrer endlich allein; er mußte beim Pförtner Wasser pumpen – ausleihen, nicht mit dem Schwengel aus dem Boden holen. Der wies uns zunächst Feld und Weg, damit wir das Grab fänden, das unserem Dahlemer Nachbarn als letzte Ruhestätte diente. Merkwürdigerweise fielen mir wieder Verse ein, als wir vor dem metallenen Gitter standen, das niedrig und aus Bronze die waagerecht liegende Grabplatte umschloß, Heinesche Verse diesmal:

»Wo wird einst des Wandermüden
Letzte Ruhestätte sein?
Unter Palmen in dem Süden,
Unter Linden an dem Rhein?«

»Wahrscheinlich unter Kiefern auf dem Waldfriedhof«, setzte ich laut hinzu.
Und dann schwiegen wir eine Weile und lasen: »Manfred Jacobs, M. D., Hamburg 1880, Talbieh 1942«. Daneben war ein Platz frei – hier wollte sicherlich Frau Anna Ulrike Jacobs einmal beigesetzt werden, eine geborene Parez aus ebenso alter Hamburger Familie. Die jüdische Gemeinde Hamburg reichte zurück bis ins 17. Jahrhundert.
Leo Schurmann entnahm seiner Jackentasche ein paar kleine

Kiesel und legte sie aufs Grab. »Dauerhafter als Gebete«, meinte er dazu, seinen Strohhut fester drückend. »Für den Ausblick von hier genehmigen wir uns wohl noch ein paar Minuten.«
»Aber nun sagen Sie mir endlich, was Sie mir bisher verschwiegen, bis Sie es Stone anvertrauten.«
»Gern, Karthaus«, antwortete er, »da die Toten keine Ohren haben. Auf einer Caféterrasse in Buenos Aires schwatzten ein paar junge Burschen deutsch, dachten natürlich nicht, ich verstünde sie. Hatten zuviel von dem schweren Wein getrunken, eisgekühlt, plauderten aus, in der Peenemündung auf Usedom lägen die Fabriken, welche an der Herstellung gewisser V-Raketen arbeiten für die Wehrmacht, die Wunderwaffe des Führers. Damit fuhr ich ins Weiße Haus, und dieses Geheimnis nimmt Major Stone jetzt mit ins britische Hauptquartier der Bombenflieger. Sollten offenbar auf die Ankunft der Japaner warten, diese Edlen, deren Landung in Südamerika von gewissen Bangbüchsen so befürchtet wurde, daß sich ein recht berühmter Schriftsteller voriges Jahr schon ins Jenseits flüchtete, seine junge Frau mitnehmend. Aber sie bleiben im Osten, unsere gelben Strolche; und jetzt wird es bald in Peenemünde ärgerlich krachen, kriegsentscheidend, wie unser armer Repke mit Recht in seine Liste hätte eintragen können. Machte aber schon vorher Schluß. Und passen Sie auf: im Herbst wackelt Hitlers Thron.«
Ich atmete schwer, vor allem der Sonne wegen, die uns jetzt schonungslos anstrahlte, vom Grabsteinfeld zurückgeworfen.
»Menschenskind!« Ich legte unwillkürlich die Hand auf mein Herz. »Und das bringt Sie hierher? Und mit diesem Zauberwort kriegten Sie meinen Griechen frei?«
»Und mit noch einigem anderen«, bestätigte Schurmann. »Aber nun sehne ich mich nach Schatten, nach den alten Ölbäumen im Garten von Gethsemane.«
Ich blickte um mich. »Dort drüben liegt noch ein Kollege von mir«, damit beschrieb meine Rechte eine rundende Bewegung, »ich müßte nur erst erfragen, wo. Berliner Arzt, am Lungenkarzinom eingegangen.«
»Besuchen Sie ihn lieber ein andermal, Karthaus. Die Sonne sticht.«
Ich willigte schweigend ein. Wir wandten uns wirklich sofort

den Weg zurück, Schurmanns Herzschwäche zwang mich zum Nachdenken.
Der Weg nach Gethsemane dauerte langsame Minuten. Meinem weißen Captainsrock öffnete sich das Kloster fast ohne Worte. Ein hochgewachsener Mönch, den die schwarze Kegelmütze noch vergrößerte, mit dunklen Augen, wissendem Blick, verneigte sich, die Hand auf der Brust unter dem dichten Bart.
In der Tat, die uralten Ölbäume, zerklüftete Stämme unter wildsprossendem Geäst, spendeten noch tiefen Schatten, bewahrten die Kühle der jerusalemischen Nacht zwischen ihren Kronen, vor Ostwinden geschützt durch die Kuppe des Berges. Wir setzten uns auf Steinbänke, die sicherlich schon Jahrhunderte dort warteten, Stümpfe antiker Säulen, mit Brettern überbrückt. Der Ort brachte uns zum Schweigen. Noch immer umschwebte ihn das erhabene Leid eines Opfers, jenes schlicht dahingelebten Lebens, das nach wenigen Jahrzehnten in die Worte ausbrechen mußte: »Vater, laß diesen Kelch an mir vorübergehen! Aber nicht wie ich will, sondern wie du willst.« Und dabei war der Mann, dem man dies in den Mund legte, wahrscheinlich nie in Wirklichkeit hier umhergegangen, auf die Knie gesunken, in die Kühle der Nacht hineinächzend. Seit meiner Ankunft im Heiligen Lande hatten mich Orte und Berichte immer tiefer davon überzeugt, daß die Forscher recht hatten, welche auf einer Christusmythe beharrten. Aber wenn irgendwo, so setzte sich hier das Dichten der Menschen, einzelner wie ganzer Geschlechter, in anschauliche Gestalten um. Seit Urzeiten mußten Hunderttausende von Opfern in Todeszellen warten, wie dieses poesieverklärte Gethsemane schließlich auch eine war, bis man sie zur Hinrichtung führte, an Menschen vollstreckt sie zur Hinrichtung führte, an Menschen vollstreckt von Menschen, welche ihre Hände beflecken mußten statt jener, deren feine Finger solche Urteile signierten. Jahrtausende hindurch waren Unschuldige hingerichtet worden, den Göttern geopfert wie Iphigenie, dem Heiligen Geist zuliebe verbrannt wie Giordano Bruno, jetzt in den schauerlichen Konzentrationslagern von Buchenwald, Bergen-Belsen, Auschwitz für die Errichtung einer riesigen Gewaltherrschaft deutscher Industrieller und Generäle. Die Inder hatten den furchtbaren Wagen von Dschaggernaud erlebt, geduldet, ange-

betet, jetzt beteten die Kämpfer für den Kapitalismus Granaten und Panzer an, MGs und Minen – und immer starben Unschuldige nach der Formel: »Herr, nicht wie ich will, sondern wie du willst.«

Ich betrachtete meinen Leo Schurmann, hatte natürlich immer unterirdisch an George Kephalides gedacht. Hätte der nicht auch in einer Todeszelle warten müssen auf die sechs Spitzkugeln eines Pelotons, wäre nicht dieser Berliner aus Königsberg erschienen? Aber als magischer Sendbote F. D. Roosevelts löste der ihn aus Gefahr und Haft und brachte gleichsam spielend fertig, was mir daneben geglückt war. Anklagend und aufatmend schaute ich zur ach so ferngerückten Jeanne hinüber: du wärest schuld gewesen, wenn ich die Rettung allein mit Kartusch und Lydia hätte versuchen müssen und den mir unbekannten Kibbuzniks – ungewiß, ob es glückte. Dabei verschmolz mir hier zum ersten Male mein George bildhaft mit jenem erdichteten Nazarener – zwei Gestalten, die doch außer ihren dreißig Jahren kaum etwas Verwandtes aufwiesen. Aber hier unter diesen dichtbelaubten Oliven, deren Blattwerk grün glänzte wie Lanzenspitzen aus Bronze, ging mir der Satz des Evangeliums durch den Sinn: »Ich bin nicht gekommen, den Frieden zu bringen, sondern das Schwert.« Von jeher schien mir dieser Text spätere Einschaltung, eher zu dem Volkshelden Bar Kochba passend als zu Jesus von Nazareth, jenem Messias, den der römische High Commissioner unter der Inschrift hatte sterben lassen, hier sei gerichtet der König der Juden. Hoffentlich wollte mein Schurmann nicht auch Golgatha besichtigen, dessen Ort ich nicht kannte, die Schädelstätte, auf der möglicherweise jene Grabeskirche leuchtete, die in ihrer byzantinischen Pracht und Dämmerigkeit jahraus, jahrein Tausende von Besuchern anzog.

Nein, Schurmann stand auf, gesammelten Blicks, sog die Luft ein, in welche sich klösterlicher Weihrauchduft mischte. »Danke«, sagte er, »aufrichtigen Dank. Zwar wandelte hier wahrscheinlich niemand, den Evangelisten besangen, aber: ça vaut bien la peine, sagt der Franzose. Nur leider hat diese ganze tolle Geschichte keinen einzigen Richter zur Vorsicht gemahnt und keinen Machthaber zur Geduld. Lebt wohl, großartige Mauern, tausendjährige Denkmäler heiligen Kurzdenkens und unzureichender Aktivität – mir genügt's! Ich schenke mir Golgatha und Nazareth und mache mir noch heute morgen eine Verbindung mit Amman, wohin Herrschaften aus Bagdad im Flugzeug ebenso schnell brausen wie ich im Wagen von Jerusalem.«

»Was haben Sie«, fragte ich, während wir zum Löwentor wieder zurückrollten, diesmal die schon stechende Sonne im Nakken, »für Anweisung in Sachen Kephalides?«

»Ein Blatt Papier«, erwiderte Leo Schurmann, leise lächelnd, »dessen Durchschlag in meiner Brieftasche ruht, gestempelt und unterschrieben, indes das Original die Genesungskompanie von Sarafand bereits erreicht haben dürfte. Staff Sergeant Kephalides wird mir bis zu seiner völligen Gesundung als Begleiter zugewiesen. – Begleiter?« fragte er sich selber. »Als Dolmetsch könnte man ihn auch vorstellen – Kontrolleur kann man nicht sagen, da wir uns in Limassol trennen werden.«

Ich schüttelte unwillkürlich den Kopf und fragte mich, wer von diesen beiden das Glück verkörperte, das mich von der Last all dieser Monate befreite – keine Riesenlast, verglichen mit all dem Unheil, das unseren Clemens Repke erdrosselte, aber doch hinreichend, um mich abzulenken von allem, was mir an Wesentlichstem aufgegeben war neben meinem Dienst: meine eigene Lebensbahn wieder in Ordnung zu bringen, Hella Karthaus zurückzugewinnen, meine beiden Buben. Man konnte ja nicht leugnen: Traum war teuer, die Sehnsucht, jung zu bleiben, Lebensvorgänge ohne Gewalt zu ordnen, einen goldenen Mittelweg zu finden ... in jeder Beziehung!

Und während wir an der hohen Stadtmauer Jerusalems entlangfuhren, in deren Schatten kamelberittene Beduinen warteten, ging mir eine Strophe durch den Kopf – noch eine? War ich sosehr in Gedichtetes geglitten durch Schurmanns märchenhaftes Auftauchen? Und mein Gedächtnis gab sie mir wahrscheinlich richtig wieder:

»Nicht nur Gott von Gottes Thron
Der Gepeitschte mit der Kron
Alle sind wir Gottes Kinder
Einer mehr, der andre minder
Keiner feilscht vom ganzen Lohn
Lebe nur, es ist Passion.«

ACHTES KAPITEL

Der Stern Orion

Als mein Fahrer, unser Fahrer, Mr. Schurmann im »King David« abgesetzt hatte, ein paar große Silberstücke als Trinkgeld zunächst verweigernd, brachte mich der Anblick dieser zehn Piastertaler darauf, meiner Schwester Fritzi endlich den Scheck Colonel Dughleens und die Pfunde zu überweisen, die ich mir von meinem Sold erspart hatte. Am Samstagvormittag ruhten finanzielle Geschäfte; das jüdische Jerusalem besuchte die Synagogen; sowohl die alte Churba wie auch die tief im Keller liegende sephardische waren voll von Betern, und alles, was mit dem lieben Gott auf besonders intimen Fuße stand, drängte sich an der Klagemauer, diesem weltweit bekannten Überbleibsel des herodianischen Tempels. Mit Fuchspelzmützen standen die Einwohner der Vorstädte Meah, Schearim und Romema im weißen, schwarzgerandeten Tallith andächtig vor der vierzig Meter hohen West-Quaderwand, murmelten, beteten oder riefen laut in allen Abwandlungen der hebräischen Ritualsprache nach der Wiederherstellung dieses Tempels, auf welchem jetzt die beiden großen moslemischen Moscheen prangten, der Felsendom und El Aksa. Wie diese Versammlung vor meinem geistigen Auge stand, hörte ich mit dem geistigen Ohr bereits die Zweifel und Anklagen, welche den Schöpfer des Himmels und der Erden nach dem Maße seiner Geduld fragten mit den grausigen Errichtern der Mörderlager in Polen, Litauen, Weißrußland, woher die Gottesdiener stammten.
Vor Barclays Bank bat ich den Fahrer, fünf Minuten zu warten – es würde schnell gehen. Dieses Haus des Geld- und Aktienhandels vertrat vor allem den britischen und nichtjüdischen Kommerz; seine Clerks – Christen wie Moslems – dankten daher dem jüdischen Gott für den Spielraum, den er ihnen durch sein Sabbatgesetz gewährte – alles Liegengebliebene konnte aufgearbeitet werden, auch all die Gutschriften über britische, ägyptische und palästinensische Pfunde im Verhältnis zum Dollar,

ohne das Weekend zu beeinträchtigen, das am Nachmittag begann.

Als ich wieder hinaustrat in die grelle Hitze des Vormittags, warteten da drei Offiziere bei unserem Wagen, lachten mit Major Stones Fahrer – der Intelligence Service war mit Mann und Maus aus Kairo nach Jerusalem umgezogen, genau wie wir.

»Oberst Dughleen! rief ich und schüttelte ihm und den beiden anderen Kameraden aus unserem Lazarett die Hände. »Habt ihr auch bei Barclays zu tun?«

»Wir bedauerten schon«, sagte der weißhaarige Oberstabsarzt, »daß wir Sie nicht dabei haben würden, Karthaus. Heute nachmittag wird im Orion-Kino der Film vorgeführt, der von unseren Jungens gedreht worden ist und als »Western Desert Campaign« ein Denkmal errichtet für all das, was unsere Achte geleistet und gelitten. Bleiben Sie ja bei uns, wir lunchen im Kasino und halten den ganzen Nachmittag durch – die Apparatur muß ausprobiert werden, der Ton, die elektrische Kraft. Exzellenz kommt herüber; da es Sabbat ist, kann Mr. Rutenberg uns seinen ganzen Strom zur Verfügung stellen.«

Ich fühlte mich zu gleicher Zeit erwärmt und betroffen. Ich hatte mehrere Fälle heute vormittag bestellt – Aussprachen, wie sie es nannten und worauf sie warteten, und ich ebenfalls. Außerdem verspürte ich kaum Lust, mich schon jetzt ins Kasino zu setzen und im Schatten seiner Markisen Whisky und Soda zu trinken; dazu würde nach Tisch ausgiebig Gelegenheit bleiben. Ich erklärte den Kameraden: da ich Major Stone nicht mehr störte, würde ich in der Bibliothek von Professor Jacobs ein bißchen schmökern, einiges Wichtige nachlesen, um halb eins mich zum Lunch einfinden, »bitte mir einen Platz am Tische frei zu halten!« Außerdem mußte ich sofort meiner fast zur Mitarbeiterin gewordenen Ruth auftragen, mich bei den Patienten zu entschuldigen – wir würden morgen, Sonntag, alles nachholen. Dies Telefonat aber geschah am besten in Talbieh. Wir trennten uns, und ich fuhr hinauf.

Ruth war froh, daß ich anrief, ich hörte es am Ton ihrer Stimme. Sie scherzte, man habe in Latrun schon gefürchtet, der Ölberg oder Gethsemane mit all den Klöstern und Kapellen wolle mich nicht mehr loslassen. Gott sei Dank bliebe ich also bei meinem Fach.

»Zum Mönch leider kein Talent«, erheiterte ich mich. »Gib

ihnen, Freundchen, von den Brompillen deines Mannes, wenn sie sich erregt fühlen. Ich bleibe bis zum Abend hier oben – Filmpremiere der Westlichen Wüste. Schade, daß du die Bibliothek nicht kennst, in der ich augenblicklich schwelge. Wer fände wohl ihresgleichen an dieser Küste des Mittelmeers! Gebe ich die Bücher zurück, die ich mir heute entleihe, so schicke ich dich mit ihnen her, oder wir fahren zusammen hinauf.«

Die Stadt Jerusalem wird nachmittags um fünf vom kühlen Westwind erfrischend angeweht. Wir empfanden den Gegensatz schmerzlich, mit dem der Betonbau des Kinos »Orion« uns einfing, die Sonnenhitze nach innen strahlend, die er tagsüber aufgesogen.

»Echte Westliche Wüste«, bemerkte Oberst Dughleen, die kalte Pfeife kauend.

Die Monteure hatten noch genug zu tun, die Tonapparatur einzustellen. Inzwischen lachten wir über die bunten Plakate all der Filme, die hier gezeigt wurden oder noch kommen sollten. Amerikanisches, britisches und arabisches Kinoschaffen pries seine Künstler an, schön aufgemachte Fräulein, muskulöse Helden. Allmählich füllte sich der Raum, seine dreihundert Plätze, die Musikkapelle der Schotten zog ein, den High Commissioner mit »God save the King« zu begrüßen. Unter uns allen, die dies stehend anhörten, fiel mancherlei Weiblichkeit auf, nicht nur in Uniform, sondern auch in den hellen, bunten Nachmittagskleidern, welche die Damen zum Tee trugen.

Und nun fing es endlich an. Es begann mit Maschinengewehrsalven und vorrückenden Kolonnen, und dann erschien das Bild des Feldmarschalls Wavell, dem alles applaudierte. Vorrücken, vorrücken! Italienische Gefangene, deutsche Gefangene. Die bleichen Häuser von Tobruk, sein alter Hafen, Unterstände in den Fels hineingetrieben. Alles lachte, als ein Maultier der Australier sich zur Großaufnahme präsentierte. Dann wurde es still: Wüstengräber mit Steinen markiert und kleinen Kreuzen. Danach gab es einen kurzen Streifen: Einschiffung von Truppen, die den Hafen Tobruk verließen. »Nach Griechenland«, sagte Oberst Dughleen neben mir grimmig. Und von da an ging es wieder zurück: Bardia, Marsa Matruk, die befestigte Linie quer durch die Wüste, Drahtverhau, Drahtverhau, Minenfelder, im Sande verborgen. Die immer wieder vorrückenden Kampfwagen, deutsche Panzer jetzt, von der Küstenstraße weg in die Sandfelder hinein, auf Dünen, wieder herunter. Unsere Panzer griffen an – die Kameraden hatten ihr Leben gewagt. Die Royal Air Force stieg auf, Sandwolken durchbrechend. Dann wieder ein Stück der Küstenstraße. Ein Torpedoboot draußen feuerte – wir klatschten bravo: niemals hatte uns die Marine im Stich gelassen. Dann stießen wieder Kampfwagen ins Gelände hinein: diesen Typ hatte mein Grieche gesteuert. Wo mochte jetzt Leutnant Ruthby den seinigen gegen die Marethlinie führen? Eine Reihe Pillboxes wurde gezeigt, Blockhäuser aus Beton, seinerzeit von General Auchinleck angelegt – der Film brachte sein Porträt, und alles klatschte Beifall, auch die Generäle Alexander und Ritchie wurden so gefeiert. Und dann mußten wir immer weiter zurück, und die Deutschen zogen in die Blockhäuser ein und fühlten sich darin sicher. Aber – und die Verfasser des Films hatten das geschickt aneinandergefügt – jetzt feuerten unsere Batterien auf diese einst für uns hergestellten Unterstände, und siehe da: sie krachten zusammen, begruben ihre Verteidiger, Italiener oder Deutsche, wer es auch war; Stahlhelme kollerten umher. »Daran verdienten unsere levantinischen Lieferanten großartig«, lachte Oberst Dughleen, »statt fünfzig Prozent Zement höchstens zehn, Grabstätten statt Schutzhäuser, Bunker, wie sie es jetzt drüben nennen!« Dann wurde es wieder ganz still: Fliegeraufnahmen der Kattara-Depression, jener Senke siebzig Meter unterm Meeresspiegel, die unsere Wüstenflanke deckte und durch die jüdische Scouts unsere Panzer leiteten, so daß sie dem Afrikakorps in den Rücken pfefferten, als es glaubte, zum Todesstoß auszuholen. Und dann donnernder Applaus: das Gesicht Montys, des Generals Montgomery, mit seinem schrägen Barett. Und nun endlich wieder vorrücken, vorrücken! Panzer wie Schiffe in der Wüste, und gefangene Afrikakämpfer, wahrscheinlich Italiener, denen die Deutschen alle Transportmittel weggeschnappt. Ein Porträt des Feldmarschalls Rommel fügte man nicht ein, obwohl man es aus Illustrierten leicht hätte ausschneiden können, niemand wünschte den wirklichkeitsgetreuen Film durch Photos von Photos zu unterbrechen. Dann wieder die Ruinen von Tobruk und die Grenze von Tunis, durch Pfahle mit jenen drei Streifen gekennzeichnet, blau-weiß-rot, und ein Schild »Tunesia«. Das letzte Bild: ein

Wüstenfuchs, der seine schmale Schnauze erst auf uns zuwandte, dann abdrehte, verschwand, den buschigen Schweif einziehend. »Ende.«
Ob andere Besucher ebenso benommen dasaßen wie ich, als das Licht aufflammte – wer wußte es? Hatte ich wirklich unsere Baracken erblickt, das Ausladen von Verwundeten in Faradhije, vielleicht mich selber als Sanitäter – erblickt und wieder vergessen, weil viel aufregender fesselte, was sich vor und hinter dem Drahtverhau vollzog, der ägyptischen Grenze? Da hatte sich Leben abgespielt, mein bescheidenes, das meines Schützlings George Kephalides, das unserer Lydia am Steuer ihres Lorry, das meines braven Pat. Und was nicht im Film vorkam: all das Töten und Heilen und wieder Töten. Zum Glück hatten sie auch einen Rot-Kreuz-Wagen gefilmt, der Leute zurückbrachte, Opfer, und uns alle erfüllte dumpfe Wut gegen jene Verrückten, die aus der Westlichen Wüste ein Leichenfeld machten, Futter für Schakale und Hyänen.
»Schakale und Hyänen«, sagte Oberst Dugleen, als ich mich von ihm verabschiedete. »Wer macht meinen Jungen wieder lebendig und all die Tausende von Söhnen? Passen Sie bloß auf, Cardhouse, daß Sie sich ebenso gesund halten, wie ich's versuche. Den Tag des Gerichts müssen wir erleben, wenn diese Schurken am Halse aufgehängt werden, diese Führer und Duce, von uns und den Russen. Kommen Sie mit, darauf trinken wir noch eins.«
»Für wann bestellten Sie den Wagen, Oberst Dughleen, zurück nach Latrun? So lange halte ich gerne mit.«
»Wir haben noch eine Stunde Zeit«, sagte er, »um halb zehn will ich mich langlegen.«
Ich verschwieg ihm, wie sehr mich dieser Rückblick in die letzten Jahre wieder mit dem Lazarettgehilfen Cardhouse gleichgeschaltet hatte. Ich mußte mich auf meine neue Gehobenheit erst wieder besinnen. Als wir hinaustraten, leuchteten wirklich die Sterne über Jerusalem, und der Orion prangte im Süden, als danke er für die Verwendung seines Namens anläßlich dieser Rückschau.
Und dann saßen wir und tranken Gin oder Whisky und fühlten uns als Überlebende, dem Tode Entronnene, verbunden mit all jenen, die nicht mehr da waren. Und wir rühmten die Filmleute, wie geschickt sie Nachtaufnahmen aus der Kampfzeit

verbunden hatten mit Tagesaufnahmen von gestern und vorgestern und die Scharen von griechischen und polnischen Sappeuren eingeschnitten in Gefechtsszenen, so daß man einen Begriff bekam von der furchtbaren Anstrengung unserer Achten bei der Verteidigung, was aber auch gleichzeitig hinwies auf ähnliche Verhältnisse und Anspannungen bei den Drübenschen, den Angreifern, den von Hitler und Mussolini in den Tod getriebenen Repkes.

»Und jetzt landen sie, heißt es, zwischen den Fronten eine Menge Leute, und wir und die Amis werden bei Bizerta und Kap Bon ebenso große Beute machen wie die Stalingrader und die Sieger von Orel und Kursk.«

Der Ausklang des Abends oder der Anfang der Nacht hatte mich munter gemacht, nicht nur der Gin und der Whisky. Mein Grieche entrann in ein paar Tagen der Falle, die der Eulenäugige immer wieder für ihn aufzustellen versucht hatte. Ich pfiff leise vor mich hin, die ersten Takte der Marseillaise: »Der Tag des Ruhms ist angebrochen.«

NEUNTES KAPITEL

Die Kupferinsel

Während der Tage, in denen ich nichts mehr von Leo Schurmann hörte, vermochte ich alles aufzuarbeiten, was sich angesammelt hatte, darunter erstaunlicherweise eine Anfrage von der Leichtkrankensammelstelle Sarafand, ob ärztlicherseits gegen eine Beurlaubung des Staff Sergeant G. G. Kephalides etwas einzuwenden sei, der von seinem Bruder A. Kephalides, Kapitän des Hilfskreuzers »Skorpion«, angefordert worden sei. Da hatte ich es schwarz auf weiß! Was unsereiner dem Verwaltungsapparat mit Zähnen und Klauen zu entreißen suchte: siehe da, ein Druck auf die richtige Feder, den rechten Knopf und frei spazierte mein Schützling hinaus. Und während ich das Papier mit Stempel und Unterschrift zierte, nicht wissend, ob ich grinsen sollte oder jauchzen, setzte draußen durch den Lautsprecher der B. B. C. den Punkt auf das i: schwerer Bombenangriff der R. A. F. auf industrielle Anlagen in der Odermündung, den Inseln Usedom und Wollin. Ruth, rief es in mir, Ruth! Ich drückte meinen Klingelknopf, die Ordannanzin trat ein, drei Postsachen in der Hand. Ich zog sie in die Arme, küßte sie. »Kind«, rief ich, »Kind! Drüben begann der Anfang vom Ende. Hörtet ihr die Meldungen?«
»Ich stamme von dort«, sagte sie, und ihre Augen wurden feucht, »wuchs auf in Zinnowitz, einer Hochburg der Judenfeindschaft. Dennoch, dennoch ... das Sirenengeheul!«

Nachmittags um fünf, wie schon verzeichnet, bringt der Westwind Kühlung in die von der Sonne geheizte Felsenburg Jerusalem. Dann tut man gut, einen leichten Mantel bei sich zu haben. Aber niemals ist Jerusalem schöner, niemals leuchten seine Kuppeln, Kirchtürme und Minaretts unirdischer.
Leo Schurmann trug einen Mantel aus Alpakawolle, so leicht und warm wie kein anderes Gewebe. George Kephalides knöpfte den seinen zu, Khakistoff, die Abzeichen des Staff Ser-

geant auf der Schulter, das Viktoriakreuz mit ihm zudeckend. Nur für Lydia mußte man eine Decke heraufkommen lassen. Und dann saßen wir und tranken Tee und knabberten köstliches Backwerk – uralte Rezepte orientalischer Zuckerbäckerei. Hier hinauf, zum Dachgarten des »King David«, grüßte der Tempelplatz, die Kuppel des Felsendoms spiegelte blau den Himmel wider, seine Vorderseite glich einer erlesenen ostasiatischen Teebüchse von Riesenausmaß; daneben blinkten die Säulen der El Aksa und die Bögen, welche sie trugen. Der ganze Platz schimmerte wie ein Juwel. Leo Schurmann starrte hinüber. Weiß und blitzend wie eine Stahlnadel ragte am Horizont das ehemals deutsche Auguste-Viktoria-Hospital. »Schade, daß wir uns das entgehen ließen«, spottete er. »Aber was diesmal nicht klappte, kommt nächstes Mal dran. Ich kenne jemanden, der hier wieder auftaucht, wenn man, statt mit dem Schiff zu fahren, erst ungefährdet Plätze im Flugzeug chartern kann.«
»Gott weiß«, lachte ich, »was uns die Technik alles noch beschert? Vielleicht fliegt man später in einem Tage von hier nach Paris.«
Leo Schurmann drehte sich zu uns um, mußte sich förmlich vom Dachgitter losreißen. »Der Nazi wird nicht mehr lange in Paris regieren, seine Hakenkreuzflagge auf dem Eiffelturm zeigen. Dann wohnt man wieder im Hotel Montmorency, und ich würde mich sehr wundern, wenn eine gewisse Frau Hella Karthaus nebst zwei großen Söhnen mit Ihnen, lieber Freund, anderswo Wiedersehen feierte. Man wird Sie in Europa brauchen. Was sich hier vorbereitet, scheint mir nicht rosig. Meine arabischen Ölkumpane lasse ich mir schließlich nach Boston kommen. Aber dann haben Sie Ihren Captainrock wohl längst in den Schrank gehängt.« Und er winkte dem Kellner. »Whisky-Soda, bitte.«
Ich beäugte meinen Nachbarn von einst mit hochgezogenen Brauen. War er noch immer der kluge Herr Schurmann? Trug sein Blick auch diesmal weiter als der meine? »Dieser Captainrock«, widersprach ich, »diente den einzigen Leuten, die vor drei Jahren unser Recht auf Leben und Geist gegen die braune Sintflut verteidigten! Am liebsten hätte ich im ›Orion‹ als Einleitung zu unserem Wüstenfilm Winston Churchills große Antrittsrede gehört, in der er seinen Briten Schweiß, Mühsal

und Blut versprach und kein Wort von Sieg fiel, aber auch keins von Ergeben.«
Schurmann schenkte uns den goldgelben Weinbrand in schalenförmige Gläser. »Auf Winstons langes Leben«, sagte er, und wir stießen an. »Aber«, fuhr er fort, den Blick auf einen großen Geier gerichtet, der über uns hinzog und in der Abendwolke verschwand, »verlassen Sie sich nicht zu fest auf Lord Randolphs Enkel. Zum Sieg brauchen wir die zweite Front, das ruft nicht nur Stalins Gefolgschaft. Und viele in New York hoffen, daß Winston die Macht einer riesigen Schachfront von Trusts immer in Einklang halten wird mit dem, was Rechtsanwalt Uljanow-Lenin und seine Leute als Diktatur des Proletariats zusammenschweißten, die internationale Arbeiterschaft. Noch nicht zwanzig Jahre ist er tot, aber niemand lebt stärker als dieser einstige Züricher Emigrant.«
Kephalides streckte ihm die Hand über das Tischchen hin. Ich stellte den Kragen meines Mantels hoch. »Seit wann sind Sie Bolschewist, Schurmann?« fragte ich. »Wird man das in Washington?«
Er blickte mir lächelnd in die Augen. »Weit gefehlt, Doktor. Ich weiß bloß und habe es gesehen, von Königsberg über Berlin, Buenos Aires und Mexiko, daß wir Diener des Kapitals Hebammen des Sozialismus sind – sind und bleiben, wie der Prophet aus Trier vor bald hundert Jahren in der ›Neuen Rheinischen Zeitung‹ schrieb oder in gewissen Deutsch-Französischen Jahrbüchern. Geburt des Sozialismus – jede Geburt kostet Blut. Alle Weibchen wissen es, erleiden es, bejahen es. Je ähnlicher Völker euch Weibchen werden«, und er wandte sich an Lydia, betrachtete den silbernen Ring an ihrer Linken, einen Löwenkopf, den ich ihr geschenkt, »desto weniger wehren sie sich gegen diese Geburt. Jetzt fließt das Blut, aber der Kopf des Kindes ist schon aus dem Ärgsten, und bald tut die Zange das ihre. Und unsereiner ist ein bißchen Zange. Nach dem Sieg wird die Welt um Sozialismus kämpfen, echten oder halbechten.«
»Sie halten also auch einen Mittelweg für gangbar?« fragte ich. »Ich hatte letzthin den Eindruck, die Blüte Sozialismus sei dunkelrot und die Abarten, rot-weiß gesprenkelt oder rosa, würden sich nicht halten. Prosit, George«, schloß ich und trank ihm zu.
»Dunkelrot!« rief er, sein Glas leerend. »Wir bringen noch an-

dere Flaggen zum Streichen als das Galgenkreuz von der Akropolis.«
»Hoffentlich nicht«, lächelte Schurmann, »auch unsere Sterne und Streifen. Gibt es nämlich hier eine direkte Leitung zum lieben Gott, in dieser überaus heiligen Stadt, so funkt Gebete hinauf für Leben und Gesundheit unseres F. D. R., der sich leider überarbeitet. Seine Sicherheitsventile an den kapitalistischen Kesseln kann nur er behüten und damit uns alle.«
»Franklin Delano Roosevelt«, erläuterte ich Lydia, die mit erstaunten Augen zuhörte und fragte: »Ist er krank?«
»Er litt ehedem an Kinderlähmung«, antwortete ich, »und heilte sich selbst in Hot Springs.«
»Und jetzt umspülen ihn unterirdische Wasser, und wenn er die zweite Front in der Nachbarschaft Englands starten will, zischeln Vertraute seines halben Landsmanns Churchill: der Balkan eigne sich besser – Seitentür in die russische Flanke.«
»Der Balkan sind wir!« rief mein Grieche leidenschaftlich. »Wir und die Jugoslawen machen die anderen Völker schon frei von allen Paschas, die heute keinen Fez mehr tragen.«
»Und Sie glauben wirklich«, sagte ich seufzend zu Schurmann, »meines Bleibens hier werde nicht mehr lange sein, meine Praxis auf dem Carmel und in den Kibbuzzim?«
In deutscher Sprache rief jemand spöttisch hinter meinem Rücken: »Du träumst, Doktor, und wenn du noch soviel hebräisch stammelst.«
Unser Freund Kartusch war auf der schmalen Seitentreppe emporgetaucht und hatte möglicherweise schon eine Minute hinter Lydia und mir gestanden, von den anderen wohl bemerkt, aber nicht verraten. »Wir haben Nachricht vom ›Skorpion‹«, sagte er. »Sein Boot läuft heute abend aus, für den Hafen von Tel Aviv besorge ich Passierscheine. Aber so leid es mir tut, wir müssen fort. Die Ausfahrt ist zwar nicht so schwierig wie zwischen den Klippen von Jaffa, aber kein Licht gestattet, auch auf See. Blackout ist kein Traum, die Deutschen sitzen noch in Rhodos, desgleichen die Italiener, und ihr sollt doch das kostbare Werkzeug glücklich nach Limassol bringen – euch eingeschlossen.«
»Mich auch«, überraschte uns Lydia, »mein Gepäck liegt in der Garderobe. Ich war für Urlaub längst vorgemerkt, unsere Chefin wußte das. Dich wird inzwischen Becky fahren, falls du wie-

der einen Fünftonner brauchst.« – Becky hieß die junge A. T. S.-Fahrerin, die schon im Wüstenkriege von Lydia betreut worden war und ihre braunen Hände strickend durch den Volant gesteckt hatte.
»Aufbruch also!« rief Schurmann und winkte dem Kellner. »Meine Hauptrechnung liegt unten, und dort steht auch mein Koffer. Und nun noch ein Blick auf die Heilige Stadt! Friede sei mit dir, Geliebte des Herrn, um in der Bibelsprache zu grüßen, wo es allerdings nicht Friede heißt, sondern Schalom!«
George Kephalides und ich umarmten einander, und uns beiden traten Tränen auf die Lider. »Mach's gut, George«, sagte ich, und er: »Dank für alles, Dick, wir sehen uns wieder!«

Da blickte ich nun allein in die westlich bewegte Luft, auf der Höhe eines wohleingerichteten Hotels, hörte das leise Winseln des Windes, fußte auf den Fliesen des Dachgartens: ich allein! Das von ihnen zurückgeworfene Licht wirkte sonderbar, ich schaute empor: eine große weiße Wolke, ihre runden Formen golden angestrahlt, zog eben über uns hin. Sie kam vom Mittelmeer, in zwei oder drei Minuten würde sie über dem Hitzekessel des Toten Meeres hoch in den Azur gehoben werden, vielleicht verdunsten. Würde auch das verdunsten, was wir hier durchlebt hatten und was jetzt endete? Kein George mehr, keine Lydia, der aufgetauchte Schurmann wieder untergetaucht, meine Frau Hella vielleicht zu mir hinübergleitend ... Und ich sollte hier weg, wo ich mir eine neue Heimat hatte bauen wollen, wo ich den Traum meines Exils angesiedelt hatte, den Traum vom Aufbruch in eine neue, jugendliche Welt, dem Aufbau einer klassenlosen Gesellschaft, einer Heimat für die Heimatlosen! Unter der britischen Flagge mit dem Andreaskreuz, einer von London aus gesteuerten Mandatsregierung hatte ich mir ein neues Haus zu gründen geglaubt, ich Jüngling von dreiundfünfzig Jahren, der ich hier stand, im Begriff, mir wieder ein Pfeifchen zu stopfen ... Aber dann legte ich die Hand auf mein Herz und spürte es, ein leises Mahnen. »Gott grüß Euch, Alter, schmeckt das Pfeifchen?« – stand's so nicht im Lesebuch, von einem Vergessenen namens Pfeffel gedichtet? Ja, es schmeckte, aber bekam es auch? Von Jeanne getrennt ohne Händedruck, von dem prächtigen Hermann Treppner? Und jetzt sollte sich das mühselig geplante Haus auflösen wie diese Wolke oben, gleich dem Kikajon, dem Rizinusbaum des Propheten Jona, der in einer Nacht emporgewachsen war und in der nächsten wieder verfallen? Eine Nacht von zehnjähriger Dauer, aber nur eine Nacht! Und um diesen Traum zu bezahlen, hatten alle Verbindungen mit der Wissenschaft unter den Tisch geworfen werden müssen, unsere Sprache, unsere drei oder vier Zeitschriften. Hingestorben war der große Lehrer, schon vor bald vier Jahren, ebenso der reife Kollege Manfred Jacobs, einquartiert auf dem Ölberg unter einem flachen Stein, seine kostbare Bibliothek uns hinterlassend und Aufzeichnungen, vielleicht wichtige, in Schubladen, über welchen bald wieder der Uhu thronen würde. Ich blickte auf das Tablett neben mir und fand ein unberührtes Gläschen Kognak, wohl von Lydia stehengelassen, der ins tiefste Bewußtsein eingeritzt war, dem Fahrer am Steuer sei Alkohol untersagt. Wie beleuchtete das den Charakter dieses Mädchens, ein Verbot auch dann noch einzuhalten, wenn der Grund dafür just nicht mehr bestand. Ich setzte das Gläschen an meine Lippen und trank es aus, auf ihr Wohl, auf Hellas Wohl, der Fernen, und auf das Ruths, der guten Kameradin.

Der edle Tropfen wirkte alsbald. Warum überraschte mich erst jetzt die Leere dieser Hotelterrasse, auf der sonst Geschäftsleute, Studenten, Beamte und Damen ihren Fünf-Uhr-Tee nahmen? Mir fiel ein: auch die Belegschaft unseres Lazaretts erlebte ja eben, an diesem Nachmittag, die erste öffentliche Aufführung unseres Wüstenfilms, der Enthusiasmus erregen würde gerade bei den hiesigen Städtern, welche unter Wüste das verstanden, was sie in Judäa und um das Salzmeer herum zu sehen gewohnt waren: steinerne Rücken, rundgeschliffen vom Ostwind – nicht weithin gestreckte Dünenwellen, Sandfelder, Abhänge, worin der Wüstenkrieg sich Jahr für Jahr abgespielt.

Hinunter, Karthaus! ermunterte ich mich, um sieben ist der Film zu Ende und der Bus fährt nach Latrun – auch dich! Denn nach halb acht gehört das Kino wieder den vielfältigen Jerusalemern, die Liebesgeschichten wünschen und jene prächtigen Cowboys und Mädchen aus dem goldenen Westen, die Hollywoods Zauberer fabrizieren. Willst du dich wirklich elegischen Stimmungen hingeben, Captain Karthaus? Hast du nicht Tagesleistung immer weiter noch vor dir und, wenn du magst, abends Gäste, zum Beispiel Erich Kartusch, der vom Störenfried zum Freund erwuchs, nicht nur für deinen Griechen, sondern auch für dich? Denn wer zeigte dir wie er, daß zum Niederschlagen der gewalttätigen Räuber nicht weiche Hände nötig waren, sondern feste Fäuste – und gegen die Waffen, auf dich und deine Welt gerichtet, nur bessere Waffen? Erwiesen sich nicht die russischen T 34 allen anderen Kampfwagen überlegen? Verteidigte sich nicht Leningrad aufs heroischste? Und sammelten sich nicht an der afrikanischen Küste bereits Briten und Amerikaner zum Sprung auf Sizilien und das italienische Festland? Ich lief fast die Treppen hinunter, welche die Stockwerke des Hotels King David durchschnitten, mußte mich zurechtrücken bevor ich als würdiger Captain die Halle betrat und freundlich grüßend durchschritt. Und da leistete mir die schon schrägstehende Sonne, reflektiert von einer großen Spiegelscheibe, einen denkwürdigen Dienst. In einer fast stets verdunkelten Nische dieses nach dem König David benannten Hotels holte sie mir gerade gegenüber eine Bronzegestalt aus dem Dämmerlicht, einen Nachguß des Donatelloschen Hirtenknaben David aus dem Museum von Florenz. Für mich aber stand da schlank, wunderschön geformt, in der einen Hand das auf den Boden gestützte Schwert, die andere auf der Hüfte, und das schöne, besinnlich gesenkte Haupt geschützt von einem Hut oder Helm, den ein Blattkranz schmückte, mein Kephalides, mein Griechenjüngling, der unermüdliche Kämpfer gegen die Versklavung der Welt. Nackt und glänzend verbarg sich das schöne Meisterwerk sonst immer hinter einem schweren Friesvorhang, der die Tür dem Westwind verbarrikadierte und gleichzeitig die puritanisch gestimmten Jerusalemer Orthodoxen daran hinderte, Anstoß zu nehmen und das Bibelwort in den Raum zu rufen: »Du sollst dir kein Bildnis machen und keinerlei Gestalt« – was die schweizerischen Erbauer des Hauses zu spät begriffen. Leb wohl, schöner Grieche, Soldat und Tänzer! Werd ich dich irgendwo wiederfinden, Sohn der Jokaste, auf der Kupferinsel oder in deiner Heimat Athen? Und ich grüßte mit unserem V-Gruß und machte mich, mein Stöckchen schwingend, auf den Weg zum Kino »Orion« durch die noch sonnenwarmen Straßen Jerusalems. Braune Knirpse, Extrablätter schwenkend, durchliefen sie. Ich winkte einen heran, drückte ihm ein Zehn-Mil-Stück ins Fäustchen. Im Bismarck-

Archipel, auf der anderen Seite der Erdkugel, war ein japanischer Flottenangriff abgeschlagen worden – Sicherung eines Geleitzugs, der unserem Verbündeten, dem mächtig aufstrebenden China, das Allernotwendigste an Waren und Waffen bringen sollte. O ja, dieser Krieg hatte den Gipfel bereits überschritten, auf dem sich die Eroberer sonnten! Abwärts ging es jetzt mit ihnen – und wenn ein bescheidener Mann wie Richard Karthaus Rauchen und Whisky weiterhin einschränkte und den Alltag seiner Arbeit verständig einteilte, wird er in wenigen Jahren noch in gutem Zustand den Trompeter blasen hören wie im Jahre 1918, der Waffenstillstand signalisiert, Sieg und Frieden.

Ich faltete das Blatt zusammen, schob es zwischen die Knöpfe, sah Autobusse vor dem Mäuerchen parken, das den Vorgarten des Kinos umschloß, schaute auf die Uhr; in zehn Minuten würden sich die Tore öffnen und mit all den anderen Rückkehrern nach Latrun auch Ruths blonder Schopf auftauchen, ihre strahlenden Augen.

Ich stützte mich auf die Mauer, hißte mich ins Sitzen hinauf, zog die Pfeife aus der Tasche: soviel wie eine Zigarette würde ich hineintun, eine halbe Dosis. Auf dem Turm einer griechischen Kirche klingelte das Glockenspiel, vom Abendwind hergetragen. Feierabend, dachte ich.

Abgesang

Ihr, die ihr dieses lest, bedenkt, daß niemand schriebe,
Dürft er nicht hoffen, daß man sein Geschriebnes liebe.
Drum, wenn, was ich erzählt, ans Herz euch schneidet.
Es ist ein Hauch nur des, was unser Jahrgang leidet.
Das Grausige, das unsere Zeit erfüllt, berichte
Ein jüngeres Geschlecht, wenn es erzählt und dichte.
Hier schließ ich dieses Buch, damit ist viel gesagt –
Es hat mich manches Jahr gefesselt und geplagt.
Und dennoch, wenn ich's mit mir selber schlichte,
's ist das, was immer wirkt: Erfindung und Geschichte.

EXIL

Literarische und politische Texte aus dem deutschen Exil 1933–1945

Herausgegeben von Ernst Loewy
unter Mitarbeit von Brigitte Grimm,
Helga Nagel und Felix Schneider

Diese Dokumentation über das literarische Exil während der NS-Zeit bringt insgesamt 230 ungekürzte Texte (vom Gedicht zum Romankapitel, von der politischen Rede zum Offenen Brief) von hundert verschiedenen Autoren – von prominenten wie fast vergessenen, auf die sie vor allem aufmerksam machen möchte.

Band 1
Mit dem Gesicht nach Deutschland
Fischer Taschenbuch Band 6481

Band 2
Erbärmlichkeit und Größe
Fischer Taschenbuch Band 6482

Band 3
Perspektiven
Fischer Taschenbuch Band 6483

Fischer Taschenbuch Verlag

fi 57/1

Arnold Zweig

Der Streit um den Sergeanten Grischa
Roman. Band 1275

Junge Frau von 1914
Roman. Band 1335

Erziehung vor Verdun
Roman. Band 1523

Das Beil von Wandsbek
Roman. Band 2069

De Vriendt kehrt heim
Roman. Band 5785

Die Zeit ist reif
Roman. Band 5827

Westlandsaga
Eine Chronik. Band 5835

Traum ist teuer
Roman. Band 5876

Novellen um Claudia
Roman. Band 5877

Fischer Taschenbuch Verlag

fi 122/5